Immersion fatale

*

Les coups du destin

ADDISON FOX

Immersion fatale

Traduction française de
CATHERINE VALLEROY

BLACK ROSE

HARLEQUIN

Collection : BLACK ROSE

Titre original :
PERIL IN THE SHALLOWS

HARPERCOLLINS FRANCE
83-85, boulevard Vincent-Auriol, 75646 PARIS CEDEX 13
Service Clients — https://www.harlequin.fr/contenu/contactez-nous
ISBN 978-2-2805-2245-8 — ISSN 1950-2753

Édité par HarperCollins France.
Composition et mise en pages Nord Compo.
Imprimé en octobre 2025 par ScandBook UAB en Lituanie
en utilisant 100% d'électricité renouvelable.
Dépôt légal : novembre 2025.

FSC
www.fsc.org
MIXTE
Papier | Pour une gestion forestière responsable
FSC® C021394

Pour limiter l'empreinte environnementale de ses livres, HarperCollins France s'engage à n'utiliser que du papier fabriqué à partir de bois provenant de forêts gérées durablement et de manière responsable.

1

Kerrigan Doyle adorait l'eau. Sa mère rappelait encore ses cris de joie quand, un après-midi d'août à Coney Island, son père lui avait plongé les orteils dans les vagues de l'Atlantique. C'était vieux d'un bon quart de siècle, mais elle n'avait jamais perdu son amour de l'eau.

Dommage qu'elle n'ait pas trouvé d'autres amours entretemps, songea-t-elle, avant de se morigéner pour sa sentimentalité.

Non qu'elle ait mis beaucoup d'énergie à rencontrer des hommes, comme le soulignait sa meilleure amie, Laverne.

« Sors un peu, Kerr, lui avait-elle dit. Tu passes tes journées avec des plongeurs hyper-sexy. Tu ne peux pas passer quelques soirées avec l'un d'eux, aussi ? »

Mais quand les choses tournaient mal, c'était toujours aux femmes qu'on faisait des reproches. Elle avait vu suffisamment de relations tourner au vinaigre pour savoir que c'était un terrain miné.

Poule mouillée, lui disait une petite voix. Mais ce n'était guère approprié pour elle. Elle avait achevé haut la main l'académie de police *et* la formation à la plongée de la division spéciale du NYPD. Et durant les deux ans écoulés depuis son engagement dans cette branche du NYPD, elle avait acquis une solide réputation. Le genre de réputation qui lui valait des avantages professionnels tels que la plongée à laquelle elle participait ce jour-là.

Autour de New York, la confluence des eaux douces et salées, traversées de violents courants, rendait toujours les plongées intéressantes. Et qu'on la considère comme apte à y travailler était une source de fierté pour elle. Son métier la mettait constamment au défi. C'était presque une obsession, mais travailler sous l'eau requérait toute son attention.

Secouant ces pensées, elle revint aux explications de leur chef, Wyatt Trumball, qui se tenait sur le pont du petit bateau. Ils rebondissaient sur l'eau entre Governors Island et la statue de la Liberté, laquelle se dressait de toute sa splendeur verte au-dessus de Liberty Island.

Une pluie battante martelait le bateau, et Kerrigan s'engonça un peu plus dans son sweat-shirt. Octobre était un mois difficile à New York – le temps pouvait aussi bien être parfait que tourner à l'ouragan.

Ils n'en étaient pas passés loin cette semaine. La tempête qui avait frappé plus au sud avait causé d'énormes dégâts sur toute la côte. Elle imaginait déjà les conditions de plongée ce jour-là. Wyatt était clairement conscient de ces dangers en entamant le briefing.

— Un bateau dont on soupçonne qu'il transportait de la drogue a sombré ici vers 4 heures du matin. Les gardes-côtes lui ont donné la chasse, mais les occupants en ont perdu le contrôle.

— Les gardes-côtes n'ont pas essayé de les arraisonner ? demanda Gavin Hayes, l'air préoccupé.

— Si, et ils ont appelé le NYPD en renfort. Mais la tempête de cette nuit et la queue de l'ouragan qui a frappé la Floride n'ont pas facilité les choses.

Des grognements s'élevèrent, et quelqu'un remarqua qu'ils auraient pu faire plus. Wyatt leva la main.

— Le fait que les trafiquants aient incendié le bateau a scellé la décision d'abréger l'opération. Les gardes-côtes avaient les coordonnées du lieu et ils ont laissé une équipe sur place toute la nuit malgré ce temps délicieux, alors soyons indulgents avec eux.

Les grognements se dissipèrent, et Kerrigan observa que plusieurs de ses camarades baissaient les yeux.

— Lorsqu'il a été clair qu'il n'y avait pas de survivants, l'objectif est devenu de récupérer les corps. C'est pourquoi nous sommes là.

Des jurons se firent entendre. La recherche de dépouilles était une sale affaire dans les meilleures conditions, mais un bateau incendié était pire encore. Outre les corps mutilés, les accélérateurs de feu devaient être maniés avec un soin particulier.

Elle poussa à son tour un soupir en imaginant l'approche du bateau. L'eau déjà saumâtre serait épaissie par l'accélérateur de feu, et les indices probablement en miettes, décomposés par l'incendie et leur séjour dans l'eau.

Quant aux corps... Cela faisait partie de son travail, et elle le ferait, mais remonter des morts du fond de l'océan n'était jamais agréable.

Mais c'était son métier. De même que la recherche d'indices, l'examen de bombes, les patrouilles de routine et un tas d'autres devoirs quand on vivait dans une ville entourée d'eau.

Wyatt poursuivit son briefing :

— Vous allez plonger deux par deux, quatre par Zodiac. Le but est de descendre et de remonter aussi rapidement que possible. L'eau est déchaînée aujourd'hui et elle ne nous livrera pas facilement ses secrets. Dès que nous aurons les corps et une zone de recherche définie, nous nous arracherons.

— Tu ne veux pas qu'on traite les indices ? demanda Gavin.

— S'ils sont faciles à prélever, oui. Mais le bateau va être mis en fourrière et examiné de haut en bas.

Kerrigan réfléchit à ces ordres avant de reporter son attention sur sa tablette. Wyatt était consciencieux comme toujours, mais il y avait dessus des détails supplémentaires sur les conditions de plongée, les spécificités du bateau, des hypothèses sur ceux qui avaient transporté la drogue et la destination ultime de cette drogue.

Sans fin, pensa Kerrigan. La lutte contre la criminalité ne cessait jamais. Ni ne ralentissait, en fait. Il y avait un élément de désespoir là-dedans, et elle faisait de gros efforts pour ne pas le laisser la gagner. Mais quelque chose dans ce jour maussade l'affectait plus que d'ordinaire.

C'était un poids invisible qu'ils supportaient tous, et la plupart du temps, elle le gérait parfaitement. Alors pourquoi était-ce différent ce jour-là ?

Elle parcourut à nouveau les points importants du briefing, et se représenta la zone sur laquelle se rendrait le Zodiac et la manière dont son partenaire de plongée et elle – Jayden Houston ce jour-là – allaient se partager la mission.

Puis il fut l'heure de partir.

— On est ensemble aujourd'hui, Kerr.

Elle sourit à Jayden, qui plissa ses yeux marron foncé.

— En effet, par une magnifique journée.

— Allez, tu n'adores pas plonger dans une soupe noirâtre avec un bon courant d'arrachement ?

— On vit un rêve, Houston.

Jayden lui passa un bras autour du cou tandis qu'ils marchaient sur le pont détrempé. La pluie qui les accompagnait depuis le commissariat du 86 tombait maintenant à torrents.

— C'est sûr, Doyle. Je le répète sans cesse à mon mari, terré dans son confortable bureau en ville.

Elle tapota le torse impressionnant de Jayden avant de se glisser sous son bras pour aller vérifier son équipement. Elle le chargea dans le Zodiac, imitant ses collègues qui se préparaient pour la mission. Et tandis qu'elle rangeait son équipement dans le bateau pneumatique qui allait les amener sur le site de plongée, elle dut reconnaître que Jayden avait raison. Avec un sourire qu'elle ne put réprimer, Kerrigan contempla les trombes d'eau qui s'abattaient sur le port de New York, la silhouette des gratte-ciel à peine visible au loin.

Pas de doute, elle vivait un rêve.

Un cauchemar absolu l'attendait au fond de l'eau. Jayden et elle constituaient la deuxième équipe de plongeurs, suivie de Wyatt et Gavin, quatre minutes après. L'inspecteur avait indiqué l'état du bateau et l'endroit probable des corps, aussi Kerrigan et Jayden s'étaient-ils concentrés sur cette partie.

Pour découvrir un amas de filets et de caisses, un bazar destiné à nuire à la scène de crime avant que le bateau ne sombre. Ils limitaient autant que possible leurs échanges en raison de leurs embouts respiratoires, mais Kerrigan ne manqua pas le hoquet de Jayden.

— C'est terrible.

— Un cauchemar.

La certitude que le bateau allait sombrer avait manifestement poussé les trafiquants dans leurs derniers retranchements. Une grande partie du bateau avait été arrosée de carburant puis incendiée. Le fuel épaississait l'eau, elle en sentait l'odeur malgré son masque.

Avec des mouvements lents, elle nagea plus près de la coque. L'eau bouillonnait plus que d'habitude, du fait des répercussions de l'ouragan. Elle n'était jamais très claire, mais ce jour-là sa lampe frontale tranchait à peine dans ses profondeurs troubles.

Jayden lui indiqua sa position et ce qu'il voyait, et elle fit de même. Bien qu'ils ne soient pas à plus de trois mètres l'un de l'autre, elle le distinguait à peine.

Raison de plus pour trouver ce qu'ils étaient venus chercher. Wyatt les avait avertis que la plongée serait difficile.

— J'ai quelque chose, Kerr.

Un juron suivit, très peu caractéristique de son coéquipier. Kerrigan lui fit une brève réponse et avança à travers l'épaisse bouillasse. Et se trouva face à deux corps carbonisés, attachés au bastingage.

L'inspecteur Arlo Prescott regarda les énormes vagues générées par la proue du bateau de police et roula les épaules sous sa veste du NYPD. Depuis trois jours, la météo était atroce, avec des mares de la taille de petits lacs à chaque carrefour. Il avait fait de son mieux pour rester plongé dans le travail, mais il devait parfois rentrer chez lui, et le vent de nord-est avait sérieusement détrempé la ville.

Le seul avantage, songea-t-il tandis qu'ils se rangeaient le long de plusieurs Zodiacs pour laisser leurs occupants monter à bord, était la baisse de la criminalité, car la tempête avait enfermé la plupart des gens chez eux.

À moins que les salopards soient assez bêtes pour s'échapper sur l'eau. Arlo soupira en voyant Wyatt Trumball quitter le Zodiac pour monter sur le bateau du NYPD. S'il fallait en juger par l'expédition de ce jour-là, c'était ce que ces imbéciles avaient fait. Preuve que le crime ne s'arrêtait pas à la rue et s'étendait aussi sur l'eau.

— Tu as l'air d'un rat mouillé, Trumball.

Arlo lui tendit la main et l'attira dans une forte étreinte.

— Un rat mouillé et gelé.

— Tu devrais voir l'autre, répliqua son ami.

Wyatt recula, parcourant du regard son équipe, qui débarquait.

— Ou les autres, devrais-je dire.

Il y avait un second bateau de police, dépêché pour récupérer les preuves sur le bateau des trafiquants. Ainsi que des vedettes, destinées à maintenir les curieux à l'écart.

Arlo avait été averti que les corps étaient repoussants. Cela ne manquait jamais de le stupéfier que, même dans les pires conditions météo, il y ait des gens assez bêtes pour vouloir contempler le spectacle.

— Terrible façon de mourir, commenta-t-il en regardant son ami.

Les mois précédents avaient été un défi pour Wyatt. Une série de coffres attachés à des corps avait mené à un mystère encore plus grand, qui avait secoué le 86 jusque dans ses fondations.

Tous les membres du commissariat avaient été affectés par la trahison de l'inspecteur McCoy, mais nul plus que Wyatt lui-même. Car il était tombé amoureux de la petite-fille de McCoy au milieu de révélations explosives.

Preuve, pensa Arlo en regardant son ami aider le reste des plongeurs à monter sur le bateau, que si les responsabilités pouvaient peser, l'amour aussi.

C'était un sévère rappel des raisons pour lesquelles il l'évitait. L'amour allait bien à certains, mais cela ne l'intéressait pas. Son travail et son engagement envers New York étaient les seuls amours qu'il voulait dans sa vie.

Le dernier plongeur descendit du Zodiac, et Arlo les compta mentalement avant de s'arrêter, hypnotisé. Une silhouette sculpturale, vêtue de néoprène, se dressait à l'entrée du bateau. La déesse-plongeuse retira son bonnet, dévoilant une longue chevelure châtain. Des doigts fins fourragèrent dans cette crinière, et de hautes pommettes, des lèvres sensuelles et des yeux presque noirs apparurent dans la brume.

Une vision à faire chavirer les cœurs. Il n'avait jamais considéré les combinaisons de plongée comme particulièrement seyantes. Elles étaient épaisses et conçues pour protéger du froid et de la saleté. Mais cette femme la portait bien.

Mieux que bien, pensa Arlo. Une seconde peau pour elle. Il retint son souffle quand elle entreprit de s'en débarrasser.

— Oh ! Prescott !

En entendant le cri de Wyatt, il détourna les yeux, mais pas avant d'avoir croisé le regard de la femme. Il baissa rapidement la tête. Aussi séduisante soit-elle, il préférait être damné plutôt que d'être surpris à l'admirer. Mais quelle bombe !

Arlo reporta son attention sur Wyatt, réprimant son élan d'intérêt pour la déesse. Il avait été prévenu qu'on avait récupéré des corps, mais cet avertissement ne pouvait le préparer tout à fait à ce qui gisait sur des bâches.

Arlo s'accroupit à côté des cadavres. L'eau salée et la faune marine avaient déjà causé plus de dégâts que l'incendie, mais il distinguait la force massive des corps. L'un des cous arborait un tatouage, que l'équipe médico-légale allait documenter en même temps que la qualité des vêtements et des chaussures. Ces types s'étaient préparés à naviguer, car ils portaient des bottes imperméables et d'épais coupe-vent.

La puanteur de l'essence imprégnait l'air, de même que l'odeur spécifique de la mort. Une voix tranquille fit lever les yeux à Arlo. Il croisa un regard brun.

— Si vous retournez les corps, inspecteur, vous verrez la cause de la mort.

Arlo étant homme à favoriser l'humour, il ne put retenir un sarcasme.

— La noyade, non ?

— Je dirais que les balles ont fait le travail bien plus vite.

2

Kerrigan avait rejoint le NYPD pour faire bouger les choses. Elle voulait croire à la bonté humaine, malgré la preuve constante du contraire. Cela ne l'aidait guère à supporter des jours comme celui-là. Car les actes de ces deux hommes les avaient inexorablement menés à leur fin.

— Des balles ? questionna l'inspecteur. Vous avez récupéré des douilles sous l'eau ?

— Non, mais j'ai vu l'état des corps quand nous les avons détachés du bastingage. Ils étaient ligotés avec des nœuds faits à la va-vite.

— Vous m'aidez ? J'aimerais voir ces blessures.

Kerrigan s'accroupit à côté de l'inspecteur Arlo Prescott. Elle savait qui il était, bien sûr. Il avait la réputation d'être l'un des meilleurs inspecteurs du NYPD. Il collaborait souvent avec la patrouille du port, aussi était-il inévitable qu'elle le croise. Mais jusque-là, elle ne l'avait vu que de loin. De plus, elle n'était devenue membre à part entière de la patrouille du port de Sunset Bay que six semaines auparavant.

Mieux valait en tout cas ravaler sa timidité et s'habituer à côtoyer ce grand blond aux yeux bleus.

Non que sa couleur d'yeux importe. Même quand ces yeux s'étaient posés sur elle alors qu'elle retirait sa combinaison. C'était quelque chose qu'elle faisait plusieurs fois par jour, et cela ne lui avait jamais semblé sexy. Et pourtant, un seul regard d'Arlo Prescott en avait fait quelque chose de suggestif.

Kerrigan reporta son attention sur les restes macabres devant elle. Ils se tenaient dans la partie abritée du bateau, destinée à examiner les indices. Il faisait assez froid pour que tous deux émettent de petits nuages de buée en parlant.

— Aidez-moi à le rouler sur le flanc.

Arlo fit ce qu'elle demandait. Le corps était plus lourd que sa taille ne le laissait suggérer. Et comme elle l'avait dit, l'orifice d'une balle était visible à la base du crâne.

— Bon sang. Pas d'honneur chez les voleurs.

Arlo laissa échapper un sifflement bas.

— Apparemment non.

Sa voix était sèche, un effet du détendeur et du stress, se dit-elle. Certainement pas parce que manipuler un cadavre avec cet homme lui faisait le souffle court.

— L'autre est dans le même état. Je pense qu'il a été tué en deuxième, parce que l'orifice de la balle n'est pas aussi net.

Arlo reposa le corps sur le dos et, s'essuyant les mains sur son pantalon, se tourna vers elle, toujours accroupi.

— Comment ça ?

Une fois encore, il lui prêtait une attention totale.

Désignant le deuxième corps, elle lui exposa la théorie qu'elle avait élaborée lorsque Jayden et elle avaient détaché les corps pour les ramener en surface.

— Le deuxième. Si vous regardez sa blessure, elle est aussi à l'arrière de la tête, mais il est clair qu'il a bougé. L'orifice n'est pas aussi propre. Je suppose qu'il a compris ce qui arrivait et qu'il se préparait à se battre.

— Avec un troisième membre d'équipage.

— C'est ce que j'ai pensé en les remontant. Qu'il y avait une troisième personne.

— Que vous n'avez pas trouvée ?

— Non, dit Kerrigan. Aucune trace de quelqu'un d'autre.

Arlo hocha la tête, réfléchissant au problème.

— Ces deux-là ont pu arroser le bateau d'essence, mais aucun d'eux ne pensait qu'il ne s'en sortirait pas.

— On dirait bien, confirma-t-elle. Il faut attendre les constatations de l'équipe médico-légale, mais je suis sûre qu'ils trouveront des traces d'accélérateur sur les mains des victimes. Ils détruisaient les indices, mais dans la perspective de quitter le bateau.

Il désigna l'autre corps.

— Aidez-moi à le retourner. J'aimerais examiner la blessure, et ensuite nous les remettrons à la légiste pour voir si elle est d'accord avec ces suppositions.

Kerrigan se déplaça et s'accroupit à côté du second corps. L'homme était plus mince que le premier mais avait plus ou moins la même taille. Et comme elle l'avait constaté, la blessure n'était pas aussi propre – la balle avait dévié.

— Sacrée façon de partir.

Arlo secoua la tête et lui fit signe de reposer le corps.

— Et vous avez fait d'excellentes constatations, agente… ?

— Doyle, inspecteur Prescott.

— Un prénom, Doyle ?

— Kerrigan. Kerrigan Doyle.

Il hocha la tête, puis la surprit en revenant à son titre.

— Du bon travail, agente Doyle. Je serai ravi de vous avoir sur cette affaire si vous voulez la suivre.

— Je…

Elle s'interrompit, le plaisir d'avoir retenu son attention troublé par le souvenir de son regard quand elle s'était dépouillée de sa combinaison.

— Merci, monsieur. J'apprécie cette opportunité.

Quelque chose passa dans les yeux de son interlocuteur, puis disparut en un éclair. Il hocha la tête, en l'inclinant vers Wyatt.

— Je vais en parler à l'inspecteur Trumball. C'est du très bon travail.

Tout en parlant, il s'était relevé. Avant qu'elle puisse ajouter autre chose, il tourna les talons et s'en fut.

Elle resta sur place, partagée entre la déception et le doute. Elle voulait progresser au NYPD, et collaborer avec un inspecteur reconnu était un moyen de le faire. Mais s'il ne lui avait demandé son aide que parce qu'il aimait son allure toute mouillée ? C'était peut-être injuste – mais elle frissonnait encore au souvenir de son regard. Un regard pas lascif, mais porteur d'un intérêt bien réel.

Un regard de deux secondes, Doyle ? Reviens sur terre.

Il le fallait, comprit-elle. Parce que travailler avec l'un des principaux inspecteurs du 86 allait constituer un énorme bond dans sa carrière.

Elle se consola avec cette idée en s'accroupissant à nouveau à côté des corps, parcourant des yeux leurs vêtements carbonisés. En se représentant les deux coups de feu – l'un net, l'autre un peu moins –, elle sentit qu'il y avait quelque chose qu'elle négligeait. Mais quoi ?

Arlo frappa à la porte de la légiste, une grande boîte de donuts à la main. Les morts du port n'étaient pas la seule priorité de l'équipe médico-légale, mais il y avait un axiome très simple à apprendre dans la police : une copieuse dose de sucre opérait des miracles dans un service.

Un fait que sa nouvelle coéquipière devait avoir assimilé, car Kerrigan Doyle gesticulait avec un beignet en direction de la cheffe de l'équipe médico-légale, Lorelei Mayes.

— Agente Doyle ? Docteure Mayes ?

Les deux femmes lui jetèrent un coup d'œil. Leur agacement d'être interrompues se dissipa quand leurs regards tombèrent à l'unisson sur la boîte dans ses mains. Ce fut Lorelei qui sourit la première, une lueur dans l'œil.

— Les pâtisseries ont fait des affaires ce matin.

Arlo lui adressa un sourire ironique.

— Disons que les grands esprits se rencontrent.

La légère rougeur de Kerrigan ne lui échappa pas. Elle n'avait rien fait de mal, mais avait probablement l'impression du contraire. Certains se seraient irrités de son arrivée matinale, le coiffant au poteau avec ses donuts. Mais lui était plus pragmatique que ça. Du moment que le boulot était fait...

Et c'était un bon point supplémentaire vis-à-vis de son avenir de future inspectrice. Un rang qu'elle pouvait atteindre dans la patrouille du port, comme Wyatt l'avait fait. La progression de carrière était accessible à tous les flics du NYPD, mais la hiérarchie procédait à des ajustements en couplant les spécialistes du port avec les « marins d'eau douce », comme les appelait Wyatt.

Le fait que Kerrigan ait accepté de travailler avec lui en sus de ses plongées indiquait avec certitude qu'elle visait cette carrière. Et le fait qu'elle soit arrivée plus tôt lui disait tout ce qu'il avait besoin de savoir. Elle était aussi intelligente qu'ambitieuse.

— Eh bien, cette petite subornation était inutile.

Le regard de Lorelei pétillait d'amusement.

— Mon équipe et moi avons fait des heures supplémentaires pour finir vos victimes d'hier soir.

— Merci.

Lorelei agita la main.

— Tout le plaisir était pour nous. Ce crime a des connotations qui nous dérangent tous.

— Nous vous attendions pour discuter de ces caractéristiques, ajouta rapidement Kerrigan.

Arlo nota son empressement à lui faire savoir qu'elle n'avait pas usurpé la chaîne de commande.

— Comme la Dre Mayes le sait, peu m'importe qui dit quoi à qui. Plus nous sommes d'esprits vifs à travailler sur le problème, plus vite nous attraperons le tueur.

— J'ai finalement compris ce qui me gênait, reprit Kerrigan, manifestement plus à l'aise.

— C'est-à-dire ?

— La troisième personne. Elle devait être beaucoup plus petite que les deux victimes. L'angle des tirs est très bas.

Une fois encore, elle l'impressionnait. Elle était observatrice, une nécessité dans le travail de police. Mais aussi tenace. Cela n'aurait pas dû être surprenant. C'était une qualité majeure pour tout bon flic, et Arlo avait observé depuis longtemps que c'était plus qu'essentiel pour les hommes et les femmes qui plongeaient. La patrouille du port était au top. Elle travaillait dans des conditions d'une dureté incroyable.

— Bonne remarque, Doyle. Cela ajoute au profil du tueur, et c'est une pièce supplémentaire du puzzle.

— Je suis d'accord, ajouta Lorelei. L'angle des coups de feu est cohérent avec une personne de petite stature. D'autant plus que nous n'avons pas trouvé de résidu de poudre sur les victimes. Ce n'est pas une situation où l'une d'elles s'est tournée contre l'autre, puis contre une troisième. Les constatations indiquent que c'est la même arme et le même angle général.

— Et l'autre hypothèse de l'agente Doyle ?

Lorelei se tourna vers Kerrigan.

— Nous ne sommes pas arrivées si loin.

Arlo hocha la tête, encourageant Kerrigan à poursuivre.

— Je vous en prie, faites part à la Dre Mayes de votre supposition.

Kerrigan prit une serviette en papier et s'en servit pour poser son beignet sur l'un des plans de travail immaculés. Elle prit une seconde serviette et s'essuya les mains tout en parlant.

— Je crois que la victime au tatouage a été abattue en second. Sa blessure est similaire, mais l'orifice est irrégulier, comme si elle avait bougé pour éviter le tueur.

Sans broncher, Lorelei s'approcha d'un petit ordinateur. Elle avait posé son propre donut directement sur la surface, mais elle s'essuya les mains avant de taper sur le clavier. Après avoir parcouru plusieurs fichiers, elle recula.

— C'est une bonne déduction, agente Doyle. Je suis d'accord.

Nous avions noté une différence dans les blessures, mais nous n'étions pas allés jusque-là. Bravo. Et je dirais que vous avez affaire à un salopard sans pitié. Des coups de feu dans la nuque à bout portant indiquent un certain empressement à mettre fin à la vie.

Arlo avait avancé avec les mêmes prémisses, mais cette affirmation le fit tout de même frissonner. À quoi avaient-ils affaire ? Les criminels étaient capables des pires méfaits, mais cela ne voulait pas dire qu'il n'y avait pas une sorte de hiérarchie. Certains crimes étaient prémédités, d'autres opportunistes. Mais celui-là ? Il affichait la cupidité et l'envie de faire mal à tout prix. Réprimant un deuxième frisson, il désigna les fichiers toujours affichés à l'écran.

— Vous avez une identité ?

— Pour l'un d'eux seulement. Jordan Bilks, trente-quatre ans, récita Lorelei en faisant défiler le rapport. Il a passé du temps en prison et est ressorti pour bonne conduite il y a quatorze mois.

— Lequel est-ce ? questionna Arlo.

— Le premier à avoir été abattu, si l'on suit la théorie de l'agente Doyle.

— Pour l'instant, c'est ce que nous faisons.

Arlo vit les lèvres de Kerrigan esquisser un petit sourire.

— Nous allons continuer d'examiner le second.

— Même avec le tatouage, vous n'avez rien trouvé dans la base de données ? questionna-t-il.

— Non, et c'est surprenant. Je m'attendais à en tirer quelque chose, dit Lorelei en faisant défiler d'autres écrans.

Un mystère de plus à éclaircir, pensa Arlo. Bien qu'ils soient considérablement décomposés, les deux hommes affichaient une âpreté suggérant des criminels de carrière. C'était un jugement hâtif, mais auquel il se fiait tout de même.

— Vous avez une estimation d'âge pour le deuxième ?

— Entre trente et trente-deux ans. Sa santé globale et son tonus musculaire sont cohérents avec cet âge, mais c'était un fumeur et cela avait commencé à l'abîmer. J'estime qu'il a commencé à fumer vers l'âge de onze ou douze ans.

Lorelei ne cessait jamais de l'étonner.

— Nous avons du pain sur la planche apparemment.

— Mon équipe et moi aussi.

Lorelei délaissa son ordinateur et reprit son donut.

— Je veux examiner leurs vêtements, et ce tatouage a des marques spécifiques. Le crâne doit avoir une signification.

— L'appartenance à un gang ? suggéra Kerrigan.

— C'est possible. J'aimerais voir si on peut le relier aux tatouages d'autres criminels.

— Ce sera très apprécié.

Arlo tapota le couvercle de la boîte qu'il avait apportée.

— Mes meilleurs sentiments aux membres de l'équipe, et dites-leur de se régaler.

— Je n'y manquerai pas, dit Lorelei en hochant la tête.

— Agente Doyle, allons mettre le capitaine au courant.

Elle lui emboîta le pas et attendit qu'ils soient près des ascenseurs pour se tourner vers lui.

— Je suis désolée si je vous ai donné l'impression de brûler les étapes. Je voulais juste savoir ce qu'ils avaient.

Il se tourna vers elle et remarqua de petites rides autour de ses yeux bruns. De jolis yeux, nota-t-il. Une observation qui n'avait pas sa place avec une collègue. Il revint résolument à la préoccupation sous-jacente de Kerrigan.

— Vous avez l'impression que je suis contrarié ?

— C'est votre affaire. Et je suis ravie d'en faire partie.

— Agente Doyle, une part du travail de police consiste à avoir de la ténacité. Comment décourager quiconque de vouloir résoudre un crime aussi vite que possible ?

— Ce n'est pas ce que je voulais dire. C'est juste que...

Elle s'interrompit et poussa un petit soupir.

— Je sais qu'il y a un protocole, et je ne veux pas donner l'impression que je n'apprécie pas votre expérience.

— Je vais vous dire...

Il pressa le bouton de l'ascenseur.

— Occupez-vous d'apprendre tout ce que vous pouvez, et si j'ai un problème je ne manquerai pas de vous le faire savoir.

— Oh... D'accord.

— Alors on est d'équerre. Allons parler au capitaine.

Il désigna la porte de l'ascenseur qui s'ouvrait.

Kerrigan n'était pas timide et n'hésitait pas à se lancer à la poursuite de ce qu'elle désirait. Alors qu'avait donc Arlo Prescott pour qu'elle gigote ainsi ?

Ils n'avaient pas communiqué autrement que par mail durant les trente-six dernières heures. Ce délai lui avait permis de faire baisser d'un cran l'émotion qui l'avait saisie quand elle avait remarqué à quel point il était séduisant.

Elle avait volontairement évité de penser à lui. Elle avait effectué plusieurs plongées la veille et n'avait vérifié ses mails que durant les pauses autorisées. La chance d'enquêter sur cette affaire n'interférerait pas avec son travail habituel, ce dont elle avait assuré Wyatt lorsqu'il lui avait dit qu'il approuvait sa collaboration avec Arlo. Tout allait bien, elle avait le soutien de son patron. Alors qu'est-ce que c'était que toutes ces émotions confuses ?

Parce qu'il est trop séduisant.

Cette pensée l'avait frappée quand il était entré dans les bureaux de l'équipe médico-légale avec sa boîte de donuts. Elle s'était immédiatement rappelé la chaleur de son regard lorsqu'il l'avait regardée quitter le Zodiac.

Craquer pour un collègue n'était pas dans son intérêt. Craquer pour un supérieur était pire encore.

Elle devait étouffer cela dans l'œuf. Craquer pour quelqu'un, c'était tirer des plans sur la comète, de toute façon.

Elle s'en était presque convaincue lorsqu'il la suivit dans l'ascenseur, et que les portes se refermèrent.

Elle n'était pas petite, mais avec Arlo, elle devait légèrement lever les yeux. Elle devrait s'appuyer sur ses épaules s'ils s'embrassaient. *Arrête*, s'ordonna-t-elle en cherchant quelque chose d'inoffensif à dire.

— Vous aimez les donuts de Sunset Bakery ?

— Ce sont mes préférés. Personne ne fait les Boston Crème comme eux.

— Je ne suis pas allée à Brooklyn depuis longtemps, mais j'aime bien Cake Brothers.

Il secoua la tête d'un air grave.

— Les Rossetti sont loin d'avoir la main aussi légère.

— Allez, vous avez entendu la Dre Mayes. Son délicieux feuilleté aux amandes était croustillant et léger.

L'ascenseur s'ouvrit et il poursuivit la conversation en marchant vers le bureau du capitaine.

— Vous avez encore beaucoup à apprendre, Doyle.

— C'est noté, monsieur.

Elle prit conscience de sa pointe d'insolence et fut ravie, et plutôt surprise, quand il se retourna, un large sourire aux lèvres.

— Mais je pense que vous allez y arriver.

3

Quinze minutes plus tard, Arlo s'efforçait encore d'élucider ce moment dans l'ascenseur. Il n'avait pas encore trouvé ses marques avec elle. Ses tentatives d'ironie à lui et son effronterie à elle n'étaient qu'un début.

C'était lui le policier chevronné, et il l'avait prise sous son aile. Elle l'avait bien gagné, mais il était tout de même le chef. Et cette responsabilité lui pesait davantage qu'il ne l'avait anticipé.

Parce que c'était une femme ? Ou parce que, peu importe qu'il essaie de l'ignorer, il était conscient de sa beauté ? Ou, plus exactement, de son attirance envers elle ?

Plaisanter n'était qu'une manière de contourner ce fait. Il était connu pour son sens de l'humour. Les plaisanteries lui venaient facilement, et il avait toujours pensé que rire était une nécessité dans la vie. Surtout dans un métier où les meurtres et les cadavres faisaient partie du quotidien.

Comme c'était rafraîchissant de le découvrir aussi chez Kerrigan. *Comme si j'en avais le monopole*, se dit-il en observant son apprentie, qui se tenait très droite, le respect gravé sur le visage.

C'était nouveau, s'avoua Arlo. S'il respectait ses collègues féminines, il n'avait jamais fait équipe avec l'une d'elles. Là où il avait échangé des blagues à la limite de la grivoiserie avec ses collègues masculins, il n'aurait jamais imaginé faire de même avec une policière. Pourtant, elle avait un sens de l'humour bien à elle.

Le capitaine Reed avait posé plusieurs questions et, chaque fois, Arlo avait hoché la tête, suggérant que Kerrigan réponde.

Dwayne s'était donc concentré sur elle.

— Vous avez un solide instinct, agente Doyle. C'était de l'excellent travail, de jauger les corps avant même de les remonter. Cela n'a pas dû être facile.

— Merci, capitaine.

Dwayne sourit, plissant profondément ses yeux noirs.

— Je dis souvent à Trumball que je ne sais pas comment il fait pour plonger dans ces eaux. Mais je ne peux pas nier les miracles que vous faites quand vous êtes là-dessous.

— C'est un honneur, monsieur. J'adore mon travail.

Dwayne haussa les sourcils.

— Et vous voulez toujours faire équipe avec celui-là ?

C'était la première fois que Kerrigan prêtait attention à Arlo depuis leur entrée dans le bureau du capitaine.

— Je suis pleinement engagée dans mon travail avec la patrouille du port. Mais je suis aussi flic et j'aimerais continuer à progresser aussi dans cet aspect de ma carrière. Collaborer avec l'inspecteur Prescott est un énorme avantage.

— C'est noté.

— Wyatt l'a aussi autorisé, ajouta Arlo, pour nulle autre raison que de rassurer Kerrigan.

Il savait bien que leur capitaine ne manquait rien lorsqu'il s'agissait de son équipe.

— Trumball m'en a déjà informé.

Sans même faire de pause, Dwayne passa au sujet suivant :

— Vous avez une idée des criminels auxquels tout ceci serait lié ?

— Non.

Arlo secoua la tête.

— J'ai étudié les suspects habituels, et je n'ai trouvé personne qui aurait un bateau avec ces caractéristiques. Ou la stupidité d'essayer de le manœuvrer durant un ouragan.

Ce qui, en soi, était étrange. Les bateaux coûtaient de l'argent, demandaient de l'entretien et avaient de petites choses enquiquinantes comme des numéros de série. Incendier l'un d'eux – avec ses marchandises et son équipage – signifiait que quelqu'un avait beaucoup d'argent à gaspiller.

— Parlez-en aux Mœurs et voyez s'il en ressort quelque chose. N'importe quel truc suspect dont ils ont eu vent.

— Bien sûr. On a déjà entrepris des recherches sur le propriétaire du bateau. L'équipe de la fourrière a pour instruction de nous adresser tout numéro d'identification ou toute marque distinctive.

Dwayne hocha la tête, mais il avait déjà reporté son attention sur Kerrigan.

— Vous n'êtes au 86 que depuis quelques semaines. Comment trouvez-vous cela ?

— Je suis très contente de cette mutation. L'inspecteur Trumball dirige une bonne équipe.

Intéressant, se dit Arlo. La plupart des gens trouvaient du réconfort à demeurer là où ils étaient nés, mais elle avait postulé pour un transfert. Ce n'était pas vraiment extraordinaire, mais c'était un point de plus dans la colonne « ambition ».

— Je vous remercie de votre dévouement, agente. Inspecteur ?

Le regard sombre du capitaine était posé sur lui.

— J'aimerais vous dire quelques mots.

— Naturellement.

Kerrigan sortit, et Dwayne attendit une seconde avant de parler.

— Vous pensez que c'est avisé de faire intervenir quelqu'un d'aussi novice ?

Arlo respectait énormément Dwayne. Il menait de dures batailles et protégeait ses hommes des aspects politiques du métier. Cela rendait sa question d'autant plus surprenante. Personne au 86 n'était plus désireux que Dwayne de voir leur équipe réussir.

— Mon partenariat avec Doyle pose des problèmes ?

— Non. Mais elle est nouvelle, et les indices suggèrent qu'il se passe des choses sinistres. Deux types abattus et carbonisés ?

Dwayne pinça les lèvres.

— Ça n'a rien d'un hasard.

— Surtout pour des hommes de main.

— Exactement, approuva Reed. Sortir par un temps pareil ? La paye devait être bonne, mais il y a une loyauté implicite là-dedans. Et finir comme ça ? Une balle dans le crâne, style exécution ? Ça ne me plaît pas, Arlo. Tout ce que je demande, c'est que vous soyez sûr de ce dans quoi vous la mettez. Sa première grosse affaire.

Arlo revit la femme calme et pondérée qui l'avait aidé à retourner les cadavres sous la pluie.

— Elle a remonté les corps et a eu la présence d'esprit d'examiner les orifices des balles, tout en nageant au plus fort de la tempête. Elle a gagné ce droit, monsieur.

— Cela ne fait aucun doute. Mais je veux que vous avanciez avec prudence. Quoi que nous affrontions, ce ne sera pas une affaire facile.

— Non, en effet.

— Doyle est une policière incroyablement prometteuse. Je ne veux pas voir mes hommes blessés dans l'exercice du devoir. Mais les plus brillants, les plus passionnés ?

— Oui ?

— Je crains toujours que cette intelligence les mette en danger.

Arlo faillit plaisanter en disant qu'il était l'un des plus intelligents et avait néanmoins survécu, mais il croisa le regard sérieux de Dwayne. Il était l'un des plus intelligents, certes, mais cela ne faisait pas cesser ses cauchemars. À l'époque de sa première affaire, il était aussi brillant et passionné. Et cela avait failli le tuer.

Kerrigan avait accepté sans sourciller le congé du capitaine, mais elle était dévorée de curiosité à propos de la conversation qu'il avait avec Arlo.

Le capitaine semblait satisfait de son travail, mais cela ne signifiait pas nécessairement grand-chose. La patrouille du port était petite, et peut-être ne voulait-il pas qu'elle multiplie les heures, en dépit de ses compliments.

Elle se força à calmer le fil de ses pensées.

Le capitaine pouvait traiter ses hommes comme il le voulait. Son rang lui accordait ce privilège. S'il n'avait pas voulu qu'elle collabore à cette affaire, elle en aurait déjà entendu parler.

Dwayne Reed s'acquittait de ses responsabilités avec aisance, et elle ferait mieux de s'occuper d'elle-même. Et de ne pas entretenir d'idées folles. Il n'y avait rien à gagner à sonder les profondeurs des yeux d'Arlo ou à admirer sa carrure quand il était dans l'ascenseur avec elle.

S'en tenir à son rôle impliquait de repousser ses attirances, mais aussi ses inquiétudes. Cela la motiva de plus belle. Quand Arlo reviendrait, elle lui proposerait de se charger de retrouver le propriétaire du bateau, afin de le libérer d'une tâche fastidieuse.

Le travail ne lui faisait pas peur, et ils auraient au moins une piste à suivre.

Arlo referma la porte du bureau et vint vers elle.

Une bouffée d'émotion la saisit. Même sa démarche était sexy. Mais elle réprima cette pensée par la force de sa volonté.

— J'espère que ça ne vous ennuie pas que je vous aie attendu. Je pourrais commencer à effectuer des recherches sur le bateau.

— Oui, à propos de ça...

— Vous préférez que je fasse autre chose ?

— En fait, je me disais que votre familiarité avec l'eau doit s'accompagner d'une certaine connaissance des bateaux.

Une fois encore, il l'avait prise au dépourvu. Arlo semblait sincèrement intéressé par l'idée de puiser dans ses connaissances.

— Eh bien, oui. Je veux dire, nous sommes formés sur toutes sortes d'embarcations, et j'ai aussi grandi près de l'océan. Mon père possède un bateau. Mes oncles aussi.

Elle sourit en pensant aux week-ends passés en famille sur l'eau, l'été.

— Vous connaissez des vendeurs de bateaux auxquels nous pourrions parler ? Je voudrais savoir comment on peut posséder un bateau sans qu'il soit enregistré nulle part. Parce que je le cherche depuis plusieurs jours et je n'ai rien trouvé.

Elle passait déjà en revue les possibilités, mais il n'y avait qu'un choix évident.

— Allons voir Big Will, chez Brooklyn Yacht.

— Big Will ?

— Oui. Big Will Gentry. Il mesure un mètre quatre-vingt-quinze et pèse cent soixante-quinze kilos.

Comme Arlo ouvrait de grands yeux, elle poursuivit :

— C'est un gentil géant. Il exerce ce métier depuis quarante ans. Son père l'a fait pendant au moins trente ans. La rumeur dit que ses fils prendront la relève, mais la retraite n'enthousiasme guère Will.

— Allons-y.

La pluie avait laissé place à une parfaite journée d'automne lorsqu'ils sortirent du commissariat et montèrent dans la voiture d'Arlo.

— Est-ce que le reste de votre réunion s'est bien passé avec le capitaine ?

Elle ouvrit sa portière en se maudissant d'avoir posé la question. Son entretien avec le capitaine Reed ne la regardait pas. Et ce n'était pas parce qu'il s'était déroulé après leur débriefing qu'il avait quelque chose à voir avec elle.

Arlo ne répondit pas immédiatement, car il boucla sa ceinture et entreprit de sortir du parking. Ce ne fut pas avant d'atteindre la voie express qu'il reprit la parole :

— Le capitaine approuve votre participation à l'affaire, si c'est ce qui vous inquiète.

— En général, je ne suis pas aussi…

Elle soupira, laissant sa phrase se perdre. Aussi quoi ? Hésitante ? Effrayée de se lancer à la poursuite de ce qu'elle voulait ? Attirée par un collègue ?

— Pas aussi quoi ? questionna Arlo, le regard heureusement posé sur la circulation.

— Je connais ma valeur et je sais ce que je veux, inspecteur. Je veux être policière depuis que je suis enfant. Je crains juste qu'on me retire de l'affaire.

— Pourquoi ?

— Vous avez la réputation d'être le meilleur. Et je suis à la fois ravie et terrifiée de faire équipe avec vous. Je veux faire de mon mieux.

Là, c'était sorti. La plus grande partie, en tout cas. Qui mentionnait sa crainte de ne pas être à la hauteur. Et le reste ? Eh bien, elle se débrouillerait avec l'attirance. Il le fallait bien.

Cela faisait longtemps qu'il n'avait pas formé quelqu'un, mais Arlo se rappelait ses sentiments à ce stade de sa vie. La terreur et l'envie de donner le meilleur de soi-même.

Ce n'était pas un stade confortable, mais il était nécessaire pour progresser dans le métier. C'était pour cela qu'il n'allait pas lui raconter de bêtises ou rejeter ses questions.

— Le capitaine Reed est d'accord pour que nous collaborions.

— Pourquoi est-ce que j'entends un *mais* ?

— Parce qu'il s'inquiète de l'ambiance de violence autour de cette affaire.

Les paroles de Dwayne le hantaient depuis qu'il était sorti

de son bureau. « Et finir comme ça ? Une balle dans le crâne, style exécution ? »

Arlo tenta de se secouer, mais même l'ensoleillement de la journée ne pouvait chasser la noirceur de cette affaire.

— Il pense que je ne peux pas gérer l'affaire ?

— Pas du tout. Mais c'est sa tâche de diriger la brigade. Et je peux vous dire qu'il est inquiet.

La circulation était dense mais pas au point mort, et Arlo risqua un bref coup d'œil dans sa direction. Sa bouche formait une ligne sévère, tout sourire évanoui.

— Je comprends ça. Le poids de ses responsabilités doit être énorme.

Il entendit l'hésitation dans sa voix et opta pour rester silencieux, lui donnant le temps de préciser sa pensée.

— Je dois juste demander s'il serait aussi inquiet si c'était Jayden. Ou n'importe quel autre collègue masculin, en l'occurrence.

— Je comprends que vous deviez poser la question, mais je connais Dwayne depuis longtemps. Il joue franc jeu, sans prendre le genre en considération. Ce qui est rare, c'est ce niveau d'inquiétude à l'égard d'une affaire. N'importe quel meurtre soulève des questions. Mais que s'est-il passé sur ce bateau ?

Kerrigan poussa un soupir lent.

— Une démonstration de brutalité sans précédent.

— Précisément ce que dit le capitaine.

En dix minutes, ils se dégagèrent de la circulation et prirent la sortie de Sheepshead Bay. Kerrigan le pilota, et il vit au loin l'enseigne de Brooklyn Yacht.

— Il est un peu tard pour poser la question, mais je suppose que Big Will ne vend pas seulement des yachts.

— En effet. Il vend environ un quart de tous les bateaux de plaisance de la région.

Arlo s'arrêta sur un emplacement devant l'entrée et regarda autour de lui en descendant de voiture. Il avait toujours été observateur, une qualité qui lui servait dans ce métier.

Le soleil se réverbérait sur des bateaux derrière le bâtiment. Ils miroitaient au loin, flottant sur l'eau.

— Qu'ont-ils fait durant la tempête ?

Arlo désigna les quais de la tête, tandis que Kerrigan le rejoignait derrière la voiture.

— La même chose que tous les propriétaires de bateaux. Attacher ce qu'ils pouvaient et prier pour le reste.

— Ça m'a l'air d'un métier difficile.

— Big Will possède un bon commerce. Le volume des ventes est là. Les petites entreprises familiales représentent certainement une concurrence, mais il s'en accommode.

Kerrigan sourit, un sourire qui éclaira son visage.

— Les gens qui aiment l'eau aiment vraiment l'eau.

— Un fait que vous, Trumball et le reste des dingues de la patrouille prouvez tous les jours.

Le moment pénible semblait s'être dissipé. Elle pencha la tête vers le bâtiment.

— Essayons de trouver Will.

Arlo la suivit dans l'énorme hall d'exposition et fut amusé de se rendre compte qu'il ressemblait à celui d'un concessionnaire automobile. Après tout, un bateau restait un véhicule pour se déplacer d'un point A à un point B.

— Kerrigan !

Un mugissement s'éleva au fond de la salle quelques secondes avant qu'un homme qui ne pouvait être que « Big Will » émerge d'un bureau. La première pensée d'Arlo fut que l'homme portait bien son nom. La seconde, qu'une affection visible le liait à sa nouvelle coéquipière.

Après de rapides présentations et la confirmation de la part de Kerrigan qu'ils étaient en mission officielle, Will les fit entrer dans son bureau et referma la porte.

— C'est du vilain, ce qui s'est passé dans le port.

Will secoua la tête.

— Et c'est votre équipe qui a remonté les corps.

— Nous étions assignés à la recherche, oui.

— Vous étiez au courant qu'un bateau avait sombré, monsieur ? insista Arlo.

La nouvelle du trépas des trafiquants de drogue semblait s'être rapidement répandue.

— Les gens parlent.

Will haussa les épaules.

— Et quand un bateau comme ça fait naufrage ? Ça nous intéresse.

— Will, si vous savez quelque chose, nous vous en serions très reconnaissants de nous en parler.

Le respect de Kerrigan pour cet homme était évident, mais sa volonté de bien faire son travail aussi.

— Nous ferons de notre mieux pour ne pas mentionner votre nom.

L'homme avait au moins soixante-dix ans, et il avait visiblement passé nombre de ces années sur l'eau. Le soleil et les embruns avaient tanné et plissé son visage, mais ses yeux bleus brillaient de sagacité.

— Je vous aiderai autant que je peux. Laissez-moi deviner. Pas de numéro d'enregistrement ?

Kerrigan resta silencieuse, laissant Arlo confirmer. Plus impressionnant encore, elle ne se tourna pas vers lui pour l'interroger du regard. Elle était la policière incarnée, traitant une affaire officielle avec son coéquipier. Un rappel de ce qui lui avait valu cette opportunité. Qu'elle reste sur l'eau ou passe au sein du commissariat, Arlo ne doutait pas que cette femme ferait une formidable inspectrice. Elle était détachée quand il le fallait, et son instinct était solide comme le roc.

— Non, monsieur. Tous les signes de provenance ont été supprimés. Nous avons des raisons de croire que cela a été fait par le propriétaire actuel avant sa mise à l'eau.

Will inspira brusquement, la mine sombre.

— Nous ne suivons pas à la trace tout ce que nous vendons.

Je pense que c'est la même chose pour les autres fournisseurs, mais il y a des rumeurs. On dit qu'un réseau de trafiquants de drogue essaie de mettre le grappin sur le commerce local. Mes fils et moi sommes prudents. Nous vérifions la solvabilité des nouveaux acheteurs.

— Vous pensez que des contrebandiers se servent de bateaux par ici ?

Tout en posant la question, Arlo prit conscience que c'était le présage de problèmes potentiels. Un réseau de contrebande local ? Il allait s'entretenir avec ses collègues des Mœurs. Comment diable un trafic de drogue pouvait-il s'étendre sans que personne n'en ait vent ? Ils essayaient de se tenir à jour. Mais ça ?

— Non.

Will secoua la tête.

— Les bateaux viennent probablement de beaucoup plus au sud. En chemin, ils passent par des ateliers clandestins, où on optimise les moteurs et on efface les numéros de série.

— Je vous suis très reconnaissante de prendre le temps de nous parler, dit Kerrigan.

— Pour vous ?

Will lui adressa un sourire rayonnant.

— Quand vous voulez. Et j'ouvrirai l'œil. Je peux vous promettre que mes fils aussi. Il y a trop de crimes dans notre ville telle qu'elle est. Polluer l'eau avec cette sorte de méfaits ?

Will poussa un sifflement bas.

— C'est immoral.

— J'aimerais que tout le monde le voie ainsi, monsieur.

Will accepta cela sans sourciller et promit de leur faire savoir s'il pensait à autre chose. Avec un peu plus de gaieté dans le regard, il offrit à Kerrigan de lui montrer la dernière acquisition de sa flotte, et Arlo leur fit signe d'y aller.

Bien qu'il ne sache rien des bateaux, il prit son temps pour flâner dans le hall d'exposition. L'endroit était presque vide, mais il vit une femme bien habillée parlant à un couple âgé.

La tête baissée, il feignit de s'intéresser aux vedettes exposées. À part la barre et la commande des gaz, il ne comprenait rien à ce qu'il regardait. Ce qui lui donnait autant de temps pour surveiller le reste de la salle.

Des bureaux s'alignaient au fond, de part et d'autre du bureau de Will. Une petite cuisine était visible dans un coin, et il vit quelqu'un s'affairer autour de l'évier. Tout semblait normal. Un commerce prospère durant les heures tranquilles de la journée.

Il revint à son examen des bateaux. Ce faisant, il faillit manquer un mouvement au fond du hall. Il ne l'aurait pas vu s'il avait fixé un peu plus longtemps la liste des améliorations apportées par le fabricant.

Un jeune homme, pas aussi grand que Will mais lui ressemblant tout de même, sortit du bureau voisin de celui de son père. Il jeta un coup d'œil à la porte ouverte, hésitant manifestement, puis s'engouffra dans le bureau de l'autre côté.

Arlo n'aimait pas tirer des conclusions hâtives, mais il ne put nier son intérêt quand l'homme ferma non seulement la porte mais aussi les stores.

Une réunion à bureau fermé ne constituait pas un crime, loin de là. Mais le fils tenait un conciliabule lorsque le père avait le dos tourné. Avec l'autre fils ? Était-ce une coïncidence ?

Kerrigan arborait un sourire rayonnant lorsqu'elle revint du quai. Elle n'avait pas vu l'homme se glisser dans l'autre bureau, et Arlo se demanda s'il devait le lui dire.

— Vous êtes prêt à y aller ? questionna-t-elle.

— Où est Will ?

— Il discute avec un des mécaniciens. Je lui ai dit que nous saurions repartir.

Arlo jeta à nouveau un coup d'œil à la porte fermée. L'honnêteté de Kerrigan ne faisait aucun doute, mais il était peut-être temps d'effectuer des recherches sur Big Will et ses fils.

Tous les pressentiments n'étaient pas avérés. Mais une

intuition de cette nature à propos d'amis de Kerrigan ? Il devait s'en occuper. Arlo réprima un pincement de culpabilité tandis que Kerrigan et lui sortaient du hall d'exposition. Sa décision était prise, et il ferait ce qu'il avait à faire.

4

Kerrigan fit le tour des débris du bateau. Elle avait plusieurs plongées à effectuer dans l'après-midi, mais elle avait choisi d'entamer la journée en examinant ce que l'équipe de recherche avait remonté du port. Elle se souvenait de ce qu'elle avait observé durant la plongée, mais elle voulait examiner le bateau au grand jour.

Elle prenait soin de rester à distance pour éviter une contamination. Ce que l'équipe scientifique avait réussi à faire en quelques jours était impressionnant. Le volume de débris étalés dans le hangar était stupéfiant.

Le flanc bâbord de la coque semblait presque intact, et il avait été placé au fond du hangar. Elle avait brièvement échangé avec une enquêtrice en incendies criminels. La bonne volonté de cette femme avait été encourageante. Cela donnait matière à penser à Kerrigan, maintenant qu'elle contemplait les parties déjà démontées du bateau.

La majeure partie des dégâts avait eu lieu à tribord, là où se trouvaient les corps. Le tueur avait-il manqué de temps ? se demanda Kerrigan.

Des photos leur avaient été envoyées, à Arlo et à elle, avant que l'équipe scientifique ne démonte le bateau. Bien qu'ils continuent à photographier au fur et à mesure du démontage, ces photos initiales étaient le meilleur témoignage de ce qui avait été remonté du port. Elle les avait étudiées tard dans la nuit, et s'efforçait maintenant d'associer ces images à ce qu'elle voyait.

— C'est une tâche énorme.

Cette voix grave était amicale, alors pourquoi la fit-elle frissonner de haut en bas ? Kerrigan fit face à Arlo, résolue à réprimer cette réaction ridicule.

— Inspecteur.

— Bonjour, Doyle. On dirait que nous sommes tous deux tombés du lit.

— J'ai examiné les photos hier soir, en essayant de les associer avec ce que j'ai vu durant la plongée. Mais nous étions tellement concentrés sur la récupération des corps que je n'ai pas eu le temps de bien y regarder.

— Une récupération au milieu des effets résiduels d'un ouragan, ajouterais-je.

La note d'approbation dans son regard ne lui échappa pas, et elle se surprit à fixer un peu trop longtemps ces yeux d'un bleu profond avant de reprendre ses esprits.

— Ce n'est déjà pas facile de voir dans les profondeurs par une journée claire, alors vous avez raison.

Encore maintenant, elle se rappelait la sensation de l'obscurité et du courant. Toutes les plongées étaient difficiles, mais celle-ci avait été exceptionnelle à cet égard.

— Que voyez-vous maintenant que vous les regardez ? demanda Arlo.

L'idée de lui faire part de ses théories l'enthousiasmait. Et si cela lui valait davantage d'approbation dans ses yeux...

— L'incendie a évidemment eu un effet sur tout le bateau, mais il y a davantage de dégâts à tribord.

Kerrigan désigna les morceaux de bastingage.

— Jayden et moi avons dû détacher les victimes du bastingage.

— C'est là qu'elles étaient attachées ?

Arlo se déplaça pour examiner le bastingage en question.

— Oui.

— Cela a demandé des efforts de la part du tueur, observa Arlo.

Kerrigan soupesa cette remarque.

— Vous avez raison. Pourquoi se donner la peine de les ligoter ?

— Encore une question à résoudre.

Ils tournèrent autour des débris, mais Kerrigan ruminait l'observation d'Arlo. Pourquoi le tueur avait-il attaché les corps ? Un homme avec une balle dans la tête ne représentait plus aucune menace.

— Arlo... Venez voir ça.

Il détacha les yeux des morceaux de pont qu'il examinait.

— Regardez là.

Elle désignait un gros morceau de pont.

— Vous voyez cet arc de bois noirci ? On dirait que les flammes ont suivi le déversement du carburant sur le pont.

— C'est logique. Le bateau a sombré très rapidement. L'incendie l'aurait consumé s'il en avait eu le temps, mais la pluie et l'eau l'ont éteint.

— Mais regardez là.

Elle tendit le doigt vers un morceau de pont encore attaché à une partie de banquette.

— On dirait que le carburant a été versé directement dessus.

Elle regardait déjà vers l'entrée, prête à interpeller la spécialiste des incendies, quand Arlo reprit la parole :

— C'est une drôle de coïncidence. Deux cadavres et encore du carburant.

— Peut-être que c'était le dernier endroit où se sont trouvées les victimes. Peut-être qu'ils avaient déjà épuisé le carburant ?

— Mais vous n'y croyez pas, relança-t-il d'un ton neutre.

— Il me semble que cela a pu être délibéré.

— La légiste n'a pas constaté de traces de carburant sur les vêtements. Je pense qu'il y aurait eu davantage de brûlures sur les victimes si c'était le cas.

Kerrigan réfléchit à cela.

— Peut-être plus de carburant sous eux. Tout ça a dû arriver très vite, et je pense qu'on peut écarter un comportement méthodique.

— J'imagine que oui.

— Je vais demander à la spécialiste des incendies criminels. J'aimerais avoir son avis là-dessus.

— Calhoun. Je lui ai parlé sur le trajet.

Il s'accroupit à côté d'un morceau de pont.

— Voyons voir ce qu'elle en dit. Et puis allons prendre un petit déjeuner, dit-il en se relevant. J'aimerais continuer à parler de tout ça.

Kerrigan pouvait difficilement refuser, car son estomac choisit ce moment pour émettre un grondement prolongé. Cela n'échappa pas à Arlo, qui esquissa un sourire ironique.

— J'imagine que vous êtes d'accord ?

— Bien sûr. Un petit déjeuner ne me ferait pas de mal.

Ce ne fut qu'en se dirigeant vers le fond du hangar que Kerrigan reconnut le défi qui s'imposait à elle.

Prendre le petit déjeuner avec un coéquipier n'était pas un crime. Elle avait très souvent mangé avec Jayden ou les autres membres de la patrouille du port. Mais là, c'était différent, elle le savait. Parce que peu importe ce qu'elle tentait de se raconter, elle n'avait pas cette drôle de petite sensation quand elle était à table avec ses collègues masculins.

Arlo savait depuis sa première semaine de travail que le café était sacré pour une flic. Le café et les donuts étaient d'éternels clichés dans la police, mais ce n'était pas pour rien.

Depuis ce temps-là, il jouait à deviner comment ses collègues allaient l'agrémenter.

Au lait ? Noir ? Ou, à Dieu ne plaise, décaféiné ?

Mais Kerrigan ? Cette double dose de crème assortie de quatre paquets de sucre était surprenante.

— Quoi ?

Elle leva les yeux en finissant de tourner son café. Le soleil lui faisait un halo doré autour de la tête, et il était un peu ébloui. Son ton fut un peu plus sec qu'il n'en avait l'intention.

— Comment pouvez-vous boire ça ?

Elle baissa les yeux sur son mug.

— Mon café ?

— Plutôt un mélange de sucre et de crème avec une goutte de café. Est-ce chaud au moins ?

— D'abord vous critiquez mon choix de donuts et maintenant vous râlez contre mon café ?

— Considérez plutôt ça comme l'expression de ma surprise.

— À propos de mon café ?

Ses yeux bruns étincelèrent, mais il y vit une curiosité authentique.

— Je vous croyais du genre à boire du café noir.

— Ah bon ?

— Vous les plongeurs, vous êtes des durs à cuire. Je pensais que votre café vous ressemblerait.

— Manifestement non.

Elle eut l'air de vouloir dire quelque chose, puis se ravisa. Arlo insista :

— Qu'est-ce qu'il y a ?

Elle hésita et prit une autre gorgée avant de dévoiler ses pensées.

— La patrouille du port semble jouir d'une réputation particulière.

— Une réputation méritée, je dirais.

— Mais c'est comme si nous étions à l'écart des autres. On nous complimente, mais nous sommes considérés comme étrangers au commissariat. Je l'ai remarqué avec le capitaine, hier. Et, à vrai dire, ça arrive souvent.

— Ce que vous faites est particulier.

— Bien sûr, je comprends. Mais c'est aussi du travail de police dans une ville entourée d'eau. Quelqu'un doit le faire.

— Peu de gens le font. Travailler sous l'eau est particulier, dans n'importe quelles circonstances. Mais les eaux autour de New York ? Elles sont affreusement dégoûtantes. Wyatt m'a raconté plus d'une histoire là-dessus.

Elle renifla d'un air un peu vexé qui l'émut.

— Elles ne sont plus aussi sales qu'elles l'étaient.

— C'est comme de dire que les déchets toxiques n'ont qu'une demi-vie d'un siècle.

— Eh bien, ce ne sont pas les Caraïbes, mais quelles eaux y ressemblent ?

— Très peu.

Arlo reposa le menu rayé dans le petit porte-menu contre la fenêtre. Pourquoi insistait-il là-dessus ?

La veille, il avait passé la majeure partie de la journée à se sentir mal à l'aise à cause de sa décision d'enquêter sur Big Will et ses fils. Cela lui avait paru la chose à faire sur le moment, mais une fois qu'il avait commencé à envoyer des requêtes et à vérifier des dossiers, cela ne lui avait plus semblé aussi simple.

Kerrigan était sa coéquipière dans cette affaire. Pourtant, il la tenait en dehors de cela. Pourquoi ? Parce qu'il craignait de heurter ses sentiments ?

Il n'était pas homme à esquiver ses erreurs, et il faillit se confesser pour éclaircir les choses, mais il ne voulait pas couper l'élan de leur conversation.

— Mon opinion reste valable. C'est un métier impressionnant, tout comme les flics qui choisissent de le faire sont impressionnants.

— Mais c'est un métier comme un autre. Qui ne mérite pas d'attirer les regards. Ou pas à ce degré-là.

Arlo comprenait son point de vue. Si l'attention pouvait booster l'ego, c'était parfois un peu trop. Il avait eu la chance de résoudre une longue série d'affaires, et s'il se réjouissait de l'attention que cela lui avait value, résoudre des affaires était son métier.

Celui de Kerrigan était de plonger. Et trop d'attention pouvait griser à l'excès.

Ce qui rendait ses réticences intéressantes. Parce que l'anxiété qu'il sentait chez elle ne semblait pas liée à la présomption ou l'arrogance. C'était plutôt une réflexion sur la manière de trouver sa place au sein du commissariat.

— C'est important pour vous, n'est-ce pas ? De savoir quelle est votre place ?

L'étincelle dans son regard s'évanouit, mais elle garda un ton égal.

— N'est-ce pas important pour tout le monde ?

— Oui, mais je vois bien que ça vous travaille. Il n'y a rien de mal à faire partie d'une équipe et à jouer quand même un rôle particulier. Vous pouvez avoir les deux. Être les deux.

— Je ne voulais pas avoir l'air ingrate.

C'était là de nouveau. Le léger sous-entendu qu'avoir une opinion ou une réflexion était malavisé. Il devait y aller doucement, parce que *quelqu'un* lui avait donné ce sentiment. Elle était bien trop compétente et motivée par ailleurs.

— Vous n'avez pas l'air ingrate. On dirait plutôt que vous essayez de comprendre.

Bien qu'elle joue avec l'anse de son mug, son attention était fixée sur lui. Elle tenait à mener cette discussion, même si c'était difficile.

— Il y a des gens qui pensent que la place d'une femme n'est pas dans la police. Encore moins quand il s'agit d'un département spécialisé.

— Quelqu'un vous a-t-il dit quelque chose ? Vous avez des problèmes avec d'autres agents ?

— Je sais m'occuper de moi-même. Mais ça ne veut pas dire qu'il n'y a pas de pression. Il y a des hommes inquiets de plonger avec une équipière féminine. Ou d'autres flics, hommes ou femmes, qui craignent d'entreprendre une opération avec une femme. Ça existe, Arlo.

— Vous avez été formée, tout comme moi. Comme les autres plongeurs. On se fiche du reste.

Elle haussa les épaules, mais il vit un léger sourire revenir sur ses traits.

— Vous êtes inspecteur. Un sacrément bon inspecteur, autant que je sache. Ne feignez pas soudain l'ignorance.

— Ça ne veut pas dire que c'est normal.

Son commentaire resta suspendu entre eux tandis que leur serveuse déposait leurs commandes. Des pancakes avec des œufs et du bacon pour lui, et une omelette et un toast pour elle.

Elle s'apprêtait à piquer dans son assiette quand il reprit la parole :

— Je suis sérieux. Vous faites partie de l'équipe.

Elle prit une gorgée de café, mettant visiblement ses pensées en ordre.

— Je n'essaie pas d'esquiver votre question. Je suppose que je suis un peu chatouilleuse quant à mon rôle. Je suis ici parce que je veux apprendre. Je veux plonger, oui, mais je veux aussi un badge d'inspectrice.

— Pourquoi ça ? Pourquoi êtes-vous chatouilleuse ?

— J'ai rejoint le NYPD pour faire bouger les choses. J'adore l'eau, alors la patrouille du port était le choix évident, mais je suis flic dans l'âme. Je veux voir cette ville briller.

— Alors pourquoi vous soucier de ce que pensent les autres ?

La voyant sur le point d'argumenter, il leva une main.

— Écoutez-moi.

Elle hocha la tête sans rien dire.

— Vous travaillez dur. Vous êtes une experte. Aucun de ceux avec qui vous faites équipe ne peut prétendre que vous n'y mettez pas du vôtre, surtout quand je vous vois sortir un corps de l'eau et user de vos facultés pour élucider ses blessures. Alors appuyez-vous là-dessus, parce que de mon point de vue, vous êtes plus qu'à la hauteur.

— Merci.

— Je vous en prie.

Il hocha la tête, conscient qu'il avait un peu trop joué au donneur de leçons.

— Maintenant, laissez-moi manger mon petit déjeuner en paix.

— Compris.

Kerrigan pensait encore aux paroles d'Arlo quand Gavin et elle se préparèrent à descendre dans les eaux agitées de la Harlem River, autour du Macombs Dam Bridge.

— Un abruti a jeté un revolver depuis le pont, et maintenant il faut qu'on le retrouve.

Gavin était l'un de ses collègues les plus enjoués, aussi le fait qu'il se plaigne sortait de l'ordinaire.

— C'est le boulot, Gav.

— Je sais.

Il secoua la tête en vérifiant sa bouteille d'oxygène.

— Je sais que c'est le boulot. Mais la vie serait plus facile si les gens arrêtaient de se tirer dessus.

— Je ne dis pas le contraire.

— Quinze ans, soupira Gavin. Ce sont les jeunes qui me rendent malade. Quinze ans, et il entame une bagarre après le match des Yankees. Il est trop jeune pour être aussi abruti. C'est un gosse.

Sauf qu'un gosse qui se servait d'un revolver pour en tuer un autre n'était plus un gosse, pensa Kerrigan en vérifiant son équipement. Et n'était-ce pas presque aussi triste que la mort qu'il avait infligée ? Deux vies gâchées, l'une consistant désormais seulement à exister.

Elle repoussa ces pensées moroses et se concentra sur la plongée. L'eau était un peu plus facile ici, mais c'était tout de même une plongée difficile. C'était le cas tout autour de New York, pensa Kerrigan en mettant son masque et son détendeur en place. N'ayant plus rien à faire, elle sombra dans l'eau, et s'adapta aux modifications immédiates du bruit et du poids.

Ils avaient une zone de recherche limitée. La probabilité que l'arme se trouve dans un périmètre de dix mètres autour du pont jouait en leur faveur. Les témoins n'avaient pas été légion, et le gosse qui avait tiré n'avait pas encore parlé, mais la vidéo du pont indiquait que l'arme était tombée comme une pierre plutôt que d'être lancée au loin.

Gavin avait pris le côté nord, et elle s'était chargée du côté sud. Elle passait la vase du fond de la rivière au tamis de ses mains gantées, travaillant avec des mouvements lents. La visibilité était limitée comme d'habitude, mais le soleil était vif et filtrait un peu dans l'eau. Elle prit le rythme, communiquant des « négatif » à Gavin, tous les trois mètres. En dehors de ses « négatif » en réponse, le travail était silencieux. Et régulier.

Ce qui lui donnait amplement le temps de penser à son petit déjeuner avec Arlo.

« Appuyez-vous là-dessus, parce que de mon point de vue, vous êtes plus qu'à la hauteur. »

C'était ce qu'elle faisait, bon sang. Alors pourquoi y avait-il autant de nœuds dans sa tête ?

Elle était dévouée à son travail et s'était volontairement chargée d'une mission supplémentaire. Elle avait confiance en elle, alors pourquoi s'interrogeait-elle constamment ?

Ces derniers mois au Queens avaient été pénibles, mais elle avait survécu. L'enquête des Affaires internes avait été malheureuse mais nécessaire, et elle avait simplement fait son travail.

Mais cela lui avait laissé des cicatrices. Et malgré la réputation de moucharde que cela lui avait value, c'était elle qui s'était sentie trahie en fin de compte.

Rien de tout cela n'avait à voir avec son travail actuel. Bon sang, cela n'avait rien à voir non plus avec son travail d'alors. On lui avait juste donné l'impression que c'était le cas.

Elle se concentra sur sa tâche, repoussant les voix dans sa

tête. Arlo était sensible, et il ne lui avait pas fallu longtemps pour remarquer ses craintes et ce sentiment d'injustice dont elle ne s'était pas encore débarrassée.

Ce qui voulait dire qu'il était temps de s'en libérer. Grand temps, songea-t-elle.

Il ne s'agissait plus de son commissariat au Queens. Elle n'était là que depuis quelques semaines, et elle avait déjà l'occasion de progresser davantage que durant les deux années précédentes. Les raisons de son départ étaient peut-être désagréables, mais elle était fichtrement ravie de l'avoir fait.

De la vase s'échappa de sa main gauche tandis qu'elle heurtait quelque chose de la droite. Immédiatement concentrée, elle reconnut la forme et, quand elle la saisit, le poids d'une arme.

Le « négatif » de Gavin filtra dans son casque tandis qu'elle répondait un « je l'ai », brouillé par le détendeur.

Un « beau boulot » émanant de Jake Sewell, l'officier manœuvrant le Zodiac, remplit ses écouteurs, et Kerrigan entama son ascension. La lumière du soleil l'accueillit quand elle brisa la surface. Mais l'air était froid.

L'automne était bien là, la météo opérant un virage à cent quatre-vingts degrés après la pluie de la semaine précédente. Avant de sortir de l'eau, elle laissa tomber l'arme dans le sac à indices que lui tendait Jake. Une fois le transfert effectué, elle grimpa sur le Zodiac et commença à se dépouiller de son équipement. La circulation grondait sur le pont au-dessus d'eux, les automobilistes inconscients de ce qui s'était passé à cet endroit.

Comme eux, ses nouveaux collègues ignoraient ce qui s'était passé à son ancien commissariat et n'avaient pas de raison de l'apprendre. Elle ferait en sorte que cela reste ainsi.

— Kerr...

Gavin attira son attention, tandis que Jake les rapprochait du bateau du NYPD, en attente à environ un quart de mile.

— Super boulot.

— Merci.

— Pourquoi tu ne viens pas avec nous ce soir, après le boulot ? On va à ce nouveau bar de Sunset Bay.

— Le Bulldog's ?

Jusque-là, elle avait évité de trop fraterniser avec ses collègues, mais elle reconnut cette offre pour ce qu'elle était : de la camaraderie. Un grand pas dans la bonne direction pour mettre le passé derrière elle.

5

Arlo s'arrêta devant l'immeuble de Wyatt à Park Slope. Son ami en sortit presque aussitôt avec Marlowe McCoy. Bien qu'il ait vu brièvement Wyatt à la réunion hebdomadaire du commissariat, ils s'étaient peu parlé depuis la récupération du bateau dans le port.

Il savait que Marlowe venait avec eux et il ne voulait pas trop s'épancher devant elle. Mais la vérité, c'était qu'ils étaient bloqués. Malgré leurs recherches, leurs questions, leurs appels à toutes sortes d'experts, ils n'avaient rien.

Il éprouvait une frustration croissante vis-à-vis du manque de pistes. Même les recherches qu'il avait menées sur Big Will n'avaient rien donné. Il devait encore écrire son rapport là-dessus, et le temps passait.

Wyatt ouvrit la portière et fit signe à Marlowe de s'asseoir à l'avant, mais elle refusa.

— Monte avec Arlo. Je suis sûre que vous avez beaucoup à discuter tous les deux.

Arlo l'entendit lui murmurer :

— Prends le temps de lui parler.

Ils s'installèrent sur leurs sièges, et Arlo entreprit de rejoindre l'artère principale entre Park Slope et Sunset Bay. Il n'y avait que trois kilomètres jusqu'au bar, mais ils avançaient comme des escargots, feu rouge après feu rouge.

— Brooklyn ne ressemble plus du tout à ce que c'était dans mon enfance.

Arlo aimait le renouveau du quartier – peuplé de boîtes de nuit et de bars remplis de jeunes cadres dynamiques – mais s'y déplacer était une autre paire de manches.

— C'est incroyable, non ? renchérit Marlowe. J'ai grandi ici, et il y a des jours où je me demande quand je suis devenue aussi *ringarde*.

— Pour moi, tu seras toujours la plus cool.

Wyatt lui adressa un sourire par-dessus son épaule.

— Espèce de charmeur, lança Marlowe en lui soufflant un baiser.

Arlo ricana, mais il était ravi de voir son ami heureux.

— Allez-y, ajouta-t-elle. Parlez boutique pendant que je consulte mes mails.

— Comment se déroule l'affaire ? demanda Wyatt.

Les réticences d'Arlo s'évanouirent. Il avait effectivement besoin de l'éclairage de son collègue et ami.

— Aucune piste. Aucune provenance pour le bateau. Aucune rumeur, alors que deux trafiquants ont trouvé la mort au milieu d'une fichue tempête.

Arlo secoua la tête.

— Ça n'a aucun sens. Les gens parlent normalement, Wyatt. Et personne ne dit rien de tout ça.

— Quelqu'un aurait dû bavarder, en effet, approuva Wyatt. Ou laisser entendre que quelqu'un sait quelque chose.

— Et pourtant, il n'y a rien.

Arlo réprima un soupir en tournant dans la Quatrième Avenue.

— Comment s'en sort Kerrigan ?

Arlo faillit avouer qu'il avait enquêté sur le commerce de Big Will, mais il se ravisa.

— Elle est formidable. Intelligente et passionnée. Et elle a le sens du détail.

— En effet. Je l'ai à l'œil depuis qu'elle a rejoint l'équipe. Elle est futée et elle constitue un énorme atout pour la patrouille du port. Je suis ravi que nous l'ayons au 86.

Wyatt venait de lui fournir l'entrée en matière dont il avait besoin.

— J'ai lu son dossier. Elle s'est rapidement fait un nom.

— Je n'en doute pas.

— Pourquoi a-t-elle été mutée chez nous ?

Arlo vit son ami se refermer soudain comme une huître et se demanda s'il avait mis les pieds dans le plat.

— Il y a eu des problèmes à son ancien commissariat. Elle s'en est occupée, c'est tout ce que je sais.

Après une pause d'une seconde, Wyatt ajouta :

— Tu disais que tu avais lu son dossier ?

— Je l'ai parcouru. Il contient surtout son CV, ses expériences. Les affaires clés qu'elle a résolues.

— C'est dommage, Arlo, dit Marlowe depuis la banquette arrière.

— Qu'est-ce qui est dommage, mon chou ? questionna Wyatt en se tournant vers elle.

Une note d'humour se fit entendre dans la voix de Marlowe.

— On dirait que ton ami va devoir tirer les vers du nez à sa nouvelle équipière s'il veut connaître son histoire.

Kerrigan sirota sa bière et considéra son environnement. Même si on ne pouvait qualifier le Bulldog's de bar à flics, il y avait énormément de flics ce soir-là. C'était normal, se dit-elle. Le Bulldog's était branché et on était vendredi soir.

— Sympa de te voir ici.

S'étant faufilé près d'elle, un large sourire aux lèvres, Jayden tendit sa bière pour choquer son verre de chardonnay.

— Je te retourne la pareille. Je croyais que toi et ta moitié sortiez ensemble ce soir.

Jayden fronça exagérément les sourcils.

— Un de ses clients voulait prendre du bon temps, et il a dû s'occuper de lui. Nous avons reporté notre soirée à demain.

— Dommage.

— Comme c'est un client que Darius a apporté à la société, et que c'est grâce à lui qu'il a eu une jolie prime de Noël, je peux difficilement me plaindre.

— Mais je parie que tu as réservé un resto encore plus chic demain soir.

— Tu me connais bien.

Le sourire de Jayden ressemblait à celui du chat du Cheshire.

— En parlant de se connaître, comment c'est de travailler avec Prescott ?

— C'est bien. L'affaire ressemble à une interminable série d'impasses, mais le travail est intéressant et exigeant. J'apprends beaucoup.

— Mmm.

Jayden prit une gorgée de bière avec un regard rien moins qu'innocent.

— Qu'est-ce que c'est censé vouloir dire ?

— Rien du tout, sauf que l'homme est séduisant et célibataire, selon mes informations. Comme toi.

— Jayden !

Sa voix avait pris une note suraiguë.

— Tu sais que ça ne compte pas, dit-elle d'un ton plus calme.

— Ça compte, même quand on ne le voudrait pas, dit son ami en haussant les épaules. Mais pourquoi est-ce que ça t'irrite autant ?

— Je ne suis pas irritée. J'essaie de faire mon travail et de me faire connaître. Mais pas comme ça.

— Ta réputation est irréprochable, tu dois le savoir.

Si Kerrigan appréciait le soutien de Jayden, elle ne cédait pas à son optimisme.

— Tout ça peut disparaître à cause d'une mauvaise décision. Ça ne m'intéresse pas de faire cette erreur avec mon chef.

— Coéquipier peut-être, mais pas chef. Il n'y a pas une once de chef là-dedans, et tu le sais.

Kerrigan fut un peu surprise que Jayden continue d'argumenter.

— C'est mon nouveau coéquipier, rien de plus.

— Eh bien alors, mettons ça à l'épreuve.

Le sourire entendu de Jayden revint quand son regard se posa quelque part au-dessus de l'épaule de Kerrigan. Elle se retourna et vit Arlo se frayer un passage dans la foule, Wyatt et Marlowe McCoy à sa suite.

Kerrigan eut envie de maudire Jayden. Mais elle ne put nier l'élan de pur désir qui la traversa devant ce grand blond à la mâchoire carrée. Les paroles de Jayden résonnaient encore dans son esprit. « *Il n'y a pas une once de chef là-dedans, et tu le sais.* » Elle le savait, et cela ne l'aidait pas du tout.

Arlo les rejoignit avec un large sourire.

— Kerrigan... Jayden...

— Arlo...

Elle hocha la tête avant de reporter son attention sur Wyatt et Marlowe. Elle avait rencontré Marlowe après la fin de l'affaire du Nightwatch, et cette femme s'était montrée à la hauteur de sa réputation. Sa minceur et sa longue chevelure brune étaient accentuées par son habituelle tenue noire. Son métier ajoutait à son intrigante personnalité. Quand on lui posait la question, Marlowe se présentait comme technicienne en coffres et chambres fortes, mais perceuse de coffres était plus cool.

Ce qui lui allait bien aussi, c'était Wyatt, pensa Kerrigan. Ils étaient assortis l'un à l'autre, et elle n'avait jamais vu Wyatt aussi heureux.

— Cet endroit est trépidant, dit Wyatt après que Marlowe et lui se furent penchés pour les embrasser brièvement. Ils ont la réputation d'être le night-club le plus chaud de Sunset Bay.

— On a attendu le voiturier dix minutes, ajouta Arlo.

Kerrigan avait le sentiment que quelque chose le contrariait, mais il continua de converser légèrement, et elle décida de l'interroger plus tard.

— Pourquoi ne pas aller chercher des boissons ?

Wyatt posa les yeux sur les verres de Jayden et Kerrigan.

— On vous prend autre chose ?

Après avoir confirmé qu'ils boiraient la même chose, Jayden suivit Wyatt et Arlo. Kerrigan se retrouva seule avec Marlowe.

— C'est bon de te revoir, dit Marlowe. Wyatt n'arrête pas de chanter tes louanges. Je sais que vous avez eu une plongée difficile dans cette affreuse tempête.

— Oui, il y a eu des moments pas faciles.

— Un bateau incendié avec des victimes ?

Marlowe secoua la tête.

— C'est dans ces moments que je m'avoue que ma vie est ennuyeuse et que je m'en contente parfaitement.

— C'est une manière affreuse de mourir.

— Ce qui veut dire que c'était une manière affreuse de vivre.

Marlowe parut hésiter un instant avant d'esquisser un sourire triste.

— Ne fais pas attention. J'essaie toujours de me faire à l'idée d'avoir perdu un parent à cause de ses mauvaises décisions.

Si l'affaire du Nightwatch avait rapproché Marlowe et Wyatt, elle avait aussi conduit à la mort de son père dans une prison de haute sécurité. Kerrigan ne se serait pas attendue à ce que Marlowe lui parle de choses aussi personnelles, mais elle comprenait son impulsion.

Marlowe s'était montrée ouverte avec elle. Gentille, aussi. Et Kerrigan était résolue à lui témoigner la même chose en retour. Elle posa une main sur le bras de Marlowe, espérant que sa compassion était claire.

— Cela prend du temps. Le chagrin ne s'évapore pas comme ça.

— Wyatt n'arrête pas de me le dire. Il dit toujours que ça vient par vagues.

Marlowe laissa échapper un petit rire et essuya quelques larmes égarées du bout des doigts.

— Et ce n'est pas du jargon de plongeur.

— Il a raison. Certaines choses doivent être éprouvées. Et elles arrivent sans prévenir.

— Oui, je sais. Vous avez tous les deux raison.

Elle inspira fortement et se redressa.

— C'est pourquoi je vais profiter de la soirée et ne pas jouer les rabat-joie.

— Tu n'es pas une...

Marlowe leva une main pour l'arrêter.

— Si. Mais dis-moi, comment ça va avec Arlo ?

— Arlo ?

— Il est impressionné par ton travail. Tu peux considérer ça comme le meilleur compliment.

— Je le prends comme ça. C'est sa réputation qui fait que j'ai de la chance de travailler avec lui.

Il était intéressant de voir que Marlowe se taisait désormais, soupesant visiblement ses paroles. Cela coïncida avec une modification de l'énergie dans la salle, car une chanson venait de s'achever. Sa voix sonna plus fort quand elle parla.

— Il est vraiment doué. Je sais que vous l'êtes tous. C'est en quelque sorte gravé en vous. Mais ça pèse beaucoup sur lui. Sur Wyatt aussi, je l'ai vu après le Nightwatch. Ce que je veux dire, c'est que peu importe combien vous êtes dévoués ou motivés, vous êtes humains aussi.

C'était une observation très astucieuse, et Kerrigan ne sut que répondre. Ils étaient tous concentrés sur leur travail. Et si elle était honnête avec elle-même, elle devait reconnaître qu'elle aimait ça. Elle voulait plonger avec des gens aussi engagés qu'elle. C'était la même chose pour patrouiller avec un collègue ou affronter un suspect possible. Si on n'était pas pleinement engagé, comment pouvait-on rassembler le courage de passer la porte ? De plonger ? D'effectuer un travail qui comportait des risques inévitables ?

Mais tout cela pesait lourd. D'un poids avec lequel il fallait se débrouiller le reste du temps.

— C'est un métier, Marlowe. Il est pesant parce qu'il s'agit de vie et de mort.

— Ça ne devient pas lassant ?

— Certains jours.

— Et les autres ?

— C'est pour les autres que je vis. Les jours où je sais exactement pourquoi j'ai cette vocation. Oui, c'est lourd, mais c'est aussi un privilège.

— Je t'avais dit qu'elle est formidable.

La voix d'Arlo s'éleva derrière elle, assez forte pour dominer les pulsations de la musique, assez basse pour la faire frissonner de tout son long. Depuis quand étaient-ils revenus ? Et qu'avait-il entendu ? Quoi qu'il en soit, Kerrigan opta pour faire face et adopter le tutoiement.

— Ne fais pas attention. Je faisais du lyrisme sur le travail de la police.

— Va pour le lyrisme, dit Arlo.

Pour la première fois, elle le vit se détendre. C'était perceptible dans la ligne de ses épaules et dans la petite lueur qui dansait dans les profondeurs azurées de ses yeux.

— C'est ça qui fait de toi un bon flic.

Kerrigan prit son verre de vin et but une gorgée. Elle avait déjà bu plus qu'elle ne se l'était promis. Mais elle n'avait pas envie de partir. Pas envie de s'éloigner de cette admiration et de ce soutien.

— Kerrigan m'expliquait comment elle arrive au bout des journées difficiles, ajouta Marlowe en se penchant vers Wyatt. On dirait que le dévouement est endémique dans cette équipe.

— On sait dès le début que ce n'est pas un boulot facile.

Wyatt passa son bras libre autour des épaules de Marlowe.

— Mais il a du sens. Et j'en suis venu à comprendre que c'est tout ce qui compte.

Les paroles de Wyatt s'attardèrent dans l'esprit d'Arlo tandis qu'il buvait sa bière. Ce n'était pas un boulot facile. Ils le savaient quand ils s'étaient engagés, et même depuis l'académie, quand leurs instructeurs s'efforçaient de tempérer leur enthousiasme avec les réalités du terrain.

Pourtant, il avait fait ce choix. De même que Wyatt et tous les policiers du commissariat. De même que Kerrigan.

Il avait été pris au dépourvu en la voyant au Bulldog's, et le trajet jusqu'au bar lui avait permis de se ressaisir. De dissimuler l'attraction instantanée qui l'avait saisi à la vue de sa longue chevelure brune cascadant autour de son visage avant de tomber comme un rêve dans son dos.

Était-ce plus facile de la voir comme une collègue quand ils étaient au travail ? Il avait eu des collègues féminines auparavant. Pas beaucoup, étant donné qu'il avait travaillé avec son coéquipier, John, plus de six ans. Mais il avait aussi travaillé avec des femmes, et aucune d'elles ne lui avait fait le même effet que Kerrigan. Ils étaient des collègues, rien de plus.

Et maintenant qu'il avait une femme à former, il avait du mal à garder ses distances.

Était-ce ce premier moment, quand leurs yeux s'étaient croisés sur le bateau ? Avant qu'il sache qui elle était ? Parce que, quelle que soit la manière dont il le retournait, il ne cessait d'en revenir à cet instant. À cette émotion intense qui lui était entrée dans l'âme.

Pour ne pas avoir l'air absent, Arlo éleva sa bière vers leur petit groupe.

— Au travail bien fait !

— Bien dit !

Le cliquetis des verres résonna au-delà de leur groupe et,

en quelques instants, plusieurs autres policiers se joignirent à eux. Les nouveaux arrivants étaient les bienvenus, éloignant ses pensées de Kerrigan pour les diriger vers des amis.

— Tu dois avoir le vent en poupe après avoir démantelé ce gros trafic de drogue.

David Remus, un inspecteur d'un commissariat de Brooklyn Heights, s'intercala entre Arlo et Wyatt.

— C'était une grosse prise, Prescott, un travail remarquable.

— Oui, c'était bon d'ôter autant de produit de la rue.

— J'ai entendu dire que vous avez arrêté beaucoup de petits dealers, aussi.

— Oui, c'est vrai.

— Ça a dû être une grosse satisfaction.

Arlo n'aurait pas dit le contraire, mais malgré l'enthousiasme de ses collègues, il éprouvait une bizarre ambivalence à ce propos.

Oui, ils avaient saisi beaucoup de drogue. La confiscation de milliers de kilos d'héroïne et de cocaïne, ainsi qu'un volume considérable de fentanyl, avait d'énormes avantages pour le public. Et l'arrestation de petits dealers menait souvent à de plus grosses prises.

Mais au-delà de la saisie, peu de choses s'étaient passées les deux derniers mois. Les petits dealers paraissaient étrangement réticents à donner leurs chefs en échange de réductions de peine.

— À dire vrai, j'aimerais avoir un meilleur taux d'arrestation aux échelons supérieurs. La condamnation des chevilles ouvrières ne gâche rien, bien sûr.

— Mais ce n'est pas la palme, commenta Remus en prenant une gorgée de sa boisson.

— Vous avez fait la plus grosse descente de l'année, dit Arlo, curieux de savoir si David éprouvait le même genre d'insatisfaction que lui. C'était comment après ?

— On était vraiment contents. Mais on a eu de la chance, et on a arrêté l'un des gros bonnets.

— C'est vrai, reconnut Wyatt, dont les yeux s'éclairèrent. Vous avez eu le Papa.

Le démantèlement du réseau comprenait la tête d'un cartel surnommée « Papa » à la fois par ses hommes et par les médias. C'était un gros poisson, et la remarque de Wyatt ajoutait une pièce au puzzle. Celle-là même qui leur manquait, à Kerrigan et lui, depuis plus d'une semaine.

Parce que l'arrestation du Papa avait été une grosse victoire. Mais une fois le chef hors d'état de nuire, le marché était ouvert à de nouveaux joueurs.

Était-ce cela qu'ils affrontaient ? Des gens dont les loyautés avaient bougé et qui s'efforçaient de se situer dans une nouvelle organisation ? C'était une piste à explorer, et il se sentit soudain impatient d'en discuter avec Kerrigan.

— Arlo, tu as une minute ?

En se retournant, il la découvrit derrière lui, comme s'il l'avait fait apparaître par ses pensées.

— Bien sûr.

— Je ne serai pas longue, mais laisse-moi te payer une autre bière pendant qu'on y est.

Il était évident qu'elle voulait l'extraire de leur petit cercle. Il la suivit en direction du bar. Quand ils furent dans la queue, elle se pencha vers lui et lui dit d'un ton pressant :

— Je suis désolée si j'ai été indiscrète, mais j'étais juste derrière David et j'ai entendu ses commentaires. Le démantèlement de l'année dernière ? S'il était lié à notre bateau ? Et peut-être aussi à ta descente d'il y a quelques mois ?

Cela ressemblait tellement à ses propres pensées qu'il lui exposa sa théorie tandis qu'ils attendaient leur tour.

— C'est parfaitement logique, Arlo. Aucun petit dealer n'a donné son patron après ta descente. Ça a forcément un sens.

— C'est certainement un angle à considérer.

— Et si c'était le seul angle ?

— Comment ça ?

— Les deux morts du bateau, ils devaient être incroyablement loyaux pour finir comme ça et que personne n'en parle durant plus d'une semaine. L'absence de rumeur, ce n'est pas naturel. Tout comme le fait qu'aucun de tes petits dealers n'a témoigné après la dernière descente.

Oui, ça tenait la route, admit Arlo.

— Il faut qu'on trouve quelqu'un qui parle.

— Je pense qu'il y a un nouveau boss, et qui que ce soit, tout le monde a peur de lui.

6

Kerrigan avait senti l'adrénaline affluer dans son corps. Arlo et elle avaient enfin une piste.

Même si elle avait surgi au prix d'une soirée de congé.

Ils avaient opté pour rentrer au commissariat, tous deux impatients de réviser la dernière affaire d'Arlo et de la confronter aux meurtres du bateau. Wyatt et Marlowe leur avaient assuré qu'ils pourraient prendre un service de taxis.

Ils étaient donc là, soupira Kerrigan une heure plus tard, toujours en train de chercher un semblant de piste. Or ils n'avaient rien.

— Il doit bien y avoir quelque chose, dit-elle, révoltée par sa déception. Il est impossible qu'il n'y ait pas un lien. Même quelque chose de minuscule, comme un dealer de rang moyen passant à une autre organisation, par exemple.

— Qui que ce soit qui ait remplacé le Papa, il a bien couvert ses traces. Toi et moi, nous avons étudié ce bateau toute la semaine.

— Et il n'en est rien sorti du tout.

Elle ravala le juron qu'elle avait sur le bout de la langue. Cela avait été une semaine longue et dure, mais il y avait eu une lueur d'espoir dans la soirée. Tout ça pour rien ? Elle n'avait peut-être pas le niveau d'expérience d'Arlo, mais elle était formée à l'investigation policière. Il était impossible qu'ils remuent sans cesse les mêmes raisonnements sans arriver nulle part.

— Allez...

Ses yeux étaient d'un bleu insondable lorsqu'il la considéra par-dessus le bureau.

— On trouvera quelque chose.

— On *devrait* avoir trouvé quelque chose. N'importe quoi. C'est enrageant.

— Peut-être que d'être là un vendredi soir influe sur notre attitude.

— Le Bulldog's, c'est vraiment quelque chose.

Kerrigan repensa au bar qu'ils venaient de quitter, un exemple de plus du changement de Sunset Bay. Désormais, une majorité de jeunes cadres se pressait dans les commerces et les restaurants et fondait sur les appartements disponibles.

En pensant à la foule entassée au bar, Kerrigan se rappela quelque chose qu'elle avait lu dans les dossiers.

— Il n'y avait pas un bar au centre de votre dernière descente ?

— Oui, le McNulty's.

— Ce n'est qu'à deux rues du Bulldog's, non ?

— Oui.

Arlo lui jeta un regard aigu.

— Tu penses qu'il y a quelque chose là-bas ?

— La ville continue de se développer, mais les night-clubs et les bars ? Ce sont des endroits où on paie encore en liquide. Pratique pour blanchir l'argent.

Arlo lui sourit.

— Tu es sûre que tu ne travaillais pas aux Mœurs ?

— Non, mais on nous en a parlé pendant ma formation, et j'adore les séries et les romans policiers.

Arlo plaqua une main sur son cœur.

— Alors tu me vois sans doute comme un vieux policier grisonnant, tandis que tu es la jeune ingénue déterminée à résoudre l'affaire.

Elle ne put s'empêcher de rire, parce que c'était un thème récurrent dans les séries qu'elle regardait.

— Je ne dirais pas exactement *grisonnant*.

Une fois encore, son regard captura le sien, l'attirant à lui.

— Alors que dirais-tu ?

— Disons chevronné, et restons-en là.

— J'imagine qu'il faudra que je m'en contente.

Leurs regards soudés épaississaient l'air entre eux. Kerrigan baissa les yeux sur les notes qu'elle avait gribouillées.

— Il est encore tôt.

Elle tapota le calepin.

— Pourquoi ne pas passer au McNulty's ? Voir s'ils ont réussi à garder la seconde place à Sunset Bay ?

— Tu crois qu'il y a quelque chose là-bas ?

— Oui. Non...

Elle haussa les épaules, ne sachant pas pourquoi elle était soudain curieuse de ce bar. Ou pourquoi cela lui semblait si important de bouger. De repousser le désir qui la saisissait quand elle le regardait trop longtemps.

— Je ne sais pas, mais quelque chose me paraît... inachevé dans ta dernière affaire.

— Je ne discuterai pas avec toi là-dessus.

— Tu veux aller voir ?

Il était debout avant qu'elle ait fini de parler.

Arlo reprit la direction d'où ils étaient venus. La circulation n'avait pas diminué depuis le début de la soirée. En roulant, il repensa à ces moments de calme avec Kerrigan, dans son bureau. Même lui ne pouvait nier qu'il y avait eu des instants... périlleux. S'il ne s'était agi que de sa propre émotion, il se serait senti mieux. Du moins se consolait-il ainsi. Mais quelque chose dans les profondeurs brunes du regard de Kerrigan lui avait fait penser qu'elle éprouvait la même chose que lui.

Et c'était une autre affaire. Il la formait. Il s'était chargé de son développement professionnel. Quoi qu'il fasse, il aurait l'air de lui tourner le dos ou, pire, de profiter de la situation pour la draguer.

Techniquement, aucune règle ne leur interdisait de sortir ensemble. Il n'était pas son patron, et ils n'avaient rien fait de mal. Mais il n'arrivait pas à comprendre comment il s'était mis dans cette situation.

— La circulation, c'est quelque chose. Je sais qu'on est vendredi soir, mais on a avancé de quelques centimètres à peine depuis le dernier carrefour.

C'était exactement le genre de propos léger dont Arlo avait besoin. Il s'en saisit comme d'une bouée.

— On dit que la ville ne dort jamais, mais je me souviens de l'époque où Brooklyn avait un rythme plus paresseux.

Le rire de Kerrigan fut immédiat.

— Ce n'est plus le cas. Maintenant, c'est le paradis des jeunes cadres. « Travailler dur, s'amuser plus encore » semble être la devise de tout le monde.

— C'est ça.

— Ça t'ennuie ?

Il s'arrêta à un feu rouge et en profita pour la regarder.

— M'ennuyer comment ?

— Le progrès est génial, mais ça implique des changements. Et tous les changements ne sont pas les bienvenus.

Parlait-elle d'expérience ? Il faillit la questionner mais se retint, se disant qu'il valait mieux laisser la conversation se dérouler naturellement.

— Je dirais qu'il y a plus de bon que de mauvais, et que c'est sympa d'en faire partie. Si mes grands-parents pouvaient voir Brooklyn maintenant...

Il laissa sa phrase en suspens, se remémorant sa grand-mère qui avait l'habitude d'étendre son linge à l'arrière de sa maison mitoyenne de Red Hook.

— Sont-ils décédés ?

— Oui, malheureusement. Mes deux grands-pères quand

j'étais jeune, l'une de mes grands-mères quand j'étais au lycée, et la dernière il y a quelques années.

— J'en suis navrée. Je sais que c'est dans l'ordre des choses, mais je serai dévastée quand je perdrai la mienne.

— Tu as encore tes grands-parents ?

— Oui. Les parents de ma mère habitent dans le comté de Suffolk, à Long Island, et ceux de mon père ont pris leur retraite en Floride.

Intéressant, pensa-t-il, c'était leur première conversation un peu personnelle.

— Tu es proche d'eux ?

Kerrigan laissa échapper un rire ironique.

— Proche ? Nous sommes le genre de famille qui dîne tous les dimanches ensemble, qui s'envoie sans cesse des textos et se mêle en général de la vie de chacun et chacune.

— C'est sympa.

— La plupart du temps. Mais parfois non. Ce n'est pas toujours bien perçu.

— Par toi ?

Elle hésita brièvement et, bien qu'il ne la regarde pas car le feu était passé au vert, il sentit qu'elle aurait préféré retirer sa remarque.

— Par les autres. Les gens qui constatent ma proximité avec ma famille soit ne la comprennent pas soit perdent rapidement leurs illusions.

— Les autres ? Tes petits amis ?

— Juste... les autres. En dehors de notre cercle familial.

Il tourna dans la rue du McNulty's.

— Et toi ? Tu as de la famille ? Des frères ou des sœurs ?

Il lutta contre un élan de déception en constatant que son envie de parler d'elle s'était dissipée.

— Deux frères et deux demi-frères. Mon père et ma belle-mère vivent en Virginie, et ma mère, qui ne s'est pas remariée, prend du bon temps à Sedona.

— Tes frères vivent par ici ?

— Mes demi-frères vivent encore avec mon père. Mon frère aîné est à Boston, et le plus jeune l'y a suivi. Il disait qu'il n'y avait plus rien à New York pour lui.

— Mais toi, tu es ici.

— Eh bien, j'imagine.

C'était aussi vague que le commentaire de Kerrigan sur « les autres », mais Arlo prit conscience qu'il n'avait pas envie d'en dire davantage. Drôle comme il était plus intéressant de poser des questions que d'y répondre.

— Nous y sommes.

Arlo mit fin à la conversation en parcourant du regard la clientèle débordant dans la rue. Ils attendirent le voiturier.

— Ils n'attirent pas des foules énormes comme au Bulldog's, mais ce n'est pas vide non plus.

— Ce bar était au centre de votre descente, mais ils font toujours des affaires.

Elle regardait par la vitre tout en parlant.

— Un concurrent leur aurait porté un coup financier, mais pas une descente de police ?

— Le propriétaire du bar n'était pas impliqué. En fait, il a été choqué d'apprendre ce qui se passait derrière son bar.

— Et tu as avalé ça ?

Cela faisait longtemps qu'il n'avait pas été vexé, mais il se sentit vraiment offensé avant de croiser son regard.

Elle lui renvoya son regard de biais, l'air satisfait.

— C'était trop facile.

Son sourire se fondit dans un rire impertinent.

— Je te taquine, Arlo. J'ai lu le dossier, et je sais que tu as fait un travail consciencieux. Le propriétaire du bar n'avait rien à se reprocher, et tu l'as plus que prouvé.

L'arrivée du voiturier l'empêcha de répondre, et il fut soulagé de cette interruption.

Il avait déjà observé plusieurs fois la remarquable capacité de

Kerrigan à se concentrer sur le travail tout en restant consciente du moment. Elle pouvait être aussi sérieuse que nécessaire et tout aussi gaie.

Et tu adores ça, Prescott.

C'était vrai, il aimait ça. Il avait pris plaisir à sa réputation au 86, mais à mesure que le nombre de ses enquêtes résolues grossissait, les gens commençaient à le prendre avec des gants. Ce qui au départ lui plaisait était devenu un peu pesant, comme s'il ne faisait plus vraiment partie de l'équipe. Les piques légères de Kerrigan, sa manière de le taquiner...

Eh bien, c'était agréable.

— Nous avons enquêté sur le propriétaire, reprit-il quand ils furent hors de portée d'oreille du voiturier. C'était juste un type du quartier qui a réussi. Il était fatigué de son emploi de gratte-papier, et il a ouvert un bar pour la clientèle du cinq à sept.

Il avait trouvé cela curieux à l'époque et avait insisté sur l'homme dans son enquête. Mais cela n'avait rien donné, le propriétaire s'était révélé honnête. C'était le capitaine Reed qui lui avait finalement suggéré de laisser tomber.

« Parfois les gens sont exactement ce qu'ils ont l'air d'être, Arlo. Je sais que notre métier nous enseigne à croire le contraire, mais ne vous éloignez pas de cette vérité toute simple. »

Un peu comme Kerrigan ? Parce que jusqu'à maintenant, elle se montrait franche. Ses craintes, elle les avait verbalisées au lieu de les dissimuler.

Si les flics étaient focalisés sur leur métier, certains laissaient la peur l'emporter sur le bon sens. La façon dont le capitaine traitait cela était une des choses qu'Arlo admirait chez lui. Dwayne faisait confiance à ses hommes, mais il s'assurait aussi qu'ils avaient les bons outils. Les outils matériels et les outils mentaux, à savoir la capacité à analyser un problème.

— Tu fais ça bien.

— Je fais quoi bien ?

Kerrigan leva les yeux après avoir contourné un couple oublieux de la foule.

— Garder ton équilibre. Entre les taquineries et la nécessité d'être sérieuse. Entre tes analyses rapides et ta capacité à garder ton sang-froid. C'est une aptitude qui demande du temps, mais tu sembles pourtant gérer ces situations de manière innée.

— Merci.

L'expression de Kerrigan était devenue légèrement floue, ses yeux toujours si expressifs un peu embrumés.

— Vraiment, merci. Tous tes compliments sont les bienvenus, mais c'est une chose incroyablement gentille que tu viens de dire.

— Je suis sincère. Je soupçonne qu'une grande partie de cela vient de ton intuition, mais j'imagine que ta formation en plongée te sert aussi. Tu dois rester calme et maîtrisée en toutes circonstances, tout en bougeant vite et en prenant des décisions rapides.

— Eh bien, j'imagine que oui.

Il voyait le plaisir lui colorer les joues. Il était ravi d'avoir dit quelque chose de positif, même s'il ne pouvait nier que c'était aussi amusant de la contrarier.

— C'est aussi un trait que je vois chez Wyatt. Cette capacité à rester calme, même quand tout s'effondre autour de toi, c'est une qualité incroyable. Fais-en bon usage.

— Je n'y manquerai pas.

Il hocha la tête en tirant la porte du bar pour la laisser entrer.

— Tant mieux.

Dyson Gentry évitait de regarder son frère Decker, mais il frissonnait de tout son long. Il savait que c'était une mauvaise idée, depuis le début.

Il le *savait*. Mais il était tout de même allé de l'avant.

Le commerce familial se portait bien, mais il ne changeait pas. Ils vendaient des tonnes de bateaux chaque année et il n'y avait nulle part où aller après cela. Aucune autre source de revenus pour leur donner l'impression qu'ils progressaient. Et leurs supplications n'avaient pas convaincu leur père de développer son commerce au-delà de leurs docks à Brooklyn.

Dyson avait des rêves bien plus grands. Mais c'était Decker qui avait eu l'ambition et le courage de mettre tout ça en mouvement.

Maintenant qu'ils étaient là, sous ce regard implacable, il devait admettre que c'était son frère qui avait pris l'initiative et qu'il en avait été soulagé à l'époque. Mais maintenant...

Maintenant, le partenariat qui leur avait semblé si prometteur était suspendu à un fil des plus fins.

— Pouvez-vous m'expliquer s'il vous plaît comment la police a réussi à identifier votre établissement comme le lieu d'achat de mon bateau ?

Des yeux morts. Ce fut la seule pensée de Dyson tandis qu'il dévisageait la personne assise au bureau. Il ne pensait pas l'avoir remarqué jusque-là, mais c'était bien ce qu'il voyait.

Morts et aussi froids que l'Atlantique en février.

— Les flics ignorent que votre bateau est passé par nous. Ils ont eu une conversation banale avec mon père et ont posé de simples questions sur les bateaux. Il n'y a pas le moindre signe qu'ils nous considèrent comme le fournisseur...

— On n'a pas été soupçonnés, ajouta Decker, coupant Dyson. Notre père ne sait rien de notre activité. Il est apparu comme le type jovial et bien disposé qu'il est toujours.

Le mince espoir de Dyson que son frère ait peaufiné leur stratégie s'envola, et il sentit à nouveau des doigts glacés lui effleurer le dos.

Était-ce vraiment la voix de Decker ?

Ils n'étaient pas jumeaux, mais assez proches en âge pour que les gens le croient. Il avait cru connaître son frère, mais depuis qu'ils s'étaient engagés dans cette activité, il avait d'étranges prises de conscience, durant lesquelles il devinait que son frère ne lui disait pas ce qu'il pensait. Pire, qu'il ne lui disait pas ce qu'il *savait*.

Au début, cela avait suscité un peu de stupeur chez lui, mais il était rapidement arrivé à la conclusion qu'il y avait quelque chose de subversif chez Decker qui le mettait mal à l'aise.

« On n'a pas été soupçonnés. » Qui disait des choses comme ça ? Plus troublant encore, quand son frère avait-il commencé à parler comme ça ?

— Il y avait des flics dans votre établissement, posant des questions sur mon bateau. Je me fiche que votre père soit le maire en personne, vous m'avez promis l'anonymat. Pas un seul fil me reliant à Brooklyn Yacht.

Decker se pencha en avant. Son attitude était juste assez menaçante pour que les deux sbires flanquant la porte fassent un pas en avant.

— Vous n'êtes reliée à rien du tout.

— Faites en sorte que ça reste comme ça.

Dyson jeta un coup d'œil à Decker, ne sachant pas si on les congédiait. Il n'eut pas longtemps à attendre.

— Maintenant, il y a un dernier point que je voudrais éclaircir.

Bien que sa curiosité soit à son comble, Dyson se demandait une fois encore s'il connaissait son frère.

Cela le tarabustait depuis qu'ils s'étaient mis en cheville avec ce hangar clandestin du Maryland. Ils avaient fourni les pièces, et le contact de Decker les avait montées.

Plutôt facile, pensa Dyson. Une preuve de plus que l'homme assis à côté de lui était devenu quelqu'un d'autre. Quelqu'un dont il ignorait l'existence jusque-là.

— Vous allez remplacer mon bateau.

— Nous vous l'avons procuré, vous l'avez détruit. Trouvez quelqu'un d'autre.

Pour la première fois, Dyson entendit un frémissement de crainte derrière la réponse désinvolte de son frère.

Les yeux restèrent inflexibles, semblant à la fois les observer et les toiser.

— Non, je ne crois pas. Vous êtes mouillés maintenant, et vous allez remplacer mon bateau. Bien sûr, je vous paierai. Mais je le veux à New York d'ici vendredi prochain.

— C'est impossible !

Les mots avaient échappé à Dyson avant qu'il puisse les arrêter, et il comprit son erreur.

— Rien n'est impossible, monsieur Gentry. Pas avec la motivation adéquate.

Bien qu'il se sente sur la défensive, il insista tout de même.

— Il n'y a aucun moyen de mettre la main sur un bateau non enregistré en une semaine.

— Comme mon frère vous l'a dit, nous vous avons aidée. Ce n'est pas notre faute si vous avez incendié le bateau pour sortir d'une situation difficile.

— C'est drôle, mais je ne le vois pas comme ça. Vous m'avez dit que ce bateau résisterait aux vagues.

— Vous l'avez sorti dans un ouragan, souligna Dyson.

— Pas vraiment. Nous l'avons sorti dans une tempête à laquelle vous m'aviez assuré qu'il résisterait. Il ne l'a pas fait, donc vous allez me procurer un bateau de remplacement.

— Ça ne peut pas se faire aussi vite.

Dyson hocha la tête.

— Nous avons besoin d'un mois au minimum.

Un léger soupir s'éleva de l'autre côté du bureau. Il aurait dû y reconnaître une absence totale de sympathie. Ce fut seulement quand il fut suivi de paroles terrifiantes que Dyson comprit qu'il venait de faire un autre faux pas.

— Big Will parle à qui veut l'entendre de la croisière que votre mère et lui vont entreprendre pour leur anniversaire de mariage. Je trouve ça un peu idiot, un vendeur de bateaux qui prend des vacances sur un bateau... Mais...

Des épaules se haussèrent délicatement.

— … à chacun ses goûts. Ils partent dans deux semaines, je crois ?

Le frisson glacé qui lui courait dans le dos enveloppait désormais tout son corps.

— Il n'a rien à voir avec ça.

— Mais ses fils oui. Ce serait tellement dommage que leurs parents connaissent une fin tragique avant même le début de leur petite aventure.

Pour la première fois, Decker bougea, posant une main sur le bras de Dyson.

— Vous aurez votre bateau vendredi prochain.

— Une réponse éminemment raisonnable.

Un petit geste de la main fit comprendre à Dyson qu'on leur donnait congé. Il se leva, surpris de constater que ses genoux tremblaient.

L'un des sbires en faction leur fit signe de le suivre dans le couloir. Dyson s'exécuta, les pas lourds de son frère derrière lui. Ils sortirent de la même manière qu'ils étaient entrés, par une porte donnant sur la ruelle.

Ce fut seulement quand la porte claqua derrière eux que Decker laissa échapper un souffle bruyant. Dyson se tourna vers son frère.

— Qu'est-ce qu'on va faire, bon sang ?

— Nous avons conclu un marché. Il faut aller jusqu'au bout.

— Des menaces contre papa et maman ? Et où diable allons-nous trouver un bateau non enregistré en une semaine ?

— C'est moi qui nous ai mis dans ce pétrin, je vais m'en occuper. Je savais très bien dans quoi je mettais les pieds.

— Qu'est-ce que tu veux dire par « je savais » ?

Dyson avait assez de bon sens pour parler à voix basse, mais il n'était pas prêt à laisser Decker s'en sortir aussi facilement. Son frère était peut-être le cerveau de leur association, mais il avait le droit de remettre en question ce partenariat.

— Je savais dès le départ qu'il faudrait aller jusqu'au bout.

— Au bout de quoi ? demanda Dyson.

— Du marché que nous avons passé avec cette garce sans cœur.

— C'est sympa, ici.

Kerrigan parcourut le bar des yeux, en prenant le verre de vin que lui tendait Arlo, et s'efforça de faire preuve d'insouciance.

— Haut de gamme. Bois massif, cuivres étincelants, tabourets accueillants.

Arlo prit une gorgée de bière et considéra chacun de ces éléments.

— C'est ce dont tu te souvenais ? reprit Kerrigan.

— Ils ont ôté quelques tables pour faire de la place à une table de billard au fond, mais autrement, c'est pareil.

— Si on continue à écarquiller les yeux comme ça, tout le monde va nous identifier comme des flics.

— Les flics sortent aussi le soir.

— Tu ne veux pas qu'on reste discrets ?

— À ce stade, si quelque chose de suspect se passe, je préférerais susciter une réaction. Ça fait près d'une semaine, et nous n'avons rien. Il est peut-être temps qu'un pion de bas étage sache que nous enquêtons.

Kerrigan savait que cela l'irritait – cette absence de bavardages sur le bateau et les dealers assassinés – et elle eut soudain l'intuition de ce qu'il voulait faire.

— Est-ce que nous jouons les appâts, Arlo ?

— *Appâts* est trop subtil. Je veux que ce quartier sache que les flics sont de sortie, qu'ils recherchent celui qui a tué sur le bateau. Quelqu'un va forcément se prendre les pieds dans le tapis, et si nous pouvons le faire trébucher, je suis pour à cent pour cent.

Ils n'étaient pas venus là avec un plan bien défini, seulement l'idée d'inspecter le lieu où s'était déroulée la dernière descente. Mais son raisonnement était logique.

Qu'il n'y ait rien à voir au McNulty's n'était pas vraiment l'important. L'important, c'était l'idée que des flics étaient là, retournant chaque pierre. Plus ceux qui se dissimulaient le comprenaient, plus grande était la chance que quelqu'un prenne peur et se mette à table.

Elle vit une petite table haute au fond du bar et la lui désigna. Ils y auraient une bonne vue, le dos au mur.

Ils posèrent leurs boissons sur la table et, en consultant sa montre, Kerrigan fut surprise de constater qu'il était à peine 22 heures. Ils avaient beaucoup cogité et avaient tout de même la plus grande partie de la soirée devant eux. Inopinément, les paroles de Jayden lui revinrent en mémoire.

« Coéquipier ou policier chevronné peut-être, mais pas chef. Il n'y a pas une once de chef là-dedans, et tu le sais. »

Il ne s'agissait pas d'une relation de chef à subordonnée, et elle ferait bien de s'en souvenir. Aussi bien pour l'aspect romantique souligné par Jayden que pour la manière dont ils géraient l'affaire. Elle était sa coéquipière, et ses idées et ses réflexions étaient les bienvenues. Et même nécessaires pour aller vers une conclusion positive.

Elle appréciait sa tutelle et sa volonté de la guider, mais résoudre cette affaire exigeait qu'ils travaillent ensemble. Ce sur quoi elle n'avait pas compté, c'était le niveau d'implication personnelle qui imprégnait cette association.

Un fait qui lui avait paru encore plus net avec l'aveu d'Arlo durant leur trajet.

« Mon frère aîné est à Boston, et le plus jeune l'y a suivi. Il disait qu'il n'y avait plus rien à New York pour lui. »

Cela donnait une image de solitude. Il avait l'air seul.

En tant que membre d'une famille unie, elle reconnaissait qu'elle avait une vision un peu biaisée des familles. Surtout quand la vie ne cessait de démontrer que nombre d'entre elles n'étaient pas aussi heureuses. Mais elle ne s'était pas attendue à ce que ce soit le cas pour Arlo.

Était-ce sa réputation ? Ou son aisance à bâtir des relations, dont elle avait été témoin avec Wyatt et le capitaine Reed ?

De toute façon, c'était inattendu et...

Son fil de pensée s'interrompit quand elle eut soudain la sensation d'être observée. Son regard croisa les yeux noirs d'un homme à l'autre bout de la salle. Était-ce un agent de sécurité ? Un client du bar ? Qui qu'il soit, elle sentit la menace clairement. Sans perdre son flegme, elle s'appuya sur Arlo, effleurant son oreille de ses lèvres, avant de reculer légèrement.

— Ne change pas d'expression, mais regarde à 8 heures. Contre le mur.

Il saisit immédiatement et chuchota en tournant la tête.

— Qu'est-ce que c'est ?

Elle lutta contre l'émotion en sentant son haleine effleurer son front.

— Je perçois de très mauvaises vibrations de ce type, près de l'entrée. Un mètre quatre-vingts, gilet en cuir, bras croisés.

Arlo s'en tint à son rôle de cavalier, mais elle sentit son attention se déplacer en travers de la salle.

— Je n'arrive pas à bien voir d'ici.

Des scénarios se succédèrent dans son esprit, mais un seul surnageait parmi tous les autres.

— Tu te rappelles ce compliment que tu m'as fait tout à l'heure ? Comment j'arrive à garder mon calme ?

— Oui.

— Reste calme, Arlo. Et essaie de suivre le mouvement.

Sans lui laisser le temps de répondre, elle lui passa les bras autour du cou, les déplaçant juste assez pour qu'il puisse regarder à l'autre bout du bar.

Puis elle baissa la tête et survola ses lèvres une fraction de seconde avant de s'abandonner au moment.

7

Le désir. Un désir aigu, dévorant le submergea quand la bouche de Kerrigan se referma sur la sienne.

Il connaissait son rôle. Il savait pourquoi elle l'embrassait mais, bon sang, il voulait goûter à ce baiser. Il le voulait autant qu'il désirait son prochain souffle. Il ferma les yeux au lieu de se concentrer sur leur proie.

Des lèvres douces et pleines se pressèrent sur les siennes, en un véritable festin. Perdu dans l'instant, il tendit le cou, sa langue s'introduisant entre ses lèvres pour se mêler à la sienne.

C'était de la folie. Une folie totale. Il était en train de se noyer et en voulait encore.

— Mais qu'avons-nous ici ?

L'interruption et la prise de conscience soudaine qu'il avait oublié son rôle firent reculer Arlo.

— Regardez-moi ces deux tourtereaux !

La voix était mielleuse, d'une fausseté à faire frémir.

— Wendy ?

Kerrigan parla la première, son calme habituel reprenant le dessus. Elle sourit à la blonde qui se tenait à leur table.

— Wendy Parker ?

— Oui ! Je n'arrive pas à croire que c'est toi. J'ai entendu dire que tu avais déménagé à Brooklyn.

— La rumeur voyage vite. Je n'ai déménagé qu'il y a deux mois.

Wendy agita la main.

— Tu sais comment c'est. Forest Hills prétend être une grande ville, mais c'est une petite ville comme les autres.

— Je suppose que oui, approuva Kerrigan.

Wendy couva Arlo d'un regard impudent avant de lui tendre la main.

— Je m'appelle Wendy.

— Arlo, dit-il en la lui serrant.

De longs doigts frais demeurèrent dans sa main une fraction de seconde de trop.

— Ravie de vous rencontrer. Vous vivez ici, dans le quartier ?

— À proximité. Mais il se passe trop de choses à Sunset Bay, c'est dur d'y résister. Surtout un vendredi soir.

— Nous en parlions justement en venant, dit Kerrigan, faisant rebondir la conversation. Brooklyn a parfois l'air d'un autre monde.

— Il est temps. Nous avons passé tellement d'années à jouer les seconds couteaux après Manhattan. C'est sympa que les autres arrondissements bénéficient enfin d'attention.

C'était une lamentation courante chez la génération de ses parents, mais Arlo la trouva drôle venant de quelqu'un de si jeune. Bien que les changements dont Kerrigan et lui avaient discuté soient vrais, ils étaient en cours depuis un bon moment. Le développement immobilier d'un quartier ne surgissait pas du jour au lendemain. Et cela avait commencé bien avant que cette femme ait atteint l'âge adulte.

Il plaqua un sourire sur son visage et s'efforça d'être aimable avec l'intruse.

— Qu'est-ce qui vous a amenée à Brooklyn depuis le Queens ?

Le regard de Wendy s'assombrit légèrement et elle sourit.

— J'imagine que je n'aime pas jouer les seconds couteaux, justement. Ça ne m'intéressait pas de reprendre l'affaire familiale, alors j'ai ouvert mon propre commerce. J'ai deux boutiques de vêtements, et je m'apprête à ouvrir la troisième.

— C'est génial ! s'écria Kerrigan. C'est toi, Wendy's Closet ?

— Oui.

— J'ai entendu plein de choses sur toi. Ma mère parlait récemment de tes magasins. Elle disait que tu as lancé ta propre ligne de vêtements.

— En effet. La fast-fashion fait fureur en ce moment, et ça me semble être la prochaine étape, tu vois.

Bien qu'il ne connaisse pas l'industrie de la mode, même Arlo était conscient que la « fast-fashion » n'avait pas que des amis. Avec ses lourdes conséquences sur l'environnement et ses pratiques d'exploitation dans les pays du Sud, c'était un domaine particulier.

Pourtant, cette femme la voyait manifestement comme une étape dans la construction de son empire et l'éloignement subséquent de ses racines.

— Bon, je ne voulais pas vous interrompre. Quand je t'ai vue, je n'ai pas pu résister à l'envie de venir te dire bonjour.

Wendy embrassait la joue de Kerrigan, lorsque Arlo se rendit compte qu'il ne l'avait vue avec personne. Il était sur le point de lui demander où étaient ses amis, quand elle posa une main sur son bras.

— C'était un plaisir de vous rencontrer. Bonne soirée.

Et elle s'en fut.

— Ça m'a donné un coup de vieux.

Kerrigan prit son verre de vin en secouant la tête.

— C'est drôle, ma mère parlait justement d'elle il y a quelques semaines. On dirait qu'elle s'est taillé une sacrée réputation.

— Elle a l'air déterminée, en effet.

Kerrigan leva les yeux, l'air interrogateur.

— Ce n'est pas une bonne chose ?

— Si.

— J'ai l'impression que tu ne le penses pas vraiment.

— Si, je le pense.

Voyant qu'elle continuait de le fixer, il ajouta :

— Vraiment, je le pense.

Pour être juste, il n'avait aucune raison d'être soupçonneux à l'égard de cette femme. Ce n'était pas de chance que Wendy ait interrompu leur baiser, mais elle n'était pas restée assez longtemps pour éveiller sa méfiance.

— Je ne te connais pas depuis très longtemps, mais je peux te dire que je ne gobe pas du tout cet air zen.

— Zen rien du tout. J'ai seulement trop de choses en tête.

Elle écarquilla les yeux.

— J'avais complètement oublié ce type.

Comme il l'avait oublié aussi, il survola des yeux la zone autour de l'entrée, toute subtilité envolée.

— Il était debout, là-bas.

— Oui, près de la porte. Peut-être que c'était un des videurs et qu'il vérifiait que tout se passe bien.

— Tu crois ça ?

— Je...

Elle s'interrompit et secoua la tête.

— Non, pas vraiment. Il avait vraiment l'air de me regarder moi.

Cet aveu le bouscula, et Arlo entendit sa voix prendre une inflexion métallique.

— Alors où est-il allé ?

— Je me suis un peu trop absorbée dans cette rencontre pour pouvoir le dire.

Comme il s'était un peu trop absorbé dans leur baiser, Arlo pouvait difficilement le lui reprocher.

— C'était une longue soirée, après une longue journée et une semaine encore plus longue. On en reste là pour aujourd'hui ?

— D'accord.

Elle reprit son sac à main, et ils traversèrent le bar. Alors qu'ils attendaient le voiturier, Arlo remarqua qu'ils cherchaient tous deux des yeux le mystérieux inconnu.

— Il n'y a aucune trace de lui. Du type que j'ai vu.

Il pouvait y avoir plusieurs raisons à sa disparition, dont

le fait qu'il ait pris une pause s'il était employé, ou qu'il soit rentré chez lui si c'était un client. Mais ces raisons mises de côté, cela ne lui revenait pas que Kerrigan ait eu une réaction aussi forte à sa présence.

— Peut-être que ce n'était rien du tout.

Kerrigan se glissa sur le siège passager avant qu'il puisse lui ouvrir la portière, aussi Arlo attendit-il pour répondre d'être lui-même au volant.

— Je ne parie jamais contre l'intuition d'un flic

— Ça nous ramène à Wendy. Je sais qu'elle est un peu excessive. Elle avait quelques années de plus que moi au lycée, et je me souviens de cet aspect de sa personnalité. Pour être honnête, je ne crois pas avoir jamais pris conscience qu'elle me connaissait.

— Elle semblait te connaître et même avoir suivi ton parcours.

Kerrigan haussa les épaules.

— Nous sommes du même quartier, c'est tout.

— Cette appartenance à une petite ville ?

— Tu te rappelles que je t'ai dit que je suis très proche de ma famille ?

Le voyant hocher la tête, elle poursuivit :

— Ma mère n'a jamais cessé d'avoir le doigt sur le pouls de Forest Hills. Rien ne s'y passe, ne serait-ce qu'un éternuement dans le parc, sans qu'elle le sache.

— Tu te rends compte que c'est assez drôle de qualifier Forest Hills de petite ville ? Surtout quand la population du Queens dépasse les deux millions.

— C'est un quartier, Arlo. Du moment que les gens érigent des murs, cultivent des jardins et délimitent des territoires, peu importe que cela devienne grand, ça donne toujours l'impression d'être petit.

Il n'était pas tout à fait d'accord, mais il songea que la soirée avait pris une tournure étrange.

— Notre expédition est un sérieux échec pour ce qui est de résoudre l'affaire, mais nous en avons tiré des moments uniques.

— Ah bon ?

— Nous avons maintenant un videur menaçant et une ancienne lycéenne à la bonne humeur irritante.

— J'imagine que oui.

Elle lui indiqua son adresse, et il prit cette direction après avoir tourné dans l'artère centrale de Sunset Bay.

Tout en notant avec quel empressement tous deux évitaient de mentionner ce baiser qui, dans son esprit, était le moment le plus intéressant de tous.

Kerrigan laça ses baskets et s'empara de son sac de gym. Elle avait déjà replié son lit contre le mur et rangé ses affaires.

Son appartement était petit, mais il était à elle, et ce n'était pas la première fois qu'elle s'en réjouissait. À la fois d'un point de vue spatial mais aussi émotionnel. Quand elle était plongée dans une affaire ou qu'elle réfléchissait à des problèmes personnels, elle ne voulait personne autour d'elle.

Elle donnait donc la priorité à son indépendance aux dépens d'autres commodités, et faisait des heures supplémentaires quand elle le pouvait pour payer ses factures et ajouter à ses économies.

Cette indépendance signifiait aussi qu'elle avait tout un samedi devant elle, sans autre projet que d'aller nager et rester en tête à tête avec elle-même. Ce n'était pas le meilleur moyen d'arrêter de penser au baiser échangé avec Arlo Prescott.

Cela avait été un acte idiot de sa part, de l'embrasser pour lui permettre de mieux voir l'homme. Et pourtant... Quels autres choix avaient-ils ? Les vibrations qu'envoyait ce sbire avaient un accent sinistre.

Pas si sinistre que ça si le seul contact des lèvres d'Arlo te les a fait oublier.

Et n'était-ce pas le hic ? Elle avait pu se sentir menacée par l'homme, mais un baiser d'Arlo avait suffi à la distraire. Elle avait perdu sa vigilance. Si les criminels qu'Arlo voulait appâter avaient été là, elle se serait mise en position de faiblesse rien qu'en oubliant la menace.

Il l'avait complimentée pour son calme et son sang-froid, mais elle ne ressentait aucun des deux ce matin-là. Il n'y avait donc rien d'autre à faire que d'essayer de les récupérer.

Sa mutation au 86 lui avait donné accès à une nouvelle salle de sport qu'elle adorait. Outre la piscine de taille olympique, il y avait une série complète de machines cardio et une impressionnante salle d'haltères. Plusieurs policiers donnaient des cours, et elle avait déjà profité d'une séance de Zumba, laquelle était si populaire qu'il fallait s'inscrire à l'avance.

La piscine était presque vide quand elle arriva, et après avoir enfilé son maillot, elle trouva facilement un couloir pour entamer ses longueurs. Elle fendit l'eau d'un bout à l'autre du bassin, sa respiration en rythme avec ses mouvements.

Cela aurait dû la détendre. La combinaison de l'eau et du mouvement était généralement un baume pour ses soucis.

Mais une demi-heure plus tard, elle avait effectué cinquante longueurs sans parvenir à repousser l'image d'Arlo.

Zut !

Arrachant son bonnet de bain, elle se dirigea vers le vestiaire, irritée contre elle-même et ses pensées vagabondes.

Ce serait son excuse quand elle repenserait plus tard à la manière dont elle avait percuté Arlo, qui marchait vers le vestiaire hommes.

— Waouh ! C'est quoi, l'urgence ?

— Oh ! pardon ! Je suis désolée...

En levant les yeux, elle fut déstabilisée de voir l'homme qui dominait ses rêveries, encore plus beau en réalité.

— Tu es ici de bonne heure.

— Je voulais faire des longueurs. Je suis désolée de t'être rentrée dedans comme ça.

Elle tendit la main, essuyant l'eau sur le cuir de son blouson.

— Et je t’ai mouillé.

— Ça séchera.

— Bien sûr. Eh bien, je...

— Écoute, je viens d’arriver mais je peux revenir plus tard. J’ai fait du sport tard hier, alors je me sens prêt à m’attaquer à des pancakes si le petit déjeuner te dit.

Elle aurait dû dire non. C’était la meilleure chose à faire. Vu l’effet que ce baiser avait encore sur elle, il aurait été sage d’invoquer une excuse pour se défiler.

— Je ne veux pas repousser tes projets.

— Comme un petit déjeuner avec toi est beaucoup plus intéressant que des haltères ou un tapis de course, sauve-moi.

Voyant qu’elle n’avait pas encore répondu, il ajouta :

— S’il te plaît.

— Des pancakes, c’est une bonne idée.

Il avait un large sourire, mais...

Kerrigan ne put s’empêcher de repenser à ses remarques sur sa famille, la veille. Comment tous avaient quitté la région. C’était triste. Terriblement solitaire.

Malgré ses liens étroits avec sa propre famille, elle comprenait ce que c’était que d’être seul.

— Laisse-moi me changer, je te retrouve dans le hall.

Vingt minutes plus tard, ils entraient dans un restaurant à deux pas du commissariat. En quelques minutes, ils furent assis à une table pour deux au milieu de la foule du petit déjeuner.

Un serveur leur apporta du café et prit leur commande de pancakes, puis disparut.

— Merci de t’être jointe à moi. Je n’avais pas pris conscience d’avoir aussi faim.

Kerrigan avait déjà jeté un coup d’œil aux assiettes servies autour d’eux et savait qu’il avait bien choisi.

— C’était une super idée. Je vais dévorer ces pancakes jusqu’à la dernière miette.

Le sourire d'Arlo s'évanouit, et elle perçut son sérieux une fraction de seconde avant qu'il ne parle.

— Je suis content que tu sois venue pour une autre raison. Je te dois des excuses.

— Des excuses ?

— Hier soir je me suis laissé un peu emporter par ce baiser. Ce n'était pas professionnel, et j'en suis désolé.

Comme elle avait passé la majeure partie des douze heures écoulées à s'irriter d'avoir entrepris ce baiser, elle n'aurait pas dû être contrariée par ces excuses. Et pourtant...

— Tu es désolé ? C'était un truc ridicule, que j'ai fait dans un moment de panique. Inutile d'y repenser.

— Cela ne m'a pas paru ridicule.

— Eh bien, ça l'était. Tu es mon collègue, et c'était une impulsion idiote d'user de ce subterfuge au lieu de me lever et d'aller parler à cet abruti.

— Ce n'est pas ce que je veux dire.

Arlo secoua la tête, manquant de faire déborder le café dans son mug.

— Comment pouvais-tu aller au-devant d'un homme que tu trouvais menaçant ?

— Je suis policière. Je peux gérer un type qui se comporte mal.

— Sans arme, dans un bar où lui-même pouvait être armé ? Ou peut-être ivre ou drogué ? Pas question.

— Tu suggères que je n'en serais pas capable ?

— Je suggère que tu as trouvé le moyen de gérer la situation sans rien faire d'irréfléchi. Ce n'est pas la même chose.

— Pourtant, tu es là à t'excuser de m'avoir rendu mon baiser.

— Je ne...

— Non, Arlo, qu'est-ce que tu veux dire ? Parce que tu es soudain offensé à l'idée que je peux m'occuper de moi, et pourtant tu es également désolé de m'avoir embrassée. Tu ne peux pas avoir les deux.

Ce calme dont il lui avait fait compliment avait totalement

disparu, mais elle sentit qu'elle devait éviter de s'enflammer. Ou, plus exactement, elle devait se taire pour ne pas empirer les choses.

— Je ne suis pas désolé. Je suis le contraire de désolé.

Il joua avec l'anse de son mug avant de relever les yeux sur elle.

— J'y ai pris plaisir.

Quelle que soit l'impulsion qui l'avait poussé à inviter Kerrigan, elle avait été remplacée par le besoin malavisé de parler du baiser.

Il aurait dû laisser les choses suivre leur cours. Et au lieu de ça, il s'excusait et insultait sa capacité à se défendre ? Peu importe qu'elle soit formée et compétente, l'idée de la voir confronter l'homme qui l'avait effrayée au bar le faisait voir rouge.

— J'y ai pris plaisir aussi.

Son aveu flotta vers lui à travers la petite table, suscitant chez lui une joie impossible à nier.

— Alors mettons ça derrière nous. On en a parlé, maintenant on peut passer à autre chose.

— Absolument.

— Bon.

Il but une gorgée de café, essayant de reprendre un équilibre sérieusement menacé depuis la veille au soir.

— Puis-je te demander quelque chose ?

La voix de Kerrigan était posée et elle se tenait droite comme un I. Un changement troublant par rapport au moment où ils étaient entrés dans le restaurant. Il avait tout gâché avec ses tentatives d'excuses.

— Bien sûr.

— Est-ce que ça va changer les choses entre nous ?

Il comprit immédiatement ses craintes.

— Est-ce que ça va changer mon respect pour toi et ma conviction que tu peux faire ce travail ? Absolument pas.

— D'accord.

— Est-ce que c'est quelque chose avec lequel nous allons devoir vivre ? Oui, il n'y a pas grand-chose que je puisse y faire.

Waouh, Prescott, c'est la première fois que tu parles à une femme ? Il ne s'était jamais considéré comme maladroit avec les femmes, mais quelque chose dans cet échange l'avait mis sur la défensive. Tout d'abord, ses excuses n'étaient pas du meilleur goût. Et maintenant, il retournait le couteau dans la plaie ?

Elle serra les dents.

— Il va bien falloir, parce que ça ne peut pas se mettre en travers de notre chemin.

— Je suis attiré par toi, Kerrigan. C'est déjà en travers de notre chemin. Le baiser n'a fait qu'asseoir ce fait.

Leur serveur arriva avec les pancakes, et Arlo mit à profit cette interruption pour la contempler simplement.

La vérité était dite. Kerrigan était belle et intéressante, et il avait enfin admis son attirance. Il était temps de lui parler aussi de son enquête sur Big Will, parce qu'il devait écrire son rapport et l'ajouter au dossier.

— Kerrigan, il faut que je te...

— Alors tu es en train de dire que les choses vont effectivement changer. Écoute, Arlo, je n'ai pas l'habitude d'embrasser mes collègues. Que ce soit durant les heures de service ou non. Il n'est pas question qu'on commère sur moi ou qu'on remette mes compétences en question.

— Et voilà, ça recommence. Pourquoi es-tu tellement persuadée qu'on va remettre tes compétences en question ?

Il lui donna une seconde, puis deux, avant de poursuivre. Parce que contrairement à la veille au soir, il n'était pas disposé à attendre ce qu'elle allait dire. Il était temps de pousser le bouchon un peu plus loin.

— C'est une discussion récurrente cette semaine, et je ne peux pas m'empêcher de penser que ça repose sur ce qui t'est arrivé dans ton premier commissariat. Il faut que tu le surmontes. Occupe-t'en et mets-le hors de ton esprit.

— Sinon quoi ?

— Sinon cela fera aussi de toi une victime.

En matière d'encouragement, c'était aussi piètre que ses excuses, mais il était à court d'arguments. Il y avait de véritables fantômes dans son passé, et il était grand temps qu'elle les exorcise.

— Je suis policière. J'ai dépassé ça.

— Je ne pense pas.

— Tu fais dans la psychologie de comptoir en plus de m'expliquer que je suis incapable de me défendre ?

— Ce n'est pas de la psychologie de comptoir de constater que, quoi qu'il se soit passé à ton ancien commissariat, cela t'affecte toujours.

— Je vais très bien.

— Tu dis ça, mais compétence ou pas, ça ne se termine jamais bien de laisser moisir ce genre de choses.

— Alors écoute ça, inspecteur Prescott. Je suis plus que capable de m'occuper de cette affaire et de la mener à bien. Non seulement j'en suis capable, mais je vais le faire. Et quand nous aurons mis ces salopards en prison, je vais te rappeler ce moment et toutes les raisons pour lesquelles tu pensais que je ne pouvais pas le faire.

— Ce n'est pas ce que j'ai dit, Kerrigan.

— Économise ta salive.

Elle fouilla dans la poche de sa veste, et il fallut à Arlo une seconde pour comprendre que c'était pour y prendre une poignée de billets.

— Ça devrait payer pour ma part du petit déjeuner. J'ai une plongée lundi matin, mais je serai au commissariat après le déjeuner. Je te verrai là-bas.

Plus d'un regard la suivit lorsqu'elle se leva et sortit à grands pas du restaurant. Arlo ne fit rien pour détourner leur attention. Tout ce qu'il voyait, c'était la pile de pancakes inentamée sur la table. Et l'expression blessée du visage de la femme avec laquelle il ne les partagerait pas.

8

Kerrigan finit de vérifier la jauge de sa bouteille d'oxygène en repoussant la tristesse qui l'accompagnait depuis près de quarante-huit heures. Elle avait même feint d'avoir trop de travail pour échapper au dîner familial du dimanche soir.

Si sa mère avait soupçonné quelque chose, elle ne l'avait pas dit, mais Kerrigan savait qu'elle devait se reprendre. Parce que si elle annulait encore la semaine suivante, sa mère surgirait sur le pas de sa porte avec une marmite de soupe et une boîte de mouchoirs en papier.

Et que pourrait-elle dire ?

Je craque pour mon nouveau coéquipier, et il pense que mon premier poste m'a sérieusement abîmée. Oh ! et il est attiré par moi, il y a ça aussi.

Il y avait beaucoup de *ça*, en fait. Parce que si leur conversation avait été exaspérante, elle était aussi attirée par lui.

Elle n'était pas abîmée, mais elle traînait des casseroles. Elle avait cru que tout ça était derrière elle. Elle avait gardé le nez sur le guidon et s'était concentrée sur la plongée, mais voilà où elle en était. Sa première tentative sur une affaire de haut vol, et elle laissait son passé faire irruption.

Arlo avait-il raison de la remettre en question ?

Comme tous les coéquipiers avaient le droit de savoir si leurs partenaires supportaient la pression, elle devait se l'avouer : oui, il en avait le droit.

Surtout quand lesdites casseroles la poussaient à craindre toutes sortes de choses.

— Hé, Kerr, tu es prête ?

Devant ses réponses machinales au récit de son dîner du samedi soir, Jayden avait apparemment décidé de la laisser tranquille. Leur amitié était assez solide pour ça, même si elle lui devait des excuses pour ne pas être capable de bavarder.

— Tu es sûre que tu peux plonger ?

— Je vais très bien. Ça me fera du bien d'être sous l'eau.

Elle se redressa et posa la main sur le bras de son ami.

— Et ça me passera mon humeur ronchonne. Je suis désolée.

— Ne gaspille pas ta salive, lui dit-il en souriant. Comme je vais m'extasier sur cette crème brûlée toute la semaine, tu pourras pousser des « ooh » et des « aah » plus tard.

— Marché conclu.

Jayden s'éloigna en direction de la cabine du petit bateau sur lequel ils avaient embarqué ce matin-là, et elle s'assit sur le pont avec sa tablette. Elle voulait revoir encore une fois les détails de leur recherche.

Elle parcourut le rapport et en conclut que ce serait rapide. La veille au soir, des policiers avaient pourchassé des malfrats sur le pont de Brooklyn. Ils avaient une bonne description des armes. Kerrigan savait donc qu'elle devait retrouver un fusil de chasse à canon scié et deux armes semi-automatiques, qui se trouvaient bien mieux au fond de l'East River qu'aux mains de ces criminels.

C'était Gavin qui assurait le briefing matinal. Comme la recherche serait assez simple, il n'envoyait que Jayden et elle. Une fois qu'ils auraient les armes, l'équipe passerait aux autres tâches qui les attendaient.

C'était facile. Routinier, même.

Comme elle avait peu à préparer, ses pensées revinrent à ce qui l'avait préoccupée tout le week-end.

« Est-ce que ça va changer les choses entre nous ?

— Est-ce que ça va changer mon respect pour toi et ma conviction que tu peux faire ce travail ? Absolument pas.

— Est-ce que c'est quelque chose avec lequel nous allons devoir vivre ? Il n'y a pas grand-chose que je puisse y faire. »

Elle s'était rejoué cet échange en boucle et revenait sans cesse à l'audace d'Arlo. *Vivre* avec ? Ils devaient *vivre* avec ce baiser ?

Cela la mettait en fureur, à cause du détachement d'Arlo et plus encore à cause de son absence de détachement à elle.

Elle l'avait embrassé alors qu'ils étaient en service. Il y aurait eu d'autres manières de gérer la situation. Elle aurait pu laisser tomber quelque chose.

Mais non. Elle avait prétexté un baiser pour lui permettre d'avoir le bon angle de vision. C'était sans-gêne, et si elle en voulait à Arlo, elle devait assumer ses actes. Peut-être était-ce la racine du problème. Elle était en colère contre elle-même. D'avoir laissé cette attirance influencer son jugement dans l'instant, mais en général aussi.

Son départ de son ancien commissariat lui faisait-il encore mal ? Oui, bien sûr. Les dégâts n'allaient pas s'effacer de sitôt, et peut-être ne le devaient-ils pas. Des expériences comme celles-là laissaient des traces, mais elles préparaient aussi pour l'avenir.

Elle était plus forte désormais et ne portait plus de lunettes roses. Ce qui signifiait que si ses sentiments se mettaient en travers de son chemin, c'est qu'elle ne faisait pas son travail correctement. Et comme ses sentiments se mettaient *effectivement* en travers de son chemin, il était temps de se reprendre.

Elle passa à sa boîte mail en attendant que le pilote du bateau les mette en position. Il n'y avait qu'un nouveau mail, arrivé à 22 heures la veille au soir. L'objet indiquait le numéro de l'affaire et une description de ce qu'il y avait à l'intérieur.

Rapport : vérification des antécédents | Will Gentry, Dyson Gentry, Decker Gentry.

Elle avait rédigé les notes de l'entretien avec Big Will quand ils étaient retournés au commissariat. Rien dans ce rapport n'indiquait qu'ils allaient vérifier les antécédents de Big Will ou de ses fils.

Ce qui voulait dire qu'Arlo avait pris cette décision seul.

Elle cliqua sur le rapport attaché au mail, sentant quelque chose de très laid tournoyer dans son ventre.

Il ne lui avait pas dit. Il n'y avait pas seulement pensé, il l'avait fait. Sans lui en parler.

Kerrigan vérifia la date du fichier et eut sa réponse. Arlo avait effectué des recherches le jour même où ils s'étaient rendus à Brooklyn Yacht. Il n'en avait pas parlé à ce moment-là, ni durant les conversations qu'ils avaient eues depuis.

L'initiative en elle-même ne sortait pas de l'ordinaire. C'était logique de se renseigner sur des suspects. Pour sa part, elle croyait Big Will innocent, mais elle n'aurait jamais remis en cause l'instinct d'un flic. Pourtant Arlo l'avait délibérément tenue à l'écart.

— Arlo ?

Le capitaine Reed s'approcha de son bureau.

— Vous avez une minute ?

— Bien sûr.

Arlo avait passé la matinée à étudier l'affaire de trafic de stupéfiants achevée quelques mois auparavant, pour essayer de trouver un indice dans leur affaire présente.

Jusque-là, rien.

Et il n'avait eu aucune nouvelle de Kerrigan non plus.

Il avait quitté le restaurant peu après elle, avec un goût amer dans la bouche. Et il était retourné au gymnase. Là, il avait ruminé son échec sur le tapis de course.

— J'ai lu le rapport que vous avez remis sur l'affaire du bateau.

— Les Gentry ?

— C'est ça. Je sais que vous avez été occupé, mais ça ne vous ressemble pas d'avoir autant de retard dans vos rapports. Tout va bien ?

Cela illustrait une fois de plus que Dwayne Reed connaissait bien ses hommes.

— J'ai eu un peu de mal avec celui-là.

Dwayne plissa ses yeux noirs.

— Ils vous ont causé des difficultés durant l'entretien initial ?

— Non, pas du tout. Kerrigan et le propriétaire se connaissaient, et il nous a parlé franchement de ce qu'il savait et du commerce de bateaux.

— Alors il représente davantage une source d'informations qu'un suspect potentiel.

— Plus ou moins.

Arlo sentit une rougeur gagner sa nuque.

— J'ai senti néanmoins qu'il était important d'enquêter sur lui, et je l'ai fait sans en parler à Kerrigan.

Il détestait la sensation que cela lui donnait, alors qu'il n'avait fait que son travail.

— Pourquoi l'avez-vous tenue à l'écart ?

— Je craignais que son amitié envers le propriétaire ne l'empêche d'être objective.

— Vous le lui avez dit ?

— Non, monsieur.

— Il me semble qu'il y a un problème là.

Dwayne fit une pause, pesant ses mots avant de continuer :

— Vous savez que vous avez tout mon soutien. Kerrigan aussi. C'est vous qui avez fait appel à elle. Elle mérite d'être tenue au courant.

— Je sais. C'est pourquoi il m'a fallu tant de temps pour écrire ce rapport.

Dwayne se contenta de hocher la tête, avant de se pencher en avant, les coudes posés sur les genoux.

— La collaboration entre policiers n'est pas facile, vous faites ce métier depuis assez longtemps pour le savoir. Mais ce n'est pas pour rien que nous la favorisons, Arlo.

— Oui, monsieur.

— À votre expression, je vois bien que vous avez pensé et repensé à cela. Je vous suggère de vous excuser auprès de votre coéquipière.

— Je ne suis pas exactement dans ses petits papiers.

— Ah ?

Cette interjection était parlante, et Arlo se hâta d'ajouter :

— Elle est motivée. Elle veut résoudre cette affaire. Je veux l'encourager là-dedans. Mais je ne peux pas m'empêcher de sentir, comme vous l'avez dit la semaine dernière, que cette affaire a des accents sinistres.

— Vous avez de nouvelles pistes ?

— Non, et c'est en partie le problème. Nous avons retourné toutes les pierres que nous pouvions. L'enquête sur la famille Gentry en est un exemple. Ce n'est pas que je tenais à ce qu'ils soient coupables, mais rien n'en est sorti. Personne ne parle. Et quand on ajoute les meurtres sur le bateau, il y a de quoi se poser des questions.

— Quelles sont vos hypothèses ?

Arlo exposa leur théorie au capitaine, selon laquelle quelqu'un avait remplacé le Papa. Dwayne se concentra là-dessus, et son attention confirma à Arlo qu'ils avaient quelque chose.

— C'est un bon angle, logique. Un changement de direction fait toujours des dégâts. L'arrestation du Papa ? C'était un fameux bouleversement.

Une fois de plus, Arlo songea que les activités criminelles étaient elles aussi soumises à la nature humaine. Les hiérarchies. Les loyautés. Même le terme étrange de « famille » pour rassembler les gens autour de ces activités.

Bien que la plupart de ses amis soient policiers, il en connaissait certains qui travaillaient en entreprise. Son frère était l'un d'eux.

Et la manière dont ils parlaient de leur entreprise, en la qualifiant d'équipe, de famille... Il y avait une bizarre similarité, là.

Cela poussait-il les gens à rentrer dans le rang ? Se sentaient-ils plus loyaux à cause de ça ? Ou était-ce simplement le besoin naturel d'appartenir à quelque chose ?

— Je sais que c'est frustrant de ne pas avoir de piste, mais Kerrigan et vous travaillez sur de bonnes hypothèses. Continuez à les développer.

Dwayne se leva.

— Et excusez-vous auprès d'elle.

— Oui, monsieur.

— Maintenant, je sais que vous avez vraiment des remords.

— Que voulez-vous dire ?

— Je n'ai pas tiré un seul « Dwayne » de vous. Ce n'est que « oui, monsieur », « non, monsieur ».

Un large sourire fendit le visage de Dwayne, et ses dents jetèrent un éclair blanc.

— C'est révélateur, Prescott.

À l'idée de s'être trahi, Arlo se hérissa mentalement. Mais il ne put résister à l'envie de demander :

— Le respect est un problème ?

— Non, quand vous ne vous cachez pas derrière.

Dwayne le quitta là-dessus, sa capacité à déchiffrer ses hommes largement démontrée.

Arlo en fut réduit à sa culpabilité persistante et au besoin très réel de trouver le moyen de s'excuser auprès de Kerrigan.

Kerrigan se mouvait dans l'eau, déplaçant la vase de ses mains gantées et maudissant son incapacité à retrouver une des armes. Jayden avait rapidement découvert le fusil à canon scié, mais aucun d'eux n'avait eu de chance avec les semi-automatiques.

La voix de Gavin se fit entendre dans son casque.

— Il vous reste environ douze minutes d'air, les gars.

Commencez à remballer et entamez la remontée. On fera une seconde plongée pour les autres pièces.

L'eau autour du pont étant parmi les plus profondes du port, et ils devaient gérer leur remontée avec des paliers de décompression. Elle connaissait le protocole, mais bon sang, elle avait entrepris de passer le fond du port au peigne fin et elle voulait vraiment retrouver ces armes.

N'y avait-il rien qui marcherait ce jour-là ?

Elle repoussa immédiatement cette idée. Les termes de son entraînement étaient catégoriques. On suivait le protocole et les instructions du chef. C'était Gavin le chef, et il leur avait dit de remonter pour prendre des bouteilles neuves.

Elle entendit Jayden acquiescer, et elle s'apprêtait à faire de même quand elle entendit un cri dans son casque.

— Kerrigan, Jayden, remontez immédiatement !

Le ton de Gavin ne souffrait aucune contradiction.

— On a un candidat au suicide sur le pont !

Les ordres étaient clairs, mais sa réaction fut de violer les termes de sa formation. Kerrigan sentit la panique l'envahir. Désespérée, elle se concentra d'abord sur sa respiration. Il *fallait* qu'elle la maîtrise.

L'air pénétrait de façon désordonnée dans ses poumons, et elle mit une main sur son respirateur, luttant pour reprendre son calme. La voix de Gavin se fit à nouveau entendre, les informant de la situation et leur confirmant que le suicidaire approchait du bord du pont.

« Policiers supplémentaires sur la scène. »

« Deuxième bateau de police en route. »

« Gardes-côtes informés, également en route. »

Le souffle court, elle entendit tout cela. Les eaux qui lui paraissaient calmes et accueillantes quelques instants auparavant lui semblaient désormais épaisses et écœurantes.

La pensée de ce suicidaire la piégeait dans le désespoir. Elle lutta contre les réactions naturelles de son corps, se répétant mentalement la liste de contrôle.

Dirige ton souffle.

Contrôle ta remontée.

Lentement, régulièrement.

Elle progressa de quelques mètres, le regard fixé sur sa jauge de profondeur, tout en luttant contre l'adrénaline.

Respire, bon sang. Tu sais le faire. Lentement et régulièrement.

Son entraînement était exhaustif, et la patrouille du port était préparée à intervenir dans les tentatives de suicide. L'imprévisibilité de ces événements était un défi, mais le but était toujours d'empêcher la perte d'une vie. Elle avait eu la chance d'avoir un fort taux de réussite jusque-là, mais elle n'avait jamais été forcée d'intervenir durant une plongée.

Les paroles s'enchaînaient dans son casque, Gavin faisant de son mieux pour les tenir, Jayden et elle, au courant de ce qui se passait. Sa voix l'aidait à se calmer, même si le souvenir de ce qui était arrivé continuait de perturber son souffle.

— La patrouille est sur le pont. Ils gardent leurs distances, mais ils ont pris contact avec le suicidaire.

C'est un civil, se dit Kerrigan en continuant de remonter. *Ce n'est pas la même chose.* Mais *c'était* la même chose. Quelque part au fond d'elle, elle le savait. S'ôter la vie, quelle qu'en soit la raison, c'était la même chose.

— Kerrigan ! Quelle est ta profondeur ?

La voix de Gavin résonna dans son casque, et elle s'y cramponna comme à une bouée pour poursuivre son ascension.

— Treize mètres.

— Continue.

Elle se houspilla mentalement pour avoir laissé le passé l'envahir et s'efforça d'éclaircir son esprit. Sous l'eau, ses problèmes de surface devaient passer en second. Sa respiration, son équipement, son travail devaient être les seules priorités.

Pourtant elle laissait ce qu'elle avait affronté sur terre influer sur ses réactions.

Respire.

Elle donna un léger coup de palme pour garder un rythme régulier et éviter les problèmes de décompression, et sentit finalement son souffle ralentir.

Le monde se remit d'aplomb. La coque du bateau de police devint visible, et elle agita les jambes pour parcourir les derniers mètres. Émergeant en surface, elle nagea jusqu'au bateau. Jayden était visible sur le pont, l'attendant.

Le calme subaquatique s'évanouit, remplacé par la cacophonie du moteur, des rafales de vent et des cris sur le pont.

Elle leva les yeux et fut surprise de constater que cela se passait directement au-dessus du bateau.

— Enfin ! cria Jayden, perché sur l'échelle.

Elle agrippa le premier barreau et s'apprêtait à grimper quand les cris se firent plus forts, résonnant dans son casque. Jayden se retourna, et Kerrigan suivit la direction de son regard. Les cris déjà forts explosèrent quand une haute silhouette tomba du pont, agitant les bras en chutant.

Sans réfléchir, Kerrigan repoussa l'échelle et retomba dans l'eau. Sa seule idée était d'atteindre l'homme.

— Kerrigan ! Non !

Les cris de Jayden déclinèrent très vite quand elle sombra sous l'eau. Elle se déplaçait à l'instinct, nageant aussi vite que possible dans la direction où elle avait vu l'homme tomber.

La voix de Gavin s'éleva, ferme et sonore dans son casque.

— Kerrigan, reviens immédiatement !

Elle ignora cet ordre, concentrée sur l'eau. Elle était proche. Très proche. Elle pouvait le sauver. Ce n'était pas comme la dernière fois. Elle n'en était pas responsable, mais elle pouvait l'aider. Elle pouvait faire qu'il s'en sorte.

C'était son unique pensée tandis qu'elle nageait. Pas les cris dans son oreille, lui ordonnant de revenir. Pas les tourbillons d'eau tandis qu'elle se rapprochait du corps qui sombrait. Pas la certitude sous-jacente qu'elle n'avait plus que trois minutes d'oxygène dans sa bouteille.

L'homme tombait toujours, et elle tendit les bras, essayant d'attraper ses mains levées. Donnant un coup de pied, elle s'enfonça plus bas pour tenter de le saisir. La pression explosa dans ses oreilles quand elle toucha du bout des doigts le bord de sa manche, et elle tira aussi fort qu'elle put, agrippant l'épais tissu pour stopper sa descente.

Ce n'était pas grand-chose, mais elle serra étroitement la main, se servant de l'autre pour agripper les doigts de l'homme.

Elle ignorait s'il était vivant, mais elle avait stoppé sa descente et devait maintenant le remonter. Sans desserrer les doigts, elle sentit ses bras se tendre au maximum.

Elle prit vaguement conscience de cris dans ses oreilles.

— Wyatt arrive ! Tu dois remonter, Kerrigan ! Tout de suite ! Tu n'as plus d'air !

Cela devint clair quand elle vit que son manomètre indiquait 1 %. Elle avait son cylindre de renflouement, et elle pouvait l'utiliser, mais la seule manière de le prendre était de desserrer sa prise ténue sur l'homme.

Mais lui aussi en aurait besoin.

Alors elle resserra les doigts, les poignets tendus à la limite de la crampe. Il n'était pas question de lâcher, pas question d'échouer maintenant.

Donnant des coups de palme, elle poussa son corps au-delà de ses limites, tirant l'homme et étendant les doigts pour, centimètre par centimètre, gagner une meilleure prise. Elle devait libérer une de ses mains pour lui donner de l'air de son cylindre de renflouement. Il était sous l'eau depuis trop longtemps.

Interrompant sa remontée pour se concentrer sur sa prise, elle réussit à saisir fermement le poignet de l'homme, puis son cylindre de renflouement de l'autre main.

Juste au moment où elle l'avait en main, les yeux de l'homme s'ouvrirent et il se débattit frénétiquement. Elle vit un monde de souffrance dans ses yeux une seconde avant qu'il n'agite sa main libre, éjectant le cylindre de sa main.

Elle se précipita pour le rattraper, mais il tomba hors d'atteinte, et ses mains gantées ne firent que l'effleurer quand il sombra dans les profondeurs boueuses de la rivière.

Son regard vola vers son manomètre. Elle était résolue à faire quelque chose pour aider l'homme, ne serait-ce que partager son embout, quand elle assimila ce qu'elle voyait.

Elle n'avait plus d'oxygène du tout.

9

— Kerr !

La voix de Wyatt résonna dans son oreille un instant avant qu'elle ne distingue sa silhouette au-dessus d'elle. Elle tenait toujours l'homme, mais ses mouvements frénétiques rendait insupportable la tension au niveau de son poignet.

Allait-elle le lâcher ? Il *fallait* qu'elle remonte pour respirer.

Wyatt comprit immédiatement la situation. De sa main libre, elle esquissa le signe « plus d'air ». En quelques instants, il détacha son cylindre de renflouement et le lui mit dans la main, tandis que son partenaire de plongée s'occupait du suicidaire.

Kerrigan prit une longue inspiration au cylindre. L'air lui fit l'impression d'une délivrance, et elle s'efforça de se calmer et de respirer régulièrement pour la deuxième fois en cinq minutes.

Soulagé de s'être occupé d'elle, Wyatt lui fit signe de remonter tandis que Connor et lui sécurisaient le suicidaire. Connor tenait son propre cylindre de renflouement aux lèvres de l'homme. Que ce soit par instinct de conservation ou par incapacité à se battre contre eux trois, elle vit l'homme prendre l'embout entre ses lèvres et hocher la tête, tandis que le partenaire de Wyatt lui faisait signe de respirer.

Ils ignoraient si l'homme avait été blessé, mais il semblait avoir la force de tenir le cylindre et de respirer.

Avec une pichenette sur son épaule, Wyatt leva l'index en direction de la surface.

Kerrigan savait qu'elle avait transgressé plusieurs règles et s'était mise en danger en se lançant à la poursuite de l'homme, aussi hocha-t-elle la tête et entama-t-elle la remontée.

Jayden était déjà au sommet de l'échelle, la main tendue vers elle. Elle la prit et sentit sa force quand il la tira de l'eau, la faisant atterrir sur sa poitrine.

— Bon sang, tu m'as ôté cinq années de vie ! lui murmura-t-il. Qu'est-ce qui t'a pris ?

— Je...

L'adrénaline lui nouait l'estomac et elle craignit de se mettre à pleurer si elle répondait.

Ce fut son regard ironique qui l'aida à se reprendre. Il y aurait le temps plus tard pour les larmes et les réprimandes. Mais il serait idiot d'espérer y échapper.

Arlo consulta sa montre pour la dixième fois et se demanda où était Kerrigan. Elle avait dit qu'elle plongeait dans la matinée, mais qu'elle serait là après le déjeuner. Il était presque 14 heures, et il n'y avait pas trace d'elle.

Avait-elle changé d'avis et ne venait-elle pas du tout ? Pouvait-il le lui reprocher après cette dispute ?

Wyatt lui fit signe depuis l'entrée de la salle de garde. Arlo leva la main en guise de salut, étonné de voir son ami à cette heure. Bien que Wyatt fasse partie des meubles au 86, il était de plongée la plupart des jours de la semaine.

— À quoi dois-je cette visite ?

Arlo contempla le sac en papier blanc que son ami posait sur le bureau et perçut l'odeur aillée d'un sandwich aux boulettes de viande.

— Avec le déjeuner, en plus ?

— Il faut que je te parle. Ça t'ennuie si on s'isole ?

Pour la première fois, il vit la lassitude du regard de Wyatt et les rides de fatigue qui creusaient son front.

— Non, pas du tout.

Il le suivit jusqu'à une petite pièce au fond du couloir et sentit sa curiosité s'aiguiser en voyant Wyatt refermer la porte.

— Qu'est-ce qu'il se passe ?

— Kerrigan a eu une mauvaise journée. Je voulais que tu l'apprennes par moi.

— Est-ce qu'elle va bien ?

— Oui. Elle est un peu secouée et elle ne plongera pas pendant quelques jours, mais elle va bien.

La nouvelle l'étourdit.

— Il faut que j'aille la voir.

— Il faut d'abord qu'on en parle. Laisse-toi t'expliquer ce qui s'est passé.

Wyatt n'était pas seulement un collègue, c'était son ami, aussi son ton sérieux le glaça-t-il.

— Qu'est-ce qu'il se passe, Wyatt ?

— Elle a manqué d'air pendant la plongée.

Il eut l'impression d'avoir les jambes sciées par cette annonce.

— Elle quoi ? Mais ce n'est pas possible. Vous plongez en duo. Et vous n'avez pas d'oxygène en plus ? Cette bouteille supplémentaire que vous avez ?

— Nous avons tout ça, et elle a quand même manqué d'air. Je l'ai trouvée à temps et j'ai pu lui donner de l'oxygène.

— Ça n'a aucun sens. C'est une bonne plongeuse. Elle a de l'expérience.

— Oui, tout ça est vrai.

Il entendit le *mais* aussi clairement qu'un coup de feu.

— Mais quoi ?

Les sourcils de son ami se froncèrent.

— Mais je crains qu'elle ne soit un peu trop surchargée.

— Elle m'a assuré plusieurs fois qu'elle pouvait le faire. Jongler avec l'affaire et les plongées. Et d'après ce que j'ai vu, c'est vrai.

— Je le croyais aussi. Vendredi soir encore, en parlant avec elle, il m'a semblé qu'elle tenait le coup. Mais la femme que j'ai vue aujourd'hui ? Elle a perdu les pédales.

Arlo repensa à sa discussion avec Kerrigan le samedi matin. Cela n'y était peut-être pas étranger.

— Elle et moi avons eu une conversation assez difficile, l'autre jour. Ça l'a peut-être perturbée.

— Une conversation difficile ? Assez difficile pour qu'elle ne sache plus plonger ?

— Tu n'arrêtes pas de dire ça. Que s'est-il passé exactement ?

Wyatt lui expliqua la mission dont Jayden et Kerrigan étaient chargés ce matin-là. Tout avait l'air normal jusqu'à ce qu'il lui dise que Kerrigan s'était élancée au secours d'un homme qui avait sauté du pont.

— Elle l'a sauvé ?

— Oui. On peut survivre à une chute du Brooklyn Bridge, mais c'est tangent, au mieux. Elle l'a sauvé parce qu'elle était là et qu'elle a agi rapidement.

— Et pour toi c'est un problème ? De sauver quelqu'un ?

— Elle a transgressé les règles, Arlo. Elle s'est mise en danger.

Les règles faisaient partie du métier. Elles étaient nécessaires, et on les martelait à tout le monde dès le premier jour. Cela ne changeait rien au fait que parfois l'instinct prenait le dessus sur l'entraînement.

— Elle a sauvé ce type, Wyatt. Et en prenant des risques pour elle-même. C'est formidable de sa part.

Tout en disant cela, il n'était pas entièrement imperméable aux reproches de Wyatt. Qu'il s'agisse d'une cause ou d'un symptôme, sa dispute avec Kerrigan n'avait sans doute pas été sans effet. Mais il n'était pas prêt à la critiquer pour avoir fait quelque chose d'aussi héroïque.

— Formidable, mon œil. Elle a failli en mourir.

— Écoute, je ne fais pas abstraction de tes craintes. Mais dis-moi honnêtement : ne se serait-elle pas lancée à sa rescousse de toute façon ? Qu'elle travaille ou non sur une affaire en plus de ses missions de plongée ?

Wyatt fourragea dans ses cheveux d'un air irrité.

— Je n'en sais rien.

Il laissa échapper quelques jurons avant de se laisser tomber sur une chaise.

— C'est ce qui me tue là-dedans. Elle avait son cylindre de renflouement, et elle était juste là.

— Que veux-tu dire par *juste là* ?

— Le suicidaire était presque à la verticale du bateau quand il a sauté. J'aurais fait pareil. Surtout si je pensais que je pouvais le rejoindre.

— Elle l'a rejoint.

— Oui, je sais. Et il n'y aurait pas eu de mal si le type ne lui avait pas ôté accidentellement la bouteille de la main.

Cette vague glacée était de retour, tandis qu'il se représentait ce qui s'était passé. Mais elle était en vie. De même que ce pauvre type qui avait cru que sauter d'un pont résoudrait ses problèmes. Maintenant, on pouvait l'aider.

C'était un maigre réconfort quand il pensait à tout ce qui aurait pu mal tourner mais, en même temps, Arlo ne pouvait s'empêcher de ressentir de la fierté.

Kerrigan avait sauvé quelqu'un. Et elle s'en était sortie.

Le conseil du capitaine Reed, de lui présenter des excuses, résonnait encore à ses oreilles. C'était exactement ce qu'il allait faire.

Kerrigan remplit la bouilloire d'eau et réfléchit aux conséquences possibles si elle parlait de sa plongée à ses parents. Il n'était pas douteux qu'elle leur en parle – c'était une promesse qu'elle leur avait faite quand elle était entrée dans la patrouille du port – mais c'était la manière de le faire qui lui posait un problème.

Ils méritaient de savoir. Tout comme elle attendait qu'ils lui disent tout sur eux, pour n'importe quelle raison. Mais leur dire qu'elle s'était portée au secours d'un noyé potentiel avec trois minutes d'air dans sa bouteille n'allait pas leur convenir.

Cela ne lui avait pas convenu non plus.

Mais qu'était-elle censée faire ? C'était elle qui était la plus proche de lui. Et elle avait le devoir d'aider autrui.

Tu as un devoir envers toi-même aussi.

Cette pensée lui revenait chaque fois qu'elle réfléchissait à la manière d'expliquer ce qui s'était passé.

Elle posa la bouilloire sur la cuisinière, mais n'alluma pas la plaque et prit à la place son téléphone pour appeler ses parents. Elle était sur le point d'effleurer le bouton d'appel quand elle entendit des coups sonores à la porte.

— Sauvée par le gong, murmura-t-elle en reposant le téléphone.

Un coup d'œil par le judas lui montra Arlo de l'autre côté de la porte. Elle considéra avec une grimace son vieux short de gym et son sweat-shirt déchiré, mais elle n'y pouvait rien.

En outre, s'il était là, c'était que Wyatt lui avait parlé et qu'il était au courant de ce qu'elle avait fait. Et peut-être lui en voulait-elle encore, mais après les dangers de la matinée, cette colère lui semblait sans conséquence.

Elle ouvrit la porte et le dévora des yeux. Il portait un pantalon noir et une chemise bleue qui aurait pu avoir l'air trop chic, mais qui mettait seulement sa large poitrine en valeur.

Une poitrine rassurante. Où elle aurait aimé se blottir quelques heures.

— Arlo...

— Kerrigan...

Puis il n'y eut plus de mots. Un instant, il était debout devant elle, le suivant il la tenait dans ses bras, la joue posée sur le haut de son crâne.

— J'ai appris ce qui s'est passé.

— Arlo, je...

Elle essaya de redresser la tête, mais il leva une main et la pressa contre sa nuque, la gardant contre lui.

— S'il te plaît.

Il poussa un gros soupir et elle sentit qu'il tremblait.

— S'il te plaît, laisse-moi faire ça.

Elle le laissa donc faire. Et ils restèrent ainsi sur le pas de la porte. Elle savait qu'elle aurait dû se dégager – ce n'était pas bon pour elle de profiter de tant de chaleur et de réconfort de la part de cet homme – mais elle ne put s'y résoudre.

Quand il laissa enfin retomber ses bras, il continua de la tenir mais recula un peu.

— Je peux entrer ?

— Bien sûr.

Elle lui fit signe de pénétrer dans le studio, soulagée d'avoir rangé ce matin-là. Il alla s'asseoir sur la causeuse placée dans l'angle de la pièce, et elle resta où elle était.

— Je peux, euh, t'offrir quelque chose ? J'allais faire bouillir de l'eau pour le thé.

— Je ne veux pas te déranger, mais si tu en fais pour toi, j'en prendrai aussi.

— D'accord.

La bouilloire étant déjà sur la cuisinière, elle alluma simplement dessous. Puis elle revint dans la pièce et prit le fauteuil à côté de la causeuse.

— Wyatt t'a raconté ce qui s'est passé ?

— Oui. Il est assez bouleversé.

Elle rit à cela, mais son rire était plus cassant qu'elle ne l'aurait voulu.

— Je suis un peu bouleversée moi-même.

— Il pense que tu as trop à faire.

Bien qu'elle eût dû s'y attendre, ces mots lui firent l'effet d'un coup de poing. Arlo dut le voir sur son visage, car il leva la main.

— Je pense qu'on doit parler de ta charge de travail, mais je lui ai dit que je n'étais pas d'accord.

— Ah bon ?

— Pas à propos d'aujourd'hui. Tu as sauvé l'homme, au prix de gros efforts pour toi. Mais tu as fait ton boulot, et je ne crois pas que tu devrais être punie pour ça.

Le soulagement envahit Kerrigan, et elle eut l'impression bizarre de flotter. Pas comme dans l'eau, mais dans quelque chose de plus léger.

— Tu lui as dit ça ?

— Oui.

— C'est vraiment ce que tu penses ? Et pourquoi me protèges-tu soudain ?

Il secoua la tête, avec un mélange d'humour et de sérieux dans le regard.

— Et voilà, ça recommence. D'abord tu es convaincue que je veux me débarrasser de toi et que je pense que tu n'es pas à la hauteur. Et maintenant, tu me reproches de vouloir te protéger.

— Je suis désolée, dit-elle en agitant la main.

Elle était consciente que ses réactions étaient liées à sa crainte de voir ses compétences remises en question.

— Pourquoi est-ce que j'ai toujours le sentiment d'être jugé ? Ou que tu penses que je te juge pour ce qui s'est passé avant ?

— Je...

Elle s'arrêta, comprenant plus ou moins où il voulait en venir.

Puis la bouilloire se mit à siffler, les interrompant. Elle se rendit compte que c'était sa chance de mettre ses pensées en ordre, mais aussi de reprendre son souffle et de lui dire la vérité. Sa vérité.

— Laisse-moi préparer le thé. Ensuite, il y a quelque chose que je dois te raconter. Sur mon ancien commissariat. Sur l'homme contre lequel j'ai témoigné aux Affaires internes. Celui qui s'est suicidé en sautant d'un pont.

Arlo attendit pendant qu'elle préparait le thé, envahi par un mélange de crainte et de soulagement.

Elle allait bien.

Il n'avait pas pris conscience de l'importance de la voir de ses propres yeux jusqu'à ce qu'elle ouvre la porte.

Mais la tenir dans ses bras ? Sentir son corps contre le sien, savoir qu'elle était saine et sauve ?

Cela avait tout représenté pour lui.

Comment en était-elle venue à tant compter pour lui en si peu de temps ? Oui, c'était de l'attirance – le profond tiraillement du désir – mais c'était aussi beaucoup plus que ça. Il savait qu'il aurait dû lutter contre ses sentiments, mais c'était difficile de contredire quelque chose d'aussi réel.

Kerrigan revint avec des mugs fumants et les posa sur la petite table placée entre la causeuse et le fauteuil. Son appartement était petit mais confortable, et il la voyait bien ici. Il se la représentait dans le grand fauteuil lisant un livre, ou assise sur la causeuse regardant la télévision.

Ce qui le prit au dépourvu, ce fut l'aisance avec laquelle il se voyait là aussi.

Doucement, Prescott. Une embrassade à la porte, c'est une chose. Quelque chose de plus permanent...

Il laissa cette pensée s'étioler, peu désireux de descendre trop profond dans le terrier du lapin. Ils étaient toujours des collègues. Supposer autre chose était un jeu de dupes.

— Alors Wyatt t'a raconté ?

— Oui. Mais j'aimerais entendre ta version.

— C'était stupide et contraire au protocole et...

— Incroyablement brave et héroïque.

Quelque part entre le récit de Wyatt et les reproches évidents qu'elle semblait s'adresser, ce message s'était perdu.

— J'espère que tu ne le referas pas. Ou que tu ne le referas pas de cette façon. Tu sais, sans air.

— Crois-moi, ce n'est pas une expérience que j'ai envie de

renouveler. C'est le pire cauchemar du plongeur, et le cauchemar régulier de mes parents. Ton arrivée m'a permis de remettre à plus tard l'appel que j'allais leur passer.

— Je peux rester pour te soutenir moralement, si tu veux.

L'épuisement de Kerrigan était visible autour de ses yeux, mais il vit ces derniers s'adoucir devant son offre.

— C'est très gentil. Mais je peux leur dire plus tard. Ce dont j'ai besoin de te parler, c'est de ce qui s'est passé avant.

— À ton ancien commissariat ?

Elle acquiesça, avant de prendre son mug et de l'envelopper de ses mains.

— Je suis entrée au commissariat du Queens juste après l'académie. Je suis née à Forest Hills, et je voulais y travailler. Je n'avais pas encore rejoint la patrouille du port.

— Tu voulais travailler dans ton quartier et représenter le NYPD aux yeux de ta communauté.

Il se rappelait cette époque. Quand on lâchait sa formation et son ambition et qu'il fallait réapprendre le métier en repartant de zéro, pas à pas, dans les rues de New York.

— Oui, c'est ça. Durant la première année, j'étais si occupée que je ne voyais rien au-delà. Je faisais mes horaires, et je nageais plusieurs jours par semaine, en me dépassant pour atteindre les prérequis du test. Un matin, de bonne heure, je suis allée nager au gymnase du commissariat.

— Alors tes visites à la piscine le samedi ne sont pas récentes.

Un sourire vague effleura ses lèvres.

— Non, c'est vrai.

Bien qu'il ait eu l'intention d'alléger l'atmosphère, il savait qu'il devait lui donner le temps de raconter son histoire. Il prit son mug et reporta son attention sur elle.

— En mettant mon maillot de bain, j'ai entendu un cri étouffé à l'autre bout des vestiaires. Je suis allée voir et j'ai trouvé une femme qui était dans ma classe à l'académie. Elle avait été violemment frappée. Un de ses yeux était presque fermé tellement il était enflé.

— Elle a réagi à ta présence ?

— Pas au début. Elle m'a dit qu'elle avait eu des ennuis en procédant à une arrestation la veille au soir, et qu'elle se ressentait encore de la situation. Je l'aurais crue, mais il y avait des détails qui ne collaient pas.

— Suffisamment pour que tu comprennes qu'elle ne disait pas la vérité. Ou pas toute la vérité.

Kerrigan secoua la tête.

— En réalité, il n'y avait rien de vrai. Elle avait pour coéquipier un vieux flic qui venait de perdre la garde de ses enfants. Il était déjà sur le déclin, tiraillé par les démons du jeu et de la drogue, et il était devenu incontrôlable. Il l'a entraînée dans une escroquerie qu'il avait montée pour se faire de l'argent en douce. Les voyous auxquels il s'était associé n'ont pas aimé l'allure de sa jeune coéquipière, et ils l'ont rudoyée tant et plus pour tester sa loyauté à lui.

— Et il les a laissés faire ?

Elle hocha lentement la tête, fixant quelque chose qu'elle seule pouvait voir. Mais il était évident qu'elle était encore bouleversée. Et déterminée à mettre fin à de tels méfaits.

Son regard s'éclaircit quand elle posa les yeux sur lui.

— C'est une histoire si triste qu'elle en est presque cliché.

— Ce n'est pas pour rien que les clichés existent.

— J'imagine.

— Comment l'as-tu poussée à te raconter ce qui se passait ?

— Elle ne m'a pas dit grand-chose, mais je les ai suivis un jour. La situation ne me revenait pas. Surtout parce que j'étais fraîchement diplômée de l'académie, tout excitée à l'idée d'être flic. Peut-être l'était-elle aussi, ou peut-être ne serait-elle pas restée dans la police. Mais personne ne le saura jamais.

— L'industrie du divertissement adore les flics véreux. Ça fait toujours de bons scénarios.

— Mais la réalité brise les cœurs de toutes les façons possibles.

Il avait eu la chance de ne pas en rencontrer dans sa carrière, mais Arlo avait entendu des histoires de flics qui pétaient un plomb ou s'engageaient dans des combines illégales par appât du gain.

La trahison d'Anderson McCoy n'en faisait-elle pas partie ? Il avait protégé son fils, mais c'était grave d'avoir fermé les yeux sur des activités criminelles.

— Comment ça s'est terminé ?

— J'en ai suffisamment appris pour le transmettre aux Affaires internes. Ils avaient déjà un dossier sur lui. Sa dégringolade était évidente pour beaucoup de gens, et certaines de ses affaires avaient des aspects douteux. Ajouté au fait qu'on lui avait attribué une bleue comme coéquipière, les Affaires internes m'ont rapidement demandé de leur donner autant de détails que possible.

— Je crois t'avoir déjà qualifiée de brave et d'héroïque. C'est visiblement une constante chez toi, Doyle.

— Il n'y a rien d'héroïque à moucharder.

Il comprenait que c'était une mauvaise expérience, mais se dresser contre un flic pourri était le contraire de moucharder.

— C'est héroïque quand il s'agit de défendre le bien. On n'est pas à la maternelle. Il avait des responsabilités envers sa coéquipière, et il en avait encore plus envers son métier. Il a échoué sur tous les plans.

— Il a délibérément attendu que je sois de garde une nuit. Il m'a suivie pour savoir où je patrouillais. Encore aujourd'hui, je soupçonne que quelqu'un l'a informé de mes horaires.

— Tu étais là quand il a sauté ?

— Il a fait en sorte que ce soit le cas.

Une fois encore, son regard s'était égaré dans des souvenirs qu'elle seule pouvait voir. En la dévisageant, Arlo comprit mieux pourquoi elle était résolue à faire bonne impression. Pourquoi elle voulait progresser grâce à ses propres mérites. Et pourquoi elle craignait tellement de faire une bêtise.

— Je suis désolé que tu aies vécu cela. Et je ne peux pas changer ce qui a eu lieu, mais je regrette que tu aies eu à endurer ce drame. Et il y a autre chose dont je dois m'excuser. Je t'ai tenue à l'écart de mon enquête sur Big Will et ses fils.

— Tu l'as fait délibérément ?

— Au début, oui. Quand nous avons quitté Brooklyn Yacht, je voulais fouiner un peu dans les affaires de la famille, sans t'alarmer. Ce n'était pas bien.

— Et tu as gardé le rapport par-devers toi.

— Parce que je savais que tu le lirais, et que je n'étais pas prêt à affronter l'inévitable.

Elle le considéra d'un air pensif, comme pour déchiffrer ses intentions.

— Je n'aime pas ça et je me réserve le droit de t'en vouloir plus tard, mais pas aujourd'hui, Arlo.

— Non ?

— Non. Aujourd'hui, je veux me concentrer sur ce qu'il y a de bien, et c'est bien d'être ta collègue et d'apprendre de toi.

Elle fixa son thé avant de continuer :

— Je t'ai caché des choses aussi. Mon ancien job et la manière dont il a teinté mes réactions. Notre relation a changé depuis que nous sommes allés voir Big Will, et que tu as eu l'occasion de me voir travailler. Mais...

Elle secoua la tête et parut se raviser. Il était curieux de ce qu'elle était sur le point de dire, mais en la regardant, l'image même de la force et de la vulnérabilité, il dut s'avouer la vérité. Cela n'avait plus d'importance face au fait qu'il avait failli la perdre.

— Il est temps de tourner la page, Kerrigan.

— L'eau a passé sous les ponts.

Elle sourit de ce lieu commun.

— Tu me connais maintenant. Je vais tourner la page et me dire qu'il n'y a plus de secrets entre mon coéquipier et moi.

10

Plus de secrets. C'était une pensée rassurante et, à l'égard de leur partenariat, Kerrigan était certaine qu'ils avaient passé le plus dur.

Arlo avait parlé de l'enquête effectuée sur Big Will, et elle lui avait raconté ce qui s'était passé dans son ancien poste. Leur association était à nouveau assise sur des fondations solides.

Mais qu'y avait-il d'autre entre eux ? C'était une tout autre question.

Elle éprouvait des sentiments pour lui. Elle avait du mal à les nier depuis le début. Mais la façon dont il l'avait prise dans ses bras ? Cela voulait tout dire. Elle allait devoir bien cacher son jeu. Et comme toujours, il était plus facile de se concentrer sur le travail.

— Pourquoi as-tu enquêté sur Big Will et sa famille ?

— Je ne peux pas vraiment le dire. Quelque chose durant notre visite m'a frappé comme étant digne d'attention.

— Tu pouvais m'en parler, je n'aurais pas été contrariée.

— Je le sais. Mais à ce moment-là, ce que m'avait dit le capitaine sur l'aspect sinistre et violent de l'affaire résonnait encore à mes oreilles, et te voir avec quelqu'un que tu connaissais bien...

Arlo tapota le bras du canapé.

— Ça a obscurci mon jugement. Je ne voulais pas jeter le discrédit sur ton ami si je pouvais l'éviter.

— Le capitaine est inquiet ?

— Il essaie de ne pas l'être, mais oui. La méchanceté pure de ces meurtres l'interpelle. Et ça a un peu déteint sur mon approche, j'en ai peur.

— Parce que je suis une femme.

— Parce que tu es jeune et impatiente d'apprendre, et que j'ai un peu trop surestimé la nécessité de te protéger.

Une lueur malicieuse s'alluma dans son regard.

— Je ne le ferai plus.

Elle était impuissante contre cette malice.

— En outre, toutes les intuitions ne sont pas bonnes à prendre, je suis heureux que celle-ci n'ait rien donné.

Bien qu'elle ait une certaine tendresse pour Big Will et n'ait certainement pas envie de se dire que quelque chose clochait chez lui, elle ne pensait pas non plus qu'Arlo s'était égaré.

— Mettons ça à plat. La famille Gentry est depuis longtemps dans l'industrie nautique. Elle possède un réseau professionnel considérable.

— Tu penses qu'il y a quelque chose ?

— Je pense qu'il ne faut pas nous hâter de les passer par pertes et profits. Si nous sommes allés chez Brooklyn Yacht, c'est parce que Big Will connaît tout le monde. Il connaît le métier en long et en large, et il était raisonnable de penser qu'il était au courant que ce bateau avait sombré.

Kerrigan faillit rire de l'air de soulagement sur le visage d'Arlo.

— Oui, bien sûr.

— C'est logique. Et si je ne dis pas que Will nous a menti, il dirige un commerce tentaculaire. Des grossistes. Des mécaniciens. Des vendeurs de pièces. Il est probable qu'il sache ce qui se passe sous les radars. Ça vaut la peine de fouiller un peu.

— Je pense qu'on a quelque chose avec les métiers associés. Les recherches que j'ai faites se concentraient sur la société de Will, mais je n'ai pas pensé à ceux qui travaillent pour ou avec eux.

— L'aspect mécanique et pièces est quelque chose que nous

devrions étudier. Le bateau qui a sombré n'avait pas de numéro de série, sur quoi que ce soit.

Kerrigan s'interrompit, pensant au dernier rapport qu'elle avait lu. Pas une seule des pièces n'avait de provenance identifiée.

— Ils sont passés par des trafiquants de pièces.

— Ce qui veut dire que nous avons un point de départ.

Elle se leva avant qu'Arlo ne lui prenne la main, la retenant gentiment.

— Demain, Kerrigan. On fera ça demain. Aujourd'hui, tu dois te reposer.

— Je vais bien. Je peux le faire.

Il secoua la tête.

— Non. Nous nous y mettrons demain, et je te promets de ne pas commencer sans toi. Mais tu as un appel à passer et du repos à prendre.

— Je vais très bien.

— Alors tu profiteras d'un après-midi de congé.

Il se leva, si bien qu'ils se trouvèrent côte à côte. Une fois encore, cette délicieuse sensation d'être plus petite que lui la prit, et elle leva les yeux vers lui.

— C'est inutile.

— C'est nécessaire.

Il était concentré sur elle, le bleu vif de ses yeux l'attirant à lui. Ces yeux si séduisants.

Elle repensa aux secrets. Ce qu'elle voulait au fond et savait qu'elle ne pouvait obtenir.

Ils restèrent immobiles quelques secondes de plus, avant qu'Arlo ne semble parvenir à une conclusion. Il recula d'un pas, mettant de l'espace entre eux.

— On se voit demain matin.

Avant qu'elle puisse dire autre chose, il se pencha pour déposer un baiser sur sa joue. Il tricha un peu en effleurant ses lèvres au passage. Si cela avait été n'importe qui d'autre, elle aurait dit qu'il avait raté sa cible, mais elle savait très bien qu'Arlo Prescott ne ratait jamais rien.

Ce fut sans doute pour cela qu'elle sentit la marque de ses lèvres longtemps après qu'il fut parti.

Arlo parcourut le tableau qu'il avait créé sur son ordinateur et réfléchit. Ils avaient très peu de pistes, certes, mais en étudiant les détails rassemblés jusque-là, il devait admettre qu'ils s'étaient peut-être trop focalisés sur l'évidence. Oui, ce serait formidable de résoudre cela rapidement. Trouver le salopard qui avait commis ces affreux méfaits et le faire enfermer. Mais son instinct, de même que celui de Kerrigan et du capitaine, insinuait qu'il y avait là autre chose.

Qu'y avait-il sous la surface ?

Ayant écrit ces mots sur un bloc-notes à côté de son ordinateur, il dut s'arrêter pour rire. Visiblement, il avait passé trop de temps en compagnie d'une plongeuse.

— Je ne sais pas ce qu'il y a de drôle dans un tableau de meurtres, mais je suis sûre que tu vas me le dire.

Arlo leva les yeux et vit Kerrigan, l'air pimpant, des boîtes de donuts empilées dans les mains.

— Tu as apporté des donuts ?

— Des donuts et un défi.

En y regardant mieux, il vit que les boîtes étaient de couleurs différentes. Deux de Sunset Bakery, et deux de Cake Brothers.

— Un test gustatif ?

— En quelque sorte. Je me suis dit qu'on pourrait attirer tous ceux qui ne sont pas déjà occupés dans la salle de réunion, les bourrer de sucre et recueillir leurs idées en leur donnant à voir le tableau des meurtres. Il y a quelque chose dans cette affaire qui continue de nous échapper. Il est temps de faire appel à des yeux expérimentés.

— Les grands esprits se rencontrent.

— Tu as aussi apporté des donuts ?

— Je n'ai pas pensé aussi loin que ça. Mais je me disais que nous devons tout réexaminer.

Kerrigan tapota le bord de son écran.

— Il y a quelque chose là-dedans. Il faut juste le trouver.

Vingt minutes plus tard, les idées volaient aussi vite que disparaissaient les donuts. Les boîtes apportées par Kerrigan avaient été rapidement vidées, ne laissant qu'une salle remplie de gens repus, impatients d'arrêter un meurtrier.

Andrea Wainwright, une inspectrice de vingt ans assise près de l'écran, prit la parole :

— Les coups de feu m'embêtent.

— T'embêtent comment ? demanda Kerrigan en se tournant vers elle.

— Je suis d'accord avec l'ordre des coups de feu. Ils sont arrivés par surprise et la première victime ne les a pas vus venir, tandis que la deuxième a fait au moins une tentative pour fuir.

— Le bureau de la légiste est de la même opinion, confirma Arlo.

— Ce que je ne comprends pas, c'est pourquoi les tuer. C'étaient des hommes de main, alors pourquoi les abattre ? Les indices suggèrent qu'ils étaient là en soutien, et c'est prouvé par le fait qu'ils ont arrosé le bateau d'essence pour faire disparaître la cargaison. Mais s'il a fallu de si gros efforts pour faire sombrer le bateau, pourquoi ne pas trouver une autre façon de les tuer ? Pas une qui soit aussi évidente ?

Les remarques d'Andrea suscitèrent beaucoup de commentaires, et l'un des jeunes inspecteurs, Devante Johnson, observa :

— Il y a quelque chose là-dedans. Je ne dis pas que le bureau de la légiste ne l'aurait pas constaté s'ils avaient été empoisonnés. Mais des balles dans la tête ? C'est une terrible mort, qu'ils n'auraient pas pu s'infliger eux-mêmes. C'est, je ne sais pas...

— Vindicatif, dit Andrea, hochant vivement la tête. Tu me

trahis alors je t'abats. Ça montre de la colère et un manque de contrôle de soi.

— Incendier un bateau qui a coûté une fortune renforce cette idée, ajouta Kerrigan en tapotant son mug. Ce bateau est déjà cher sur le marché normal. Mais pour le faire banaliser ? On a payé très cher pour finir par l'incendier.

Arlo écoutait avec plaisir ces avis, ravi d'avoir rassemblé l'équipe. Les idées étaient bonnes et, plus encore, elles étaient le signe de leur entente et leur collaboration.

Étant donné l'histoire que lui avait racontée Kerrigan la veille, il était important pour lui qu'elle voie à quoi ressemblait une brigade saine. Le style de direction de Dwayne Reed y était pour beaucoup, et la formation de ses hommes le reflétait. Mais leur labeur et leur dévouement dépendaient aussi d'eux.

Et le 86 était un lieu particulier.

— Il y a un autre angle, intervint-il. Après l'arrestation du Papa, la place est libre pour un grand manitou. Et si c'était un test de loyauté ou une manière de donner le ton dès le début ? C'est cruel et impulsif, mais il pourrait y avoir plus de calcul que nous ne le soupçonnons.

— Une façon d'affirmer son pouvoir, dit Dwayne depuis le seuil où il se tenait.

Arlo accueillit le capitaine, et tout le monde se redressa un peu sur sa chaise.

Le visage brun de Dwayne se plissa en un large sourire.

— J'ai entendu dire qu'il y avait des donuts ici.

— C'est un test gustatif, monsieur, dit Kerrigan. Entre Cake Brothers et Sunset Bakery. Nous nous sommes dit qu'il serait plus facile de parler de meurtre avec un estomac plein.

— Une sage décision, agente Doyle.

Dwayne vola le dernier beignet de Cake Brothers.

— Pour ma part, je ne regarde pas à la provenance d'un donut, du moment qu'il est assez sucré.

Il prit une grosse bouchée pour souligner ce point et hocha la tête en avalant.

— Et celui-là fait l'affaire.

— Voulez-vous que nous vous résumions ce sur quoi nous travaillions, capitaine ? demanda Arlo.

Dwayne acquiesça en prenant une serviette en papier.

— J'ai entendu ce que vous disiez à propos du Papa en arrivant. Résumez-moi le reste.

Comme les manières amicales du capitaine mettaient tout le monde à l'aise, ils furent prompts à exposer leurs théories. Dwayne écouta et acquiesça, attendant que chacun ait parlé pour proposer la sienne.

— Je pense qu'il y a un lien entre ce bateau et l'hypothèse d'un nouveau big boss. Trouvez l'origine du bateau et vous saurez qui c'est. Inversement, trouvez une piste sur le big boss et vous aurez des indices sur le bateau. Qui l'a fourni et ce qu'ils y trafiquaient.

— Le bateau offre beaucoup de possibilités. Les vendeurs, les mécaniciens, et même les employés qui attribuent des prêts bancaires pourraient en savoir davantage, dit Kerrigan. Beaucoup de métiers sont associés au commerce de bateaux.

— C'est bon, ça, Doyle. Et avec toutes ces pistes, ajouta Dwayne, quelqu'un va finir par parler.

Arlo considéra une fois de plus le tableau, reconnaissant la vérité des paroles de Dwayne. Quel fil pouvaient-ils tirer afin que quelqu'un se mette à parler ?

— Il faut juste le trouver.

— C'est ce que vous allez faire, inspecteur. À en juger par ce que j'ai vu et entendu ce matin, conclut le capitaine, je pense que vous êtes sur la bonne voie.

— Le capitaine nous soutient vraiment.

Kerrigan suivit Arlo hors du commissariat.

— Son style de direction dynamise toute l'équipe.

— Dwayne est unique. C'est l'un des meilleurs flics que j'aie jamais connus, et l'un des meilleurs hommes aussi. Il croit au travail de police, et il croit aux gens qui le font.

— Une raison de plus qui fait que je suis ravie d'être au 86.

Kerrigan chercha les adresses des commerces dont Arlo et elle avaient parlé après la réunion. Elle était impatiente d'examiner leur affaire sous l'angle de la mécanique. Le bateau avait pu être maquillé dans un hangar clandestin situé n'importe où sur la côte, mais le propriétaire avait dû avoir besoin de quelqu'un sur place pour l'entretien.

La vieille blague selon laquelle les deux meilleurs jours dans la vie d'un propriétaire de bateau étaient celui où il l'achetait et celui où il le revendait comportait une sorte de vérité. La possession d'un bateau exigeait de l'entretenir soi-même ou de payer quelqu'un pour le faire. C'était encore plus vrai pour un bateau qui devait être en ordre de marche, prêt à partir sur-le-champ.

— Allons d'abord chez Waverly.

Kerrigan énonça une adresse à Brooklyn Heights.

— Pourquoi eux ?

— J'ai rencontré quelques fois Buck Waverly – il seconde nos mécaniciens sur les bateaux du NYPD. C'est un type bien, et je pense qu'il pourra nous donner un aperçu du marché et de ce que nous cherchons.

— Tu penses que le propriétaire de ce bateau avait un mécanicien ?

— Il était forcé d'en avoir un. Je suppose qu'il pouvait employer directement quelqu'un, mais c'est plus facile de donner le travail à faire à un atelier disposé à l'effectuer.

— Et tu ne crains pas que Buck puisse être cette personne ?

— J'espère que non. Tu peux me traiter de naïve, mais je ne pense pas qu'un mécanicien intervenant sur des bateaux maquillés essaierait de travailler aussi pour le NYPD.

Elle haussa les épaules.

— Mais les gens sont toujours surprenants.

— Pas de doute.

Le soleil brillait dans ses cheveux, les parsemant de mèches dorées. Il tira une paire de lunettes de soleil de sa poche, et Kerrigan songea soudain qu'il ressemblait à une authentique star de cinéma. Elle faillit chercher une caméra filmant la scène.

— Qu'est-ce que tu regardes ?

Arlo l'avait surprise à le dévisager, et Kerrigan haussa presque les épaules, toujours désireuse de lui cacher ses sentiments. Mais elle changea d'avis. Ils étaient partenaires et au lieu d'esquiver tout ce qui était personnel, peut-être valait-il mieux y céder, afin de le rendre moins obsédant.

— Tu as sorti tes lunettes de soleil, et je me suis dit que tu ressemblais à un personnage de film. La quintessence du flic endurci qui arrive sur une grosse affaire.

— Tout dans l'apparence ?

— Non, quand même pas.

Elle repensa à l'esprit de collaboration qu'elle avait senti dans la salle de réunion et comprit qu'il avait là tellement plus qu'une apparence.

— C'était juste une impression quand tu as mis ces lunettes.

— Je ne me plains pas.

Son sourire était irrésistible, et elle sentit son cœur faire un saut périlleux. Une fois encore, elle dut admettre combien il était séduisant. Oui, il était beau, d'une manière qui en faisait la première chose qu'on remarquait chez lui. Mais avec le temps, ce qui ressortait encore plus clairement, c'était qu'il était un homme bon. C'était quelque chose d'inné chez lui, et il le démontrait encore et encore.

La manière dont il parlait à ses collègues. La manière dont il faisait office de mentor pour elle et écoutait ses idées. Et aujourd'hui, la manière dont il avait conduit la réunion, en acceptant un grand éventail d'idées et d'opinions.

Cela comptait. Et cela illustrait...

— Arlo...

Elle s'arrêta net, à trois mètres de la voiture.

— Qu'est-ce qu'il y a ? demanda-t-il, l'air soudain intéressé. Tu as une idée ?

— Je crois. Les meurtres sur le bateau. Celui qui a fait ça a abattu deux hommes de confiance.

Il hocha la tête en faisant tourner sa main.

— Continue.

— C'est comme je l'ai dit, il y a un vrai soutien et une vraie camaraderie au 86. Et voilà une situation, un transport de drogue sur un bateau, où on a, par nature, un petit cercle d'individus de confiance. C'est peut-être une entreprise criminelle, mais il doit y avoir une certaine dose de camaraderie dans ce cercle-là aussi. Comme nous, ils dépendent les uns des autres.

— En outre, ajouta-t-elle, tandis que l'idée tournait de plus en plus vite dans son esprit, s'ils sont assez haut placés dans l'organisation pour être sur ce bateau, ils font probablement partie du cercle rapproché.

Voyant qu'il se contentait d'attendre, elle poursuivit :

— Pourquoi tuer des gens qui ont progressé dans la hiérarchie ? Cela envoie un message, pas forcément positif, qu'on peut t'éliminer même si tu es loyal.

— Exactement. Alors peut-être était-ce vraiment un test. Quelqu'un essaie de remplacer le Papa, et cette personne marque son territoire au fur et à mesure de sa progression.

— Je te suis, mais si c'était un autre homme de main ? Quelqu'un du même niveau ou peut-être un lieutenant de l'organisation ?

— Pour quel résultat ? Si on tue les gens sur le bateau et qu'on le laisse quand même sombrer avec la marchandise, on n'a rien.

— Bon.

Son sourire s'élargit.

— C'est très bon.

— Qui que ce soit, il essaie de couper ces liens. Qu'il s'agisse d'une tactique pour briser ce que le Papa avait établi ou une façon de mettre les loyautés à l'épreuve, il se passe tant de choses qu'on peut supposer qu'il s'agit d'aller jusqu'au point de rupture. Acculer les gens et les isoler, les forcer à agir avec agressivité pour garder leur place ou rester en vie.

Arlo désigna la voiture.

— Ça a un certain sens, méchant et violent. Mais ça expliquerait pourquoi nous n'avons capté aucune rumeur. Pas de bavardage, personne qui parle. Ils ont tous peur et ils ne savent pas à qui se fier.

— C'est un schéma de manipulation classique. Je l'ai vu avec ce flic à mon ancien commissariat. En quelques semaines, il a réussi à séparer méthodiquement cette bleue de l'équipe. Il l'a coupée de ses collègues et lui a donné l'impression d'être seule. Et une fois qu'on réussit à faire ça, les gens ont la sensation qu'ils n'ont nulle part où aller et personne vers qui se tourner.

Aussi bouleversante qu'ait été son expérience, il était fascinant, pensa Kerrigan, de constater qu'elle pouvait s'en servir de façon pratique. Surtout parce que cette théorie fonctionnait. Presque trop bien.

L'isolement faisait des choses terribles aux gens et, dans un monde où les enjeux étaient très élevés, c'était une tactique atroce. Particulièrement efficace.

Arlo sortit du parking après qu'elle eut saisi l'adresse de Buck Waverly sur le GPS. Elle songeait aux possibilités de l'affaire quand elle remarqua le comportement d'Arlo.

— Qu'est-ce qu'il y a ?

— Derrière nous. Je pense qu'on est filés.

— Tu crois ?

Arlo braqua le volant et quitta rapidement l'artère centrale en jurant à voix basse.

— Oui, on est bien filés, reconnut Kerrigan.

Il grinça des dents en se faufilant dans la circulation, puis lui demanda de les signaler.

— Demande à des voitures de patrouille de nous suivre. On va voir de quel bois ils se chauffent.

Elle passa un appel à toutes les voitures disponibles, et les réponses affluèrent, donnant leur position et leur engagement.

— Kohler et Peachtree à l'écoute, dit une voix à la radio. En poursuite, mais gardons nos distances. Peachtree cherche l'immatriculation.

Une seconde voiture répondit, donnant des coordonnées similaires, et Kerrigan attendit d'autres instructions d'Arlo.

— Il continue de nous coller, marmonna Arlo en surveillant le rétroviseur.

— Tu vois qui c'est ?

— Non, le rétroviseur est très bas, et il y a quelque chose sur le tableau de bord qui limite la visibilité.

Arlo poursuivit son chemin, les emportant vers une zone industrielle en bordure de la ville. Bien que le quartier ait fait de la place à quelques clubs et salles de spectacle, la plupart des entrepôts servaient encore au stockage de marchandises.

— C'est quoi le but du jeu, Arlo ?

Il secoua la tête tandis qu'ils roulaient, rue après rue.

— Aucune idée, mais on dirait bien qu'on nous nargue.

— Encore un test ?

— Pour les flics ? Ou pour les criminels ?

En matière de plaisanterie, celle-ci n'était pas très bonne mais elle contenait un peu de vérité. Surtout si la moitié des criminels de Brooklyn étaient en cours de sélection par celui qui tirait désormais les ficelles. Kerrigan fit tourner cela dans son esprit, mais elle écarquilla les yeux en apercevant un tireur perché sur le toit d'un entrepôt.

Arlo s'étant déjà engagé dans le carrefour, tout ce qu'elle put faire fut de hurler :

— Un homme armé !

11

Arlo pressa l'accélérateur, persuadé qu'il allait entendre le pare-brise voler en éclats sous les balles d'un instant à l'autre. Mais rien ne se produisit. Quelques instants plus tard, il entendit un tir de barrage.

— Kerrigan ! Baisse-toi !

Il ne comprenait pas d'où venait le bruit, mais ses sens lui indiquaient que leur voiture n'avait pas subi de dégâts.

Ils continuèrent à rouler. Mais un coup d'œil dans le rétroviseur lui apprit que l'enfer s'était déchaîné derrière eux.

Kerrigan était recroquevillée sur le plancher comme il le lui avait ordonné mais restait en communication avec les autres voitures de patrouille. Ce furent leurs cris à la radio qui éclaircirent la situation.

— Tireur sur le toit ! Coups de feu sur la voiture que nous poursuivons !

— Véhicule hors de contrôle ! Le conducteur semble touché, la voiture fait des zigzags !

Arlo jeta un coup d'œil à la circulation et opéra un demi-tour en direction de ses collègues.

— Qu'est-ce qu'il se passe, bon sang ?

— On leur a tiré dessus.

Kerrigan conservait son calme, mais il entendit sa voix chevroter :

— La voiture qui nous suivait a essuyé des tirs.

Que se passait-il ? Pourquoi suivaient-ils des flics pour devenir ensuite la cible ? Des questions toutes rhétoriques car il avait déjà en partie les réponses. Des réponses qui avaient beaucoup à voir avec les théories de Kerrigan.

Non seulement quelqu'un tirait les ficelles, mais cette personne avait créé une situation où personne n'était en sécurité. Ce qui ne faisait qu'ajouter à la dimension ténébreuse de l'affaire.

Sans perdre de temps, Kerrigan appela les secours, alors même que les cris « Policiers en poursuite ! » résonnaient à la radio. La seconde voiture de patrouille s'était déjà élancée aux trousses du tireur.

— Il faut qu'on rejoigne la voiture accidentée.

Comme leurs collègues le leur avaient dit, la voiture qui les suivait avait foncé dans une devanture. De la fumée s'échappait du capot avant lorsque Arlo freina brutalement. Les deux policiers déjà sur la scène approchaient lentement du véhicule fumant, armes tirées.

Dégainant, Arlo et Kerrigan sautèrent de voiture. Ils allaient s'élancer vers le véhicule lorsque Arlo prit conscience des risques.

— Il nous faut une protection. Quelqu'un doit surveiller le tireur pendant que nous constatons les dégâts.

— Je m'en occupe, inspecteur.

L'agent Peachtree était déjà en position à l'arrière de la voiture, balayant le périmètre de son arme.

Arlo était partagé entre suivre l'équipe qui se dirigeait vers le tireur et s'occuper des victimes. Mais au risque de perdre l'homme au fusil, cette dernière tâche était la plus urgente.

— Arlo.

La voix de Kerrigan était tendue.

— C'est grave.

— Oui, c'est grave.

Il jeta un coup d'œil aux hommes dans la voiture. Leurs poitrines étaient couvertes de sang, tout comme ce qui restait des vitres.

Le coéquipier de Peachtree courut vers la voiture de patrouille pour y prendre du matériel et revint avec une boîte de gants en caoutchouc.

— L'agente Doyle a déjà appelé les secours, mais nous devons vérifier s'ils sont encore en vie.

Arlo et Kerrigan enfilèrent des gants tandis que les autres policiers surveillaient la voiture et cherchaient des yeux le tireur. Puis ils échangèrent leurs places pour que les deux policiers mettent aussi des gants.

Sans se concerter, Kohler se dirigea vers le côté conducteur, tandis qu'Arlo et Kerrigan passaient du côté passager. Kohler signala presque immédiatement que le conducteur était mort. Kerrigan, quant à elle, bondit vers la portière passager en entendant un grognement.

— Il est vivant !

Elle s'acharnait déjà sur la porte, essayant de l'ouvrir malgré les dégâts qu'elle avait subis. Arlo ne quittait pas la victime des yeux, tout en la couvrant par-derrière.

La portière s'ouvrit enfin avec un grincement, et Kerrigan se pencha sur l'homme.

Peachtree fit le tour de la voiture par l'arrière.

— Les collègues indiquent que l'entrepôt est vide.

En posant la question, Arlo savait quelle serait la réponse.

— Ils ont trouvé le tireur ?

— Non. Mais je couvre vos arrières. Aidez l'agente Doyle.

Tous deux s'efforcèrent de dégager l'homme de sa ceinture et de le sortir de la voiture. Bien que les secouristes eussent sans doute procédé différemment, ils n'avaient pas le temps. Il fallait évaluer ses blessures aussi vite que possible.

Et lorsqu'il fut allongé sur le dos, Arlo comprit que l'homme n'allait pas durer assez longtemps pour voir l'arrivée des secours. À la façon dont ses yeux gris remplis de douleur les fixaient, Kerrigan et lui, il était évident qu'il le savait aussi.

— C'est une guerre pour le pouvoir, siffla l'homme avant de prendre la main de Kerrigan.

Elle la tint serrée, témoignant de compassion en s'accroupissant auprès de lui.

— Quelle guerre pour le pouvoir ? demanda-t-elle gentiment pour l'encourager à poursuivre.

— La rue... Brook... Brooklyn... La drogue.

— Qui ?

— Sais pas.

L'homme se lécha les lèvres, le souffle laborieux.

— Des rumeurs. Un nouvel empire.

Il haleta bruyamment, et sa tête bascula sur le côté.

— Dans la rue, on dit qu'elle...

Il inspira une dernière fois, puis plus rien.

Kerrigan reposa la main de l'homme et s'assit sur ses talons.

— Elle ?

Arlo réfléchissait. Les paroles de l'homme renforçaient leur théorie, selon laquelle tout cela était lié à une guerre de territoire à Brooklyn.

Mais *elle* ?

Ils allaient étudier cela dès leur retour au commissariat, mais il ne se rappelait aucune femme haut placée dans une quelconque organisation criminelle. Ce qui ne voulait pas dire qu'il n'y en avait pas, reconnut-il. C'était néanmoins un développement auquel il ne s'était pas attendu.

— Arlo. Les coups de feu.

Son regard parcourut la poitrine de l'homme avant que Kerrigan l'interrompe.

— Sur le bateau. Les coups de feu. Nous savons qu'ils ont été tirés par quelqu'un de beaucoup plus petit. Une femme serait plus petite.

— Bien sûr.

Il hocha la tête, car c'était parfaitement logique.

— Ça colle.

Le hurlement d'une ambulance s'éleva soudain. Deux autres voitures de patrouille étaient arrivées, et un petit attroupement s'était formé dans la rue.

Le fait qu'ils soient dans un quartier peu peuplé jouait en leur faveur, mais le bruit des coups de feu et l'accident avaient attiré les gens à proximité.

Kerrigan et lui firent de la place aux secouristes, puis allèrent rejoindre Kohler et Peachtree. Ce fut Kohler qui parla le premier :

— Ils n'ont pas eu le tireur. Ils ont ramassé des douilles sur le toit, mais il était parti depuis longtemps.

Arlo savait qu'il y avait peu de chances, trop de temps s'étant écoulé entre les coups de feu et la poursuite, mais il était tout de même contrarié. Alors même que les paroles du mourant lui revenaient en mémoire.

« Une guerre pour le pouvoir. »

« Un nouvel empire. »

« Dans la rue, on dit qu'elle... »

Le capitaine Reed l'avait compris dès le début. Ils affrontaient quelque chose d'obscur et de cruel.

Et ce n'était pas fini.

Wendy Parker visionnait la vidéo du tireur sur le toit en se demandant si elle avait le temps pour une rapide manucure. Un nouveau salon avait ouvert sur Sixth Street, et ses ongles avaient désespérément besoin d'une retouche.

Cette pensée s'évanouit quand elle vit le tireur s'enfuir. Elle poussa un juron bien senti.

— Ne me dis pas que tu es un tel imbécile, marmonna-t-elle en remettant la vidéo au début.

La caméra qu'elle avait placée sur le toit du hangar d'en face avait tout capté, et elle fixa une fois encore les douilles tombant de son arme.

Des douilles qu'il n'avait pas ramassées avant de fuir. Quel abruti incompétent ! Y en avait-il donc qui connaissaient leur métier ?

C'était sa plus grande frustration depuis qu'elle s'était lancée dans cette entreprise. La capacité à penser rapidement, avec bon sens et stratégie, était douloureusement absente chez les voyous avec lesquels elle était obligée de collaborer.

Le crime, comme toute autre chose dans la vie, était un métier. Sa mère lui avait appris cela très jeune, et elle se l'était répété comme un mantra.

C'était pourquoi elle était résolue à bien faire les choses. Le Papa avait eu son époque, mais il s'était montré faible. Il s'était fait prendre, non ? Et tout ça parce que ses employés ne savaient pas la fermer, et que ses lieutenants étaient incapables de les tenir.

C'était comme ça qu'elle avait pu passer à l'action. C'était elle qui avait semé des indices sur l'organisation du Papa auprès des flics. Sa mère avait longtemps été l'une des « madame » les plus riches du Queens, et il y avait peu de secrets qu'elle ignorait. Wendy avait utilisé cette mine d'informations pour tout mettre en branle.

Elle avait triangulé les faiblesses de l'organisation du Papa. C'était une simple affaire de stratégie, et une fois tous les éléments en place, elle était passée à l'action.

Criminels incompétents mis à part, l'exercice de ce jour-là était un risque. Un risque qu'elle avait été prête à prendre quand elle avait compris que Kerrigan Doyle s'occupait de l'affaire du bateau.

En dépit de ses tentatives pour s'attirer des loyautés et passer des accords, elle n'avait guère fait d'efforts pour gagner les bonnes grâces de flics. En échange de pots-de-vin, sa mère en avait toujours eu quelques-uns disposés à fermer les yeux sur son business. Mais Wendy avait besoin d'alliés plus importants.

Kerrigan pouvait-elle être l'un d'eux ?

Au lycée, elles avaient quelques classes de différence, et elle avait toujours eu la sensation qu'on aimait bien Kerrigan mais qu'elle ne faisait pas partie des élèves les plus populaires. Elle s'était débrouillée pour ne pas être mêlée aux querelles, ce qui était en soi un exploit.

Cela suggérait aussi la probabilité qu'elle soit un problème.

Il était impossible de le savoir, aussi était-il temps de tirer parti de la situation. Elles avaient refait connaissance, et Wendy avait donc une bonne excuse pour la contacter. Elle inventerait des bobards sur les nouvelles qui voyageaient vite et demanderait comment allait Kerrigan. S'en sortait-elle durant une période aussi difficile pour la police ?

Wendy se représenta le flic qu'elle avait rencontré avec Kerrigan. *Le flic sexy*, se corrigea-t-elle. Celui-là était néanmoins blanc comme neige. C'était lui qui avait dirigé la descente au McNulty's, et il avait la réputation de faire son boulot.

Plusieurs approches défilèrent dans son esprit tandis qu'elle éteignait la vidéo. Elle avait déjà supprimé la liaison montante, si bien que personne ne pouvait relier la caméra à elle.

Les dépenses s'accumulaient, et sa mère commençait à être furieuse de devoir couvrir ses frais. La drogue qui avait sombré dans l'Hudson n'avait rien arrangé. Ce chargement-là était censé financer son entreprise durant quelques mois jusqu'à ce qu'elle touche le gros lot, mais il n'y avait plus rien à y faire.

Jordan et Dallas avaient été de bons partenaires, organisant le chargement à Baltimore et collaborant avec elle pour lui faire remonter la côte. Dallas avait également fait le lien avec les fils Gentry. Mais il était démangé du désir d'une promotion et trouvait inutile sa manière de prendre le pouvoir sur le territoire du Papa.

Et puis l'arrivée des gardes-côtes avait été un sérieux coup de malchance. Dallas s'était disputé avec elle, disant qu'ils devaient accélérer et prendre la fuite avec le bateau.

Les hommes...

Elle admirait l'audace autant que n'importe qui, mais tenter de filer dans un ouragan était stupide. Penser qu'une plus grosse arme ou une voiture plus rapide suffisaient pour s'en sortir était stupide.

La réflexion. La stratégie. La vision et la focalisation. Ça, c'était le chemin vers le sommet.

Alors, oui, Dallas lui manquait, et coucher avec lui lui manquait plus encore, mais ç'avait été une décision d'une fraction de seconde et elle l'avait prise.

C'était son boulot. Elle voulait une loyauté absolue, et si quelqu'un ne pouvait la lui témoigner, il ne lui était d'aucune utilité.

La vision et la focalisation. C'était sa devise.

Kerrigan but un peu de café en saisissant des notes dans le dossier des meurtres. Elle ferma les yeux et s'efforça de se rappeler ce qu'avait dit l'homme mort sous ses yeux.

La lutte de pouvoir qu'Arlo et elle avaient théorisée mettait dans le mille. De même la peur qui semblait régner chez les criminels de Brooklyn.

Et puis il y avait ses dernières paroles.

« Dans la rue, on dit qu'elle... »

Elle.

Une femme à l'origine de toutes ces brutalités ?

En tant que femme exerçant un métier difficile, elle n'avait jamais cédé aux distinctions de genre qu'on entendait si souvent. Pour elle, hommes et femmes choisissaient la vie qu'ils voulaient mener.

Mais dans ce cas, ça valait la peine de réfléchir.

Les victimes du bateau avaient été abattues à bout portant, par-derrière. C'était brutal, mais aussi, comme ils l'avaient présumé dans la salle de réunion, impulsif.

Et puis il y avait la fusillade du jour.

Un acte implacable de charger ses hommes d'une mission puis de les éliminer.

Ce n'était pas la première fois qu'elle voyait quelqu'un mourir, mais cela avait été l'une des plus inattendues. Au moment où elle avait vu le tireur sur le toit, elle s'était attendue à ce qu'il les vise, Arlo et elle.

Une série de pensées lui avait traversé l'esprit, dont l'impossibilité de dire au revoir à sa famille et le regret de ne jamais savoir qui était derrière les meurtres du bateau.

Mais il y avait eu aussi cette pensée solitaire, qui s'était infiltrée parmi les autres et avait pesé plus que tout.

Était-ce parce que Arlo et elle étaient ensemble et que leurs vies étaient en danger ? Ou était-ce simplement ce qu'elle éprouvait ?

Mais, rythmée par les battements de son pouls, il y avait eu l'idée insistante qu'elle n'embrasserait plus jamais Arlo.

Leur baiser dans le bar avait été un subterfuge. Il s'était rapidement transformé en quelque chose d'autre, mais c'était tout de même un acte délibéré dans une perspective professionnelle.

Mais comment serait-ce d'embrasser Arlo parce qu'elle en avait envie ? Ou de recevoir son baiser simplement parce que lui en avait envie ?

Une idée enivrante, mais qui lui donnait un bizarre sentiment de désorientation.

Quoi qu'elle éprouve pour lui – et sa visite de la veille avait renforcé l'impression qu'il n'était pas imperméable à ces étincelles entre eux –, Kerrigan savait que cela ne pouvait aller nulle part.

Parce qu'ils travaillaient ensemble.

Quand l'affaire serait bouclée, elle se consacrerait de nouveau à la patrouille du port.

Alors pourquoi ne cessait-elle de se dire qu'elle avait envie d'essayer quelque chose avec lui ?

Un léger coup à la porte de la salle de réunion la tira de ses pensées et, en levant les yeux, elle vit l'objet de ses réflexions et le capitaine entrer. Elle se leva immédiatement, nouant les mains dans son dos.

— Capitaine...

— Inutile de vous lever, agente Doyle. Arlo vient de me mettre au courant des événements d'aujourd'hui, et je voulais avoir votre version.

Le capitaine prit un siège tandis que Kerrigan projetait le tableau sur un écran.

— J'ai ajouté les événements d'aujourd'hui. La voiture qui suivait l'inspecteur Prescott et moi-même. Le tireur sur le toit, qui n'a pas encore été capturé, et les détails que nous avons jusqu'ici sur les victimes.

— Quelque chose vous frappe dans ce que vous avez noté ?

— La fusillade en soi. Quel était l'avantage de suivre des flics, puis de recevoir des balles ? Une guerre de territoire ? Mais il ne semble pas y avoir d'escalade.

— Comment ça ? questionna le capitaine Reed.

— Ça a l'air plus calculé. Ce qui me ramène à notre hypothèse, à Arlo et moi, à savoir que quelqu'un remplace le Papa. Ce que les paroles de la victime ont renforcé.

— Un sacré coup de chance pour nous.

Arlo quitta l'encadrement de la porte et pénétra dans la pièce.

— J'essaie de ne pas être cynique en me disant que ça tombait trop bien.

C'était une approche à laquelle elle n'avait pas encore pensé, mais il fallait la prendre en considération.

— Tu penses qu'il nous a dit ça pour nous égarer ?

— Je n'irais pas jusque-là. D'autant plus qu'il était en train de mourir. Mais pourquoi éliminer sa propre équipe ? Quel peut être le but du jeu ?

— Il existe une réserve inépuisable de criminels attendant de prendre la place, souligna Dwayne.

— Peut-être que oui, peut-être que non. Il faut quand même

du temps, de la constance et un certain degré de confiance. Ça ne peut pas se faire du jour au lendemain.

— Il y a aussi l'hypothèse de la femme.

Kerrigan revint à l'endroit où elle se tenait avant l'arrivée de Dwayne et d'Arlo.

— Il y a quelque chose qui résiste à cette idée, qui ne veut pas la croire possible. Qu'une femme puisse commettre des actes pareils... Et pourtant...

— Et pourtant, ça colle.

Arlo se rapprocha de l'écran, désignant quelques-unes des notes qu'elle avait ajoutées au dossier.

— L'angle des coups de feu sur le bateau renforce cette hypothèse.

Kerrigan tapota sur la table.

— Si c'est une femme qui œuvre dans un monde d'hommes, elle s'efforce probablement d'arrondir les angles.

L'intérêt du capitaine se réveilla.

— Vous pouvez développer ?

Comment devait-elle l'exprimer ?

— Si nous admettons que c'est une femme qui veut se hisser au sommet, elle se heurte à un plafond de verre. Je sais que l'expression a été forgée pour les conseils d'administration, mais le principe est le même. Il faut fournir des efforts pour prendre la direction d'un grand nombre d'hommes.

— Et il y a des hommes qui ne veulent pas obéir à une femme.

Kerrigan haussa les épaules à ces mots du capitaine Reed.

— C'est malheureusement vrai. Je ne dis pas que c'est le cas de tous les hommes.

Arlo leva une main.

— Nous parlons d'une hypothèse, et tu es la femme dans cette pièce. Continue.

— Prenez les stratagèmes féminins, par exemple. C'est un jeu d'apparences : les flatteries, le flirt, les sourires. Ça envoie un signal sous-jacent.

— Quelle sorte de signal ?

— « Je vous entends », « vous êtes important », « dites-m'en plus ». C'est une manière de capter l'attention mais aussi de manipuler.

— Et c'est un puissant moyen de motiver un groupe majoritairement masculin, dit Dwayne.

— C'est une seconde nature pour nous tous, en réalité. Les bébés sourient pour attirer l'attention et les chiens ouvrent de grands yeux pour obtenir une gâterie. Ces schémas non verbaux auxquels nous cédons ne relèvent pas tous de la manipulation.

— Mais en les raffinant et en les perfectionnant, renchérit Arlo, en trouvant un moyen de les utiliser…

— De les exploiter, le corrigea Kerrigan.

— Voilà. De les exploiter. Ce peut être une puissante approche.

— Bien sûr, cela n'explique toujours pas pourquoi une femme se donnerait la peine de bâtir une organisation tout ça pour tuer les hommes qui l'ont soutenue.

— Une mise à l'épreuve de leur loyauté ? questionna Arlo.

— C'est possible. Et j'aurais été d'accord jusqu'à aujourd'hui. Mais pourquoi envoyer deux hommes nous suivre de manière évidente puis les tuer ?

Dwayne les considéra lorsqu'ils s'arrêtèrent de parler, encore perplexes.

— Il faut que vous enquêtiez sur le terrain. Quelque chose se passe, et vous devez vous mettre en situation de découvrir ce que c'est. Posez des questions. Exprimez votre choc devant ce qui s'est passé.

Kerrigan repensa au voyou du McNulty's, qui l'avait déstabilisée de façon viscérale. Elle ignorait pourquoi, mais quelque chose dans son attention lui avait paru particulier.

— Devons-nous retourner au McNulty's ?

— C'est là que ma dernière affaire s'est conclue. C'est un endroit aussi bon qu'un autre pour démarrer, remarqua Arlo.

Le capitaine se leva sur ces paroles.

— Les heures supplémentaires sont approuvées. Allez-y et voyez ce que vous pouvez découvrir.

12

Arlo s'arrêta devant l'immeuble de Kerrigan à 20 heures précises. Ils avaient débattu de l'idée d'inviter Wyatt et Marlowe à sortir avec eux, mais avaient finalement décidé qu'il valait mieux y aller seuls. Ils joueraient encore au couple amoureux et avoir un flic supplémentaire avec eux pouvait faire peur aux gens.

Et si y aller seuls impliquait d'ignorer le nœud qu'il avait à l'estomac, ainsi soit-il. Oui, il était attiré par Kerrigan. Mais il avait été attiré par d'autres femmes, et aucune d'elles n'avait fait très longtemps partie de sa vie. Il n'était pas taillé pour les relations amoureuses.

Il aurait été facile de le reprocher à sa famille, mais il avait finalement pris conscience qu'il faisait partie de cette famille. Il se débrouillait bien dans les relations superficielles, son ADN étant d'être jovial et amusant. C'était durant la phase « D'où es-tu et que fais-tu dans la vie ? » qu'il brillait le plus.

Mais plus la relation s'approfondissait, plus il était mal à l'aise, et il finissait par s'esquiver avant que les choses ne deviennent trop sérieuses.

Toutes les raisons qu'il se donnait à propos de Kerrigan – qu'il était son mentor, qu'ils ne devaient pas se déconcentrer, qu'il ne voulait rien faire qui nuise à sa réputation – n'étaient que des prétextes. Ce qu'il ne voulait pas, c'était gâcher leur authentique camaraderie en entamant une relation amoureuse. Même s'il n'arrivait pas à se sortir ce baiser de l'esprit. Ou la sensation qu'il avait eue à la tenir dans ses bras.

Ou le besoin désespéré qu'il avait de la protéger.

Rien de tout cela ne comptait, alors même qu'une grande part de lui l'aurait voulu.

Il était sur le point de couper le moteur quand un coup se fit entendre à la vitre passager. Déverrouillant les portières, il sourit à Kerrigan.

— J'aurais pu monter te chercher.

Elle agita la main, faisant cliqueter des bracelets en or à son poignet.

— Inutile. Ce n'est pas un vrai rendez-vous amoureux.

Cette remarque désinvolte l'aiguillonna.

Ce n'est pas un vrai rendez-vous amoureux. Non, en effet. Ne venait-il pas de se remémorer toutes les raisons pour lesquelles ce n'en était pas un ? Alors pourquoi ces mots l'agaçaient-ils ?

— Tu veux toujours commencer par le McNulty's ? questionna Kerrigan.

— Je pense que c'est un bon début.

— Tant mieux. Ça me donnera l'occasion de voir si le type est encore là. On verra si on peut déterminer qui il est ou même l'amener à réagir.

— Encore ça ?

— Encore quoi ?

Son ton léger se moquait de lui. Elle était déjà en mode flic infiltré, et lui... ne l'était pas.

Elle était belle. Elle sentait bon. Et elle parlait avec désinvolture de faire sortir un voyou du bois. Tandis que son cerveau à lui s'était arrêté sur la longueur de ses jambes et leur bronzage sous la minijupe.

À quoi pensait-elle ? À quoi pensait-il ?

— Arlo ? Ça ne va pas ?

— Non.

— Pourquoi tu ne recommences pas depuis le début ?

Il lui jeta un regard en enclenchant une vitesse, puis remit le point mort et se tourna vers elle.

— Je croyais qu'on avait réglé la question du voyou au McNulty's. On ne l'approche pas et on n'essaie pas de le faire parler.

Son maquillage soulignait avec art les contours de son visage, depuis l'arc délicat de ses paupières jusqu'à la courbure de ses hautes pommettes. Rien de tout cela ne pouvait cependant dissimuler l'orage en préparation, la moue de déplaisir qu'arborait cette bouche splendide.

— C'est drôle, ce n'est pas ce dont je me souviens.

— Nous avons parlé des risques.

— Tout est risqué. Si nous sortons ce soir, c'est pour comprendre pourquoi les criminels de Brooklyn ont peur. Et il y a quelque chose chez ce type. La manière dont il m'a regardée n'était pas normale. C'était un regard aigu, entendu, que je ne peux pas oublier. Je sens que quelque chose cloche.

— Aigu comment ?

— Aigu comme s'il se concentrait sur moi.

— Tu es très belle. Il pensait probablement à toutes sortes de choses.

Ce n'est pas un vrai rendez-vous amoureux.

— Arlo. Qu'est-ce qui se passe ? Je suis policière. Je dois faire mon travail. Nous devons essayer de comprendre qui est ce type et pourquoi il s'intéresse tellement à moi.

— Tu fais ton travail.

Il tendit la main entre eux.

— Avec la tenue adéquate.

Elle parut contrariée par cette allusion, puis se reprit rapidement.

— Non, je dois faire le travail pour lequel le capitaine a approuvé des heures supplémentaires. Rôder dans les bars et les night-clubs pour saisir ce qui se passe. Certaines personnes savent, et nous devons trouver quelqu'un qui accepte de nous parler. Ce type sait quelque chose. Je le sens.

— Ça renforce ce que je dis. S'il te veut du mal, l'appâter et lui faire comprendre que tu es flic n'a pas de sens.

Il baissa les yeux sur son petit sac à main, sur ses genoux.

— Tu as ton arme ?

— Oui, bien sûr. J'ai aussi une lame attachée à la cuisse. Je suis préparée. Et je peux m'occuper de moi. Mais je commence à me demander si *toi* tu le peux. Qu'est-ce que tu as ce soir ? Si tu as besoin de temps pour te faire à cette idée, nous pouvons y aller demain soir. Nous avons eu une grosse journée, aujourd'hui.

Ce n'est pas un vrai rendez-vous amoureux.

— Je n'ai pas besoin de temps.

Les mots étaient sortis entre des dents serrées, assez rudes pour qu'elle le dévisage avec étonnement.

— Alors de quoi as-tu besoin ?

— De toi, bon sang.

Il lui tendit les bras, alors que tout lui hurlait de s'arrêter. Mais pour une raison inconnue, il avait perdu la capacité de réfléchir. De dire non.

Kerrigan écarquilla les yeux quand sa bouche approcha de la sienne, que ses bras entourèrent ses épaules et qu'il l'attira à lui.

Puis il se jeta sur ses lèvres.

Kerrigan avait craint de ne plus jamais embrasser Arlo. De ne plus jamais avoir l'occasion de connaître ses lèvres, d'explorer sa bouche. Ô combien s'était-elle aveuglée !

Cette pensée tournoya dans son esprit tandis que les lèvres d'Arlo dévoraient les siennes.

Elle aurait dû l'arrêter. Non parce qu'elle voulait qu'il s'arrête, mais parce qu'elle avait trop envie qu'il continue.

Pourtant, chaque fois qu'elle pensait avoir rassemblé assez

de volonté, il penchait la tête, caressait sa langue ou déplaçait son pouce sur son cou.

Elle lui avait dit que ce n'était pas un rendez-vous amoureux, mais elle s'était habillée comme si c'était le cas.

En partie par nécessité, tous deux feignant d'être un couple ce soir-là. Et en partie parce qu'elle en avait envie.

Il lui avait dit qu'elle était belle.

Un soupir monta dans sa poitrine quand il mordilla sa lèvre inférieure, comme une soupape relâchant la vapeur d'un désir croissant.

Puis tout s'arrêta abruptement quand Arlo recula. Le bleu intense de son regard s'était obscurci, ses pupilles élargies.

— Je suis désolé.

Elle fit un effort pour se reprendre après ce brusque revirement. Mais si elle était légèrement essoufflée, elle n'eut pas de mal à se faire comprendre.

— Si tu t'excuses de m'avoir embrassée, arrête s'il te plaît. Si tu t'excuses de sous-estimer ma capacité à me débrouiller en cas de problème, tu peux continuer.

— Pourquoi devrais-je m'excuser de m'inquiéter de toi ?

— Pourquoi dois-tu t'inquiéter de moi quand je fais mon travail ?

Et pourquoi ne cessaient-ils de revenir à la même dispute ? Elle concevait pourquoi ses parents étaient préoccupés par sa sécurité. Les civils ne comprenaient souvent pas le métier, tout ce qu'ils voyaient c'étaient les risques pour leurs proches.

Mais les collègues ? Ils comprenaient ces risques parce qu'ils les prenaient aussi.

Ce qui voulait dire qu'il n'avait pas le droit de remettre sa décision en question. Pas plus qu'il n'avait le droit d'essayer de modifier leur opération à cause de tendances protectrices malavisées.

— Je sens la dispute arriver. Je le lis dans tes yeux.

— Évidemment que tu le lis dans mes yeux. J'appartiens au

NYPD, l'un des meilleurs services de police du monde. Je suis une bonne policière et je connais mon travail. Le fait que tu le remettes en question me mine. Ce n'est pas seulement une perte de temps, c'est destructeur. Essaies-tu de me faire perdre confiance en moi ?

Tout cela sentait le rabâché. Kerrigan ne s'attendait pas à cela ce soir-là. Pourquoi en étaient-ils encore là ?

— Tu m'as embarquée là-dedans. Tu as discuté avec le capitaine et mon chef d'équipe pour me détacher sur cette affaire. Tu m'as encouragée. Tu n'arrêtes pas de me dire que je peux y arriver et que je dois me concentrer pour apprendre et...

— Je suis amoureux de toi.

Son accès de colère s'interrompit à ces mots.

— Tu quoi ?

— Je suis amoureux de toi. Malgré mes préventions. Malgré mes piètres antécédents en matière amoureuse. Malgré tous les défauts que j'ai hérités de ma famille.

Ses paroles planèrent dans l'obscurité de l'habitacle, lourdes de promesses, de possibilités et d'une tristesse à laquelle elle ne s'attendait pas.

Lorsqu'il lui avait parlé de sa famille, elle avait compris que son enfance n'avait pas été aussi idyllique que la sienne. Ce qu'elle n'avait pas compris, c'était que cette expérience avait influencé ce qu'il pensait de lui-même.

— Tu n'es pas ta famille, Arlo.

— Bien sûr que si. Tout comme tu es la tienne. Ce sont les gens qui nous ont faits. Imaginer que nous pouvons nous débarrasser de leur influence, c'est idiot.

Il avait déjà commencé à rouler. Kerrigan aurait voulu protester, mais elle reconnaissait les signaux « Défense d'entrer ». Et peut-être étaient-ils justifiés.

N'avait-elle pas elle aussi questionné les chances de réussite d'une relation entre eux ? Pour des raisons différentes peut-être, mais le fait est qu'ils ne cessaient de faire machine arrière, malgré leur attirance mutuelle. Et lorsqu'elle ajoutait ce baiser incendiaire, la réponse était encore plus claire.

Ils étaient tous deux électrisés par le désir, à un niveau viscéral. Était-il possible que tout cela lui fasse perdre la tête ?

Elle sentait encore les battements de son cœur. Elle sentait encore le contact de ses doigts sur sa peau. Et même maintenant, elle sentait la pression ferme de ses lèvres contre les siennes.

Il y avait bien quelque chose entre eux, elle y revenait sans cesse. Mais il y avait aussi beaucoup de choses qui les séparaient.

Elle aurait voulu s'abandonner au premier, mais se serait rendu un mauvais service en oubliant les secondes.

Les relations – même les bonnes relations – demandaient d'énormes efforts. Une relation comme la leur, qui présentait de telles tensions avant même de décoller ? Il serait presque impossible de la faire marcher.

Elle n'avait peut-être pas beaucoup d'expérience dans les engagements amoureux, mais elle connaissait les bases. Et elle savait aussi que les sentiments qu'elle avait développés pour Arlo Prescott avaient une profondeur qu'elle n'avait jamais connue auparavant.

Était-elle prête à s'engager corps et âme dans quelque chose qui portait le mot *désastre* inscrit partout ?

Elle ne s'était jamais considérée comme une femme de demi-mesures, mais les situations dans lesquelles elle tentait le tout pour le tout étaient celles qu'elle pouvait contrôler. Parce qu'elle ne devait compter que sur elle.

Une relation avec Arlo était la définition même de quelque chose qu'elle ne pouvait pas contrôler.

Arlo s'arrêta devant le stand du voiturier au McNulty's, et elle permit à l'un des assistants de lui ouvrir la portière. En se glissant au-dehors, elle vit Arlo qui faisait le tour de la voiture.

Avec une forte inspiration, elle plaqua un sourire sur son visage et se prépara à jouer le rôle de la petite amie énamourée d'un homme follement épris. Si cela ressemblait trop à la réalité, il faudrait qu'elle assume.

La seule relation romantique qu'elle pouvait avoir avec lui consistait à feindre de l'aimer et d'être heureuse. Parce que la vraie vie n'allait pas leur donner cela.

Wendy vit le moment où Kerrigan Doyle entrait au McNulty's. Elle la repéra sur les caméras du bar et envisagea brièvement de mettre son plan en œuvre plus tôt.

Puis elle décida de surseoir.

Il ne fallait pas que Kerrigan la voie si vite. Elle savait qu'elle se rendait chez ses parents tous les week-ends. Elle devrait trouver le moyen de la croiser accidentellement la prochaine fois qu'elle irait au quartier.

Ce soir, elle allait plutôt observer et affiner sa stratégie.

Le tireur de l'entrepôt était finalement revenu, s'excusant à profusion pour avoir laissé les douilles derrière lui, mais promettant qu'elles étaient intraçables. Il les avait achetées dans le Midwest, et il était impossible que les flics l'aient suivi jusque-là.

Wendy en doutait, mais elle lui avait laissé ses illusions. Il était difficile de trouver quelqu'un avec ses compétences.

Elle s'était donc concentrée sur ce qu'elle voulait obtenir de lui.

Son nouveau bateau serait prêt vendredi, et elle avait prévu un succès rapide, qui ne compenserait certes pas la perte dans le port mais soulagerait un peu la pression financière à court terme. Il fallait mettre de la marchandise dans la rue ou risquer de perdre le terrain au profit de la mafia locale et d'un fournisseur particulièrement ambitieux de Philadelphie.

Elle était allée bien trop loin pour laisser cela se produire.

Un coup vif se fit entendre à la porte et Mark « le Tank » Holman fit son entrée.

Ce type était taillé pour le rôle de videur, avec ses larges épaules et ses bras musclés. Il avait aussi un QI de 180 et une impressionnante capacité à déchiffrer les gens.

— La femme de l'autre soir. Elle est revenue.

— Elle t'a vu ?

— Non, pas encore. Je l'ai aperçue près du voiturier et je me suis esquivé.

— Elle est avec le même type ?

— Oh oui. Il paraît qu'ils sont collègues.

— Ce qui explique pourquoi ils étaient ensemble quand nous les avons suivis depuis le commissariat. Tu crois qu'ils sortent ensemble ou qu'ils sont en repérage ?

— Les deux, j'ai l'impression.

Hmm. Intéressant. Pour être juste, elle avait elle-même perçu les vibrations d'une relation l'autre soir. Elle aurait parié qu'ils n'avaient pas encore couché ensemble, mais que leur proximité les excitait et les énervait en même temps.

— Tu m'as dit que tu pensais l'avoir effrayée l'autre soir.

— Elle n'a pas aimé que je la regarde.

— Alors refais-le. Voyons si tu arrives à énerver assez son collègue pour qu'il agisse.

Arlo tendit sa carte de crédit à la serveuse lorsqu'elle eut déposé une bière pour lui et un verre de vin pour Kerrigan. Le bar était bondé, rempli d'une foule bruyante.

Le niveau de décibels augmentait avec la consommation d'alcool, et Kerrigan et lui devaient se pencher l'un vers l'autre pour se parler.

Il ne l'aurait pas cru possible après leur dispute, mais elle tenait son rôle en entretenant la conversation et en feignant le plaisir de sortir avec son amoureux.

Même si elle bouillait encore intérieurement. C'était une terre brûlée, et il ignorait pourquoi il ne cessait d'y revenir.

Un mensonge éhonté. À la seule personne à qui il n'avait jamais menti : lui-même. Il savait très bien pourquoi.

Kerrigan Doyle déclenchait son instinct protecteur, une réaction sans grande subtilité au désir qui ne cessait de le prendre au dépourvu.

Il n'avait jamais remis en question la capacité de l'agente Doyle à affronter ce qui se mettait sur son chemin.

Mais qu'en était-il de Kerrigan ? Cette crainte-là perturbait son comportement avec des sentiments inutiles et des exhortations à éviter les risques.

— Je ne l'ai pas encore vu.

Elle avait émis son commentaire à voix basse, bien qu'il fût impossible qu'on l'entende.

— Moi non plus, mais on va continuer à surveiller. Dans l'intervalle, qui aurait des informations à nous donner, selon toi ? La serveuse n'a même pas cillé quand je lui ai demandé comment les affaires se portent depuis la descente de police.

— C'était bizarre, tu ne trouves pas ? Elle n'a même pas essayé de changer de sujet. Elle l'a juste ignoré.

— Je dirais qu'elle ne m'a pas entendu, dit-il avec un sourire ironique et un coup d'œil aux joyeux fêtards autour d'eux. Mais je l'ai vue nous jeter un coup d'œil en retournant au comptoir.

— Elle sait quelque chose.

— C'est ce que je pense aussi.

Malgré ces moments tendus dans la voiture, ils avaient rebondi dans leurs rôles respectifs. C'était un trait qu'il admirait chez elle - cette capacité à rester concentrée sur le travail, même quand elle était préoccupée par autre chose.

C'était professionnel, et cela révélait une maturité bien supérieure à son nombre d'années. Par association d'idées, il repensa à cette organisation criminelle qui sortait de terre et qui devait par conséquent évaluer, développer et exploiter des talents.

— Tu as l'air d'avoir une idée.

— Le talent et le professionnalisme. Ce sont les choses auxquelles nous revenons sans cesse.

Kerrigan fit courir son doigt autour de son verre, stoppant une gouttelette sur le bord.

— Le crime comme métier.

— Faute de meilleure description, oui c'est ça.

— En quoi est-ce pertinent, ici ?

— Comme les autres, les criminels sont formés et évalués en termes de compétences.

— Tu crois ?

Elle était intriguée au point d'oublier son verre.

— Et si c'était une question de réduction des effectifs ?

— Tu veux dire d'élimination des mauvais joueurs ?

— Exactement. Si tu n'y arrives pas, tu es éliminé. Tu ne suis pas mes règles, tu es éliminé.

Kerrigan lui renvoya la balle dans ce ping-pong constant qui animait leurs discussions..

— Si tu ne peux pas faire fonctionner une opération dans le port, tu es éliminé.

— Exactement.

— Eh bien, ça a du sens. Surtout si tu y réfléchis dans la perspective d'une femme. Pour susciter la loyauté et te protéger, tu mets ceux qui t'entourent à l'épreuve.

— Puis-je te faire confiance ? Es-tu là pour me soutenir ? Es-tu là pour moi ?

— C'est une autre dimension.

Ils poursuivirent leurs hypothèses, le temps passant rapidement. Bien qu'ils soient en service, ils devaient feindre de prendre du bon temps comme un couple ordinaire. Arlo contempla leurs verres à moitié vides.

— Dois-je commander une autre tournée ?

— Bonne idée. J'ai bu tellement d'eau que je dois m'absenter. Mais il ne faut pas attirer l'attention.

— Alors je vais commander des chips pendant qu'on y est.

Elle plaqua la main sur sa poitrine.

— Un homme selon mon cœur.

Comme son geste soulignait la courbe voluptueuse de sa poitrine, Arlo se jugea héroïque de détourner le regard. Il la regarda cheminer jusqu'au bar, attirant plus d'un regard sur son postérieur.

Il aurait voulu se mettre en colère. Il était furieux contre les hommes qui osaient la regarder, même s'il comprenait que les belles femmes attiraient l'attention.

Et bonté divine, était-elle belle !

Ce n'était pas seulement son corps, bien que l'exercice lui ait donné une grâce athlétique évidente. Pas plus que ce n'était son visage splendide. Non, c'était l'ensemble.

C'était la femme la plus déterminée qu'il ait jamais rencontrée. Elle voulait être la meilleure et elle redoublait d'efforts chaque jour pour y arriver.

Mais ce qu'il ne pouvait se sortir de la tête, c'était la manière dont elle avait aidé la victime. L'homme identifié plus tard comme Christos Jenkins était un véritable être humain pour elle, dont elle avait tenu la main pendant qu'il passait dans l'autre monde. Cela démontrait un degré de compassion qui l'avait laissé en admiration devant elle.

— Je peux vous servir autre chose ?

Leur serveuse était de retour avec un sourire éclatant. Arlo commanda rapidement une autre tournée ainsi que des chips, puis opta pour faire une autre tentative.

— Je sais que je l'ai déjà dit, mais ce bar est vraiment quelque chose. Quand j'ai entendu dire que la police allait le fermer, j'étais sûr que je n'y reviendrais plus jamais.

Elle prit son verre vide avec des gestes exagérément lents pour le placer sur son plateau. Ce fut seulement après avoir fait un pas de côté, qu'elle parla. Sur un ton bas et insistant, et avec un chevrotement dans la voix.

— Je cesserais de faire des remarques comme celle-là, si j'étais vous.

Arlo ne fit aucun geste suggérant qu'il l'avait entendue, mais tira une carte de sa poche d'un geste discret. Il la glissa sous la serviette en papier sur laquelle était posée la bière.

— Alors je laisse ça pour vous, pour que vous la preniez plus tard.

Elle ne fit pas mine de toucher la carte ni même de l'avoir vue.

— Ouvrez les yeux, mon vieux, et faites ce que je dis. Cessez de poser des questions.

Il la regarda s'en aller, se frayant un passage dans la foule. Un océan de corps résolus à profiter de la soirée.

Ce fut seulement lorsqu'il la quitta des yeux qu'il aperçut l'homme près de la porte.

Grand et baraqué. C'était à Kerrigan de l'identifier, mais l'attention du type était bien trop focalisée pour qu'il ne soit pas le voyou qui l'observait l'autre soir.

13

Kerrigan se sécha les mains et s'examina dans le miroir. Malgré le début de la soirée, Arlo et elle avaient réussi à retrouver leur rythme. Elle se félicita mentalement d'avoir gardé son calme, même si elle avait l'impression d'être en surchauffe chaque fois qu'elle le regardait.

Parce que, waouh, il savait embrasser !

Cela n'avait pas été pareil l'autre soir. Ces tendres moments avaient déjà été assez fous.

Mais ce soir ?

Ce baiser-là n'était qu'électricité et combustion, sans parler de tous les fantasmes qu'il avait inspirés.

Et oui, s'avoua-t-elle en se penchant pour essuyer un peu de mascara collé à ses cils inférieurs, c'était peut-être autant par manque de baisers dans sa vie qu'à cause de l'homme sexy avec lequel elle l'avait partagé.

Mais...

Elle recula d'un pas et s'évalua franchement dans le miroir. Il aurait été facile de se dire qu'elle ne connaissait pas mieux parce qu'elle n'avait pas eu beaucoup de petits amis. Mais la part rationnelle en elle ne le pensait pas.

Aucun homme ne lui avait procuré les sensations qu'elle avait avec Arlo. Et aucun ne lui avait arraché une réaction aussi immédiate et totale à un simple baiser.

« Je suis amoureux de toi. »

« Malgré mes préventions. »

« Malgré mes piètres antécédents en matière amoureuse. Malgré tous les défauts que j'ai hérités de ma famille. »

La seule idée de le désirer était enivrante, mais c'étaient les difficultés qui venaient après qui la faisaient s'interroger.

Croyait-il vraiment toutes ces choses sur lui ?

Ou était-ce un mécanisme de défense ?

Elle n'était pas femme à gober l'idée qu'elle pouvait « sauver » un homme. Les gens entamaient des relations parce qu'ils voulaient les entamer. Il n'était pas possible de penser aux paroles d'Arlo comme à quelque chose qu'elle pouvait vaincre par la volonté.

Cette voie était une folie et, franchement, témoignait d'un manque de respect pour les paroles et les sentiments de l'autre.

Pourtant, même avec cette conviction ferme, elle ne pouvait tout à fait rejeter le sentiment qu'il essayait autant de se convaincre lui-même que de la convaincre.

Kerrigan était tellement perdue dans ses pensées qu'elle faillit manquer leur serveuse sortant d'une cabine. Les toilettes étaient assez bruyantes quand elle était entrée, mais la foule s'était dissipée pendant qu'elle attendait son tour au lavabo, et elles étaient tranquilles pour le moment.

— Bonsoir.

Elle sourit et sortit délibérément son rouge à lèvres.

La jeune femme à côté d'elle marmonna un bonsoir et entreprit de se laver les mains.

Kerrigan jeta un coup d'œil à sa silhouette mince, presque émaciée, et envisagea différents débuts de conversation. Elle était persuadée que ce n'était pas parce que la serveuse n'avait pas entendu la question d'Arlo qu'elle n'avait pas répondu, et elle voulait savoir pourquoi.

Ce fut d'autant plus surprenant quand la jeune femme tendit la main pour ouvrir à fond le robinet du lavabo de Kerrigan, le sien coulant toujours. Elle se pencha vers elle et dit d'un ton urgent, couvert par le bruit de l'eau :

— Je l'ai dit à votre petit ami, mais je pense que vous avez plus de bon sens que lui. Arrêtez de poser des questions.

La jeune femme se remit à se laver les mains.

Kerrigan eut le sentiment que son avertissement était sincère, mais ce qui la troubla fut le net tremblement de ses mains savonneuses.

— Pourquoi ?

— Personne n'aime ça, ici.

Cette réponse sèche confirma à Kerrigan qu'ils avaient eu raison de venir. Elle garda un ton égal :

— C'était une simple question. Une grosse descente de police a eu lieu dans ce bar. Les gens sont curieux.

— La curiosité ne fait de bien à personne. Et les gens qui sont ici essaient simplement de gagner leur vie. Vous saisissez ?

La serveuse finit de se rincer les mains. Outre son tremblement, Kerrigan vit des rides d'épuisement sur son visage. Ses yeux élargis par la frayeur renforçaient l'idée qu'elle essayait de la mettre en garde.

— Oui, je saisis. Même si je ne suis pas d'accord.

— Ceux qui ne sont pas d'accord ne durent pas très longtemps ici.

La femme referma le robinet d'un geste brusque, visiblement agitée.

— Laissez-moi vous aider, dit Kerrigan

La jeune femme prit une poignée de serviettes en papier et se sécha rapidement les mains.

— Vous ne le pouvez pas.

Là-dessus, elle tourna les talons et sortit des toilettes. Pompettes, quelques femmes vacillaient sur le seuil, empêchant Kerrigan de la suivre et de la retenir.

Le remords imprégnait l'espace où elle s'était tenue. À cet

instant, Kerrigan comprit enfin contre quoi Arlo et elle se battaient.

Celui ou celle qui s'efforçait de se faire un nom dans le milieu avait effectivement effrayé tout le monde. La guerre de territoire qu'ils avaient imaginée était possible, mais Kerrigan pariait que cet échange était plus proche de la vérité.

Celui ou celle qui voulait le pouvoir décimait le troupeau, se débarrassant de tous ceux qui n'étaient pas à la hauteur.

Dans un monde à la sécurité minimale, il était difficile d'échapper à cette sorte de « justice » implacable. Que pouvait-on faire ? Aller voir la police ? Pas quand on avait un casier et une réputation.

Se rebeller contre la personne qui amassait le pouvoir ? Pas quand on avait besoin d'une parcelle de ce pouvoir pour s'en sortir.

Cette serveuse n'avait aucun pouvoir et reflétait un état de fait. Les criminels de Brooklyn avaient peur, de même que tous ceux qui étaient dans leur orbite.

Et si le degré de frayeur qu'elle venait de voir se refléter dans le miroir était un indicateur, Arlo et elle n'avaient plus beaucoup de temps pour découvrir qui était à l'origine de tout cela.

Arlo sortit dans la ruelle derrière le bar et vit s'étendre devant lui le grand parking où les voituriers rangeaient les véhicules. Il avait envoyé un bref texto à Kerrigan pour lui dire qu'il sortait et ne serait pas long.

Mais tu ne lui as pas dit pourquoi.

Il faillit lui écrire un deuxième texto, mais il n'en avait pas le temps. Il devait jeter un œil à l'homme qui était au centre de tout ça.

Si cela voulait dire éloigner Kerrigan de lui, eh bien oui.

Il le paierait plus tard, il le savait. Ils étaient partenaires.

Non seulement Kerrigan méritait de savoir où il était, mais le protocole du commissariat insistait sur la collaboration.

Et pourtant il ne faisait pas demi-tour.

Il avança vers le stand du voiturier. Les jeunes hommes chargés de garer les voitures étaient au nombre de quatre.

Le voiturier venait d'allumer une cigarette et Arlo s'approcha de lui dans l'intention de lui en demander une. Un bref coup d'œil sur le sol lui montra un paquet vide, qu'il ramassa et fourra dans sa poche de poitrine.

Tapotant sa poche en marchant, il afficha un sourire jovial.

— Je suis à court de clopes. Vous en auriez une ?

L'homme leva les yeux et considéra le paquet vide qu'Arlo écrasait dans sa main.

— Il y a un distributeur au fond, près des toilettes.

— Je sais, mais ma petite amie déteste que je fume. Je me suis dit que j'allais en demander une et éviter une scène. J'ai un paquet neuf à la maison.

Le mensonge fonctionna, et le voiturier lui tendit son paquet en le tapotant pour qu'Arlo puisse en déloger une.

Il prit conscience d'une erreur supplémentaire car il n'avait pas de briquet sur lui. Mais il en rafla un petit, posé sur le stand du voiturier. Il alluma rapidement sa cigarette en mettant ses mains en coupe. Le voiturier n'avait pas l'air d'avoir envie de converser, aussi prit-il l'initiative.

— Il y a beaucoup de gens ce soir.

Le type haussa les épaules.

— Il y a beaucoup de gens tout le temps.

Arlo laissa passer cela, le regard fixé sur le parking. Mais l'homme lui offrit par inadvertance l'ouverture parfaite.

— Vous feriez mieux de dégager. Le patron déteste quand les gens viennent ici, derrière.

— Pourquoi ?

— Il n'aime pas ça.

L'homme se tourna pour dévisager Arlo.

— Écoutez, je vous ai donné une clope. Vous voulez que je perde mon travail ?

Arlo leva les mains et recula de plusieurs pas.

— Non, mon vieux. Pas du tout. Je m'en vais.

Il secoua la tête d'un air solennel.

— Cet endroit a bien changé depuis que les flics ont fait une descente.

Le voiturier ôta sa cigarette de sa bouche et cracha de côté, le dégoût inscrit sur le visage.

— Ne m'en parlez pas. Je démissionnerais si ça ne payait pas aussi bien.

— Je croyais qu'on avait arrêté les trafiquants. On aurait cru que les choses se seraient améliorées.

— C'est pas le cas.

Le voiturier lui jeta un regard de biais en remettant sa cigarette à la bouche.

— Alors fichez le camp.

— Oui.

Arlo leva à nouveau les mains.

— J'ai compris.

Il envisagea de faire encore une tentative, mais se dit qu'il valait mieux battre en retraite. Ils étaient pressés de résoudre cette affaire, mais faire tomber leur couverture n'était pas la meilleure option.

Avec un dernier regard au parking, Arlo se retourna pour rentrer dans le bar et tomba soudain sur le voyou qu'ils cherchaient, bloquant l'entrée.

Malgré le froid de l'automne, l'homme avait les bras nus, tatoués de haut en bas.

C'était une apparence voulue, comprit Arlo, destinée à inspirer la peur et l'obéissance. Heureusement pour lui, il n'était pas impressionné.

En voyant un air d'excitation passer sur le visage de l'homme, Arlo sentit son propre corps réagir. Il réfléchit à la suite.

Il était évident que le type le reconnaissait. L'avait-il identifié comme un flic ? Ou était-ce lié au fait qu'il escortait Kerrigan ? Était-elle la cible ? Mais dans ce cas, pourquoi ?

Arlo s'appuya au mur, tirant sur sa cigarette. Il avait une excuse pour être dehors, que cela plaise ou non à l'homme. Son instinct lui dictait d'attendre pour voir comment il pouvait jouer la chose. Il n'eut pas longtemps à attendre.

— Vous posez des questions dans mon bar ?

— Votre bar ?

Arlo prit une nouvelle bouffée de sa cigarette en prenant garde de ne pas souffler la fumée au visage du type.

— Il est à vous ?

— J'en suis responsable.

— Ce n'est pas la même chose.

— Votre jolie petite amie flic et vous, vous devriez cesser de poser des questions.

Il se sentit glacé devant cette double allusion et se décolla du mur.

— Ma petite amie et moi sommes venus nous amuser.

— Mais vous avez pourtant l'air d'attendre chez le dentiste.

Le type restait où il était, aussi immobile qu'une statue, mais toute son attitude était menaçante. Méchante.

— C'est intéressant à observer. Et vos verres à moitié pleins ne font que le confirmer.

Arlo sentit l'homme se rapprocher. Il se remémora rapidement les dernières heures, essayant d'identifier ce qu'ils avaient mal fait. Ils avaient ri et parlé, mais le type avait repéré leurs boissons, ce qui était une erreur.

Mais les questions ?

Arlo savait que l'homme n'était nulle part quand il avait questionné la serveuse. Alors comment l'avait-il su ?

— J'aurais cru que vous aimiez les questions. C'est bon pour les affaires quand les clients se donnent des frissons gratuits.

— Les gens ont la mémoire courte et la gorge assoiffée. Ils s'en fichent. Sauf les flics.

Ça recommençait. Cette allusion directe au fait qu'ils n'étaient pas un couple ordinaire.

Mais ce fut le déclic d'un cran d'arrêt que le type sortit de sa poche et pressa fermement entre ses côtes qui fit taire Arlo.

Tuer un flic donnerait une toute nouvelle dimension à l'affaire. Il n'y avait pas un flic à New York qui ne se mettrait en chasse si le type enfonçait ce couteau de quelques centimètres de plus dans la peau d'Arlo.

Mais sous cette pointe aiguë, il reconnut que s'il n'agissait pas rapidement, ce scénario était d'une probabilité effrayante.

Tia Lutz marchait d'un pas vif vers sa voiture tout en pestant contre elle-même. Elle avait assuré le déjeuner et accepté de servir à l'heure de l'apéritif. Elle avait presque fini ses heures quand elle avait eu le malheur de tomber sur eux.

Le joli couple aux yeux de lynx et aux questions pointues. Pourquoi diable posaient-ils des questions ? Et pourquoi se faisait-elle toujours avoir ?

Elle savait qu'il se passait de vilaines choses dans les bureaux. Elle l'avait su avant, quand la drogue entrait et sortait par la porte de service. Et malgré la façade de bons commerçants et de bons voisins qu'affichaient les nouveaux propriétaires, de vilaines choses continuaient de se passer.

Mais bon sang, elle avait besoin de ce boulot.

Se faire engager dans une boîte de nuit n'était pas facile, et elle avait besoin des pourboires. Quelque chose pour compenser les longues heures, les pieds douloureux, les mains baladeuses et les propositions suggestives.

Et elle savait qu'elle tenait quelque chose. Elle faisait profil bas, les yeux fixés sur son but. Un compte en banque qui grossissait, son seul recours pour sortir de cet enfer. Elle voulait une nouvelle vie, peut-être en Caroline du Sud ou du Nord, ou sur la côte du golfe du Mexique. Quelque part où il faisait chaud et beau, et où elle pourrait tout recommencer.

Elle était au bout du rouleau, et c'était son billet pour quitter New York.

Pour certains, c'était la ville de leurs rêves, mais pour elle c'était un cauchemar, avec les loyers élevés, les voisins bruyants et le coût croissant de la vie.

Elle allait mettre les voiles.

Tia chercha ses clés, effleurant de la main la carte de visite que le type avait glissée sous une serviette en papier. Elle ne voulait pas être vue avec, mais elle n'avait pas voulu non plus la laisser là. Elle lui jeta un coup d'œil et, comme elle l'avait deviné, le type était flic.

À dire vrai, elle était surprise qu'il ait laissé une carte. Pas très discret, non ? Donner sa carte de visite à la première venue ?

Pensait-il qu'elle était une proie facile ? Cela avait-il de l'importance ? Elle n'allait pas le moucharder, pas plus qu'elle ne moucharderait ses patrons. Tout ce qu'elle voulait, c'était faire profil bas, mettre de côté quelques milliers de dollars et s'en aller.

Elle se représenta la brise tiède de la Caroline sur son visage. Elle trouverait un petit appartement et un bon emploi de serveuse et entamerait une nouvelle vie.

Une vie agréable.

Le ciel bleu à l'esprit, elle ouvrit sa portière et se glissa à l'intérieur. Elle verrouilla rapidement les portières et enfonça la clé dans le contact.

— Bon sang ! jura-t-elle, lorsque le moteur toussota.

Des larmes s'accumulèrent dans ses yeux, et elle se vit payant une facture de garagiste au lieu d'économiser pour s'installer sous des cieux plus cléments. N'était-ce pas toujours pareil ? Deux pas en avant et dix en arrière ? Poussant un gros soupir, elle fit une nouvelle tentative, ordonnant au moteur de démarrer.

Un grondement remplit la voiture, accompagné d'une odeur d'essence. Une larme solitaire tomba lorsque le moteur démarra enfin.

— Yes !

Essuyant ses larmes, elle passa une vitesse tout en abaissant le frein à main. Un étrange grincement se fit entendre. Ça, c'était nouveau. Et alors qu'elle s'imaginait forcée d'aller au garage en fin de compte, un énorme bruit d'explosion emplit l'air, et la voiture vola en éclats.

Kerrigan réprima un élan de colère en marchant vers le fond du bar. Elle ignora le panneau « Personnel autorisé », et garda le cap, car elle savait où se trouvait Arlo.

L'endroit dont il avait évité de lui parler et dont il n'avait pas suggéré qu'ils y aillent ensemble. Ensemble. Comme de vrais partenaires.

Elle fut d'autant plus surprise quand, en franchissant la porte en trombe, elle faillit heurter une haute silhouette.

Elle fit un pas de côté mais, en apercevant Arlo de l'autre côté du mastodonte, elle entra immédiatement en action.

Arlo, profitant de son arrivée, se jeta sur l'homme. Elle n'en voyait pas, mais elle supposa qu'il y avait une arme, et elle profita de l'attaque d'Arlo et de sa position pour tenter une clé de bras.

La position était malcommode et impossible à tenir, mais ce fut juste assez pour donner à Arlo une liberté de mouvement supplémentaire. Il asséna son poing dans le ventre du type, puis balaya l'air, délogeant un couteau qui vola au loin.

L'homme auquel elle s'accrochait comme un singe recula, l'écrasant contre la porte. Elle vit des étoiles quand sa tête heurta le bois, et elle sentit qu'elle lâchait prise. Il fallait qu'elle s'accroche, se dit-elle, mais elle céda tout de même.

De toute façon, cela n'avait plus d'importance, car Arlo fonça sur le colosse comme un taureau, et les deux hommes roulèrent au sol dans une bagarre ouverte.

Kerrigan entendit un cri venant du parking, et elle recula un peu, cherchant où s'asseoir pour récupérer une vision normale.

Deux jeunes hommes arrivèrent en courant et entreprirent de séparer Arlo et le cogneur. Elle se demanda comment jouer cela.

Devaient-ils renoncer à leur stratagème et sortir leurs badges ? Bien qu'elle lui en veuille d'être parti sans elle, elle était disposée à laisser Arlo mener les choses à bien.

Mais si le voyou l'attaquait à nouveau, rien n'irait plus.

La jupe qu'elle portait n'était pas faite pour les grands gestes, mais elle lui donnait suffisamment d'amplitude. Aussi écarta-t-elle les pieds, prête à bondir à nouveau.

Ella avait encore mal à l'arrière de la tête, mais sa vision n'était plus obscurcie, et elle était prête en entrer en scène.

Arlo essuya le sang sur sa lèvre, mais il avait cessé de se battre, et le voiturier qui le tenait baissa les bras. Le voyou se débattait toujours, et Kerrigan vit l'homme qui le retenait lui murmurer quelque chose à l'oreille.

Quoi que ce soit, cela eut pour effet de calmer l'homme. Il cessa de remuer, même si son corps était encore tendu comme celui d'un animal prêt à bondir. Il cracha un jet de sang.

— Vous pouvez me dire ce que vous faites ici ?

— Je suis sorti taper une clope.

Arlo se redressa de toute sa hauteur avec un regard menaçant. Le bleu insondable de ses yeux, normalement brillant d'humour, était devenu d'une couleur terne et glaciale qui fit frissonner Kerrigan.

Était-ce bien Arlo ? C'était un côté de lui qu'elle ne connaissait pas. Elle aurait dû s'y attendre. Il était flic, mais elle n'avait jamais envisagé qu'il ait un côté aussi effrayant.

— Une clope ? Mais oui, bien sûr.

Les poings du voyou étaient serrés contre ses flancs, mais il ne fit pas mine de frapper à nouveau.

— Vous posez des questions sur des choses qui ne vous regardent pas.

— Et vous avez dévisagé ma petite amie, je veux savoir pourquoi.

— Je dévisageais un flic.

Le type jeta un coup d'œil par-dessus son épaule, et son regard immonde se posa sur elle.

— Deux flics.

Kerrigan feignit la surprise, mais Arlo ne fléchit pas.

— Prouvez-le.

Ces paroles – en partie défi, en partie menace – planèrent dans l'air, et Kerrigan faillit sortir son badge, désireuse de mettre un terme à tout ça, lorsqu'un fort bruit d'explosion déchira l'air.

Tout le monde regarda dans la direction du bruit, et au loin, visible au-delà du grillage entourant le parking, une boule de feu s'éleva dans le ciel.

14

Arlo s'empara de la main de Kerrigan et tous deux traversèrent le bar en courant pour ressortir dans la rue. Quoi qu'il se passe, ils seraient les premiers sur la scène. Leur camouflage étant de toute façon tombé, autant se rendre utiles.

Il prit son téléphone pour signaler ce qui s'était passé, mais Kerrigan l'avait devancé.

— Au centre de Sunset Bay, dit-elle au téléphone. À l'intersection de la Quatrième et de Bay. Une voiture a explosé.

Elle accéléra à ses côtés, ses longues jambes parcourant le trottoir en talons hauts. Il l'avait vue prendre un coup quand l'abruti du bar l'avait repoussée, et elle devait avoir mal.

— Ça va, toi ?

— On s'en inquiétera plus tard.

Elle se mit à courir le long du dernier pâté d'immeubles en voyant la voiture fumante, brûlant toujours à l'avant, le capot soufflé par l'explosion.

Une foule avait déjà commencé à se former. Arlo se fraya un passage au milieu des gens, badge en main. Un bruit de sirènes s'éleva au loin, mais ce fut le petit cri de Kerrigan qui retint son attention.

— Arlo ! C'est notre serveuse !

La femme était bizarrement enfoncée dans son siège, et Kerrigan et lui se mirent immédiatement au travail. Il ouvrit la portière conducteur en se protégeant les mains avec sa veste, tandis que Kerrigan défaisait la ceinture de sécurité.

— Vous m'entendez ? Nous allons vous sortir de là.

Du sang coulait d'une blessure que la victime avait à la racine des cheveux, et son visage était couvert de suie. Le verre brisé du pare-brise recouvrait l'habitacle et le corps de la femme, reflétant la lumière du plafonnier allumé. Kerrigan en brossa les morceaux.

Arlo aida Kerrigan à l'extraire de son siège, et la prit dans ses bras. Il l'avait déjà trouvée douloureusement mince, lorsqu'elle les servait, mais en la soulevant, il sentit combien elle était menue et légère.

Qui lui avait fait cela ? Et que se passait-il exactement ? Kerrigan et lui n'avaient posé que quelques questions, rien de plus. Soudain il y avait des voyous armés de couteaux, des voituriers terrifiés et une serveuse victime d'une bombe ?

Qui diable avait les moyens d'agir ainsi ? Et aussi vite ?

Après avoir vérifié son pouls, Kerrigan se mit à parler à la femme. Elle n'obtint aucune réponse, mais les paupières veinées de bleu frémirent plusieurs fois.

Le hurlement des sirènes se rapprochait. Quelques agents en tenue avaient déjà été envoyés sur zone pour aider à contenir la foule et ouvrir une voie à l'ambulance.

— Quel est votre nom ?

Kerrigan parlait doucement à la femme en lui caressant la main. Les paupières battirent et s'ouvrirent brièvement.

— Tia.

— Tia, nous sommes là pour vous aider. Tenez bon.

— Le ciel bleu, bredouilla Tia d'une voix inégale. J'allais... j'économisais...

— Je sais, nous rêvons tous de vacances.

— Non.

C'était un non ferme.

— J'allais déménager. J'avais juste… juste besoin… d'assez d'argent.

— Pourquoi vouliez-vous déménager ?

— Loin. Je voulais… partir loin de tout ça.

— De tout quoi ?

— Loin…

La voix de la femme s'éteignit, et Arlo comprit qu'ils l'avaient perdue.

Kerrigan leva les yeux vers lui.

— Encore une, dit-elle d'une voix étranglée. Tout ce que nous avons fait, c'est poser quelques questions. C'est une campagne de terreur.

— Oui, en effet.

— Mais c'est nous qui avons posé les questions. C'est à cause de nous qu'elle est morte, Arlo.

Il voulut la contredire, mais les secouristes accouraient et, passant entre eux, s'occupèrent de Tia.

— Elle est partie. Nous l'avons sortie de la voiture et allongée. Elle nous a parlé.

L'un des ambulanciers aboya une série de questions, et Kerrigan y répondit sans exception.

Tandis qu'il se tenait là, l'observant, Arlo comprit quelque chose. Il y avait des affaires, dans la vie d'un flic, qui laissaient des marques irrévocables. En écoutant les réponses que Kerrigan faisait aux secouristes, il comprit que cette affaire laisserait pour toujours des traces sur elle.

Kerrigan contempla la silhouette recouverte d'un drap sur la civière et se rejoua mentalement la soirée. Ils n'auraient pas dû être là. Il n'aurait pas dû y avoir une bombe sous une voiture au milieu de Sunset Bay. Et la femme sous ce drap n'aurait pas dû être morte.

Tia Lutz.

Ils avaient identifié ses empreintes à partir d'une accusation de possession de stupéfiants quand elle avait dix-huit ans. Kerrigan n'avait pas eu l'impression qu'elle consommait de drogue, mais c'était sans doute ce qui avait scellé son destin.

Le destin auquel elle cherchait à échapper.

« Ciel bleu. »

« J'allais... j'économisais... »

« Juste... juste assez... d'argent. »

Ces paroles la hanteraient pour toujours. Pourquoi cette femme avait-elle été prise pour cible ?

Kerrigan était assise sur le hayon de l'ambulance, se soumettant à des tests pour diagnostiquer une éventuelle commotion. Les pulsations de sa tête ne s'étaient pas calmées, mais elles entraient et sortaient de sa conscience. Elle les aurait oubliées si Arlo n'avait pas insisté pour qu'on l'examine. Et puis elle savait qu'un examen était inévitable si elle voulait effectuer sa prochaine plongée.

— Vous avez de la chance, madame. On dirait que vous n'allez avoir qu'une mauvaise migraine. Je ne vois aucun signe de commotion, mais il faudra vous faire examiner dans un ou deux jours pour en être absolument sûr.

— Merci.

Et voilà que sa prochaine plongée s'évanouissait. Elle devrait manœuvrer le Zodiac ou se tenir sur le pont jusqu'à ce qu'elle soit réautorisée à plonger.

Elle les remercia et retourna vers la patrouille de déminage.

Elle avait déjà rencontré le lieutenant Rhodes, quand son équipe et lui s'étaient occupés d'un engin remonté des eaux du port. Sa peau noire portait des stigmates d'épuisement, avec des rides autour des yeux et sur le front, mais ses yeux marron foncé étaient pleins d'empathie et de délicatesse.

— Une bombe rudimentaire mais efficace. Elle a été placée sous le châssis et bricolée pour exploser au démarrage.

— Qui saurait faire ça ?

Kerrigan avait du mal à comprendre comment on pouvait faire ça dans une rue animée, pleine de gens à tout moment.

— Bien trop de gens, j'en ai peur. C'est plutôt simple à fabriquer, et ça peut être fait avec des outils courants.

— On peut vérifier les caméras des commerces et des immeubles, suggéra Arlo.

— Faites ça. Mais c'était une tâche rapide, et en se baissant il n'était pas difficile de ne pas se faire voir.

Rhodes s'accroupit et désigna quelques points.

— Ils ont dû le réaliser en moins de trente secondes. Ils devaient juste passer derrière la roue avant gauche pour brancher le truc.

Quand il s'éloigna, Arlo se tourna vers Kerrigan.

— Qu'ont dit les secouristes ?

— Ils ne pensent pas que c'est une commotion. Je dois être à nouveau examinée dans quarante-huit heures, mais je crois que ça va.

— Le médecin le confirmera.

— Oui, Arlo. La décision doit être prise par quelqu'un d'autre.

La réponse avait claqué, acide à souhait, et elle vit qu'elle avait touché la corde sensible. La colère d'Arlo monta et ses yeux s'obscurcirent avant qu'il ne se reprenne.

— N'y manque pas.

— Je vais visionner les vidéos. Je te vois plus tard.

— Kerrigan...

Il s'interrompit quand elle se retourna vers lui.

— Quoi, Arlo ? Il faut qu'on se mette au boulot aussi vite que possible. Je prends ce côté de la rue, tu prends l'autre. On le fera en un rien de temps.

Quoi qu'il fût sur le point de dire, il parut changer d'avis. Sans un mot de plus, il tourna les talons et traversa la rue.

Kerrigan retira ses vêtements avec dégoût et entra dans la douche. Elle avait déjà un mug de thé fumant sur le lavabo, et elle songea qu'il serait à la bonne température quand elle aurait fini de se débarrasser de la crasse de la nuit.

En revanche, il lui serait impossible de se débarrasser de sa honte et de sa culpabilité à l'égard de Tia Lutz.

Elle avait rendu visite aux commerces du côté nord de la rue. Une épicerie, un nettoyage à sec et une agence bancaire étaient les plus proches de la voiture de Tia. Le propriétaire de l'épicerie avait été prompt à obtempérer, et elle avait averti les autres qu'elle repasserait le lendemain.

Qui avait pu faire ça à Tia ? La question la hanta tandis qu'elle se shampouinait, puis appliquait un démêlant avant de rincer le tout.

Était-ce arrivé à cause de leurs questions ? Encore maintenant, elle se rappelait l'expression hantée des yeux de la jeune femme quand, dans les toilettes, elle l'avait avertie de ne pas fouiner.

Ce qui n'allait pas, c'était la vitesse à laquelle tout cela s'était déroulé : Arlo avait posé une question à la jeune femme. Puis il y avait eu leur conversation dans les toilettes.

Quelqu'un les avait-il entendues ? Les toilettes étaient-elles sur écoute ? Tia le pensait visiblement puisqu'elle avait ouvert les robinets des deux lavabos.

Bien qu'une part d'elle n'ait qu'une envie, oublier la soirée, elle était impatiente de regarder les vidéos de l'épicerie. Après s'être séchée et avoir bu son thé, elle s'assit à son ordinateur et téléchargea les vidéos.

Elle commença par le matin, accélérant rapidement jusqu'à ce qu'elle voie Tina se garer. L'image était granuleuse et il était difficile de distinguer les détails, mais elle avait une bonne vue de la voiture et de Tia qui en sortait.

La vue au sol n'était pas très bonne. D'après la description du lieutenant Rhodes – quelqu'un avait dû s'allonger au sol et passer derrière la roue côté conducteur –, Kerrigan pensait improbable de voir celui qui avait posé la bombe. Mais...

Elle continua de faire défiler la vidéo. C'était une tâche

fastidieuse, mais elle n'accélérait pas trop pour ne manquer aucun détail. Elle se basait sur l'hypothèse que Tia n'était pas devenue une cible avant de leur avoir parlé, à Arlo et elle, et que la scène importante se situait plus tard.

Le minutage continuait de la contrarier. Ils n'avaient tout simplement pas eu assez de contacts avec elle pour faire d'elle une cible. Tout en se posant la question, elle comprit que c'était peut-être une illusion. Celui ou celle qui dirigeait ça en coulisses exigeait une obéissance absolue. La seule manière de faire ça était de prendre des décisions rapides.

Impulsives.

Cette idée lui revint en tête. Il y avait de la témérité dans ce qui se passait. Et qui semblait se résumer à un manque de contrôle des impulsions.

Acheter un bateau de luxe non enregistré ? Tuer ses hommes de main puis incendier et faire sombrer l'embarcation ? Envoyer des types suivre les flics, puis engager un tireur embusqué pour les descendre ? Voir une serveuse faire face à des questions curieuses et l'éliminer avec une bombe ?

C'étaient des réactions disproportionnées à l'égard de la situation. Des réactions qui hurlaient : « Regardez-moi », « Regardez ce que je peux faire », et « Ne vous avisez pas de me doubler. »

Un coup à la porte la tira de ses pensées, et elle sentit son cœur faire un bond. Elle savait que c'était Arlo, malgré la colère qu'elle éprouvait toujours vis-à-vis de lui.

Il était sorti derrière le bar, sans rien d'autre qu'un texto délibérément vague. Il ne lui avait pas fallu longtemps pour deviner la chose, et elle avait laissé des billets sur la table, sachant intuitivement qu'ils ne reviendraient pas s'asseoir.

Mais cela l'avait laissée avec le sentiment accablant que peu importe ce qu'elle faisait ou comment, il ne la voyait pas comme son égale dans cette affaire. Il ne se préoccupait que des risques pour elle.

Ce qu'il ne semblait pas comprendre, c'était qu'en tant que coéquipier, ne pas lui faire confiance le mettait aussi en danger. Ils devaient affronter cela ensemble. Ou bien elle finirait par demander d'être retirée de l'affaire.

Cela lui faisait de la peine de penser ainsi, mais quelle autre option avait-elle ? Il ne lui faisait pas confiance pour couvrir ses arrières, et à cause de ça, le voyou lui avait sauté dessus.

Elle alla à la porte et regarda par le judas. C'était bien lui de l'autre côté de la porte. Elle lui ouvrit et le dévisagea.

— Qu'est-ce que tu veux, Arlo ?

Que voulait-il ?

Cette question l'avait hanté tout le trajet jusque chez elle. En fait, elle le hantait depuis l'instant où il l'avait vue se dépouiller de sa combinaison sous une pluie battante.

Il la désirait.

Et cela nuisait à son esprit, à sa logique et, surtout, à elle. À sa carrière et à sa sécurité, oui. Mais par-dessus tout, à sa confiance.

Il s'était montré un mauvais collègue, ce soir. Pire, il avait trahi sa confiance en lui parce qu'il n'arrivait pas à sortir de sa tête et à changer de voie.

— Puis-je entrer ?

Elle recula d'un pas pour le laisser pénétrer dans l'appartement, et il attendit qu'elle referme la porte derrière lui.

— Il faut que je te parle.

— Oh ? Tu veux me parler maintenant ? C'est un peu fort. Après m'avoir menti, avoir omis de m'informer et t'être mis dans un danger terrible ? Maintenant, tu veux me parler ?

— J'ai commis une erreur.

— Non, Arlo. Tu n'as pas cessé de commettre la même erreur. Ce n'est pas du tout une erreur. C'est un comportement délibéré.

— Ce n'est pas contre toi.

— Alors contre qui est-ce ? La pauvre femme que nous avons tirée de sa voiture ? Le voyou qui a essayé de te suriner ? Qui, Arlo ?

Elle avait raison. Il les avait mis tous deux en danger, et il l'avait affreusement trahie.

— Je voulais te protéger.

— Ce n'est pas ton boulot.

— Je suis ton coéquipier !

— Oui. Tout comme Jayden, Gavin ou d'autres sont mes coéquipiers. Nous nous faisons confiance et nous suivons les règles établies pour nous protéger. Aucun de nous ne se rebelle pour satisfaire le besoin de jouer aux cow-boys.

— Il ne s'agit pas de jouer au cow-boy ou de me rebeller.

— Alors de quoi s'agit-il ?

— Je ne veux pas qu'il t'arrive quoi que ce soit !

Il fourragea dans ses cheveux, tandis que les vieux souvenirs lui revenaient, lui coupant presque le souffle.

— J'ai été dans ta position, d'accord ? Je connais les risques pour toi parce que je les ai pris.

— Pris quels risques ? Et que veux-tu dire par « pour moi » ? Je suis flic, Arlo. Ce métier comporte des risques inhérents.

Elle plissait les yeux, mais sa voix s'était adoucie.

— Alors de quoi est-ce que tu parles ?

— De ma première affaire. Il y a longtemps.

Encore maintenant, il en revoyait les images. L'entrepôt glacial. La sensation de l'adhésif sur ses poignets. La conviction qu'il était tombé dans quelque chose dont il ne sortirait pas.

Il avait passé beaucoup de temps au fil des ans à essayer de l'oublier. Il avait analysé ses erreurs en long et en large et s'était efforcé de les corriger méthodiquement.

C'était pour ça qu'il était si compétent dans son métier. Il travaillait plus dur et plus intelligemment que quiconque parce qu'il y avait eu une époque où il n'avait fait ni l'un ni l'autre.

— Arlo, de quoi est-ce que tu parles ?

Bien qu'il évite en général de noyer ses souvenirs dans l'alcool, cela avait été une longue journée.

— Tu as quelque chose à boire ?

— Du vin, du whisky ?

— Du whisky, ce serait bien.

Elle hocha la tête, se rendit dans la cuisine et fouilla dans les placards avant de revenir avec un verre. Elle avait apparemment compris son besoin, car il contenait bien plus que deux doigts de whisky. Ce fut assez pour lui humecter la gorge et lui donner le courage de poursuivre tandis qu'ils s'asseyaient sur le canapé.

Elle le mérite.

Cette pensée murmura dans son esprit, et il comprit que c'était la vérité. Elle le méritait en tant qu'amie et en tant que collègue. Plus encore parce qu'elle lui avait raconté ses problèmes de carrière. Ne lui devait-il pas la même honnêteté ?

Il prit une gorgée d'alcool, le sentant lui brûler la gorge, et il entama son histoire.

— Ma première grosse affaire était en collaboration avec les Mœurs. Il s'agissait de démanteler un réseau de prostitution et de trafic d'êtres humains.

— Quels débuts !

— J'avais gagné le droit d'y participer en faisant des heures supplémentaires le soir et en posant des questions aux filles quand j'étais flic de terrain.

— Elles te faisaient confiance ? C'est très significatif.

— Quelques-unes, oui. Elles savaient que je faisais attention à elles. J'en ai protégé quelques-unes en dehors du service, et elles m'ont accordé leur confiance.

— Ce n'est pas exactement autorisé, Arlo.

Non, en effet. C'était même l'inverse.

— Je sais. Mais je pensais que c'était pour la bonne cause, alors je l'ai fait.

— Que s'est-il passé ?

— L'une des filles à qui j'avais offert ma protection… Elle

s'appelait Gabrielle. Elle m'a donné quelques détails sur une nouvelle cargaison de filles destinées à la prostitution. Elle ne savait pas grand-chose, mais ce qu'elle savait correspondait aux rumeurs que l'inspecteur sur l'affaire avait déjà, et elle a pu nous donner une date. Alors nous avons monté l'opération et nous lui avons promis de la protéger.

Encore aujourd'hui, il revoyait clairement la situation. Ses yeux pleins d'espoir dans un visage dont la beauté s'était depuis longtemps évanouie. Sa conviction qu'il s'efforçait vraiment de les aider, elle et ses amies. Et qu'il ferait en sorte de sauver d'autres filles avant qu'il ne soit trop tard pour elles aussi.

Il l'avait cru aussi.

Et au bout du compte il avait trop compté sur ces informations et ne s'était pas assez intéressé au maquereau qui avait eu vent que l'une de ses filles parlait.

— Mais nous ne l'avons pas protégée. J'ai marché tout droit dans un piège. Elle était déjà morte après avoir été torturée, et les trafiquants qui commandaient à son maquereau m'attendaient.

Kerrigan était restée silencieuse durant son récit, ses yeux tels deux grands lacs d'empathie. Malgré sa colère, elle se pencha en avant et posa une main sur la sienne.

— Comment t'en es-tu sorti ?

— Il y avait suffisamment de rumeurs pour qu'elles reviennent aux oreilles d'un policier des Mœurs infiltré. Il ne travaillait pas directement sur l'affaire, mais il était au courant de l'opération qu'on préparait, et il a pu appeler des renforts. À deux heures près, j'y passais.

Elle hocha la tête, serrant sa main.

— Je suis désolée.

— Je la revois encore. Gabrielle...

Il avait depuis longtemps cessé de se dire qu'il oublierait son image, son corps jeté comme un déchet sur le plancher de l'entrepôt dans lequel il était détenu. Il la voyait dans ses rêves, et il la voyait chaque fois qu'il partait en opération.

— Certaines affaires sont plus dures que d'autres. Elles demandent davantage de toi, dit Kerrigan.

— J'étais responsable d'elle. Je l'ai poussée à me faire confiance pour emporter le morceau. Pour gagner cette affaire.

— Ce n'est pas toi qui lui as fait ça, Arlo.

— Tu vas me dire que tu ne ressens pas la même chose à propos de Tia ?

C'était un coup bas, mais cela n'arrêta pas Arlo. Parce que oui, il y avait des affaires plus dures que d'autres. Et puis il y avait celles dont on se sentait responsable.

— Tu te sers de ce qui s'est passé pour m'attaquer ?

— Je soulève un point important. Tu te sens responsable.

— Je *suis* responsable. Toi aussi.

— Non, Kerrigan. Les gens qui lui ont fait ça, ce sont eux les responsables. N'oublie pas cette perspective.

Elle s'adossa au canapé, lui lâchant la main.

— Ça recommence, tu continues de me protéger.

— Non, je te dis la vérité.

— Pas du tout. Tu me racontes une partie de la vérité pour m'obliger à reculer. Pour que je cesse d'éprouver ce que j'éprouve quand je fais ce métier. Tu te sers de ma douleur.

Elle se leva et lui tourna le dos d'un geste brusque.

La femme qui lui avait ouvert la porte, fraîchement douchée et les cheveux enroulés sur sa tête, avait changé. Elle s'était transformée en déesse vengeresse. Le rouge lui était monté aux joues et ses cheveux, qui avaient séché pendant qu'ils parlaient, encadraient son visage de boucles souples.

— Je ne me sers de rien du tout.

— Bien sûr que si. Tu le fais depuis le début. Me protéger. Me cacher les recherches que tu fais sur la famille Gentry. Confronter le voyou du bar. Tu n'arrêtes pas de le faire.

Elle avait raison. Arlo le savait au fond de son âme. Et il n'avait pas pu s'arrêter.

— Je ne veux pas que tu sois blessée.

— Alors c'est mieux de saboter ce que je fais ? De me mettre dans une position où je suis inconsciente du danger et où je ne peux pas me protéger ? Sans savoir ce qu'il se passe ? En quoi est-ce me protéger ?

— J'allais m'en occuper. Tu n'aurais jamais été en danger.

— Flash info, Arlo ! Nous sommes tous deux en danger. Chaque fois que nous mettons notre badge et sortons travailler, nous sommes des cibles. La seule protection que nous ayons est notre entraînement et notre solidarité.

Il était là, son verre vide à la main, incapable de faire autre chose que la dévisager. Et reconnaître ce qu'il avait fait tout du long.

— Je t'aime.

Kerrigan s'était approchée à grands pas du réfrigérateur, et elle se retourna à ces mots, des bouteilles d'eau dans les mains.

— Tu quoi ?

— Je t'aime.

Elle le fixa de longues secondes.

Il eut le sentiment qu'elle s'efforçait de surmonter quelque chose, mais il ne put déterminer ce que c'était. L'avait-il surprise ? Énervée ? Ou blessée parce que chacun de ses actes démentait ce qu'il prétendait ressentir ?

— C'est ton excuse ?

— Oui. C'est une piètre excuse, pour toutes les raisons que tu as dites. Si je t'aime, te garder dans le noir est la pire chose que je puisse faire.

— Alors pourquoi l'as-tu fait ?

— Tout ça est nouveau pour moi.

— Et saboter notre collaboration est la réponse ?

— Non, ce n'est pas ça !

Comment pouvait-il lui faire comprendre ? Cette terreur de la perdre qu'il n'avait jamais ressentie. Cela obscurcissait son jugement, depuis le début.

Il devait essayer de s'expliquer. *Aimer* était un mot puissant, mais il ne signifiait rien sans action. Il signifiait encore moins si l'on n'était pas prêt à dire la vérité.

Voulait-il rester sur la même voie ? Était-il résolu à blesser quelqu'un qu'il aimait parce qu'il refusait de changer de cap ?

15

Cette dispute avec Arlo faisait tourner la tête de Kerrigan. Et cela n'avait rien à voir avec le coup qu'elle avait reçu.

Il l'aimait ? Il était amoureux d'elle ?

Pourquoi ces simples mots pesaient-ils comme une enclume sur sa poitrine ? Elle ne pouvait pas les laisser l'influencer. Pas à ce stade. Il devait comprendre que lui dire qu'il l'aimait ne pouvait pas se substituer à des actes.

Bien que cela compte. Qu'il l'aime.

— Ce n'est pas du sabotage, Kerrigan.

Il s'était levé et approché d'elle, lui prenant les bouteilles d'eau pour les poser sur le plan de travail. Son studio était petit, mais il ne lui avait jamais paru aussi étroit. Arlo occupait son espace. C'était à la fois délicieux et bouleversant. Cela ne servait qu'à accroître sa colère.

— Ne joue pas avec mes émotions.

— Je ne le fais pas. J'essaie de garder les miennes sous contrôle. J'ai...

Une émotion brute se lisait sur le visage d'Arlo, faite de désir et de confusion.

— Je ne sais pas ce que je fais, dit-il finalement.

— Moi non plus.

— Mais je peux te promettre que ce n'est pas pour te déstabiliser ou te mettre en danger. C'est juste que je ne pouvais faire abstraction de ce type. Quand il t'a frappée...

Arlo tendit la main et repoussa doucement ses cheveux avant de poser le bout des doigts sur son crâne.

— Il t'a blessée.

— Oui.

Elle tendit aussi la main pour la poser sur la poitrine d'Arlo.

— Je vais bien. Il a failli te faire du mal aussi. Je frémis rien que de penser à ce qui aurait pu t'arriver.

— J'y travaillais.

— Oui, avec un couteau entre les côtes...

Elle s'arrêta, déterminée à faire valoir son point de vue.

— Je peux m'occuper de moi. Dans cette situation et dans toute autre vers laquelle me porte ma formation.

— Je sais que tu le peux. Et je sais que tu le fais. Tu plonges dans les eaux de New York, si ça ne demande pas un sérieux courage, je ne sais pas ce qui le fait.

— Alors tu vas cesser de me mettre des bâtons dans les roues ?

— Oui.

— Et tu vas arrêter avec ce ridicule besoin de me protéger ?

— Je... Je vais cesser de t'écarter. Je ne m'excuserai pas de vouloir veiller à ta sécurité. Et ce n'est pas ridicule.

— Mais tu ne te mettras plus en travers de mon chemin ?

— Non.

Ils restèrent immobiles un long moment, absorbés l'un par l'autre et pourtant effrayés d'avancer ou de reculer.

Et en l'espace de quelques secondes, elle sut qu'elle l'aimait aussi. Ce n'était pas quelque chose qu'elle pouvait encore mettre en mots, mais feindre qu'elle n'éprouvait rien n'était plus possible.

— Reste.

Cette demande lui échappa, aussi puissante qu'une bombe.

Ses sourcils se haussèrent au-dessus de ses splendides yeux bleu azur, mais elle y lut une note distincte de désir.

— Je ne suis pas venu coucher avec toi.

— Je sais.

— Et j'ai beaucoup à me faire pardonner.

— En effet.

— Alors pourquoi...

Il s'interrompit, car la question était claire.

— Parce que j'ai envie de toi. Ça n'a rien à voir avec le fait que je t'en veuille ou que j'attende davantage de toi. Je veux être avec toi, et après ce que nous avons vécu aujourd'hui, je ne vois aucune raison de continuer à nier ce fait.

Au bout du compte, reconnut Kerrigan, c'était aussi simple que ça. Et en lui tendant ses lèvres, pour le rencontrer là où ils seraient enfin en accord, elle s'abandonna à ce qu'elle désirait. Et à la promesse qui s'étendait devant eux.

Arlo ne savait pas bien comment il était passé d'un rappel à l'ordre justifié à un baiser, mais il n'était pas près de laisser passer une telle opportunité. Il désirait Kerrigan avec une ardeur inconnue de lui jusque-là.

Et il l'aimait, cela il le savait. Mais il la respectait, aussi. Il respectait sa personnalité, ses opinions et son refus de le laisser s'en sortir sans assumer ses actes.

Il lui avait causé du tort. Il les avait mis en danger avec son expédition en solo, et il l'avait payé d'un couteau entre les côtes. Et pourtant, elle arrivait à séparer sa colère de ses sentiments pour lui. C'était d'une générosité incroyable, et cela transformait le désir qui pulsait entre eux en quelque chose de rare. De spécial. Et de tellement doux.

Sans cesser de l'embrasser, il les fit avancer dans le salon. La causeuse où il lui avait avoué ses sentiments l'appelait, mais elle l'arrêta.

— J'ai un lit escamotable. Aide-moi à le descendre. C'est plus confortable qu'un canapé.

Il ne put retenir un sourire.

— Ça n'a pas l'air si mal.

— Tu n'es pas exactement petit, et moi non plus.

Elle lui piqua un baiser sur la mâchoire.

— Je préfère avoir de la place pour m'étaler.

— Quand tu le dis comme ça...

Elle le gratifia d'un autre baiser avant de lui montrer les poignées pour tirer le lit. Celui-ci s'ouvrit sans accroc et, en quelques instants, elle lissa les draps et déposa des oreillers.

— C'est génial.

— Tu n'avais jamais vu de lit escamotable ?

— Pas dans la vraie vie.

— Ravie d'avoir pu faire ton éducation.

Il lui passa les bras autour de la taille, l'attirant contre lui.

— Sur beaucoup de choses, ce soir.

Un petit gémissement lui échappa lorsqu'il l'embrassa à nouveau, posant une main au creux de ses reins tandis que l'autre s'égarait sur son corps. La robe de chambre qu'elle portait tomba très vite, et il recula pour la contempler.

Il savait à quoi elle ressemblait et connaissait la force innée de son corps souple et mince. Pourtant, en fixant ces seins hauts et fermes, cette taille de guêpe et ces longues, longues jambes, il reprit son souffle.

— Mon Dieu, tu es si belle.

— Je me sens belle. C'est toi qui me fais me sentir belle.

Elle se pencha en avant pour défaire les boutons de sa chemise.

Des minutes s'écoulèrent l'une après l'autre, comme s'ils étaient seuls au monde. Arlo sentit ses mains glisser sur sa poitrine quand elle eut fini de déboutonner sa chemise, avant de cheminer plus bas, vers son ventre.

Ses muscles frémirent sous sa caresse, mais ce furent ses gestes habiles, une main s'introduisant sous sa ceinture, qui le firent inspirer fortement.

— Tentatrice.

— Eh bien, merci. Tu es assez tentateur toi-même.

Ses yeux brillaient sous ses cils.

Bien qu'il éprouve un désir désespéré d'elle, il était résolu à faire durer le moment. Non seulement pour le rendre mémorable, mais pour s'assurer qu'ils laisseraient leur marque l'un sur l'autre. C'était presque animal, ce besoin sauvage, indompté qu'il avait d'elle.

S'abandonnant à son désir, il glissa les mains sur ses hanches avant d'agripper le tissu de son débardeur et de le faire passer par-dessus sa tête. Il s'attaqua ensuite à son boxer, le retirant tout aussi vite.

Alors il prit ses seins dans ses mains, les pouces caressant ses mamelons. Cela lui arracha un autre gémissement, et il baissa la tête, déposant des baisers tout le long de son cou.

Une légère pellicule de sueur couvrait sa peau, et il en savoura le goût salé, contrastant avec les notes florales de son savon. C'était une fête de tous les sens, se dit-il, et il l'allongea sur le lit, remplaçant ses mains par sa bouche. Et en glissant un mamelon durci dans sa bouche, en le caressant de la langue, il connut une profonde satisfaction.

Kerrigan se tortilla sous lui, et cela le poussa à continuer son chemin le long de son corps. Il lécha les creux de son ventre, la petite grotte de son nombril, avant de poursuivre. Et il sentit son propre corps réagir lorsqu'il entendit ses halètements et que sa bouche se referma sur sa partie la plus intime.

Elle serra légèrement les cuisses comme pour résister, puis parut s'abandonner et accueillir le plaisir. Et Arlo but à satiété.

Son besoin d'elle était dévorant, et l'ouverture de sa sensualité l'émerveillait au-delà de tout. Elle était tout entière dans le moment, son corps montant de plus en plus haut, et il sentit l'instant où elle parvint au sommet avec un doux cri.

— Arlo !

C'était un appel irrésistible, et il remonta, voyageant sur sa peau, pour la prendre dans ses bras et la serrer contre lui.

Et lorsqu'elle lui sourit avec des yeux d'un noir insondable, il sentit une espèce de triomphe l'envahir. Le plaisir partagé. Un désir liquide qui allait de l'un à l'autre.

— Je crois que vous êtes trop habillé, inspecteur.

Il jeta un coup d'œil à sa tenue. Sa chemise pendait de ses épaules et son pantalon était ouvert à la taille.

— On va y remédier.

Quelque chose étincela dans les profondeurs de son regard, et elle se dressa au-dessus de lui, jetant une jambe en travers de sa taille.

— Pas plus tard que tout de suite.

Kerrigan était stupéfaite d'avoir récupéré assez d'énergie pour grimper sur le corps d'Arlo et s'adonner à la délicieuse tâche de le déshabiller. Mais elle se considérait comme une fille entreprenante. Pas question d'écourter ce qui avait débuté comme une tornade. Même si cet homme l'avait fait voler en éclats avec ses lèvres ingénieuses.

Il se redressa et l'aida à retirer les manches de sa chemise, avant de se rallonger. Elle se fraya un chemin le long de son corps, repoussant ses jambes de pantalon et laissant tomber le vêtement sur le plancher à côté du lit.

L'émerveillement qu'il arborait quand il l'avait regardée la remplissait à présent, tandis qu'elle contemplait les lignes dures de son corps.

Elle faisait un métier physique, avec des collègues masculins pour la plupart. Elle les avait vus à différents stades de déshabillage, la poitrine à l'air après une plongée.

Mais aucun de ces corps ne l'avait préparée à celui d'Arlo.

Il était magnifique. Des épaules larges, une taille fine et une érection impressionnante, qu'elle s'évertuait à ne pas fixer. Mais la force de volonté avait ses limites, s'avoua-t-elle en s'autorisant à détailler son corps. Sans honte.

— Kerrigan.

Sa voix était tendue, étranglée même, et cela amena un sourire sur ses lèvres malgré ses efforts pour rester détachée.

— Oui, Arlo ?

— Si tu continues à me regarder comme ça, ce sera fini avant même de commencer.

— Hmm.

Elle jeta un bref coup d'œil à son visage avant de reposer les yeux sur son corps.

— Ce serait quelque chose.

— Honnêtement, Kerrigan...

Tendant la main, elle fit courir le bout d'un doigt sur son membre.

— Mais une femme se doit de voir si elle peut pousser un homme à bout...

Elle se servit de sa paume pour la caresse suivante.

— Et le faire basculer.

Il tendit les bras et l'attira sur lui, écrasant sa bouche sur la sienne. La joie pure du moment lui donna envie de rire, mais il captura sa bouche, l'occupant avec des entreprises autrement plus intéressantes. Et tandis que leurs corps se pressaient l'un contre l'autre, l'urgence du moment s'imposa.

Des baisers brûlants et électriques accompagnèrent le glissement de mains sur des peaux couvertes de sueur. Des langues taquines portèrent le désir à des hauteurs insoupçonnées.

— Donne-moi une seconde.

Elle se dégagea pour gagner le bord du lit.

— Où vas-tu ?

— J'ai juste besoin de quelque chose.

Elle courut à la salle de bains pour y prendre une boîte de préservatifs achetés une éternité auparavant. Elle fut soudain heureuse de ne pas y avoir touché. Surtout avec la preuve dans son lit que cela valait la peine d'attendre l'homme idéal.

Les autres... Eh bien, ils n'en avaient pas valu la peine.

— Qu'est-ce que c'est ?

Arlo sourit quand elle remonta dans le lit.

— Une boîte qui nous promet une orgie sexuelle, à supposer qu'ils n'aient pas dépassé la date de péremption.

Elle éleva la boîte dans la lumière et poussa un soupir de soulagement.

— Encore bons un an.

Arlo lui prit la boîte des mains.

— Rien de tel qu'une date de péremption pour pousser un homme à l'action.

Elle ne put s'empêcher de jeter un coup d'œil à son corps nu.

— Je crois que tu es déjà en action.

Son éclat de rire était contagieux, et elle lui tomba dans les bras, leurs lèvres se joignant dans un baiser sans effort. C'était doux et drôle, et pour le moins étrange de parler de date de péremption de préservatifs et pourtant... parfaitement normal.

Arlo avait déjà ouvert la boîte et tenait un petit étui en aluminium, mais elle prit le relais avant qu'il puisse le déchirer.

— À moi l'honneur.

— Que disais-je à propos de tentatrice ?

— Tu n'as encore rien vu, lui murmura-t-elle à l'oreille en déroulant le préservatif sur son membre, lentement.

Elle prit grand plaisir au soupir qu'il poussa.

Puis les préliminaires furent terminés, et ses mains se posèrent sur sa taille, la guidant vers son érection. Kerrigan le prit en elle, sentant ce délicieux étirement, précurseur des plus beaux moments.

Ils trouvèrent rapidement leur rythme et tandis que leurs corps se joignaient, encore et encore, le plaisir crût à nouveau et Kerrigan se sentit partir. Une impossibilité apparente après les sommets de plaisir auxquels il l'avait portée, mais la sensation était encore plus forte.

Tout était plus. Plus intense. Plus sensible. Plus aimant.

Elle n'était peut-être pas prête à le dire quand la vague s'abattit sur elle, Arlo la suivant de près, mais Kerrigan le savait de toutes ses fibres.

Elle l'aimait.

En fait, la vraie question n'était pas qu'elle l'aime ou non. Elle était de savoir si cela suffirait.

Dyson Gentry fit le tour du bateau, qu'on leur avait livré, inspectant chaque pièce à mesure de sa progression. Il leva les yeux sur son frère, qui se tenait de l'autre côté de la rampe de mise à l'eau.

— Tu penses qu'elle sera satisfaite ?

— Il le faudra bien.

— Il n'est pas aussi gros que l'autre.

— Mais plus rapide. De combien d'espace a-t-elle besoin de toute façon ?

Dyson n'était pas sûr que la désinvolture de son frère soit la bonne réponse, mais il le garda pour lui. Decker devenait toujours plus distant, et il lui fallait faire de gros efforts pour ne pas parler à leur père.

Mais qu'aurait-il pu dire ? « Hé papa, on a vendu des pièces hors marché ? »

Son père et son grand-père avaient dirigé Brooklyn Yacht avec fierté et sens de l'honneur. Était-il vraiment nécessaire de briser le cœur du vieux ainsi ?

D'autant plus qu'ils s'occupaient de bien plus que de pièces.

C'était pour ça qu'il était maintenant décidé. Tout ce qu'ils avaient à faire, c'était mener ceci à bien. Donner à cette garce son bateau et tourner la page. Il était impatient d'en avoir fini.

Parce que Dyson avait fini par comprendre qu'il n'était pas taillé pour les activités clandestines. Et si Decker n'était pas d'accord, il trouverait le moyen de le convaincre.

Son frère était devenu bizarrement lointain ces derniers mois, mais il devait revenir à la raison. Après les faveurs qu'ils avaient demandées pour ce bateau, il devait comprendre qu'il était temps de trancher dans le vif.

Un bruit de talons le tira de ses pensées et, en se retournant, il vit Wendy Parker parcourir le quai.

— Je vois que vous avez mon bateau, messieurs.

— Comme convenu. Et même plus tôt.

Elle dévisagea Dyson avec un dédain manifeste et se tourna vers son frère.

— Vous avez tenu parole.

— Tout à fait.

L'attitude détachée de Decker ne fléchit pas, mais Dyson vit la manière dont son regard errait sur la femme.

Il était fasciné. Dyson était également fasciné, comme quelqu'un qui regarde un cobra déployer son capuchon.

À cet instant, plusieurs prises de conscience se firent jour en lui. Decker ne voulait pas abandonner cette activité. En fait, il avait bâti un programme et une chaîne logistique spécifiques pour participer à ce jeu criminel. Il avait exploité le désir de Dyson de développer leur commerce. D'accroître leur influence, de dépasser l'affaire plan-plan que dirigeait leur père. Pourquoi ne l'avait-il pas vu avant ? Il n'avait été qu'un pion, un chiot avide d'un nouveau jouet, qui ne voyait pas le trou dans lequel il fallait sauter pour l'obtenir.

Decker se dirigea vers Wendy, les mains tendues.

— Je suis sûr que vous serez satisfaite.

Elle enveloppa ses mains dans les siennes et l'embrassa une seconde de trop sur la joue avant de reculer.

— Vous avez tenu parole.

Puis elle fit le tour du bateau, ses talons claquant sur le quai.

— Il est plus petit que le dernier.

— Plus rapide, aussi. Celui-ci vous fera descendre la côte à une allure de soixante-quinze nœuds.

— Mmm.

Le sourire de Wendy ne disparut pas, mais Dyson vit qu'elle n'était pas contente.

— Je voulais un bateau qui remplace l'autre.

— Et vous en avez un.

Decker continuait de sourire, bombant le torse.

— Un meilleur bateau. Un bateau plus rapide.

— Plus petit.

— Je comprends que vous développez vos affaires, mais celui-ci a bien assez de place pour vos besoins.

— Oui, mais j'ai clairement stipulé que je voulais le même.

Énamouré ou pas, Decker tenait bon.

— Et le voici.

Dyson repensa à un cobra, se dressant face à un adversaire. Qui allait ciller le premier ?

Comme il fallait faire quelque chose pour rompre la tension, Dyson s'avança. La femme ne lui prêtait guère attention mais elle ne refuserait pas le champagne.

— Je pense que vous allez en être très satisfaite. Et pour le fêter, j'ai deux bouteilles de champagne. Une pour le baptiser et l'autre pour lui porter un toast.

Wendy se tourna vers lui avec un large sourire.

— Quelle idée adorable !

Soulagé que la confrontation ait pris fin, Dyson s'approcha de la rambarde bordant le quai. Ils l'utilisaient souvent pour cette cérémonie.

Pour l'occasion, il avait sorti les grands moyens, et l'étiquette verte et dorée de l'une des bouteilles étincela sous les lampadaires du quai. La seconde, insérée dans un filet, était moins prestigieuse, étant donné l'usage qui en serait fait.

Il s'était dit au début que c'était une impulsion idiote, mais il prenait conscience maintenant que c'était exactement ce dont ils avaient besoin pour briser la glace et contenter la femme, afin qu'elle sorte de leurs vies. Ensuite, il s'appliquerait à remettre du bon sens dans la tête de Decker.

— Merci, Dyson.

Wendy prit la bouteille qu'il lui tendait, ses longs doigts minces se refermant sur le col.

— Où voulez-vous que je me mette ?

Dyson prit l'autre bouteille, puis l'accompagna sur le quai.

— Ici, à côté de la proue. C'est l'endroit parfait pour prendre officiellement possession du bateau.

C'était une bonne idée à plusieurs égards, se dit Dyson. La petite cérémonie dissipait la tension. Et ils n'avaient pas baptisé son premier bateau. Il était juste assez superstitieux pour croire que les ennuis qui avaient suivi étaient dus à cela.

Decker avait l'air vaguement amusé par la chose, mais il vint se placer à côté de Dyson.

— Que dois-je faire ? demanda Wendy.

— Vous avez un nom pour le bateau ?

— *Speedy Money*, répondit Wendy du tac au tac.

C'était exactement le genre de vulgarité à laquelle s'attendait Dyson, mais il hocha la tête en gardant le sourire.

— Alors tenez la bouteille et quand vous la lancerez contre la proue, dites : « Je te baptise *Speedy Money*. »

Wendy lança la bouteille, et la proue renvoya le bruit du verre brisé.

Dyson plaça l'autre bouteille au creux de son bras pour applaudir, avant de s'avancer pour prendre la bouteille brisée.

— Pourquoi ne pas la remplacer par une bouteille pleine ?

— Oui, faisons cela.

Il marcha jusqu'à la petite poubelle. Ce ne fut que quand le verre heurta le fond avec un petit *cling* qu'il entendit le cri de son frère. Il résonna dans la nuit, suivi d'une bruyante détonation.

Quoi ? Dyson fit volte-face, la gorge serrée par le choc et la panique. Il trouva Wendy debout au-dessus du corps de son frère, le revolver désormais pointé sur lui.

— Nous vous l'avons livré.

Les mots lui donnaient l'impression de venir de très loin, car le bruit de la détonation résonnait encore dans ses oreilles.

— Je sais.

Il lut les mots sur ses lèvres autant qu'il les entendit.

Mais en la voyant lever l'arme dans sa direction, il se recroquevilla, sachant qu'il n'y avait nulle part où fuir.

Dyson jeta un coup d'œil à l'eau, imaginant qu'il pourrait se glisser dans ses profondeurs froides et tenter sa chance, mais un coup de feu déchira l'air, mettant fin à ses plans.

Le choc le projeta contre la rambarde sur laquelle il avait laissé le champagne.

Ce fut seulement lorsqu'il leva les yeux, croisant le regard de la femme, que Dyson sentit ses genoux céder. La dernière chose qu'il vit fut Wendy élevant la bouteille de champagne.

— Merci, monsieur Gentry.

16

Kerrigan roula contre un corps chaud et se blottit contre lui, se demandant vaguement quand son lit était devenu si douillet. Puis elle se souvint.

Ses yeux s'ouvrirent et croisèrent le regard amusé d'Arlo.

— Bonjour.

— Salut.

— Ça fait longtemps que tu es réveillé ?

— Quelques minutes. Je t'ai réveillée ?

— Je suis une lève-tôt.

— Comment va ta tête aujourd'hui ?

Comme elle n'y avait plus pensé depuis la veille au soir, elle faillit lui demander pourquoi, mais son geste malavisé lui revint en mémoire.

— Ça va, en fait. Je me sens bien.

L'amour devait être encore plus réparateur qu'elle ne l'avait pensé. Et puis son initiative lui avait valu quelques jours de repos, jusqu'à ce que la possibilité d'une commotion cérébrale soit écartée. Elle aurait dû se ménager, mais Arlo et elle ne l'avaient guère fait durant la nuit.

Et elle se sentait pourtant dans une forme éblouissante.

— Quelle heure est-il ?

Arlo prit son téléphone sur la petite table du salon.

— Un peu plus de 7 heures.

— Nous n'avons pas beaucoup dormi.

— Je considère cela comme un compliment, Doyle.

Il ponctua cette remarque de mordillements dans son cou, et Kerrigan pensa vaguement combien il serait formidable de se réveiller ainsi chaque jour.

Une pensée dangereuse. Et pourtant… Il avait dit qu'il l'aimait.

Cette idée ne la remplissait pas de crainte parce qu'elle éprouvait la même chose, mais même après une nuit, elle n'était pas entièrement sûre que ce soit la réponse.

Ils devaient encore y travailler. Bien qu'elle ait apprécié ses excuses la veille, ils avaient aussi une affaire à résoudre. Une affaire dont il s'ingéniait sans cesse à l'écarter.

Oui, il s'était excusé. Mais allait-il vraiment changer de comportement ?

Parce que même si elle voulait croire qu'ils étaient près de résoudre l'affaire, ils avaient très peu d'indices. La conclusion donnait l'impression d'être encore très loin.

Qui essayait de dominer le marché de la drogue ?

Et puis il fallait s'occuper du voyou du McNulty's. Un homme dont ils ne connaissaient pas le nom et qui s'était révélé plus que problématique. Arlo ne s'était pas officiellement adressé à lui en tant que policier, mais le comportement de l'homme avait été assez agressif pour qu'il y ait lieu de le cueillir et de l'interroger. Surtout après la mort de Tia Lutz.

— Ton ambition atteint des sommets.

— Pardon ?

Elle lui murmura à l'oreille :

— Parce que j'adorerais rester juste comme ça.

— Mais je t'entends penser à tout ce que nous devons faire.

Arlo redressa la tête avec un regard compréhensif.

— Il y a le cadavre d'une jeune femme à la morgue, et la brute qui surveillait le bar et qui en sait bien plus qu'il ne le dit.

— Et n'oublie pas celui qui est derrière tout ça.

— Oui.

Arlo roula sur le côté, attirant son regard sur son dos et son postérieur.

— Tu es vraiment bien bâti, Prescott.

Il lui jeta un regard appréciateur par-dessus son épaule, tout en tirant le drap pour la découvrir.

— Tu n'as rien à m'envier, madame.

Elle se dressa sur un coude pour l'embrasser, ce qui balaya leurs bonnes intentions. Ce furent seulement les sonneries jumelles de leurs portables qui les séparèrent.

— Le tien ou le mien ?

Il jeta un coup d'œil à la table.

— Le mien.

Arlo se dégagea et s'empara de l'appareil.

Elle était retombée sur l'oreiller, prête à admirer ses fesses, quand elle saisit le ton de la conversation.

— Quoi ? Quand ?

Kerrigan se redressa, alertée par le raidissement d'Arlo.

— Je vais informer ma coéquipière, et nous serons là d'ici une heure.

Il raccrocha en débitant une série de jurons.

— Qu'est-ce qu'il se passe ?

— Dyson et Decker Gentry. Ils ont été découverts il y a une demi-heure par des gens qui louent un ponton à Brooklyn Yacht.

— Découverts comment ?

— Avec des trous dans la poitrine.

— Pas possible...

— Je crains que si.

Ils s'habillèrent rapidement et, en quinze minutes, furent en route pour Sheepshead Bay.

Bien qu'elle ne connaisse guère les fils de Big Will, Kerrigan avait une image claire d'eux. Ils faisaient depuis longtemps partie de Brooklyn Yacht, et elle leur avait parlé plusieurs fois au fil des ans.

— Tout ce que nous touchons. C'est extraordinaire, Arlo !

Il lui jeta un coup d'œil en se frayant un chemin dans la circulation matinale.

— Tu n'en es pas responsable, pas plus que moi. C'est la personne qui les tue qui est responsable.

— Je sais. Vraiment. Mais écoute-moi.

Voyant qu'il restait silencieux, elle insista :

— Chacune des personnes à qui nous avons parlé. Chacune des personnes que nous avons interrogées. Même ces types qui nous suivaient. Quelqu'un a de l'avance sur nous. Comment ?

— Tu penses que nous sommes ciblés ?

— Je pense que nous sommes surveillés. Et provoqués.

Elle revint à cette impression d'impulsivité. Cela ressemblait à une réponse. Ou à une partie de la réponse.

— La serveuse était certainement une provocation.

— Elle a en quelque sorte cristallisé cette idée pour moi. Il était impossible qu'elle soit ciblée avant d'arriver à notre table. Pourtant, dès qu'elle l'a fait et que nous avons posé des questions innocentes, elle a été tuée.

— Ce n'étaient pas des questions innocentes pour la personne qui veut garder tout ça sous le manteau.

Peut-être pas, mais la curiosité n'était pas une raison suffisante pour tuer quelqu'un. Le fait est qu'une grosse descente de police avait eu lieu au bar. Il était impossible qu'ils aient été les premiers à commenter ou à poser des questions.

— Il faut encore qu'on visionne ces vidéos, ajouta Arlo.

— Ce qui me rappelle que j'ai commencé à regarder celle de l'épicerie hier soir. On voyait bien la voiture de Tia, mais pas au niveau du sol, là où on aurait pu voir quelqu'un trafiquer le châssis.

— Il sortira peut-être quelque chose des vidéos des autres commerçants.

Elle acquiesça, tout en pensant à Tia.

— C'est ça le truc. Quelqu'un l'a vue nous parler.

— J'ai essayé de lui glisser ma carte quand tu es allée aux toilettes.

— Elle l'a prise ?

— Non. Elle n'a même pas regardé là où je l'avais placée.

— Elle a aussi essayé de m'avertir dans les toilettes.

— Des caméras dans les toilettes ? Ils en ont certainement dans le bar.

— C'est possible. Ou ils ont posé des micros, au minimum. Ce qui nous ramène au propriétaire du McNulty's.

Arlo secoua la tête.

— On va enquêter encore sur lui. Mais le type était irréprochable. Nous l'avons interrogé en détail et avons étudié ses livres de comptes.

— Il est encore là ?

— Que veux-tu dire ?

— Il ignorait ce qui se passait la première fois. Ne serait-il pas un prête-nom ?

— Il semblait être présent. Il connaissait son commerce et en parlait en connaissance de cause.

Arlo se faufila entre deux voitures.

— Comment savoir, aujourd'hui ? Parce que quelque chose se passe dans cet endroit.

Il prit une sortie et emprunta le désormais familier trajet vers Brooklyn Yacht. Il y avait déjà plusieurs voitures de police sur place lorsqu'ils arrivèrent, de même que la camionnette de la légiste. Kerrigan rassembla son courage pour affronter ce qu'ils allaient trouver.

Quinze minutes plus tard, elle était encore secouée par ce qu'elle avait vu.

Les corps de Dyson et Decker Gentry avaient été recouverts mais ils étaient encore dans la position où on les avait découverts, tués sur le quai en face d'un ponton vide.

— Pas de vidéos ? demanda Kerrigan au premier agent venu.

— Non. Le gérant nous a permis d'entrer dans les bureaux

pour les visionner. Mais il n'y avait rien. Les caméras se sont arrêtées vers 21 heures et n'ont pas redémarré.

Kerrigan notait cela quand la voix tonitruante de Big Will se fit entendre.

— Où sont-ils ?!

L'homme courut vers le ponton, le regard fixé sur les corps recouverts de bâches blanches. Plusieurs policiers s'affairaient autour d'eux.

— Mes garçons !

Kerrigan s'élança pour intercepter Big Will, Arlo sur les talons.

— Que s'est-il passé ?

Le visage de Will était déformé par l'angoisse, son corps agité de gestes frénétiques.

— Qui a fait ça à mes garçons ?

Arlo s'interposa. Bien qu'à côté de Will il ait l'air d'un nain, il se redressa de toute sa taille.

— Will, accordez-nous quelques minutes, s'il vous plaît. On s'occupe d'eux. Vous pourrez aller les voir, mais nous devons d'abord vous parler.

Kerrigan posa une main sur le bras de Will.

— Will, c'est moi. Kerrigan.

— Kerrigan ?

Le regard de Will s'éclaira en la voyant.

— Vous êtes là.

— Bien sûr. Je suis là pour vous aider. Nous le sommes tous.

Arlo et elle expliquèrent à Will ce qu'ils savaient et le sondèrent gentiment sur les projets de ses fils pour la soirée.

— Decker avait rendez-vous, et Dyson avait des billets pour un concert. Tous deux étaient sur le point de s'en aller quand je leur ai dit bonsoir, vers 18 heures.

Le visage de l'homme se chiffonna.

— Je leur ai juste dit bonsoir. Je ne les ai pas serrés dans mes bras, je n'ai pas bavardé avec eux...

Il se mit à pleurer.

— Je ne leur ai pas dit adieu.

— Vous ne pouviez pas savoir, Will. Personne ne le pouvait.

— Pourquoi étaient-ils ici ?

— Monsieur Gentry, vous gardez vos caméras de sécurité allumées ?

L'air égaré de Will fit place à un regain d'attention.

— 24 heures sur 24, et 7 jours sur 7. C'est une promesse que nous faisons à tous ceux qui nous louent un ponton.

— Les caméras se sont éteintes hier soir vers 21 heures.

— Impossible. Elles ne sont jamais éteintes. Nous avons un groupe électrogène de renfort pour cela.

— Mais elles étaient éteintes hier soir.

Kerrigan gardait un ton gentil mais ferme.

— Ça veut dire que quelqu'un les a éteintes.

— Je ne comprends pas.

— Nous pensons qu'il est possible que ce soit l'un de vos fils qui l'ait fait.

— Mais je...

Will secoua la tête.

— C'est impossible. Ils connaissent les règles. Ils savent à quel point nous tenons à la sécurité.

Arlo accrocha le regard de Kerrigan et inclina la tête en direction des corps.

Elle comprit ce qu'il voulait dire. Quoi que sache ou non Will, sa seule pensée était pour ses fils.

Leur mort lui brisait le cœur. Et il aurait à nouveau le cœur brisé quand il comprendrait que c'étaient eux qui avaient éteint les caméras.

Deux heures plus tard, Arlo pénétra dans le commissariat et se dirigea immédiatement vers le bureau du capitaine. Il avait envoyé un texto à Dwayne depuis Brooklyn Yacht, qui lui avait répondu de se présenter dès qu'il serait de retour.

Après avoir renvoyé Will chez lui auprès de sa femme, Kerrigan avait choisi de se joindre aux agents en tenue qui passaient la zone au peigne fin. Elle gardait également l'œil sur les employés à mesure de leur arrivée, pour jauger ce qui semblait sortir de l'ordinaire.

Bien que l'idée de se séparer d'elle mette Arlo mal à l'aise, il savait qu'ils devaient répartir leurs efforts pour aller au fond de l'affaire aussi vite que possible.

Tu dois cesser de la protéger.

La nuit avait été au-delà de ses attentes. Parce que cela ne ressemblait à rien de ce qu'il avait déjà vécu.

Kerrigan était réactive au lit, mais elle avait aussi isolé leur désir des tensions professionnelles qui couvaient. C'était une capacité rare, et plus de douze heures plus tard, il était encore émerveillé par sa générosité émotionnelle.

Même si elle n'avait pas répondu à tout.

Elle ne t'a pas dit qu'elle t'aimait.

C'était le seul point noir d'une nuit par ailleurs parfaite, et il ne savait pas quoi en penser.

Il n'avait encore jamais dit ces mots à une femme. En fait, il essayait encore de comprendre comment ils étaient sortis aussi facilement avec Kerrigan.

Et pourtant, c'était le cas. Parce qu'il l'aimait, en effet.

À la lumière du jour, une petite part de lui avait envie de fuir. Tandis qu'une autre part voulait revenir en courant vers elle et la supplier de lui dire qu'elle éprouvait la même chose.

Ce qui le laissait dans un état des plus étranges.

Il devait attendre et lui donner du temps. Ils avaient vécu cette nuit ensemble, et il savait qu'elle éprouvait quelque chose.

Mais était-ce de l'amour ?

Après la manière dont il avait agi, elle avait tous les droits d'être méfiante. Son propre comportement avait-il gâché ses chances d'avenir avec elle ?

Il voulait croire qu'ils avaient résolu cela, mais il avait

beaucoup à se faire pardonner. Il l'avait trahie plus d'une fois. Si les positions avaient été renversées, aurait-il été aussi rapide à passer aux déclarations d'amour ?

Décidé à lui parler de cela plus tard, il frappa à la porte de Dwayne.

— Entrez, inspecteur.

Dwayne était arrivé tôt. Sa veste pendait à un portemanteau, et il avait déjà roulé ses manches de chemise.

— J'ai lu le dossier. C'est du bon travail.

— Il y a d'autres choses à inclure depuis ce matin.

— Mettez-moi au courant.

Il narra à Dwayne les événements au bar, la bombe qui avait tué Tia Lutz et la mort des frères Gentry.

— Qu'est-ce que c'est que cet enfer, Arlo ? Trois cadavres de plus en quelques heures ?

— Oui, je sais.

— Vous avez plus qu'assez pour un mandat de perquisition au McNulty's.

— J'en demande un dès ce matin.

— Et il faut mettre la main sur ce videur.

Il se maudissait de ne pas avoir laissé Kerrigan s'occuper de l'explosion tandis qu'il affrontait le type.

— J'aurais dû m'en occuper hier soir.

— Vous étiez occupé. Et sauver la vie de cette femme était la priorité.

— Oui, nous étions assez occupés.

Arlo se repassa mentalement la soirée et eut un déclic.

— Il se passe trop de choses, capitaine. Des meurtres, des bombes, des tireurs embusqués… Une chose après l'autre, comme si le vent tournait sans cesse. Kerrigan parle d'impulsivité.

— Comment ça ?

— De la part du cerveau à l'origine de tout ça. Rien de prévisible. Nous avons à peine le temps de respirer qu'un nouveau problème surgit.

— C'est imprévisible, c'est certain. Il n'y a là rien de méthodique, en dehors de la volonté de provoquer le chaos et la perte de vies humaines.

— Nous sommes partis de l'hypothèse que le chaos est destiné à mettre les criminels de Brooklyn sur la défensive. Mais si c'était aussi une stratégie vis-à-vis de la police ? Kerrigan et moi, nous tournons en rond depuis le début de cette affaire. Pas le temps de respirer et certainement pas le temps de nous asseoir pour réfléchir à tous ces éléments.

— Alors peut-être est-il temps de vous y mettre. C'est vous qui devez imposer le rythme

— Il faut que nous arrêtions ce tueur avant qu'il ne fasse encore du mal.

Cet aspect des choses était indéniable et très présent dans son esprit. Mais Dwayne avait raison aussi. Pour l'instant, ils ne faisaient que s'agiter en vain. S'ils ne ralentissaient pas et ne suivaient pas une direction précise, ils ne serviraient à rien ni à personne.

Et les faire tourner en rond ne donnait que plus de temps au tueur pour se cacher dans l'ombre.

Kerrigan accepta de se faire raccompagner au 86 par une des agents en tenue, et elle paya à déjeuner à la femme pour la remercier. Leur arrêt dans une sandwicherie sur le trajet du retour lui permit de recueillir l'opinion de l'agente Ramirez sur la scène de crime.

Avec un sandwich aux boulettes de viande pour Arlo et un aux aubergines et au parmesan pour elle, elle revint au commissariat sans beaucoup plus d'informations que la veille.

Ils avaient réussi à écarter le personnel de Brooklyn Yacht de la liste des suspects. Elle avait vérifié tous les noms. Personne n'avait manqué le travail, et les visages choqués suggéraient bien davantage le chagrin qu'une intention malveillante.

Ce qui les ramenait aux fils. Et à la preuve incroyablement triste que Dyson et Decker Gentry faisaient du trafic sous le nez de leur père. C'était de cela qu'elle avait débattu avec Ramirez.

Le bateau non enregistré qui avait sombré dans le port venait bien de quelque part. Et les fils de Big Will avaient les contacts pour faciliter un achat comme celui-là.

Alors pourquoi les tuer maintenant ? On ne pouvait guère leur reprocher d'avoir fait sombrer le bateau. Et si elle en revenait à sa théorie initiale, un bateau non enregistré demandait tout de même de l'entretien. Pourquoi se donner la peine de trouver des fournisseurs répondant à vos besoins puis de les tuer ?

Kerrigan pressa le bouton de l'ascenseur, réfléchissant à toute allure. Puis elle eut un déclic. Sans attendre la cabine, elle escalada les marches en courant et se rua dans la salle de brigade.

— Il y a un autre bateau !

Elle avait crié assez fort pour qu'Arlo lève la tête, ainsi que tous ceux qui se trouvaient dans la salle.

Elle déposa les sandwichs avec soin sur le bord de son bureau, même si son excitation était à son comble.

Il lui sourit, et elle ignora l'élan de pure concupiscence qui lui traversait le ventre devant l'expression de son regard. Il allait lui falloir contrôler ça. Mais elle s'en occuperait plus tard. Pour l'instant, elle avait une piste à suivre.

— J'ai une théorie.

— Le déjeuner et une théorie ? Un jour exceptionnel, agente Doyle.

— Il y a un deuxième bateau, Arlo. C'est ce qui s'est passé hier soir chez Big Will. C'est pour ça que les caméras étaient éteintes.

Le sourire disparut, remplacé par l'air déterminé du flic qu'elle en était venue à admirer, respecter et, oui, aimer.

Elle tapota le bureau d'Arlo, tendant la main vers son téléphone.

— Il faut contacter Wyatt. Il faut que nous partions en reconnaissance sur l'eau.

Le bateau de police rebondissait sur les vagues, à proximité de l'endroit où les trafiquants avaient sombré. Kerrigan parcourut l'eau des yeux. Le port avait une apparence de tranquillité rare, et elle décida de le prendre pour un bon signe.

Ils avaient déjà informé les gardes-côtes, et plusieurs équipes patrouillaient le long de la côte. Mais Arlo et elle, ainsi que Wyatt, Gavin, Jayden et le capitaine Reed, étaient penchés sur des cartes dans la timonerie.

Aucun d'eux n'était convaincu que cet endroit au large de Governors Island serait la voie de passage d'un transport de drogue, mais faute d'autre chose, ils avaient opté pour envisager plusieurs trajets depuis l'Atlantique jusqu'à Brooklyn.

— L'hypothèse est qu'ils ont fait sombrer le bateau au retour parce qu'ils avaient de la drogue avec eux. Ce qui veut dire qu'ils ont un fournisseur le long de la côte.

Kerrigan tapotait différents points sur la carte en parlant.

— Ils ont pu opérer à partir de Philadelphie ou de Baltimore, ou même plus au sud. Providence et Boston sont possibles, mais la météo serait moins favorable. En termes de distance, c'est tout à fait possible pour un bateau comme ça.

— Mais c'est une sacrée trotte, intervint Wyatt en se servant d'une règle pour mesurer la distance. C'est un voyage de plusieurs jours, avec une marchandise qui risque d'être découverte.

— Si nous partons de l'hypothèse que le cerveau derrière tout ça a pris possession d'un bateau hier soir chez Brooklyn Yacht, c'est parce qu'il doit rapidement organiser un voyage.

— On a trouvé quelque chose dans les dossiers de Gentry ? demanda Wyatt.

Ce fut Arlo qui les mit au courant de cet aspect, car les mandats de perquisition étaient nouveaux pour Kerrigan.

— Le mandat est arrivé cet après-midi. L'équipe d'origine est allée prendre possession des dossiers, des ordinateurs et des appareils électroniques.

— J'ai mis l'équipe scientifique là-dessus en priorité, dit Dwayne. Mais ça va leur prendre quelque temps.

Kerrigan était partagée quant à ce qu'ils trouveraient, mais elle savait que l'équipe numérique avait besoin de temps pour faire son travail. Une part d'elle-même était convaincue que les fils Gentry notaient tout ce qu'ils faisaient. Et l'autre part savait qu'il y avait peu d'avantages pour eux à tenir des dossiers à jour.

Leurs mobiles et leurs textos étaient plus susceptibles d'être révélateurs, mais ils prendraient ce qu'ils trouveraient. Peut-être un mail isolé ou un contact avec un compte mail personnel.

Même avec la possibilité de déterrer quelque chose, ils auraient besoin des mobiles. Cependant, le dernier rapport reçu indiquait qu'aucun téléphone n'avait été retrouvé.

— Comment cacheriez-vous un bateau ?

La question du capitaine la tira de ses pensées. Bien qu'elle s'adresse à tous, ce fut Wyatt qui répondit :

— Il faut un emplacement pour le stationner.

— Quels genres de papiers sont nécessaires pour ça ? insista Dwayne.

— Une assurance. Un titre d'achat. Un certificat d'enregistrement.

Wyatt énumérait les pièces qu'un pourvoyeur d'emplacements à quai demanderait.

— Donc ce serait impossible dans un endroit qui respecte les règles, ajouta Dwayne.

— Le bar !

Kerrigan pensait au McNulty's et au Bulldog's.

— Le McNulty's a un parking derrière, mais le Bulldog's est situé au bord de l'eau. Il y a des chances qu'il y ait un emplacement privé là-bas.

— Ça a même pu emporter la décision de le louer, intervint Arlo. Si tu veux faire du trafic, tu as besoin d'un lieu. Les gens ne verront pas ton bateau s'il est caché sur ta propriété. Pas de paperasse embêtante non plus.

Le Bulldog's, c'était logique, pensa-t-elle en imaginant l'endroit. Mais le McNulty's aussi. Surtout si on voulait détourner l'attention du bateau. Tout collait. C'était pour ça qu'ils revenaient sans cesse au bar comme base des opérations. Et c'était aussi pour cela que les employés étaient en danger.

Les gens savaient se taire en échange d'un salaire, mais cela ne voulait pas dire qu'ils étaient aveugles à ce qui se passait.

Tia savait des choses. Arlo avait eu la même impression des voituriers. Et s'ils ne voulaient pas qu'un autre employé finisse comme Tia, ils devaient démanteler ce fichu trafic aussi vite que possible.

— Il faut qu'on aille au Bulldog's.

Kerrigan regardait Wyatt, Gavin et Jayden.

— On peut plonger à plusieurs mètres du quai, nager jusque-là et voir ce qui se passe. On vérifiera les numéros de série du bateau pendant qu'on y est.

— S'il est volé, nous pouvons le saisir sans mandat, dit le capitaine Reed. Mais je vais en demander un de toute façon, afin que personne ne puisse échapper au coup de filet.

— Il est volé, affirma Kerrigan convaincue qu'ils étaient enfin sur la bonne voie. Mais on le fera dans les règles.

Elle aperçut le visage d'Arlo quand ses collègues et elle commencèrent à planifier leur attaque. Son expression était neutre, mais elle reconnut ce qu'il y avait en dessous. Ne l'avait-elle pas déjà assez vu ?

Il se renfermait chaque fois qu'elle devait prendre des risques, et il était évident qu'il luttait contre ses craintes. Mais il devrait s'y faire.

17

Arlo révisa ce que Kerrigan et Wyatt avaient prévu en observant les quais. Il voyait le schéma de plongée qu'ils avaient élaboré. Où ils se mettraient à l'eau et où ils en sortiraient pour inspecter le bateau.

C'était un travail difficile, mais ils y étaient entraînés.

Et Arlo savait qu'il devait laisser faire Kerrigan. C'était son métier, ses compétences. Elle en avait gagné le droit. Mais chaque fibre de son corps luttait contre l'idée de ce qu'elle s'apprêtait à faire.

Il faisait le guet dans la rue devant le Bulldog's avec Tom Casey, un inspecteur chevronné qui connaissait Brooklyn comme sa poche. Il s'était rapidement mis au diapason quand le capitaine l'avait fait venir au briefing.

— Sacrée opération, dit Casey en sirotant un café à emporter. Les dégâts en quelques mois sont incroyables.

— Aucune pitié semble être le mode opératoire de celle-là.

— Sans blague. Le Papa a laissé un fameux trou.

Casey poussa un juron.

— Je suis content que tu aies fait appel à moi, mais tu sais que quand on coupe une tête, trois autres viennent la remplacer. C'est frustrant.

Arlo avait du mal à acquiescer. Casey était un bon flic. Mais il était là depuis longtemps et avait essuyé beaucoup de revers. Pour être honnête, lui-même avait éprouvé ce sentiment de lassitude et d'impuissance après sa descente avec les Mœurs. Mais il y avait réfléchi et s'était juré de ne plus s'abandonner à ce découragement. Pour lui, pour son métier, et pour Gabrielle. Faute de mieux, il devait à sa mémoire de faire son job et de le faire avec la conviction qu'il faisait bouger les choses.

Sa radio émit des craquements. Arlo se concentra sur la voix de Wyatt, oubliant ses pensées lugubres.

— Bateau repéré, dit Wyatt. Gavin et Jayden, les premiers à plonger. Kerrigan et moi en second.

Arlo savait que leurs communications devaient se limiter à l'essentiel. Dans l'intervalle, Casey et lui devaient imaginer comment intervenir sans risque pour les civils.

Il était encore tôt, ce qui jouait en leur faveur, mais la foule de l'heure du déjeuner ne tarderait pas à arriver.

— Ça te plaît de travailler avec le port ? demanda Casey.

— C'est bien. Trumball et moi, nous collaborons souvent.

— Et maintenant tu joues les mentors pour Doyle ? Comment s'en sort-elle ?

— Très bien. C'est elle qui a trouvé les corps qui ont donné le coup d'envoi de cette affaire. Elle voulait passer plus de temps à enquêter, alors Trumball, le capitaine Reed et moi avons décidé qu'elle devait aller jusqu'au bout.

— Tant mieux pour elle. Cette petite est ambitieuse. Elle fait de beaux progrès.

Cela avait un petit côté clinique de parler de Kerrigan ainsi, mais il savait ce qu'on attendait de lui. Casey évaluait Kerrigan en tant que coéquipière potentielle. Ses sentiments pour elle n'avaient pas à entrer en ligne de compte. Il le lui devait.

Il avait toujours eu du mal avec son rôle dans une relation. En particulier avec son envie de fuir quand les choses devenaient sérieuses. Et ce qu'il y avait entre Kerrigan et lui était sérieux. Mais il n'envisageait pas de fuir. Alors il la soutiendrait, couvrirait ses arrières et croirait en elle.

— Ces gars de la patrouille du port, ils sont intrépides, ajouta Casey.

Arlo faillit se mettre à rire. Les paroles de Kerrigan lui revinrent en mémoire.

« On nous complimente, mais nous sommes considérés comme étrangers au commissariat. Mais c'est aussi du travail de police dans une ville entourée d'eau. Quelqu'un doit le faire. »

Quelqu'un devait en effet le faire.

Casey se tournait vers lui, prêt à dire quelque chose, quand un coup de feu retentit, brisant le pare-brise et filant tout droit dans sa poitrine. Arlo se baissa, attirant en même temps Casey hors de la ligne de feu.

— Tom ! hurla-t-il.

Voyant qu'il ne répondait pas, il chercha sa radio pour appeler à l'aide.

— Policier à terre ! Je répète, policier à terre !

Il ânonna l'adresse, de même que son numéro de badge, sans cesser de s'attendre à un autre coup de feu. Ce fut seulement en levant les yeux qu'il vit les larges épaules et le sourire encore plus large du voyou avec lequel il s'était battu au McNulty's. Et l'arme qu'il pointait sur lui à travers la vitre du côté conducteur.

Kerrigan était assise près de Wyatt dans le petit Zodiac. Ils étaient à environ trois cents mètres du ponton du Bulldog's et surveillaient la plongée de Jayden et Gavin sur un petit écran.

— Pas de doute, il brille comme un sou neuf, marmonna Wyatt.

— Oui. Et sans aucune immatriculation.

Cela la rongeait, l'ampleur de ce qu'ils avaient découvert. Le ridicule gâchis de vies humaines. Et tout ça pour quoi ?

Elle se repassait encore et encore l'hypothèse féminine. Ce n'était pas qu'elle croyait une femme incapable de ça, au contraire. La détermination et l'ambition n'avaient pas de genre. Mais c'était cette violence perverse qui la perturbait.

Parce que cette femme avait décidé que le seul moyen d'arriver au sommet était d'ôter tous les obstacles qui se trouvaient sur son chemin.

Ils avaient tous laissé leurs lignes de communication ouvertes, et elle entendait les brèves réponses de Gavin et Jayden tandis qu'ils inspectaient le bateau. Le capitaine demanda à être mis au courant, lui qui était encore sur le bateau du NYPD, plus loin sur la côte.

Et elle pensa à Arlo, qui attendait d'entrer en action.

Ils allaient mettre fin à tout ça. Aujourd'hui.

Aussi le soudain remue-ménage sur la ligne ponctua de façon horrible son ardent désir de mettre un terme à l'affaire.

— Policier à terre !

La voix d'Arlo lui parvint clairement, de même que les instructions qui suivirent. Wyatt ordonna à Gavin et Jayden de revenir au Zodiac, et tous deux acquiescèrent. Mais ce furent les mots qui vinrent peu après qui lui coupèrent le souffle.

Arlo avait gardé la ligne ouverte, et elle entendit une nouvelle voix. Une voix pleine de menaces et de détermination.

— Vous allez venir avec moi, ins-pec-teur. On va en finir puisque vous ne cessez pas de fouiner.

Bien qu'elle n'en soit pas certaine, elle crut reconnaître la voix de l'homme du McNulty's.

— Wyatt, il faut que je plonge.

Wyatt avait entendu la même chose et il secoua la tête.

— Tu ne dois pas approcher. Nous les arrêterons en eaux profondes.

— On ne peut pas attendre qu'ils soient au large. Tu as entendu ce que disait Jayden. Ce bateau est plus perfectionné que l'autre. Plus petit et plus rapide. Il n'est pas question qu'on les laisse emmener Arlo.

Le voyant modérément convaincu, elle poursuivit :

— Toi et moi, on connaît les bateaux. L'un de nous peut couvrir Arlo pendant que l'autre sabote le moteur.

— Kerrigan, ce n'est pas...

— On ne peut pas le laisser là-bas !

Elle fermait déjà sa combinaison, prête à ignorer son ordre, quand Gavin et Jayden firent surface et montèrent à bord du Zodiac.

— Qu'est-ce qu'on a raté ? demanda Gavin.

— Elle va aller le chercher, dit Jayden, les yeux brillants de fierté. Tu ferais mieux de te dépêcher. Ils sont prêts à partir. Je les ai entendus remuer sur le pont.

Kerrigan dévisagea Wyatt, à l'autre bout du Zodiac, tout en continuant de finaliser son équipement. Lorsqu'il marmonna un juron, elle comprit qu'elle avait gagné la partie.

— Je prends le moteur, dit Wyatt. Tu monteras de côté.

— Il y a une échelle à tribord, dit Jayden. Le mouvement semblait venir de bâbord.

Elle noua sa main avec celle de Jayden. Son regard était mortellement sérieux quand il croisa le sien.

— Fais attention à toi. Je veux que ma copine revienne en un seul morceau.

— J'en ai bien l'intention.

Avant de se questionner, elle attacha la trousse étanche contenant son arme et son badge. Puis elle vérifia que son cylindre de renflouement était fermement fixé et prit celui que lui tendait Gavin.

— Arlo en aura peut-être besoin.

Elle hocha la tête, espérant de toutes ses forces que ce dernier sortirait du bateau à pied. Mais mieux valait être prête.

Enfin, elle tira son masque sur son visage et se laissa tomber à la renverse dans l'eau, les seuls bruits venant désormais de son casque et de la respiration laborieuse du coéquipier d'Arlo.

Arlo examinait son environnement avec attention tandis qu'on le traînait à l'arrière du Bulldog's. L'endroit avait l'air différent à la lumière du jour – plus délabré – et il compta ses pas entre l'entrée et la sortie avant d'apercevoir une structure caverneuse fermée par une grande porte.

Ce devait être le quai, déduisit-il rapidement, et il vit qu'il avait raison quand les portes s'ouvrirent juste assez pour qu'on le pousse à l'intérieur.

— Montez dedans.

— Vous avez un nom ? Parce que vous êtes « le voyou » dans ma tête depuis une semaine, et je me dis que nous devrions nous connaître un peu mieux.

— Vous n'avez pas besoin de connaître mon nom.

— Voyou donc, grogna Arlo, pas surpris de sentir le canon de l'arme appuyer plus fort sur ses reins.

Bien qu'il ne s'en plaigne pas, il ne savait pas bien pourquoi le type ne l'avait pas abattu d'emblée. Mais comme il était toujours entier, il se prépara à ce qui allait suivre.

Et il aperçut une petite blonde en talons de dix centimètres, debout sur le pont d'un bateau flambant neuf, lorsque Voyou et lui s'approchèrent.

— Monsieur Prescott. Ou dois-je vous appeler inspecteur ?

Un sourire aguicheur d'un rouge vibrant mettait en valeur ses traits menus, mais la lueur dans son regard était prédatrice.

— Mademoiselle Parker.

— Oh allons donc. Vous sortez avec ma vieille amie du quartier. Vous pouvez m'appeler Wendy.

— C'était donc vous ?

— J'en ai peur.

— Les meurtres du port, le tireur embusqué, cette pauvre serveuse ?

Elle contempla ses ongles d'un air d'ennui exagéré avant de relever les yeux.

— Il est tellement difficile de trouver de bons employés. C'est pourquoi j'ai de la chance d'avoir Mark.

Elle désignait l'homme à ses côtés. Au moins, Arlo avait un nom maintenant. C'était peu de chose, mais ils pouvaient travailler là-dessus.

Il *devait* y travailler. Il y avait déjà un policier blessé, attendant désespérément les secours. Et si les choses se passaient comme il le prévoyait, il y avait de bonnes chances qu'il ne s'en tire pas.

Il devait prendre ce qu'il pouvait et trouver le moyen de rester en vie assez longtemps pour que les renforts arrivent.

Pour revoir Kerrigan.

Cette pensée le secoua intérieurement, et il se força à revenir à la situation, parce qu'il avait besoin de toutes les informations possibles.

Il jeta un coup d'œil à la puissance de feu amassée sur le pont. Il faisait confiance à ses collègues et savait qu'ils avaient entendu ce qui était arrivé à Casey, mais *Mark* lui avait arraché son oreillette avant qu'ils aient parcouru deux mètres.

Ce qui signifiait que personne ne savait ce qui se passait maintenant.

— Vous vous êtes construit un fameux empire.

Arlo ne quittait pas Wendy des yeux, conscient que toutes les conséquences jusque-là étaient dues à son impulsivité.

Mark lui pressait peut-être le canon de son arme dans le dos, mais c'était Wendy qui détenait les cartes. Mark se réjouissait peut-être de brandir les menaces, mais Arlo savait qu'il ne risquait rien tant que Wendy ne l'aurait pas décidé.

C'était la raison pour laquelle il devait parler vite et espérer que l'équipe qui se déployait sous le bateau arrive à temps.

— Cette ville n'a encore rien vu, se vanta Wendy.

Bien qu'il ait envie de mettre son comportement sur le compte de la folie, il était impossible de rater son regard lucide et sa détermination.

— Brooklyn a une ouverture pour un nouveau boss, et j'ai décidé que ce serait moi.

Bien qu'il ne soit pas encore monté à bord, Arlo avait remarqué une troisième personne tournant autour de la passerelle. Il avait un fusil de longue portée à la main et une sorte de ressort dans la démarche.

Wendy lui sourit avec indulgence, tout en suivant les réactions d'Arlo.

— Beau boulot sur le flic.

Arlo réprima la colère froide qui l'envahissait.

— J'aurais pu vous descendre tous les deux, se vanta l'homme au fusil en s'apprêtant à embarquer.

Le sourire de Wendy ne fléchit pas, mais sa voix prit un accent tranchant.

— Et laisser encore des douilles sur le toit ?

Elle secoua la tête avant de sortir une arme de la poche de son manteau et de viser l'homme. Sans un battement de cils, elle fit feu avec précision. L'homme tomba à la renverse.

— Prends son arme, ordonna Wendy à Mark, sans cesser de braquer son revolver sur Arlo.

Impulsive. Impudente. Déterminée.

Tout ce que Kerrigan et lui avaient déduit des événements de la semaine passée venait s'incarner dans la femme qui se tenait devant lui.

Wendy Parker était aussi dangereuse qu'implacable.

Kerrigan gardait sa ligne ouverte pour que tout le monde entende ce qui se passait sur le pont. Elle avait attendu que Wyatt trouve le panneau du moteur, ne s'éloignant que lorsqu'il lui avait tapoté le bras. Elle avait pris soin de faire surface aussi silencieusement que possible, aussi loin que possible de l'endroit où Jayden et Gavin avaient entendu des pas.

Une fois au-dessus de la ligne de flottaison, elle nagea

rapidement pour passer à tribord. Le calme de l'eau avait rendu leur plongée plus facile, mais cela signifiait aussi qu'il n'y avait pas de bruit de clapotis pour couvrir son approche.

Elle se hissa sur l'échelle, située où Jayden l'avait indiqué, et entendit des voix au-dessus d'elle.

Un élan de joie lui vint quand elle reconnut la voix d'Arlo. Son ton était presque insolent lorsqu'il répondit au type qui devait être leur voyou. Celui-là même qu'elle avait entendu dans son casque.

Elle le confirmerait quand elle aurait fait assez surface pour voir le pont, mais pour l'instant, elle allait agir à partir de cette supposition.

Ce fut cependant la voix de la femme et la réaction d'Arlo qui l'immobilisèrent, les doigts pressés sur la coque.

Wendy Parker était derrière ça ? La théâtrale Wendy, avec ses sourires minaudiers ?

Malgré sa difficulté à assimiler cela, Kerrigan dut reconnaître que ça se tenait. La présence de Wendy au McNulty's, le premier soir. Ses subtiles insinuations quant au fait qu'elle était au courant de la vie de Kerrigan.

Et les coups de feu sur les deux victimes du bateau, tirés par quelqu'un de plus petit qu'elles.

Wendy était petite, même avec les talons qu'elle affectionnait. Et elle avait beaucoup de contacts en ville, étant donné son commerce de prêt-à-porter. Kerrigan imaginait que le marché de la drogue était la prochaine étape pour elle. Une étape soigneusement tracée et planifiée. Mais une étape qu'elle avait bouleversée avec sa soif de sang et ses actes incontrôlables.

C'était un choc, et pourtant c'était bizarrement cohérent.

Maîtrisant ses réactions, Kerrigan se rapprocha de l'échelle, la conversation à bord filtrant jusqu'à elle. Elle devait sortir Arlo de là. Avec un peu de chance, Wendy et ses sbires allaient vouloir démarrer le bateau avant de s'en prendre à lui.

Un voyage qui n'aurait pas lieu, car elle vit Wyatt faire surface près de la proue, les deux pouces levés, confirmant qu'il avait saboté le moteur.

Mais elle craignit que tout ne devienne beaucoup plus mortel quand la voix de Wendy résonna sur l'eau.

Suivie d'un coup de feu.

Arlo assista à toute la scène, le tireur écroulé sur le pont, Mark récupérant son fusil.

Il n'avait pas oublié l'arme braquée sur son torse – pas plus que la femme qui le tenait en joue et sa propension à tirer avant de réfléchir – mais il savait qu'il n'aurait pas d'autre chance. Inspirant brusquement, il bondit sur Wendy, espérant la prendre au dépourvu pour la plaquer au sol avant que l'arme ne parte.

Son hurlement déchira l'air, et il entendit Mark grogner et dévider des jurons.

Il réussit à mettre la main sur l'arme de Wendy, encore chaude au toucher, et lui cogna le poignet sur le plancher du bateau. Elle continua de hurler, se cramponnant à son arme et le griffant de l'autre main.

Puis tout s'arrêta quand une grosse semelle de caoutchouc se posa sur le poignet de Wendy, écrasant ses os délicats.

— Police. Cessez tout de suite.

Arlo jeta un coup d'œil par-dessus son épaule et vit son ange vengeur, dont la combinaison dégoulinait d'eau, se dresser au-dessus d'eux, arme en main.

Wyatt se tenait à quelques mètres, son revolver braqué sur Mark.

— Wendy Parker, vous êtes en état d'arrestation.

Arlo se releva pour aider Kerrigan à menotter la femme, pendant que son coéquipier lui lisait ses droits, suivis de la liste de ses crimes.

Une fois Wendy menottée, Arlo voulut prêter main-forte à

Wyatt, mais leur capitaine, suivi de Jayden et Gavin, montait déjà à bord pour procéder à l'arrestation de Mark.

Il vit Gavin vérifier le pouls du tireur avant de secouer la tête.

— Encore une vie de perdue à cause de Wendy Parker.

Arlo se tourna vers Kerrigan. S'il n'avait qu'une envie, la prendre dans ses bras, il garda ses distances tandis qu'ils s'occupaient de cette criminelle enragée. Chacun d'eux lui prit un bras et ils la firent descendre du bateau.

Ce ne fut qu'après qu'ils l'eurent fourrée à l'arrière d'une voiture de patrouille qu'Arlo trouva enfin le temps de dire ce qu'il voulait lui dire.

— Tu m'as sauvé.

Elle le dévisagea avec un petit sourire.

— J'ai sauvé mon coéquipier, oui.

— C'est vrai, Kerrigan. Mais tu m'as sauvé, moi. Moi, Arlo. Je n'avais pas compris que j'avais besoin d'être sauvé avant que tu arrives.

— Eh bien, quand tu le dis comme ça, peut-être qu'on s'est sauvés mutuellement.

— Tu avais besoin d'être sauvée ?

Il l'attira à lui, soudain insouciant de ceux qui pouvaient les voir.

— J'ai passé ma vie à me concentrer sur le travail. Sur la prochaine mission. Sur ce que je voulais être. Et si je n'en regrette pas une minute, je me rends compte que je n'ai pas accordé beaucoup de temps à la question de savoir avec qui je voulais la passer.

— Et maintenant ?

— Maintenant, je veux toujours travailler dur et être celle que je sais pouvoir être. Mais je veux partager ça avec toi. Parce que je t'aime, Arlo Prescott.

— Je t'aime aussi.

Il pencha la tête pour l'embrasser, mais fut interrompu par un cri étouffé provenant de la voiture de police.

— C'est elle qui hurle comme ça ?

— Je t'ai dit qu'elle est excessive.

— Excessive ? Elle voulait diriger à elle seule le trafic de drogue à Brooklyn ! Elle aurait peut-être réussi si elle avait appris à se modérer avec son arme.

Kerrigan hocha la tête d'un air solennel.

— Et maintenant, il va falloir enquêter là-dessus. Comment elle a commencé. Tous ceux qui sont impliqués.

— Beaucoup de travail en perspective.

Il lui sourit en la serrant à nouveau contre lui.

— Tu es prête ?

— Je crois.

Elle lui noua les bras autour du cou et rapprocha sa tête pour l'embrasser.

— Mais j'ai d'abord besoin de pancakes.

Arlo s'empara de sa bouche, et ce fut le baiser le plus doux qu'il lui ait jamais donné.

Encore plus doux que celui qu'il lui donna, plein de sirop d'érable, au milieu d'un restaurant plein de flics, mangeant tous des pancakes pour le dîner.

Vous avez aimé ce roman ?
Retrouvez en numérique la brigade fluviale :
1. Danger sous la surface
2. Immersion fatale

JULIE ANNE LINDSEY

Les coups du destin

Traduction française de
HELENE COLOMBEAU

BLACK ROSE

HARLEQUIN

1

Josi Roberts passa la main sur le flanc de son étalon préféré, qui avait fait preuve d'une patience exemplaire ce jour-là.

— Tu as bien travaillé, Lancelot, lui murmura-t-elle. Tu as donné le sourire à plein d'enfants aujourd'hui.

L'après-midi avait été radieux à Marshal's Bluff : un grand soleil avait brillé dans le ciel d'un bleu pur, et seul le petit air frais leur avait rappelé que l'automne était déjà là. Cependant, le soir avait apporté la pluie, et avec la tempête tropicale qui approchait de la côte de Floride, la météo ne risquait pas de s'arranger de sitôt dans leur petite ville de Caroline du Nord. Des averses et des rafales de vent froid étaient annoncées jusqu'au petit matin, voire pour tout le week-end. Cela ne dérangeait pas Josi. Le bruit de la pluie qui tambourinait sur le toit de l'écurie et contre la fenêtre de son bureau l'apaisait. Après une longue journée de travail, elle accueillait avec plaisir la brise qui s'engouffrait par les grandes portes ouvertes.

Lancelot baissa la tête et souffla doucement contre son visage. Sa crinière d'un brun sombre tranchait avec la blondeur de Josi, tout comme sa stature imposante contrastait avec la petite taille de la jeune femme. Du haut de son mètre soixante, cette dernière tenait facilement sous le menton de l'animal – il restait même de la place pour un chapeau de cow-boy.

Josi se mit à rire lorsqu'il commença à mordiller le chouchou avec lequel elle s'était attaché les cheveux.

— Dis donc ! s'exclama-t-elle, tout en vérifiant qu'il ne lui avait pas volé l'élastique une fois de plus. Ils auraient dû t'appeler Canaille !

L'étalon posa sur elle son regard sombre et intense. Parfois, elle avait l'impression qu'il la comprenait.

— Plus qu'une journée comme celle-ci la semaine prochaine, et après ce sera plus calme, lui promit-elle. On pourra respirer un peu, tous les deux.

Lancelot s'ébroua en agitant gracieusement la queue. Il avait l'air d'apprécier l'attention qu'elle lui accordait - sans doute était-il conscient de son statut de favori. Elle nota en esprit de consacrer un peu plus de temps à ses congénères, qui risquaient de se sentir délaissés.

Chaque automne, le ranch des Beaumont ouvrait ses portes au public pour une série d'événements ludiques et festifs. Les animations de ce jour et de la semaine suivante tournaient autour des chevaux : des baptêmes d'équitation et des ateliers d'initiation au pansage étaient proposés aux jeunes et aux moins jeunes. Souvent, les personnalités influentes de la région faisaient une apparition et aidaient les Beaumont à collecter des dons pour les causes qui leur tenaient à cœur. Nombre de visiteurs venaient pour revoir les lieux où ils avaient été hébergés durant une période charnière de leur existence, et serrer dans leurs bras les gens qui, à force d'amour et de patience, leur avaient permis de prendre un nouveau départ.

Un jour, sans doute, Josi compterait parmi ceux-là, même si pour l'heure elle ne s'imaginait pas quitter le ranch. Les Beaumont l'avaient prise sous leur aile au moment où elle en avait le plus besoin. Après avoir passé presque toute sa vie en famille d'accueil pendant que sa mère essayait en vain de se sevrer, elle était arrivée à l'âge où l'on ne pouvait plus être placé. Personne n'avait voulu adopter une jeune majeure, qui plus est réputée pour son comportement rebelle.

Bizarrement, rien de tout cela n'avait rebuté M. et Mme Beaumont.

Au contraire, ils avaient vu du potentiel en elle et lui avaient redonné de l'espoir – un sentiment qu'elle n'éprouvait plus depuis très, très longtemps. Ils lui avaient procuré un toit, de la bonne nourriture et des conseils avisés sur les différents choix qui s'offraient à elle. Ils lui avaient aussi proposé un job pour l'occuper sainement et lui permettre de gagner un peu d'argent. Cinq ans plus tard, elle était responsable des écuries, habitait toujours sur place et n'envisageait pas d'aller s'installer ailleurs.

Parfois, son cœur s'emplissait de gratitude à l'idée qu'elle vivait dans ce lieu, entourée de ces gens. Parmi les enfants pris en charge par les services sociaux avec qui elle avait partagé ses années d'adolescence, beaucoup avaient dû tracer leur propre chemin. Certains s'étaient engagés dans l'armée. D'autres avaient plongé dans la drogue et le crime. La plupart s'en étaient bien sortis, finalement, mais leur parcours avait été semé d'embûches. Josi était consciente de faire partie des chanceux.

Elle attrapa le balai qu'elle avait posé contre le mur et finit de nettoyer le sol en béton. Un instant plus tard, son téléphone vibra dans la poche arrière de son jean. Le nom qui s'affichait à l'écran la surprit : cela faisait une éternité qu'elle n'avait pas eu de nouvelles de Tara Stone, la petite sœur de son amour de jeunesse. Elles s'étaient perdues de vue après l'enterrement de Marcus, quelques années plus tôt.

Une bouffée de culpabilité l'assaillit. Fut un temps où Tara et elle avaient été proches… Cependant, Josi s'était éloignée d'elle et de son frère peu avant la mort de ce dernier, et par la suite elle avait gardé ses distances pour protéger son cœur brisé. Une réaction égoïste, peut-être, mais à l'époque elle pansait encore de vieilles blessures. Aujourd'hui, elle était guérie et se sentait prête à aider les autres comme on l'avait aidée.

Elle prit une grande inspiration avant de décrocher, en espérant que Tara l'appelait cette fois-ci pour lui annoncer une bonne nouvelle. Ces dernières années, elles avaient perdu plusieurs anciens amis dans des circonstances tragiques, et elle détestait penser qu'un autre ait pu mourir.

— Salut Tara, ça va ?

— Josi..., fit la jeune femme d'une voix éraillée. Je sais que ça fait un bail, mais j'ai besoin de ton aide. Et je n'ai personne d'autre de confiance vers qui me tourner.

Josi sentit tous ses muscles se crisper.

— Dis-moi ce que tu veux que je fasse.

— Que tu viennes me chercher. Le plus vite possible.

— Tu es chez toi ? s'enquit-elle en se dirigeant à grands pas vers son bureau pour éteindre l'ordinateur et récupérer ses clés. Elle n'était même pas sûre que Tara vivait toujours dans la maison qu'elle louait autrefois avec Marcus.

— Non, je suis au Bayside Motel, sur la Route 9. J'ai fait une erreur en venant ici. J'aimerais rentrer, mais mon pick-up ne démarre plus.

— D'accord. Tu es en danger ? Tu veux que j'appelle la police, ou tu peux attendre une petite demi-heure ?

Un long silence s'étira à l'autre bout du fil tandis qu'elle éteignait la lumière et fermait la porte de son bureau à clé.

— Je crois que j'ai fait confiance au mauvais mec, soupira Tara.

— Classique, répliqua Josi pour détendre l'atmosphère.

— Fais vite, s'il te plaît.

Et Tara raccrocha. Josi regarda son téléphone en fronçant les sourcils. Il n'arrivait jamais rien de bon à l'hôtel où son amie l'attendait. Pourquoi pensait-elle avoir fait une erreur en se rendant sur place ? Qui était cet homme dont elle aurait dû se méfier ? Lui avait-il fait du mal ? Josi le connaissait-elle ?

Le bruit d'un seau qui tombait la fit sursauter violemment. En se retournant, elle se retrouva face à Lincoln, le plus grognon et sans nul doute le plus sexy des cinq frères Beaumont.

— Seigneur ! s'exclama-t-elle en portant une main à son cœur.

Surpris par sa réaction, il haussa un sourcil.

— Tout va bien ?

Sa voix grave teintée d'un léger accent du Sud avait la douceur d'une caresse. L'image que cette pensée évoqua dans l'esprit de Josi la laissa momentanément muette. Lincoln se pencha pour ramasser le seau, avant de la regarder en plissant les yeux.

Quand Josi était arrivée au ranch, encore toute jeune et apeurée, Lincoln était à l'armée. À présent, il travaillait sous ses ordres et elle tombait chaque jour un peu plus amoureuse de lui. En deux ans, l'attirance qu'elle avait ressentie pour lui dès leur première rencontre s'était transformée en un sentiment plus fort, plus profond. Les yeux verts de l'ancien soldat et ses sourires à peine esquissés la faisaient fondre. Lincoln cachait un grand cœur de nounours derrière des mots abrupts et des réponses laconiques, mais Josi n'était pas dupe : sa vraie nature, elle la voyait à l'œuvre tous les jours. Résultat : un seul homme l'intéressait désormais, et il ne saurait jamais que c'était lui.

Elle avait bien eu quelques aventures l'année passée, mais Lincoln mettait la barre trop haut. Personne ne lui arrivait à la cheville. En ce qui le concernait, et autant qu'elle pouvait en juger, il n'avait jamais de petite amie. Les femmes s'arrêtaient à son air grincheux, alors qu'il suffisait d'ouvrir les yeux pour voir qui il était derrière cette façade.

— Jos ?

— Euh, oui, ça va, répondit-elle en passant devant lui. Je dois aller faire une course. Tu pourras fermer l'écurie en partant ?

— Bien sûr. J'ai fini pour aujourd'hui, tu veux que je vienne avec toi ?

Josi s'arrêta net et se retourna pour le dévisager. Lincoln ne lui avait jamais proposé de l'accompagner où que ce soit en dehors du ranch. Et, à bien y réfléchir, cela ne lui ressemblait pas non plus de faire tomber des objets. Elle baissa les yeux sur le seau qui pendait au bout de sa main. Lincoln n'était pas maladroit, et il n'aimait pas sortir. Quelle mouche l'avait piqué ?

Il attendait en silence, les sourcils froncés. Sa mine renfrognée n'avait rien d'engageant. Et pourtant, il lui avait proposé de se joindre à elle…

Josi secoua la tête. Elle perdait son temps. Tara lui avait demandé de faire vite, ce n'était pas le moment de s'interroger sur l'intérêt de se faire escorter par Lincoln Beaumont.

— Non merci, ça va aller, répondit-elle.

Elle lui fit un petit signe de la main et fila rapidement dans la nuit.

Vingt-trois minutes plus tard, Josi s'engageait sur le parking presque désert du Bayside Motel au volant de son SUV compact. La pluie avait redoublé pendant le trajet, et ses essuie-glaces peinaient à dégager les trombes d'eau qui s'abattaient sur le pare-brise. En face d'elle se dressait le grand bâtiment en L de l'hôtel avec ses portes rouges alignées sur deux étages, chacune marquée d'un numéro en métal rouillé et flanquée d'une large fenêtre.

Arriver ici après la nuit tombée éveillait en Josi une nostalgie douce-amère. Car elle en avait passé, du temps, dans ces chambres vieillottes et douteuses, à faire des bêtises avec ses amis pendant que le gérant de l'hôtel regardait ailleurs. L'établissement était connu pour louer à l'heure, et du moment que les clients payaient en liquide, on ne leur posait pas de questions.

Au souvenir de cette période révolue de sa vie, Josi remercia sa bonne étoile de l'avoir guidée vers un autre chemin à l'âge adulte. Elle espérait que Tara avait fait de même, et que sa présence ici ce soir était exceptionnelle.

Elle se gara au fond du parking, sous le seul lampadaire allumé. La dernière fois qu'elle avait croisé Tara, celle-ci conduisait un pick-up plus vieux qu'elle, mais Josi ne l'avait pas vu en arrivant. Avait-elle changé de véhicule ? Au moins, elle ne pourrait pas la rater sous le cône de lumière, et ce malgré le mauvais temps.

En haut du bâtiment, une enseigne lumineuse annonçait

« chambres libres » en lettres tremblotantes. La moitié de l'éclairage de sécurité ne marchait plus. Devant l'hôtel, Josi distinguait un coin pique-nique avec quelques tables, une vieille machine à glaçons et un barbecue en fer délabré. Plus loin, une piscine, vide, dont le fond était recouvert de feuilles mortes et de saletés.

Elle envoya un texto à Tara pour l'informer de son arrivée et lui demander son numéro de chambre. Ainsi, elle pourrait s'approcher en voiture plutôt que de traverser tout le parking à pied dans la nuit et sous la pluie battante. Cette perspective la fit frissonner ; elle monta le chauffage et se frotta les mains l'une contre l'autre.

Un mouvement attira son attention vers la seule fenêtre dont les rideaux n'étaient pas tirés. La lumière bleue d'une télévision dansait contre le mur du fond de la chambre. Soudain, deux ombres apparurent, puis disparurent presque aussitôt.

Nerveusement, Josi regarda autour d'elle pour s'assurer qu'elle était seule. La pluie et l'obscurité amplifiaient son angoisse, et le silence de Tara n'arrangeait rien.

Se rappelant sa voix apeurée au téléphone, elle lui écrivit un autre message. Plus de trente minutes s'étaient écoulées depuis qu'elles s'étaient parlé. Et si ce que redoutait Tara s'était déjà produit ? Et si Josi arrivait trop tard ?

Alors qu'elle hésitait à prévenir la police, une porte de l'hôtel s'ouvrit au bout du parking. Tara en surgit, sembla repérer Josi, mais s'enfuit en courant dans la direction opposée.

— Hé !

Josi détacha sa ceinture et sortit sous l'orage. Au même moment, un craquement de tonnerre déchira le ciel.

— Tara, je suis là ! cria-t-elle en agitant les bras.

Peut-être ne l'avait-elle pas vue ou pas reconnue, finalement ? Josi se figea lorsqu'une autre silhouette émergea de la chambre. Une deuxième détonation, beaucoup moins naturelle que la première, lui arracha un cri.

Un coup de feu !

Elle recula, se cogna contre la portière ouverte. Ça ne pouvait pas être vrai. Terrifiée, elle fouilla la nuit du regard. Tara n'était nulle part en vue.

Alors, le tireur se tourna vers Josi, éclairée par le réverbère comme sous un projecteur. Bras tendu, pistolet au poing, il commença à se diriger vers elle d'un pas déterminé.

Elle se réfugia à l'intérieur de son SUV en même temps que son téléphone vibrait. Un message de Tara illuminait l'écran.

Sauve-toi !

Josi poussa le levier de vitesse en position Drive et enfonça la pédale d'accélérateur. Le véhicule fit un demi-tour sur lui-même avant que les pneus ne réussissent à mordre sur le sol détrempé. Tandis qu'elle rejoignait la route dans une grande embardée, un deuxième tir retentit derrière elle. Josi fila dans la nuit, pied au plancher, jusqu'à ce que le Bayside Motel eût disparu de son rétroviseur intérieur.

2

Après avoir dîné en famille, Lincoln aida à débarrasser et à faire la vaisselle tout en gardant un œil sur l'allée de gravier. Les Beaumont mangeaient ensemble la plupart des soirs de la semaine et souvent aussi le matin. Même les frères de Lincoln, qui n'habitaient plus sur place, revenaient régulièrement pour le petit déjeuner ou le dîner. Se retrouver autour de la table permettait d'entretenir les liens. Comme le disait leur mère, ils avaient tous besoin de se nourrir, alors pourquoi ne pas le faire ensemble ?

Leurs parents leur avaient appris l'importance de bâtir des relations saines et solides. Cela voulait dire consacrer du temps aux gens qu'on aimait, parler avec eux et, surtout, les écouter – mais aussi savoir réparer les éventuelles fissures qui pouvaient apparaître dans les fondations. Lincoln était convaincu que cette éducation avait rendu leur famille plus forte, plus soudée, et lui avait permis de s'agrandir au fil du temps. Quand ils se mariaient, les Beaumont n'allaient pas construire une nouvelle vie ailleurs : ils formaient juste de nouvelles branches sur l'arbre vigoureux dont ils étaient issus.

Si Lincoln n'avait pas été très bavard ces deux dernières années, il faisait l'effort d'être présent tous les soirs, prêtait une oreille attentive à ses proches et les aidait comme il le pouvait. En vérité, il n'aurait raté pour rien au monde un repas en compagnie de Josi, qui éclairait ses journées avec son sourire lumineux et ses adorables fossettes. Les parents et les frères de Lincoln l'avaient adoptée comme une fille et une sœur, et elle avait trouvé sa place parmi eux bien avant qu'il ne s'attache si fortement à elle.

Son absence ce soir après son départ précipité de l'écurie lui avait coupé l'appétit. Le vent et la pluie qui se déchaînaient dehors semblaient refléter son tourment intérieur. Peut-être était-ce une intuition, ou peut-être simplement une angoisse liée au trouble de stress post-traumatique dont il souffrait, mais il ne pouvait se défaire de l'impression que quelque chose clochait.

— Lincoln ? dit doucement sa mère, qui venait d'apparaître dans son champ de vision.

Le regard rivé sur la fenêtre, il opina sans se retourner. Alors seulement elle posa une main sur son épaule.

Mary Beaumont avait adopté cette routine lorsqu'il était revenu au ranch après l'échec de sa dernière mission. Au bout de soixante-quatorze jours de captivité, Lincoln avait été libéré, puis renvoyé de l'armée avec les honneurs. Il comprenait la décision de ses chefs et l'acceptait pleinement, conscient qu'il aurait représenté un danger pour ses hommes et pour lui-même s'il s'était entêté à rester. Il était donc rentré à la maison pour guérir ses blessures physiques et psychologiques, et plus de deux ans après sa mère continuait de s'annoncer et d'attendre un signe de sa part avant de le toucher.

Lincoln appréciait ses efforts, mais toutes ces attentions n'étaient plus nécessaires aujourd'hui. À vrai dire, elles ne l'avaient jamais été. Car l'expérience traumatisante qu'il avait vécue l'avait rendu hypervigilant, et très peu de personnes pouvaient s'approcher à moins de trois mètres de lui sans qu'il le sache.

Il finit de sécher la dernière assiette et la posa sur la pile.

— Ça va, maman ?

— C'est la question que j'allais te poser... Tu as à peine touché à ton dîner.

Lincoln se retourna pour mieux observer sa mère. Le nombre de fils blancs dans ses cheveux châtains semblait avoir doublé durant l'année écoulée, et les rides s'étaient creusées autour de ses yeux et de sa bouche. En songeant qu'il était passé à deux doigts de ne pas la voir vieillir, Lincoln sentit son cœur se serrer.

— Tous tes plats étaient délicieux, lui assura-t-il.

— Quelque chose te préoccupe, alors ?

Inconsciemment, il regarda la chaise vide de Josi.

— Ce n'est sans doute rien.

— Si tu le dis... Je me demande ce qui est arrivé à Josi, ce soir.

Lincoln faillit rire devant son air faussement innocent. Sa mère voyait et devinait tout.

— Je n'en ai aucune idée, répondit-il.

— Mmh. Je l'ai croisée cet après-midi devant l'écurie, et elle avait hâte de faire le point sur la journée d'aujourd'hui pendant le dîner. On devait aussi parler de celle de la semaine prochaine.

Austin, l'un des frères de Lincoln, apparut avec leur père dans le passage voûté qui menait à la grande pièce à vivre. Tout en enfilant sa veste, il s'avança vers eux et embrassa leur mère sur la joue.

— J'ai vu Josi en arrivant au ranch. C'était environ une heure avant qu'on se mette à table.

— Tu n'as pas de problème d'audition, apparemment, grommela Lincoln.

Austin sourit de toutes ses dents.

— Tu sais que je déteste être exclu d'une conversation.

— On a juste entendu la fin de ce que ta mère disait, expliqua leur père.

— Ça ne ressemble pas à Josi de rater un repas sans prévenir, souligna Mary. Je lui ai déjà dit qu'elle n'était pas obligée de nous tenir au courant de tous ses faits et gestes, mais elle considère que c'est une question de respect. Elle ne veut pas qu'on s'inquiète ou qu'on lui prévoie à manger si elle sait qu'elle ne sera pas là. Est-ce qu'elle t'a dit quelque chose, Lincoln ?

Trois paires d'yeux se tournèrent vers lui.

Il haussa les épaules, en espérant avoir l'air plus détendu qu'il ne l'était, et en priant pour que la peur qui l'étreignait se révèle infondée.

— Je sais juste qu'elle a reçu un coup de fil et qu'elle est partie faire une course.

Josi lui avait paru soucieuse. Il l'avait senti à sa voix et à son attitude. C'était pour cette raison qu'il lui avait offert de l'accompagner, au cas où les choses tourneraient mal, mais elle l'avait regardé avec de grands yeux comme s'il lui était poussé une deuxième tête. De toute évidence, sa proposition lui avait semblé déplacée.

— Quel genre de course ? demanda sa mère.

— Elle ne me l'a pas dit.

Austin l'observa un moment. Il voyait sûrement tout ce que Lincoln ne voulait pas montrer.

— Pourquoi es-tu aussi tendu, alors ? s'enquit-il.

— Je suis toujours tendu.

— Pas à ce point. Tu crois qu'il y a un problème ? Ou est-ce que c'est juste parce que...

Il jeta un coup d'œil gêné vers leur mère.

— Tu sais.

Parce que c'est elle, voulait-il dire.

Lincoln lutta contre l'envie de se frotter la nuque, un geste qui l'aurait trahi. À la place, il soutint le regard de son frère en s'efforçant de rester impassible.

Les Beaumont avaient tous fait l'armée, y compris leur mère. Après leur service militaire, les frères de Lincoln avaient embrassé des carrières dans la surveillance et la protection : deux étaient détectives privés, un autre inspecteur de police, le dernier membre de l'ATF, l'agence de lutte contre la drogue, l'alcool et les armes à feu. Quant à leurs parents, à force d'accueillir des jeunes en difficulté, ils avaient développé un sixième sens pour deviner les problèmes de leurs protégés et lire jusque dans leurs cœurs.

Bref, il n'était pas aisé de garder un secret dans cette maison.

— Je suis sûr que tout va bien, lâcha Lincoln en s'écartant de l'évier. Josi doit juste être avec des amis, et moi je suis sans doute un peu fatigué. Il y a eu beaucoup de monde au ranch aujourd'hui. Vous savez dans quel état ça me met.

Il embrassa sa mère, donna une claque dans le dos de son frère et salua son père d'un signe de tête.

— Je rentre, lança-t-il en attrapant son manteau et son chapeau dans l'entrée.

— Quand tu verras Josi, dis-lui qu'elle nous a manqué ! lui cria sa mère avant qu'il ait eu le temps de sortir. Si elle n'a pas mangé, elle peut passer quand elle veut. Je lui garde une assiette au frigo.

— OK.

Lincoln enfonça son chapeau de cow-boy sur sa tête et sortit sous la pluie, en se gardant bien de se retourner vers les trois membres de sa famille qui, il n'en doutait pas, le regardaient s'éloigner. Il ne voulait pas leur montrer à quel point il se faisait du souci.

Tu n'as aucune raison de t'inquiéter pour l'instant, se rappela-t-il. Si quelqu'un d'autre avait manqué le dîner, il ne s'en serait pas préoccupé le moins du monde. Cela arrivait de ne pas voir passer le temps, ou d'oublier un rendez-vous. Seulement, il s'agissait de Josi...

Austin avait raison. Il s'inquiétait parce que c'était *elle*.

Ses proches seraient scandalisés s'ils découvraient le genre de pensées qu'elle lui inspirait. Eux la voyaient sans doute encore comme l'adolescente perdue qu'ils avaient secourue, mais lui ne l'avait jamais connue ainsi. À ses yeux, Josi était une jeune femme intelligente, résiliente et pleine de ressources. Une jeune femme qui avait surmonté assez d'épreuves pour ne pas être effrayée par son passé traumatique à lui. Lincoln espérait juste que sa famille ne soupçonnait pas l'horrible vérité : il était involontairement et irrémédiablement tombé amoureux d'elle.

La pluie de novembre martelait son chapeau et les épaules de sa veste tandis qu'il marchait vers son chalet situé juste à côté de celui de Josi, à un jet de pierre de l'écurie. En voyant des phares surgir dans l'allée, il laissa échapper un soupir de soulagement. Ayant tout de suite reconnu le bruit du moteur, il changea de direction, en regrettant de ne pas avoir de parapluie pour protéger Josi lorsqu'elle sortirait de sa voiture.

Il fourra les mains dans ses poches et accéléra le pas.

Le vieux SUV cahotait sur le chemin. À la surprise de Lincoln, Josi dépassa le carré de gravier sur lequel elle se garait d'habitude pour contourner l'écurie et s'arrêter derrière, à l'abri des regards. Il la suivit, les sourcils froncés. Elle n'avait aucune raison de se parquer là – sauf si elle avait effectivement des ennuis. L'espace d'un instant, il craignit qu'elle sorte un cadavre de son coffre... Cadavre qu'il n'hésiterait pas à cacher pour elle, d'ailleurs, si elle le lui demandait.

Tandis qu'il s'approchait, tout dégoulinant de pluie, Josi descendit de son SUV et referma la portière derrière elle. La lumière de son téléphone illuminait son visage inquiet. Lincoln se racla la gorge pour la prévenir de sa présence, mais le tonnerre couvrit sa voix. Au même instant, son portable se mit à vibrer dans sa poche. Alors qu'il le sortait pour voir qui l'appelait, Josi leva les yeux et poussa un cri.

— Ahh !

Elle recula en trébuchant, l'air épouvanté. Lincoln crut qu'elle allait le frapper avec son téléphone, mais elle le reconnut à temps et le soulagement inonda ses traits.

— Lincoln ! s'exclama-t-elle en se jetant sur lui. Dieu merci...

Il se figea, les bras encore levés en geste d'apaisement. Il sentait la chaleur de son corps à travers sa chemise, entre les pans ouverts de son manteau.

— J'étais en train de t'appeler, dit-elle, la joue pressée contre son torse. J'ai prévenu la police avant d'arriver ici, mais j'aurais peut-être dû m'arrêter.

Ses dents se mirent à claquer. La pluie glaciale continuait de tomber à seaux. Avec un temps de retard, Lincoln reprit ses esprits, et il commençait à refermer les bras autour d'elle quand elle se redressa brusquement. Avant qu'il ait pu terminer son geste, elle s'écarta de lui.

— Excuse-moi, bafouilla-t-elle. J'avais oublié que tu ne... Je ne voulais pas...

Lincoln grimaça. Évidemment qu'elle n'avait pas vraiment eu l'intention de l'enlacer. Pourquoi aurait-elle eu une idée pareille alors qu'elle était visiblement convaincue qu'il... quoi ? Qu'il refusait tout contact avec les gens ?

— Qu'est-ce qui se passe ? s'enquit-il en se concentrant sur l'essentiel, à savoir qu'elle était potentiellement en danger. Pourquoi as-tu appelé la police ?

Elle avait aussi cherché à le joindre, lui, songea-t-il. C'était plutôt bon signe, non ?

La jeune femme jeta un coup d'œil inquiet autour d'eux.

— Allons parler à l'intérieur.

— Je te suis.

Il pensait qu'elle choisirait de rentrer chez elle, mais elle préféra se diriger vers l'écurie. Tandis qu'elle ouvrait la porte de son bureau et allumait la lumière, des dizaines de scénarios défilèrent dans la tête de Lincoln, tous plus angoissants les uns que les autres. Que lui était-il arrivé ? Au moins, elle ne semblait pas blessée, et son véhicule n'avait pas paru endommagé...

Ce qu'elle lui annonça lui fit l'effet d'un coup de poing à l'estomac :

— Quelqu'un m'a tiré dessus.

— Comment ça, quelqu'un t'a tiré dessus ? Où étais-tu ?

— Un type armé a essayé de tuer mon amie, Tara, expliqua Josi tout en ôtant ses chaussures et ses chaussettes mouillées. Je crois qu'elle a réussi à s'échapper, mais elle est sûrement en danger. Je me suis garée derrière l'écurie au cas où le gars m'aurait suivie. Oh ! mon Dieu... Je n'aurais pas dû revenir ici !

Lincoln posa son chapeau sur une chaise avant d'aller chercher des serviettes propres aux toilettes. Il en tendit deux à Josi et utilisa la troisième pour se sécher le visage et se frictionner les cheveux. Puis il s'adossa contre le mur.

— Raconte-moi tout depuis le début.

Josi frissonnait sous l'effet du froid ou de l'adrénaline – ou d'un mélange des deux.

— Et si j'avais attiré un psychopathe ici ? souffla-t-elle, paniquée.

— Assieds-toi, lui ordonna-t-il en montrant le fauteuil derrière elle.

La jeune femme obéit. En voyant sa lèvre inférieure trembler, Lincoln s'en voulut de manquer autant de tact. Sa fermeté et son autorité naturelles, si utiles à l'armée et avec les chevaux, devenaient un handicap dans les situations qui requéraient une approche plus délicate.

Il fit un pas vers le bureau.

— Écoute, Josi. Si l'homme qui s'en est pris à ton amie se pointe ici, il repartira avec les menottes aux poignets, ou ligoté comme un pourceau. Il ne faut pas que ça t'inquiète.

Elle hocha la tête en essuyant les larmes qui roulaient sur ses joues.

— OK. Tu as raison.

De la voir si ébranlée, Lincoln brûlait de la serrer dans ses bras. Le souvenir encore frais de son corps pressé contre le sien lui torturait l'esprit. Il le chassa bien vite, les mâchoires crispées. Il fallait qu'il se concentre. Qu'il obtienne tous les détails de ce qui était arrivé à Josi pour pouvoir la protéger au mieux.

— Tu es en colère, lâcha-t-elle. Je le savais.

— Je ne suis pas en colère.

— Ce n'est pas ce que dit ton visage.

Il fronça encore plus les sourcils. S'il en voulait à quelqu'un, c'était à ce sale type qui avait tiré sur elle. Et à lui-même, aussi, qui n'était pas fichu de la réconforter. Ceci dit, Lincoln était plus homme d'action qu'homme de parole – elle avait dû le comprendre, depuis le temps.

— Qu'est-ce qui s'est passé ? lui demanda-t-il. Je veux toute l'histoire, depuis le début. Pourquoi as-tu attendu d'être ici avant d'appeler la police ?

— Parce que j'avais fait tomber mon téléphone dans ma voiture en repartant de l'hôtel, et que je n'osais pas ralentir ni m'arrêter.

Lincoln sentit ses poings se refermer tout seuls. Il détestait voir la peur dans ses yeux, l'entendre dans sa voix. Il aurait voulu l'effacer.

— Continue.

— J'étais censée récupérer mon amie, Tara, devant le Bayside Motel. Quand je suis arrivée là-bas, elle n'était pas sur le parking, alors j'ai attendu quelques minutes. Et puis elle a surgi du bâtiment, poursuivie par un homme armé. Il a tiré dans sa direction, avant de se retourner vers moi et de tirer à nouveau. Tara s'est enfuie à pied, je suis repartie en voiture. Je l'ai laissée toute seule.

Lincoln était tellement crispé qu'il en avait mal aux muscles. Quelqu'un avait essayé de tuer Josi et il ne pouvait rien y faire.

— Tara m'a envoyé un message pour me dire de me sauver, conclut-elle en se recroquevillant sur son siège, comme vidée de son énergie. Maintenant, elle ne répond plus. Il faut que je la retrouve.

— Tu as tenté de la joindre après avoir prévenu la police ?

— Oui. Et ensuite, je t'ai appelé.

De l'autre côté de la fenêtre qui donnait sur l'intérieur de l'écurie, les chevaux s'agitaient dans leurs boxes, étonnés d'avoir de la visite si tard dans la soirée. Ils devaient sentir que quelque chose n'allait pas.

— Je vais appeler Finn, décréta Lincoln.

Son plus jeune frère, inspecteur à la police de Marshal's Bluff, accepterait sans nul doute de les aider. Âgé de vingt-cinq ans, Finn avait seulement deux ans de plus que Josi. Tous deux avaient été très proches durant la première année de la jeune femme au ranch – chose qui éveillait d'ailleurs chez Lincoln une jalousie absurde. Finn était quelqu'un de bien ; heureusement que Josi avait pu compter sur lui quand elle avait eu besoin d'un ami. À l'époque, Lincoln se trouvait à l'autre bout du monde.

Finn décrocha rapidement.

— Salut, frangin. J'allais t'appeler.

— Je suis avec Josi, le prévint Lincoln. J'ai mis le haut-parleur.

— Ah. Bonsoir, Jos.

— Salut, Finn, murmura-t-elle.

— Je suis au Bayside Motel. Tu sais pourquoi, j'imagine ?

— Oui. J'y étais tout à l'heure.

Finn marqua une pause. Derrière lui, on entendait le bruit étouffé de la pluie.

— On a reçu un signalement pour des coups de feu, déclara-t-il. Le témoin dit avoir vu un SUV conduit par une femme aux longs cheveux blonds quitter les lieux. C'était toi, je suppose ?

— Je ne vois pas qui ça pourrait être d'autre.

— Un deuxième véhicule est parti dans la foulée, avec à son bord deux ou trois individus. Le témoin n'a pas été plus précis.

— Est-ce qu'il a noté la plaque d'immatriculation ? s'enquit Lincoln.

— Non.

— Le type qui m'a tiré dessus m'a regardée droit dans les yeux, souligna Josi, de nouveau inquiète. Il sera capable de me reconnaître si on se recroise.

— Il fait sombre, sur ce parking, répliqua Finn. Il n'y a qu'un lampadaire qui marche.

— J'étais garée dessous.

Lincoln serra le téléphone plus fort dans sa main, sentant son instinct protecteur refaire surface.

— Autre chose ? demanda-t-il à son frère.

— Rien pour l'instant, mais il est encore tôt. Je passerai demain pour faire le point avec vous sur l'enquête. En attendant, j'aimerais recueillir le témoignage de Josi. Qu'elle me dise, pour commencer, ce qu'elle faisait devant ce motel à la nuit tombée.

Comme s'il existait un bon moment pour s'y rendre, songea Lincoln en tendant l'appareil à la jeune femme. Le Bayside Motel était un repaire de criminels en tout genre.

— Hé, Linc ? appela Finn tandis que les doigts tremblants de Josi effleuraient les siens.

— Oui ?

— Rends-moi service : reste avec elle cette nuit. Et garde ton téléphone près de toi.

Lincoln tourna les yeux vers Josi en retenant son souffle. Il ne demandait qu'à la protéger, mais elle n'avait peut-être pas envie de l'avoir sur le dos jusqu'au lendemain. Au besoin, il était prêt à faire le guet devant sa porte.

Josi soutint son regard pendant qu'elle répondait à Finn :

— Ton frère peut dormir chez moi, s'il est d'accord. Et demain matin, il m'aidera à chercher Tara.

Lincoln acquiesça sans hésiter.

3

Josi se tourna dans son lit et enfouit son visage dans l'oreiller. L'esprit tout embrumé de sommeil, elle commençait à se rendormir quand les souvenirs de la soirée lui revinrent brusquement en mémoire. Elle se redressa, le cœur battant à tout rompre.

Les coups de feu résonnaient encore à ses oreilles, et le visage paniqué de Tara semblait imprimé sur ses rétines. En la voyant fuir dans la direction opposée, Josi s'était dit que son amie ne l'avait peut-être pas reconnue à cause de la pluie et de l'obscurité, mais à présent son attitude lui apparaissait sous un autre jour. Tara avait voulu la protéger, elle en était certaine. Entraîner l'homme armé loin d'elle, faire en sorte qu'il ne se doute pas que Josi était là pour elle. Elle lui avait même envoyé un message pour la mettre en garde. *Sauve-toi.*

Où était-elle, maintenant ?

Josi attrapa son téléphone sur la table de chevet. Rien de nouveau depuis qu'elle s'était endormie sur le canapé.

À cette pensée, elle sursauta. Elle ne se rappelait pas s'être couchée dans son lit… ce qui signifiait que Lincoln l'avait portée jusqu'ici. Était-il encore dans le chalet ?

Par un heureux hasard, elle avait rangé son linge la veille. Si Lincoln avait vu ses petites culottes dans la panière, ou ses soutiens-gorge pendus à la barre de la douche, elle ne s'en serait pas remise. Peut-être encore moins que de s'être fait tirer dessus par un inconnu.

Elle se leva et fila dans la salle de bains pour se brosser les dents et les cheveux. Dieu merci, elle ne s'était pas endormie dans ses vêtements mouillés. La première chose qu'elle avait faite en arrivant avait été de se changer. Avant cela, Lincoln s'était arrêté chez lui pour en faire autant, en insistant pour qu'elle l'accompagne. Il ne l'avait pas quittée d'une semelle depuis qu'elle l'avait trouvé derrière l'écurie à son retour du motel.

Elle se prépara le plus discrètement possible, en prenant le temps de s'appliquer un peu de gloss et de mascara. Puis elle se hâta de rejoindre le salon, curieuse de voir si Lincoln avait passé la nuit sur le canapé – et s'il s'y trouvait toujours.

La pièce était vide.

Un post-it rose fluo couvert de pattes de mouche l'attendait sur le plan de travail de la cuisine. Le message, signé « L. », l'informait que si elle ne se réveillait pas trop tard elle était la bienvenue au ranch pour le petit déjeuner. Josi jeta un coup d'œil sur l'horloge. Le repas n'avait sans doute pas encore été servi. À cette heure-ci, les corvées du matin étaient à peine terminées, et M. Beaumont tenait à les superviser lui-même avant de manger.

Elle enfila son manteau et ses bottes en caoutchouc et sortit.

Le temps était froid et maussade, le sol détrempé par les pluies de la nuit. De gros nuages traversaient le ciel gris, annonçant une nouvelle tempête. Josi remonta la fermeture Eclair de son manteau et baissa la tête contre le vent.

Son chalet et celui de Lincoln se trouvaient à quelques minutes à pied de la grande maison familiale. D'après ce qu'elle avait pu en voir pendant qu'elle avait attendu qu'il se change, le logement de Lincoln était meublé et décoré de façon spartiate. L'antithèse du sien, rempli de livres, de coussins et de plaids – tous ces objets réconfortants dont elle avait rêvé étant petite et qu'elle s'était promis de posséder en abondance une fois adulte. Grâce à son talent pour dénicher les perles rares dans les boutiques d'occasion, elle avait réussi à se créer un petit intérieur digne d'un magazine de décoration avec un simple salaire de responsable d'écurie.

La veille au soir, autour d'un bol de chips, Lincoln et elle avaient discuté de ce qui s'était passé au motel, en tentant de comprendre ce que Tara avait bien pu faire là-bas et d'émettre des hypothèses sur l'identité du tireur. Ils avaient regardé une chaîne d'information locale dans l'espoir d'en apprendre plus, mais l'incident n'avait même pas été évoqué. Et Josi s'était endormie, laissant Lincoln livré à lui-même. Avec les piles de romans sentimentaux qui occupaient toutes les surfaces du chalet, sa fascination pour les cow-boys ne devait plus être un secret pour lui...

Elle grimaça. Au moins, il ignorait qu'il était à l'origine de ce fantasme.

Josi s'obligea à se concentrer sur le repas qu'elle s'apprêtait à partager avec les Beaumont. Elle était convaincue que la mère de Lincoln et au moins un de ses frères l'avaient déjà surprise en train de le reluquer en douce. Ils n'avaient jamais rien dit, mais ils l'avaient vue, c'était sûr. Comme ils devaient la trouver puérile ! Il fallait qu'elle se surveille, surtout si Lincoln et elle étaient amenés à passer plus de temps ensemble.

Alors qu'elle s'humectait les lèvres, le goût de son gloss à la cerise la fit soudain douter. Elle se maquillait rarement, et jamais pour aller travailler. Tout le monde autour de la table le remarquerait. Certains devineraient peut-être même pourquoi elle l'avait fait aujourd'hui – à part Lincoln, qui restait totalement insensible à ses tentatives de séduction. Gênée, elle prit un mouchoir dans la poche de son manteau et s'essuya la bouche. Pour le mascara, hélas, elle ne pouvait rien faire.

Elle ralentit alors qu'une autre pensée lui traversait l'esprit. S'ils savaient tous que Lincoln avait dormi chez elle, se poseraient-ils des questions ? Auraient-ils des inquiétudes ?

Sans doute pas, se dit-elle. Elle avait cinq ans de moins que lui, et les Beaumont la voyaient encore comme une adolescente fragile. Jamais ils n'imagineraient qu'il puisse arriver quoi que ce soit d'inapproprié entre eux.

Elle poussa un soupir et tâcha de se préparer psychologiquement à cette réunion de famille. Ils allaient tous vouloir entendre l'histoire de sa bouche. Et, avec leurs grands cœurs, ils allaient tous s'empresser de la consoler et de lui proposer leur aide pour retrouver son amie. C'était à cela qu'elle devrait penser : à Tara, et non à Lincoln.

Celui-ci ouvrit la porte et la rejoignit dehors avant même qu'elle ait fini de monter les marches du porche. Le demi-sourire qu'elle aimait tant flotta un instant sur ses lèvres.

— Tu m'attendais ? lui demanda-t-elle, taquine.

— Euh... oui, répondit-il en plongeant les mains dans ses poches.

Il était en T-shirt, et il frissonna sous l'assaut du vent glacial.

— J'ai hésité à te laisser seule, ce matin, mais j'ai pensé que tu préférerais être tranquille pour te préparer. J'ai surveillé ton chalet d'ici.

— Merci.

La porte s'ouvrit en grand derrière eux, faisant virevolter la couronne d'automne qui la décorait.

— Vous êtes fous ! s'écria Mme Beaumont. Il fait un froid de canard, dehors. Rentrez donc !

Elle les attrapa chacun par un bras et les tira à l'intérieur. Josi sentit le regard de Lincoln rivé sur son dos tandis qu'elle se dirigeait vers la cuisine.

— Ah, la voilà ! s'exclama M. Beaumont en la serrant affectueusement dans ses bras. Comment vas-tu, Josi ? Tu as réussi à dormir un peu ? On a appris ce qui s'était passé. Que ces gars-là se retrouvent exposés au danger de temps en temps, on peut s'y attendre vu leurs métiers, mais toi...

Il avait désigné d'un geste les frères de Lincoln, Finn, Austin et Dean, qui étaient assis à table. Un inspecteur de police et deux détectives privés.

Josi et M. Beaumont s'installèrent face à face pendant que Mary et Lincoln apportaient les plats.

— Café ? proposa Finn.

— Volontiers.

Josi lui tendit sa tasse en souriant. Quoi qu'il advienne, elle se savait chanceuse d'être entourée de gens aussi adorables.

— Qu'est-ce que ça a donné, hier soir, au motel ? demanda-t-elle à Finn alors que Lincoln s'asseyait à sa droite et Mme Beaumont à côté de son mari. Vous avez des pistes ?

— Pas encore.

— Tu penses que le tireur a réussi à atteindre Tara ?

L'idée que son amie ait pu être blessée par balle avant de lui envoyer son dernier message la rendait malade.

— On n'a retrouvé aucune trace de sang, mais il pleuvait beaucoup hier soir. Mes hommes sont en train de passer le parking au peigne fin. Avec un peu de chance, le vent n'a pas emporté les douilles trop loin. Les experts en balistique pourront peut-être remonter jusqu'à l'arme, voire jusqu'à son propriétaire.

Pendant que Finn parlait, les différents plats circulèrent autour de la table. Muffins et petits pains, yaourts et fruits frais, confitures et gelées, quiche, œufs brouillés, saucisses et bacon...

Tout en remplissant son assiette, Josi eut une pensée émue pour Tara. Était-elle en sécurité à cet instant ? Dans quelle galère s'était-elle fourrée pour que quelqu'un veuille la tuer ? À l'époque où elles se fréquentaient, Tara était une jeune fille posée, un peu timide mais déterminée. Pas le genre en tout cas à traîner dans un hôtel crasseux en compagnie d'un homme armé.

De l'autre côté de la table, Mme Beaumont couvait Josi de ce regard maternel qui ne la quittait jamais, teinté aujourd'hui d'une pointe de curiosité.

— On est tous bien contents que tu aies accepté la proposition de Lincoln de rester avec toi cette nuit, déclara-t-elle.

— C'est Finn qui a suggéré cette idée, répondit Josi en se sentant rougir.

— Et il a eu raison.

Elle jeta un coup d'œil à Finn, puis à Lincoln. Le premier semblait amusé. Le second, furieux.

— On sait à quel point tu tiens à ton indépendance, continua Mary. Tu as peut-être eu l'impression qu'on t'imposait un baby-sitter, mais ce n'était pas notre intention.

Un baby-sitter... Josi eut envie de rentrer sous terre. Elle focalisa son attention sur sa tartine de confiture, en se disant que tant qu'elle aurait la bouche pleine personne ne lui demanderait de répondre.

— Jos, est-ce que tu as une idée de ce que faisait Tara dans ce motel, hier soir ? lui demanda Finn quelques instants plus tard.

— Aucune. On ne s'est pas beaucoup parlé depuis la mort de son frère. Elle s'est excusée de me demander un service, ce qui m'a paru étrange parce qu'on était vraiment proches à une époque. Elle m'a dit qu'elle n'était pas sûre de pouvoir faire confiance à quelqu'un d'autre.

— Elle a vraiment dit ça ?

— En substance, oui. Pourquoi ?

Dean se redressa sur sa chaise, sa tasse de café dans les mains.

— Il y a une différence entre savoir à qui on peut demander et savoir à qui on peut faire confiance. Dans le premier cas, il s'agit simplement de trouver quelqu'un qui soit prêt à t'aider, ou qui soit disponible.

— On n'a pas besoin de très bien connaître une personne pour lui demander un service, renchérit Austin. Mais il faut en être proche pour lui faire confiance.

— C'est plus compliqué que ça, répliqua Lincoln. Si je devais me confier à quelqu'un, je pourrais me tourner vers n'importe lequel d'entre vous. Vous êtes ma famille, je vous connais bien. Mais je ne vous ferais pas forcément confiance pour garder certains secrets.

Austin pointa sa fourchette vers Lincoln en lui lançant un clin d'œil, avant d'éclater d'un rire franc. Et soudain, tout le monde partagea son amusement – sauf Josi, qui ne comprenait pas ce qu'il y avait de drôle.

— Si Tara avait un secret à confier, je serais sans doute la bonne personne à appeler, remarqua-t-elle. Je ne connais aucune de ses fréquentations actuelles, et je ne suis plus en contact avec nos anciens amis.

— Sais-tu si elle vit toujours dans la même maison ? s'enquit Finn en reprenant son sérieux.

— Aux dernières nouvelles, oui. Pourquoi ?

Pendant des années, Josi et Tara avaient connu la peur de n'avoir nulle part où aller. Surtout pendant leur adolescence, quand les familles d'accueil avaient été de moins en moins nombreuses à accepter les jeunes de leur âge. Heureusement, le grand frère de Tara était rentré de son service militaire au moment où sa sœur avait eu le plus besoin de lui, et il l'avait prise sous son aile avant qu'elle ne se retrouve à la rue. Tout comme les Beaumont avaient recueilli Josi au ranch.

— D'après le réceptionniste du motel, Tara occupait une chambre depuis deux semaines, qu'elle payait en liquide, précisa Finn.

— Ah bon ? Je croyais qu'elle vivait toujours en ville, dans Bay Street.

— C'est l'adresse notée sur son permis de conduire. J'ai prévu d'y passer aujourd'hui. Mais avant ça, je voulais te parler de ton SUV...

— Je peux le déplacer, s'il gêne, dit Josi en sortant la clé de sa poche. Quand je suis rentrée hier soir, j'étais paniquée, et je ne voulais pas le laisser à découvert.

— Tu as bien fait. Papa et Dean ont dégagé de l'espace dans le hangar. J'y mettrai ta voiture en partant tout à l'heure. C'est juste par précaution, le temps qu'on identifie l'homme armé.

— Comment je vais faire pour me déplacer ? protesta-t-elle. Lincoln était d'accord pour qu'on tente de retrouver Tara, aujourd'hui.

— Il peut te conduire où tu veux, répondit Mme Beaumont. Et ça nous rassurera de te savoir avec lui.

Josi resta sans voix. Lincoln avait accepté de l'accompagner, pas de lui servir de chauffeur...

— Je te propose qu'on commence par aller voir sur le lieu de travail de Tara, puis qu'on fasse un tour en ville pour interroger les gens qu'elle connaît, dit-il. Quelqu'un sait forcément quelque chose.

Tout le monde acquiesça autour de la table, et Josi sentit son cœur se gonfler de gratitude. Lincoln ne venait pas avec elle juste pour la protéger en cas de problème. Il avait décidé de prendre une part active aux recherches.

Comme si elle avait besoin d'une raison supplémentaire de l'apprécier...

4

À 15 heures, Lincoln en avait terminé à l'écurie. Les leçons d'équitation étaient finies pour la journée, les chevaux avaient été pansés et ramenés dans leurs boxes, et Josi bouclait les dernières tâches administratives dans son bureau. Bientôt, ils iraient se doucher et se changer et pourraient partir à la recherche d'informations sur son amie disparue. Avec un peu de chance, ils retrouveraient Tara saine et sauve.

Malheureusement, on ne pouvait pas dire que la chance ait beaucoup souri à Lincoln ces derniers temps.

Il s'avança vers la porte ouverte du bureau en marchant bruyamment pour prévenir Josi de sa présence. Il n'avait pas envie de la faire sursauter alors qu'elle était déjà à cran.

La jeune femme leva les yeux vers lui.

— Je viens de finir, dit-elle en éteignant son ordinateur. On y va ?

Il acquiesça et la suivit dehors.

— Est-ce qu'on prend une douche d'abord ? s'enquit-il.

Josi s'arrêta brusquement.

— Comment ça ?

— Je peux aller chercher mes affaires et me laver chez toi, ou alors tu attends pendant que je me douche chez moi, dit-il en se frottant la nuque. Dans tous les cas, je préférerais qu'on reste ensemble, si ça ne te dérange pas.

En la voyant rougir, il comprit soudain le malentendu.

Surtout, ne grogne pas, ne jure pas, s'ordonna-t-il. Cela ne ferait qu'empirer les choses.

— J'attendrai dehors pendant que tu te laveras, bien sûr, précisa-t-il.

Le prenait-elle pour un pervers ?

— Si je te promets de faire vite, est-ce qu'on peut se séparer ? demanda-t-elle. Disons qu'on se retrouve ici dans vingt minutes ?

Lincoln réfléchit rapidement. Cette solution lui déplaisait, mais il n'avait pas vraiment de raisons de refuser. Il accepta donc à contrecœur, et ils se dirigèrent vers leurs chalets respectifs.

Un quart d'heure plus tard, il s'asseyait sous le porche de Josi, le chapeau à la main. Pendant sa douche, il n'avait pas cessé de penser à elle et au plaisir qu'il éprouvait de lui servir de garde du corps, ne serait-ce que temporairement. Être responsable de sa sécurité lui donnait une excuse pour passer avec elle autant de temps qu'elle lui en accorderait, sans que personne n'ait rien à y redire. Il pourrait lui poser toutes les questions qu'il avait gardées pour lui jusque-là de peur de paraître trop intrusif. Dans ces circonstances, sa curiosité serait vue comme une simple politesse.

Ses parents et ses frères connaissaient Josi mieux que lui. Ils l'aimaient et la respectaient, et l'avaient accueillie parmi eux longtemps avant que Lincoln ne revienne vivre à la maison. Il avait du retard à rattraper.

Quand Josi sortit de son chalet, en jean moulant, baskets et manteau de laine noire, son parfum de vanille et de noix de coco flotta jusqu'à Lincoln à la faveur d'un coup de vent. Peu importait le temps ou la saison, elle sentait toujours aussi bon qu'une journée d'été à la plage.

— Tu es déjà là ! s'exclama-t-elle. Je pensais être prête avant toi.

— Je viens d'arriver.

Elle se mordit la lèvre, se demandant sans doute s'il disait vrai. Lincoln se leva et elle le suivit sans un mot jusqu'à son pick-up.

Il se souvenait très nettement de leur première rencontre,

quelques jours après son retour de mission. Elle lui avait adressé la parole alors qu'il ne répondait pas encore aux gens. Sans se formaliser de son silence, elle avait continué de vaquer à ses occupations en chantonnant. Jamais elle n'avait laissé transparaître la moindre gêne en présence de ce quasi-inconnu encore hanté par ce qu'il avait vécu à des milliers de kilomètres de là. Elle lui avait apporté des livres le soir, de quoi boire et manger dans la journée, en laissant le tout sur les marches de son chalet pour respecter son besoin de solitude. Et quand il avait enfin été capable de travailler, elle lui avait fait une place à ses côtés le plus naturellement du monde.

Pour toutes ces raisons, Lincoln lui devait bien plus que quelques heures ou quelques jours de protection. En réalité, il lui devait la vie. Que serait-il advenu de lui si elle n'avait pas été là pendant cette période sombre qui avait suivi son retour à la vie civile ? Une chose était certaine : sans elle, il ne serait pas l'homme qu'il était aujourd'hui.

Lincoln démarra le moteur du pick-up et régla le chauffage. Les températures baissaient rapidement dans leur petite ville côtière, et elles continueraient sans doute de chuter les prochains jours jusqu'à ce que la tempête soit passée. La radio, qui s'était allumée quand il avait mis le contact, diffusait un morceau de country populaire. Alors qu'ils atteignaient la petite route qui traversait les terres du ranch, l'animateur reprit l'antenne pour un flash d'information. Lincoln monta le son en l'entendant évoquer les coups de feu de la veille.

« Deux femmes semblent avoir été visées. Les images des caméras de surveillance montrent l'une d'elles s'enfuyant à pied et l'autre en voiture. Elles seraient toutes les deux de la région. On connaît même l'identité de la conductrice : Josi Roberts, responsable des écuries au célèbre ranch des Beaumont. »

Josi étouffa un cri. Furieux, Lincoln appuya sur l'écran du tableau de bord pour activer la commande vocale :

— Appelle Finn.

— Je suis au courant, dit son frère lorsqu'il décrocha. On va leur demander de ne plus citer son nom à l'antenne, mais l'extrait est déjà en ligne sur leur site. Avant que tu t'énerves contre moi, rappelle-toi qu'on aime tous Josi et que tu es avec elle. Tara, elle, est toute seule. La priorité, c'est de la retrouver.

Lincoln lança un coup d'œil vers Josi, avant de se concentrer de nouveau sur la route. Comment avait-elle compris l'affirmation de Finn ? En avait-elle déduit qu'il l'aimait du même amour que les autres, c'est-à-dire comme une sœur ?

— Qu'est-ce qu'il y a ? lui demanda-t-elle, les sourcils froncés. Tu as l'air offensé.

— Il a toujours l'air offensé, intervint Finn. Bon, je vous promets de faire ce que je peux pour régler ce problème.

— On te fait confiance, lui assura Josi. Et comme tu dis, je ne risque rien avec Lincoln. Tu as des pistes sur Tara ?

Lincoln se retint de sourire. Oui, c'était plaisant d'entendre qu'elle se sentait en sécurité avec lui, mais son nom avait été divulgué à la radio et sur Internet. Avant de se réjouir, il attendrait d'être sûr qu'elle ne courait aucun danger.

— Toujours rien, répondit Finn.

Josi croisa et décroisa nerveusement les jambes.

— Ça fait presque vingt-quatre heures. Elle ne répond pas à mes messages, et quand j'essaie de l'appeler je tombe directement sur le répondeur. Qu'est-ce que ça veut dire ? Que son téléphone est éteint ? Qu'il n'a plus de batterie ?

— L'équipe technique est en train d'essayer de le localiser, expliqua Finn. S'il est toujours allumé, ça permettra de réduire le périmètre des recherches. Je dois vous laisser, j'ai un autre appel. Prends bien soin de mon frère, d'accord ?

— Préviens-moi dès que tu as du nouveau, répliqua-t-elle en ignorant sa boutade.

Finn raccrocha.

— On devrait peut-être commencer par aller voir à l'adresse où Tara vivait avec son frère, suggéra-t-elle.

— C'est dans Bay Street, c'est ça ?

— Oui. Une petite maison jaune, au fond de l'impasse.

Lincoln tourna en direction du centre-ville.

— Si elle n'y est pas, on pourra tenter notre chance à son travail ou auprès de notre ancien groupe d'amis, ajouta Josi. Elle est peut-être restée en contact avec certains d'entre eux.

— OK.

Il serra le volant plus fort entre ses mains. À présent que l'identité de Josi avait fuité, leur mission prenait un tour nettement plus dangereux. La bonne nouvelle, c'était que Lincoln était sans doute l'homme le mieux entraîné et le plus motivé pour la protéger.

Josi regardait le paysage familier défiler derrière les vitres tandis que Lincoln pilotait son énorme pick-up à travers Marshal's Bluff. L'habitacle sentait bon l'air frais, le soleil et le foin, avec un soupçon de chewing-gum à la menthe et d'after-shave. À en juger par sa garde-robe usée, Lincoln n'avait pas acheté grand-chose en dehors de ce camion depuis son retour. Le monstre puissant, rutilant, était tout ce dont un cow-boy pouvait rêver. Mais lui ne l'avait pas choisi pour la frime : il s'en servait tous les jours pour transporter du matériel et des balles de foin, ou tracter des remorques à chevaux. Le véhicule était mis à rude épreuve.

Josi s'était souvent demandé si c'était pour s'occuper l'esprit que Lincoln travaillait autant. Ou pour échapper à certains souvenirs obsédants. Elle avait connu ça, à une époque. Aujourd'hui, elle faisait des heures supplémentaires parce que Lincoln était là.

Et voilà qu'elle se retrouvait dans son pick-up... Jamais ils n'avaient été enfermés ensemble dans un espace aussi réduit. Si seulement cela avait été pour d'autres raisons que celle d'aller chercher une amie disparue !

Une plaque d'identification en métal noir, attachée à une

chaîne perlée, pendait au rétroviseur intérieur. Dans les premiers jours qui avaient suivi l'arrivée de Lincoln au ranch, Josi avait appris en faisant une recherche sur Internet que cette couleur correspondait à l'unité d'élite des Rangers. Lincoln ne parlait pas beaucoup, à l'époque, et pourtant elle aurait eu mille questions à lui poser.

Comme le pick-up ralentissait, elle observa de plus près les rangées d'habitations vieillottes qui bordaient la rue. Le quartier de Tara était peuplé de familles modestes. Des enfants faisaient du vélo et jouaient dehors sans le moindre adulte en vue. Ces derniers devaient être au travail et ne rentreraient qu'à 17 ou 18 heures. En attendant, les gamins se défoulaient après leur journée d'école.

— C'est là, dit Josi en reconnaissant la maison jaune.

Celle-ci aurait eu besoin d'un petit ravalement, et le jardin semblait un peu à l'abandon, mais l'ensemble restait plus engageant que la plupart des endroits où Josi et Tara avaient été accueillies étant jeunes.

— La pelouse n'a pas été tondue, observa-t-elle.

— Finn a dit que Tara logeait à l'hôtel, en ce moment.

Lincoln se gara dans l'allée. Il n'y avait pas de voiture devant la maison, et rien n'indiquait que quelqu'un se trouvait à l'intérieur.

— Je vais sonner, dit Josi en sautant du pick-up.

Dans un scénario idéal, Tara leur ouvrirait la porte, les inviterait à entrer et leur expliquerait ce qui se passait. Et, tout naturellement, Josi la protégerait avec l'aide des Beaumont pendant que Finn s'occuperait d'arrêter le tireur.

Elle frissonna en sentant la présence de Lincoln derrière elle. Quoi qu'il se passe aujourd'hui, elle serait en sécurité avec lui. Rares étaient ceux à Marshal's Bluff qui pouvaient se mesurer à l'ancien militaire, et quelque chose lui disait qu'il la protégerait à tout prix. Quand il avait une mission, Lincoln la menait jusqu'au bout.

Josi sonna, puis frappa à la porte. Comme personne ne

répondait, elle jeta un coup d'œil par la fenêtre. Une fente entre les rideaux laissait entrevoir le salon bien rangé.

— Qu'est-ce que tu vois ? s'enquit Lincoln en se rapprochant d'elle.

Josi plaça ses mains en visière sur son front.

— Le canapé. Des livres sur la table basse. Des photos encadrées sur la cheminée. Ça ressemble bien à ses affaires.

— Des signes de lutte ?

— Non.

— Est-ce que tu sais si elle a un animal de compagnie ?

Josi se redressa, la gorge nouée.

— Je ne crois pas.

Elle n'avait pas songé à cette possibilité. Émue que Lincoln s'en inquiète, elle lui pressa le bras.

Il la regarda curieusement, avant de baisser les yeux sur sa main. Josi la retira bien vite et la fourra dans sa poche. Peu bavard, Lincoln n'était sans doute pas très friand des contacts physiques, alors pourquoi ne pouvait-elle pas s'empêcher de le toucher ?

— Tara n'est pas du genre à avoir un chat ou un chien, dit-elle en s'efforçant de recadrer son attention. Elle m'a juré qu'elle n'aurait jamais d'enfants. C'est Marcus qui s'est occupé d'elle, et leur vie a été un combat de tous les jours. Elle ne voulait pas s'ajouter de contraintes supplémentaires.

D'un geste, Finn l'invita à retourner vers le pick-up.

— Et toi ? lui demanda-t-il.

— Quoi, moi ?

— Qu'est-ce que tu penses d'adopter un animal ou de faire des enfants ?

— J'adore les bêtes, et j'en côtoie tous les jours au ranch, répondit-elle tandis qu'ils remontaient dans le véhicule. C'est comme d'avoir des dizaines d'animaux de compagnie différents ! Des enfants, j'aimerais bien en avoir un jour, mais on ne peut pas dire que ma mère m'ait donné un super exemple...

— Tu as peur de mal faire avec eux.

— C'est ça.

— Je comprends. Je ressens la même chose.

Josi resta bouche bée.

— Comment ça ? Tu as des parents parfaits !

— Mais je ne suis plus l'enfant qu'ils ont élevé, répliqua-t-il en démarrant. Certaines parties de moi ont été brisées et ne redeviendront jamais comme avant.

— Elles guériront ! protesta Josi. Les os cassés sont plus solides à l'endroit où ils se sont ressoudés.

Lincoln la fixa de son regard vert, avec une telle intensité qu'elle en eut le souffle coupé. Avant qu'elle ait pu retrouver l'usage de la parole, des éclats de rire leur parvinrent du fond de l'impasse, où deux garçons étaient en train de jouer au basket. Lincoln roula lentement jusqu'à eux et baissa sa vitre.

— Hé, vous !

Les enfants s'avancèrent vers le camion, les yeux écarquillés d'admiration.

— Vous connaissez la dame qui habite ici ? leur demanda Lincoln en montrant la maison jaune.

Ils acquiescèrent sans un mot.

— Vous l'avez vue, ces derniers jours ?

Hochements de tête de gauche à droite.

Josi les imaginait au collège, peut-être en sixième ou en cinquième. Malgré le froid, ils étaient en short et en T-shirt. Elle se pencha vers la fenêtre de Lincoln.

— Vous savez si elle a un chien ou un chat ?

— Non, elle n'en a pas, répondit le plus grand. Mlle Stone est toute seule.

Lincoln se tourna vers Josi, étonné.

— Ils parlent, maintenant ?

— Merci, les gars ! leur lança-t-elle. Si vous la voyez, vous pourrez lui dire que son amie est passée ?

— D'accord, madame.

Sans laisser le temps à Josi de leur préciser son nom, Lincoln repartit. Tout bien considéré, c'était sans doute mieux ainsi...

À mesure qu'ils s'éloignaient, elle remarqua qu'ils quittaient le quartier plus vite qu'ils n'y étaient entrés, en faisant moult détours inutiles.

— On est pressés ? demanda-t-elle, tout en se retenant au tableau de bord alors que Lincoln prenait un autre virage sur les chapeaux de roues.

— On était suivis, mais je les ai semés, répondit-il. Je ne les ai pas revus depuis quelques pâtés de maisons. Là, je mets juste un peu plus de distance entre eux et nous, par précaution.

— On était suivis ? répéta Josi d'une voix étranglée. Depuis quand ?

— Depuis qu'on est repartis de chez Tara. J'ai repéré le véhicule pendant qu'on parlait aux gamins.

Josi se retourna pour scruter la rue déserte. Elle n'avait rien remarqué, hormis le changement de conduite de Lincoln. Son ventre se noua tandis qu'elle repensait à l'homme armé qui, la veille, n'avait pas hésité à tirer sur une femme terrifiée alors qu'elle s'enfuyait en courant.

— Qu'est-ce qu'on fait, maintenant ? s'enquit Lincoln en se mêlant à la circulation chargée du centre-ville.

Tout autour, les trottoirs et les devantures arboraient les traditionnelles décorations d'automne : bottes de paille, gerbes de maïs, couronnes de feuilles mortes, guirlandes lumineuses... Quelques sapins de Noël étaient même visibles derrière certaines vitrines.

— Je te propose qu'on aille chez le prêteur sur gages, répondit Josi. Tara travaillait encore là-bas l'an dernier. Ses collègues en sauront sans doute plus sur elle que ses deux petits voisins. Et si elle a changé de boulot entretemps, ils pourront peut-être nous dire ce qu'elle fait maintenant.

— Ce n'est pas le plus chouette quartier de la ville, souligna Lincoln en changeant de file.

— C’est le moins qu’on puisse dire.

Josi l’observa quelques instants.

— Tu ne vas pas passer inaperçu, là-bas, le prévint-elle. Les gens risquent même de te prendre pour un flic.

— Moi, j’ai l’air d’un flic ?

— Peut-être pas, mais tu sens les embrouilles à plein nez.

— Et qu’est-ce que je suis censé y faire ? répliqua-t-il avec une lueur de malice dans les yeux.

Sans prendre le temps de réfléchir, Josi répondit :

— Il faut qu’on ait une explication crédible pour justifier ta présence dans un quartier où tu n’as clairement pas ta place. Vu qu’on y va ensemble, on n’a qu’à te faire passer pour mon petit copain.

5

Josi se sentait de plus en plus tendue à mesure qu'ils parcouraient les rues de son passé, célèbres pour les violentes rixes qui y éclataient régulièrement. Née d'une mère totalement incapable d'élever un enfant, et qui n'avait pas eu le bon sens de confier son bébé à des gens plus à même de le protéger, Josi avait connu une dizaine de foyers avant d'atteindre le collège. Chaque fois, elle avait été retirée de chez elle en urgence, pour y être renvoyée quelques jours, quelques semaines, quelques mois plus tard faute de décisions courageuses de la part des juges. Une enfance sans racines ni sécurité affective…

La voix de Lincoln l'arracha à ses sombres pensées.

— Ça va ?

— Oui.

Il devait se douter qu'elle mentait, mais il ne fit aucun commentaire. Quelques instants plus tard, ils se garèrent devant la boutique du prêteur sur gages, Petey's Pawnshop. Sur la vitrine, une inscription en grandes lettres rouges encourageait les clients à entrer. *Faites des affaires ! Troquez vos objets contre de l'argent !*

Alors qu'ils s'avançaient vers la porte, d'autres souvenirs vinrent tourmenter Josi. L'alcool. La marijuana. Les amis qui revendent des objets volés pour pouvoir s'acheter de la bière ou de l'herbe. Petey avait toujours accepté de négocier avec eux, sans poser de questions sur l'origine des bijoux et des sacs à main de luxe que les ados lui présentaient. Quand Tara lui avait demandé un job à dix-huit ans, il l'avait embauchée. Pour cela, Josi pouvait sans doute le remercier.

Elle ne savait pas encore si Petey faisait partie des bons ou des méchants. À vrai dire, elle se posait la question pour beaucoup de gens.

Alors que Lincoln lui ouvrait la porte, elle essuya ses mains moites sur ses cuisses et inspira profondément pour se donner du courage. Le cœur battant, elle pénétra dans le magasin où des centaines d'articles hétéroclites étaient exposés. Des rangées d'étagères remplies d'affaires dont les gens avaient été obligés de se séparer pour s'acheter de la drogue, payer leurs factures, s'acquitter d'une caution, ou simplement s'offrir une seconde chance...

Lincoln marchait si près d'elle que leurs bras s'effleuraient à chaque pas. Elle sursauta en sentant sa paume se poser au bas de son dos.

— Tu préfères qu'on se tienne par la main ? chuchota-t-il.

Josi bredouilla une réponse incompréhensible.

— Tu ne fais pas ça, avec tes petits copains ? lui demanda-t-il, surpris.

Et c'est ainsi qu'elle se rappela la proposition qu'elle lui avait faite un peu plus tôt dans le pick-up. Comme il n'avait pas répondu, elle en avait conclu qu'il n'était pas d'accord, et elle avait failli mourir de honte. Puis le paysage, de l'autre côté des vitres, lui avait fait penser à bien pire : sa vie avant les Beaumont.

La main large et calleuse de Lincoln se pressa contre la sienne. Lorsqu'il entremêla ses doigts aux siens, Josi sentit un frisson lui traverser tout le corps.

— Tiens, tiens, regardez qui voilà ! s'exclama une voix de baryton.

Petey apparut devant eux, un torchon sur l'épaule. Josi était prête à parier qu'il les observait sur ses écrans de surveillance depuis qu'ils étaient entrés, et peut-être même avant, si les caméras extérieures fonctionnaient.

Ses bras et son cou étaient couverts de tatouages. Ses cheveux avaient blanchi depuis la dernière fois qu'elle l'avait vu, et les rides s'étaient encore creusées sur son visage. En revanche, il était toujours aussi grand et costaud, quoiqu'un peu moins intimidant que dans son souvenir.

Peu après, deux hommes plus jeunes vêtus de chemises en flanelle émergèrent des allées encombrées.

— Salut, Petey, lança Josi. Je voulais savoir si tu avais vu Tara aujourd'hui.

— Non. Vous l'avez vue, vous ?

Ses acolytes secouèrent la tête. L'un d'eux passa la main dans ses cheveux blonds et sales tandis que l'autre se grattait la barbe. Leurs expressions n'avaient rien d'amical.

— Qu'est-ce que vous voulez à Tara ? s'enquit le blond.

— Du calme, Dustin, ce sont des amis à elle, le réprimanda Petey. Tara et Josi étaient comme des sœurs. Elle ne te raconte rien, ma parole !

Dustin rougit violemment, avant d'examiner Josi de la tête aux pieds.

— Comment ça se fait que je ne vous ai jamais vue avec elle ?

— Parce qu'elle est avec moi, maintenant, répondit Lincoln.

L'atmosphère se fit soudain plus lourde tandis que les trois hommes braquaient les yeux sur lui. Josi n'avait jamais entendu cette note de menace dans sa voix. Pour être honnête, c'était un peu effrayant.

— Qui vous êtes, vous ? demanda Dustin d'un ton plein de mépris.

Lincoln soutint son regard sans répondre. Il semblait prêt à lui envoyer son poing dans la figure.

— C'est mon petit copain, intervint Josi. Tara est mon amie. On était censées se voir, mais je n'arrive pas à la joindre.

— Ah ouais ? Et quand est-ce que vous étiez censées vous voir ?

Josi lâcha la main de Lincoln pour extirper son téléphone de son sac et retrouver la trace de l'appel de Tara.

— Vous voyez, c'est elle qui m'a contactée. On a décidé de se retrouver quelque part, mais depuis elle ne répond plus.

— Tu n'es pas la seule à la chercher, déclara Petey en posant ses gros avant-bras sur le comptoir devant lui. Quelqu'un est déjà venu ici poser la même question.

— Qui ? voulut savoir Lincoln.

— Des flics ? demanda Josi.

— Non. Eux, ils ont appelé, et ils doivent passer cet après-midi.

— Tara a des ennuis ? s'enquit Lincoln en attirant Josi plus près de lui.

Les deux jeunes gens échangèrent un regard, avant de se diriger vers la porte.

— Dustin s'inquiète pour elle, expliqua Petey une fois qu'ils furent sortis. Mais elle finira par revenir. Tara...

Il eut un petit rire.

— ... c'est une dure à cuire, et elle n'a pas de temps à perdre avec les garçons ou d'autres bêtises de ce genre. Tu étais pareille, d'ailleurs, ajouta-t-il en observant Josi de plus près. On dirait que les choses ont changé... Tu t'es bonifiée avec l'âge.

Lincoln émit un grondement sourd. En réaction, Petey se redressa de toute sa hauteur – un mètre quatre-vingt-quatorze de muscles et de graisse. Avec ses vingt années et cinquante kilos de plus, il cherchait sans doute à intimider Lincoln. Ce dernier ne bougea pas d'un cil.

Avant que la situation ne dégénère, Josi s'interposa :

— Si tu vois Tara, dis-lui que je la cherche. Je pense qu'elle a des problèmes, et je peux l'aider.

Elle prit Lincoln par le bras et tenta de l'entraîner dehors, mais il résista, le regard fixé sur l'homme qui lui faisait face. Au bout d'un interminable moment, il se décida enfin à la suivre.

Alors qu'ils sortaient sur le trottoir, une voix familière leur parvint du coin de la rue. Dustin et son ami n'étaient pas partis bien loin.

— Elle se pointera sûrement chez Brady ce soir, disait le second. Te fais pas de bile. Tara ne rate jamais une soirée.

Josi enregistra précieusement l'information. Elle connaissait bien le Brady en question...

Lincoln déverrouilla le pick-up, lui ouvrit la portière et attendit qu'elle se soit installée pour rejoindre sa place derrière le volant. Il ne s'était pas donné toute cette peine quand ils étaient partis du ranch, puis de chez Tara. Était-ce donc à cela qu'il fallait s'attendre quand on était la petite amie de Lincoln Beaumont ? Josi pourrait bien s'y habituer.

Lincoln s'inséra dans la circulation en bouillonnant de colère. Il détestait la manière dont Petey avait reluqué Josi. Ce gros tas de viande semblait penser qu'il avait des droits sur elle parce qu'il l'avait connue plus jeune ; non seulement leur différence d'âge était beaucoup trop importante et sa façon de la regarder totalement irrespectueuse, mais en plus, il ne savait rien de Josi Roberts. Quelle que soit la personne qu'elle avait été la dernière fois qu'elle avait poussé la porte de sa boutique, elle n'était plus la même aujourd'hui.

Instinctivement, Lincoln posa la main sur son genou. Il se sentait fier d'elle et... parfaitement inconvenant. S'ils faisaient semblant d'être ensemble, c'était pour retrouver Tara. Ils n'avaient aucune raison de continuer à jouer la comédie quand ils n'étaient que tous les deux. Mais Lincoln avait endossé ce rôle tellement facilement !

Quoi qu'il en soit, sa main n'avait rien à faire sur la cuisse de la jeune femme. Alors qu'il la retirait, mortifié, Josi la retint et la ramena sur ses genoux, en la pressant dans la sienne. Comme si c'était le geste le plus naturel au monde.

Une étincelle d'espoir s'alluma dans son cœur, et il lutta contre le sourire qui commençait à se dessiner sur ses lèvres.

Un éclair noir dans son rétroviseur intérieur le ramena brutalement à la réalité. Le véhicule qui les avait suivis dans le quartier de Tara était de retour, et il les rattrapait rapidement.

Lincoln reposa ses deux mains sur le volant et enfonça l'accélérateur, arrachant une exclamation de surprise à Josi.

— C'est la même voiture que tout à l'heure ? s'enquit-elle en jetant un coup d'œil derrière eux.

— On dirait bien.

Il tourna brusquement à gauche, faisant déraper l'arrière du pick-up. Celui-ci se rétablit vite et bondit en avant, gagnant de la vitesse et de la distance sur l'autre véhicule que le conducteur peinait à maîtriser dans le virage. Lincoln aurait ricané si son cœur ne s'était pas mis à battre beaucoup trop vite. Même s'il n'en avait pas fait depuis des mois, il savait reconnaître les signes d'une attaque de panique.

Grâce aux routines qu'il avait mises en place, il avait réussi jusque-là à les garder sous contrôle. À cet instant, néanmoins, il se voyait forcé d'adopter la même conduite offensive qu'il avait apprise à une autre époque et dans un autre lieu, et son cerveau s'emplissait soudain d'images de destruction qu'il ne voulait surtout pas revoir.

Un juron s'échappa d'entre ses mâchoires crispées.

Les voitures et les piétons ne formaient plus qu'une masse indistincte autour de lui. Alors que le feu passait au rouge, il accéléra et traversa le carrefour en trombe, déclenchant un concert de klaxons. Sa vision s'était étrécie, sa respiration devenait de plus en plus courte. Il n'arrivait pas à repousser les pensées envahissantes qui l'assaillaient. Ses mains se mirent à trembler.

— Gare-toi derrière le lycée, lui conseilla calmement Josi. Il n'y a personne à cet endroit.

Lincoln suivit ses instructions. Il emprunta la rue qui faisait le tour du campus et s'arrêta devant le gymnase. Les yeux fermés, la poitrine douloureusement serrée, il tâtonna pour décrocher sa ceinture. Il fallait qu'il sorte. Qu'il s'éloigne pour que Josi ne le voie pas perdre les pédales. Mais c'était déjà trop tard.

Les bruits des rotors d'hélicoptères et des coups de feu résonnaient dans sa tête. Les images de son unité traversant les lignes ennemies défilaient derrière ses paupières closes. Ils avaient été repérés. Leur mission de sauvetage avait échoué.

— Lincoln, hoche la tête si tu m'entends.

Il se força à respirer. Il n'était plus dans le désert, mais à la maison. Avec Josi. Et elle avait besoin de lui pour la protéger.

Un cliquetis lui fit tourner la tête vers elle. Non, ce n'était pas le bruit d'une arme qu'on chargeait. Elle venait de se détacher pour pouvoir pivoter vers lui. Lentement, elle approcha son visage du sien et le fixa de ses grands yeux bleus.

— Tu me reconnais ?

Il acquiesça brièvement.

L'adrénaline coulait à flots dans ses veines et vrombissait dans ses oreilles. Il commença à claquer des dents.

— Je peux te toucher ? lui demanda-t-elle.

Lincoln n'avait pas envie qu'elle le voie comme ça. Il ne supportait pas l'idée qu'une partie de lui-même puisse encore être sous le joug de ses tortionnaires des années plus tard.

Les mains délicates de Josi trouvèrent les siennes, et soudain tout le reste disparut. Doucement, elle détacha ses doigts du volant.

— Lincoln, murmura-t-elle. Tu es en sécurité, et moi aussi. Nous ne sommes ni blessés ni attaqués par qui que ce soit.

En plongeant son regard dans celui de Josi, il fut étonné de voir briller une lueur farouche dans ses yeux d'habitude si doux. Elle ouvrit son manteau et amena la paume de Lincoln contre son cœur, tout en posant sa propre main sur le sien.

— Tu sens ? C'est mon cœur qui bat. Je sens aussi le tien.

On est ensemble, et tout va bien. Compte les battements : un, deux, trois...

La voix posée de Josi, le rythme des pulsations sous sa paume l'aidèrent peu à peu à revenir à lui.

— Est-ce que tu vois quelque chose de bleu ? lui demanda-t-elle.

— Le ciel, dit-il d'une voix rauque.

— C'est bien.

Elle sourit, et il fit de même. Parce qu'elle le voyait tel qu'il était et qu'elle n'en semblait pas effrayée.

— Quelque chose de rouge ?

— Le toit du gymnase.

— Parfait. Tu te sens mieux ?

Il dégagea sa main, gêné.

— Comment as-tu su ce qu'il fallait faire ?

— J'ai eu des attaques de panique presque toute ma vie, même après mon arrivée au ranch. Quand je sentais que je partais en vrille, les animaux m'aidaient à me recentrer. Et avant ça, il y avait toujours un ou une amie qui me parlait jusqu'à ce que la crise soit passée.

— Tara ?

— Non, mais elle m'a beaucoup aidée elle aussi, à sa façon. Tara est bien plus forte que moi. Son frère lui a appris à se défendre et à se débrouiller seule. Tous les deux, ils ont essayé de m'inculquer ça.

Lincoln ne supportait pas d'imaginer les raisons qui avaient pu amener Josi à souffrir comme lui. Elle était trop gentille pour qu'on fasse autre chose que l'aimer et la chérir.

— Je suis désolé, souffla-t-il.

— Je ne sais pas si c'est pour ton attaque de panique ou pour les miennes que tu t'excuses, mais tu ne devrais pas. Nous sommes des rescapés. Et je préfère avoir survécu et supporter des épisodes comme celui-ci toute ma vie plutôt que l'inverse.

Comme d'habitude, Lincoln ne trouva pas les mots pour répondre.

— Je sais ce que tu penses de Petey et de ses hommes, reprit-elle en rattachant sa ceinture. Moi-même, je les vois comme ça, maintenant : comme des gens durs, méfiants, un peu méchants. Mais j'ai vécu dans ce monde avant de rejoindre le tien. Il n'y a pas si longtemps, j'étais comme eux ; la seule différence, c'est qu'on m'a offert des opportunités auxquelles ils n'ont pas eu droit. J'aime penser qu'ils font de leur mieux.

— Je me fiche de ces types, répliqua Lincoln en reprenant la route du ranch. Et je ne les vois pas forcément comme tu le crois.

— Ce sont des gens bien, insista-t-elle. Ça peut être dur de ne pas savoir à qui se fier.

— Est-ce qu'on parle toujours de Petey et de ses employés ?

Josi détourna la tête.

— Petey, je ne le connais qu'à travers des amis communs, et je n'avais jamais vu les deux jeunes qui étaient avec lui. Par contre, les fêtes dont ils ont parlé n'ont aucun secret pour moi. Les feux de joie de Brady sont légendaires.

Lincoln fit rouler ses épaules et pencha la tête d'un côté et de l'autre pour étirer sa nuque. S'il voulait protéger correctement Josi, il fallait qu'il se ressaisisse. Il ne pouvait pas se permettre de subir une autre attaque alors qu'un tireur se baladait dans la nature et qu'une berline noire les prenait en chasse à chacun de leurs déplacements.

Ils roulèrent un moment en silence sur la route pittoresque qui longeait la côte. Le soleil se couchait sur le continent, teintant l'horizon d'or et de pourpre.

— On va devoir manger tôt, ce soir, déclara Josi.

— Tu as faim ?

Lincoln jeta un coup d'œil sur l'horloge du tableau de bord. Il n'avait pas vu l'après-midi passer.

— J'ai *toujours* faim, répondit-elle. Mais c'est surtout qu'un feu de joie nous attend.

6

Lincoln faisait les cent pas devant son pick-up, surveillant tour à tour la route au loin et le chalet de Josi. Celle-ci était en train de se préparer pour la soirée du fameux Brady, où elle espérait obtenir des réponses au sujet de Tara. Pendant ce temps, Lincoln tentait de mettre de l'ordre dans ses pensées.

La menace qui pesait sur eux le préoccupait. Certes, il avait réussi à semer leurs poursuivants en grillant un feu rouge, mais rien n'empêchait ces types de venir les trouver au ranch. La radio locale avait révélé l'identité de Josi et le lieu où elle travaillait. Même s'ils avaient raté l'information, ils pourraient toujours remonter la piste du pick-up de Lincoln, que ce dernier avait acheté à son nom – contrairement à ses frères qui prenaient toujours soin de ne laisser aucune trace derrière eux. Lui n'était qu'un simple ouvrier agricole, il n'avait pas de raisons de s'entourer de précautions… jusqu'à il y a quelques heures.

Un mouvement à la périphérie de sa vision lui fit tourner la tête vers le petit bout de femme qui s'avançait vers lui. Josi avait troqué son caban en laine et ses baskets contre une veste de motarde en cuir et des bottes assorties. Elle s'était détaché les cheveux et maquillée comme jamais : mascara et eye-liner noirs, touche de rose sur les pommettes, rouge à lèvres couleur fraise qui attirait irrésistiblement le regard sur sa bouche joliment dessinée. En une heure, la fille simple et naturelle s'était transformée en bombe sexuelle. Le contraste était saisissant.

Et dire que Lincoln allait devoir l'escorter à une soirée dans cette tenue... Protéger la gentille responsable des écuries était une chose. Jouer les gardes du corps pour la créature qui s'approchait de lui présentait un tout autre défi – qu'il se faisait une joie de relever.

Lorsqu'elle s'arrêta devant lui, il dut se retenir de la prendre dans ses bras. Josi n'était pas sa petite amie. Elle était son amie tout court – et, accessoirement, sa cheffe. Pourquoi cette dernière pensée lui paraissait-elle soudain aussi excitante que les bottes de motarde de la jeune femme ?

Pitié...

— Tu détestes ce look, je parie, lâcha-t-elle. Mais c'est celui que j'avais quand je traînais avec ces gens. Et c'est à ça que ressembleront toutes les femmes présentes à la soirée.

Lincoln en doutait fortement.

— Je ne peux pas me pointer là-bas en ayant l'air toute fraîche et propre sur moi, poursuivit-elle. Ils m'accuseraient d'oublier qui je suis et d'où je viens. Ils diraient peut-être même que je me crois au-dessus d'eux, et ils finiraient par me chasser.

Comme elle agitait la main entre eux, Lincoln, sans réfléchir, l'attrapa par le poignet et l'attira plus près de lui.

— Josi... Tu as un look d'enfer, et je me fiche de ce que les autres vont penser ou de l'allure qu'ils auront ce soir. Toi non plus tu ne devrais pas t'en soucier.

Les yeux de la jeune femme s'agrandirent, tandis qu'un sourire s'étirait sur ses lèvres rouge vif.

— Vraiment ?

— Vraiment, répondit-il en se forçant à détacher son regard de sa bouche.

— Tu ne détestes pas ce style ? insista-t-elle, sans faire le moindre effort pour libérer son bras. Je m'attendais à ce que tu te moques de moi.

— Je me fous de ce que tu portes, répliqua-t-il d'un ton trop abrupt.

Josi se rembrunit et recula d'un pas. Lincoln la retint.

— Ce n'est pas ce que je voulais dire.

— Ah oui ?

Elle se dégagea pour s'avancer vers le pick-up.

— Et qu'est-ce que tu voulais dire, alors ?

Leurs regards se croisèrent au-dessus du véhicule, sous la lueur pâle de la nouvelle lune.

— Je voulais dire que je t'aime bien comme tu es, peu importe l'emballage.

Il ouvrit sa portière et grimpa dans le camion, en regrettant une fois de plus son incapacité à prononcer les bonnes paroles au bon moment. La famille Beaumont comptait quatre frères sympathiques, deux parents adorables, et lui. Le coincé, le grincheux. Il ne pouvait même pas mettre son caractère sur le compte du traumatisme qu'il avait subi. Il était né comme ça.

Tandis qu'il démarrait, il sentit le regard de Josi rivé sur lui, mais il n'essaya pas de s'expliquer davantage : cela n'aurait fait qu'aggraver son cas.

— Où est-ce qu'on va ? s'enquit-il en s'engageant dans l'allée.

— À la ferme des Potter.

Lincoln réprima un grognement. Ce n'était pas l'endroit où il avait envie d'être ce soir. Trop éloigné de la ville, du poste de police et de l'hôpital. Les gens qui se rendaient là-bas après la nuit tombée ne pouvaient pas être animés de bonnes intentions.

— Tu connais ? demanda Josi.

— C'est la ferme abandonnée, tout au bout de la route ?

— C'est ça. Tu y es déjà allé ?

— Quand j'étais au lycée.

Vu leur différence d'âge, ils n'avaient jamais dû s'y croiser, Dieu merci. Pour une fois, Lincoln était content d'avoir cinq ans de plus qu'elle.

Grandir dans un ranch qui accueillait des jeunes en difficulté n'avait pas été une sinécure. Tout le monde avait attendu de lui et de ses frères qu'ils montrent le bon exemple. Par réaction, ils s'étaient tous plus ou moins rebellés à l'adolescence. Lincoln n'était pas fier de certaines choses qu'il avait faites, mais ces expériences avaient eu le mérite de lui apprendre à se défendre – compétences qu'il avait ensuite perfectionnées à l'armée, au point d'être capable aujourd'hui de tuer un homme à mains nues. Bien sûr, il n'était jamais allé jusque-là, et il espérait ne jamais y être obligé. Il n'en restait pas moins que le combat au corps-à-corps s'était révélé un excellent antistress pour lui. La seule difficulté était de trouver des volontaires.

Il lança un coup d'œil à Josi, qui continuait de l'observer.

— Quoi ?

— J'ai du mal à t'imaginer en fêtard. La foule, la musique forte, les bagarres qui éclatent n'importe quand... Tu devais détester ça. Pourquoi tu y allais ?

— Pour les bagarres, justement.

Elle éclata de rire.

— Tu étais déjà comme ça, avant ?

— Avant l'armée, tu veux dire ? Oui.

— Intéressant.

— Pourquoi ? Tu pensais que j'étais comme mes frères, et que c'était d'avoir été fait prisonnier qui m'avait changé ?

— Ça paraissait cohérent.

Il réprima le sourire qui lui venait aux lèvres.

— Pourquoi tu fais ça ? lui demanda-t-elle aussitôt. Tu te bats contre tous les sourires qui tentent d'égayer ton visage. Qu'est-ce qui risquerait de se passer, à ton avis, si les gens découvraient que tu es capable d'être de bonne humeur ?

— Je ne sais pas. Ils continueraient à me parler, peut-être.

— Comme je le fais moi ?

— Non. Toi, tu me parles quelle que soit mon attitude. Je n'ai jamais compris pourquoi.

— Peut-être parce que je t'aime bien comme tu es, moi aussi. Peu importe l'emballage.

Lincoln se concentra sur la route.

Quelques minutes plus tard, la vieille ferme apparut devant eux, entourée de pick-up et de noctambules. Le porche et la cour étaient plongés dans l'obscurité, tandis qu'un grand feu brûlait dans le champ derrière la maison.

Lincoln se gara en marche arrière, prêt à repartir rapidement en cas de besoin.

— Bon, soyons clairs, dit Josi lorsqu'ils se retrouvèrent dehors. J'apprécie ton côté gentleman, mais les gars d'ici risquent d'interpréter toute distance physique entre nous comme un manque d'intérêt de ta part ou de la mienne, et comme une invitation à me draguer. Je n'aime pas me battre, et de toute façon je ne crois pas que ce serait une bonne idée qu'on en vienne là. Bref, si on est censés être ensemble, il va falloir le montrer.

Il marqua un silence.

— C'est-à-dire ?

— Tu m'autorises à jouer les pots de colle ?

— S'il le faut, répondit-il d'un air faussement résigné.

Timidement, elle passa un bras autour de sa taille. Quand il fit de même pour l'attirer plus près de lui, elle lui prit la main et la descendit plus bas, quasiment sur sa fesse.

— Bien, dit-elle. Allons voir ce que ces gens ont à nous dire.

La ferme était encore plus délabrée que dans les souvenirs de Lincoln. La peinture blanche avait presque entièrement disparu, révélant les planches pourries en dessous. Le porche s'était affaissé d'un côté, et plusieurs couches de graffitis recouvraient la porte laissée entrouverte. De puissantes basses s'échappaient de l'intérieur.

Lorsque Josi se détacha de lui pour entrer la première, Lincoln regretta aussitôt sa chaleur. Mais le contact fut vite rétabli : une fois devant lui, elle lui attrapa les mains pour les poser sur ses hanches tandis qu'elle se faufilait à travers la foule. Les gens se retournaient sur leur passage, souvent souriants, parfois stupéfaits. Josi les salua tous chaleureusement.

La plupart regardaient Lincoln comme s'il sentait mauvais. Il espérait que personne ne chercherait à se battre. Ce n'était pas en jouant des poings qu'il aiderait Josi à obtenir des informations.

— Est-ce que vous avez vu Tara ? demandait-elle à chaque groupe qu'elle croisait, en élevant la voix pour se faire entendre par-dessus la musique.

Invariablement, on lui répondait en secouant la tête, et elle passait au groupe suivant.

Quand ils entrèrent dans la cuisine, les jeunes qui s'y étaient rassemblés se turent brusquement. Josi et Lincoln les dérangeaient en plein « beer-pong », ce jeu d'alcool consistant à viser avec une balle de ping-pong les gobelets remplis de bière de l'équipe adverse, jusqu'à ce que tous les verres aient été bus.

— Bonsoir ! leur lança Josi. Est-ce que vous savez où est Tara ?

— Il faudrait demander à Brady, conseilla une fille au regard vitreux. Il est dans le champ.

— Merci.

Lincoln et Josi ressortirent sous le porche de derrière.

— Tu devrais m'attendre ici pendant que je parle à Brady, dit-elle. Je n'en ai pas pour longtemps.

— Tu es sûre que c'est une bonne idée ?

— C'est un ami. Tu vois cette vieille jeep ? L'homme qui se tient debout à l'arrière ?

Lincoln promena son regard sur-le-champ où brûlait l'immense feu. Plusieurs véhicules étaient garés autour de ce dernier ; parmi eux trônait une jeep Wrangler d'au moins trente ans, entièrement ouverte, avec à son bord une véritable montagne de muscles.

— C'est lui, Brady, indiqua Josi. Accorde-moi quelques minutes. Tu pourras me voir d'ici.

— Et la distance entre nous qui pourrait être prise pour une invitation ? grogna Lincoln.

Il imaginait déjà le nombre de types qui allaient se rincer l'œil quand elle traverserait le champ...

— Je mettrai les choses au clair à mon retour, lui promit-elle avec un petit sourire. Ou, si tu préfères, on fait ça maintenant.

Elle se hissa sur la pointe des pieds, glissant une main derrière la nuque de Lincoln.

— Ça pourrait être bien que tu m'embrasses, lui chuchota-t-elle à l'oreille. Dans le cou ou sur la joue, ça suffira, tant que le public y croit.

Elle se reposa sur ses talons, puis leva les yeux vers lui en s'arrêtant longuement sur ses lèvres.

— Si c'est trop pour toi, on peut se contenter de…

Avant qu'elle ait terminé sa phrase, Lincoln l'attira contre lui et plaqua sa bouche sur la sienne. Josi laissa échapper un petit gémissement, tout en accueillant son baiser avec une ferveur qui le surprit. Le temps sembla se suspendre tandis qu'ils s'embrassaient langoureusement. Lorsque Josi s'écarta de lui, les joues en feu et le regard embrumé, Lincoln dut se retenir de la jeter sur son épaule pour l'emmener loin d'ici.

— Ça allait, comme ça ? lui demanda-t-il, la voix un peu rauque.

Il n'avait pas prévu de se laisser emporter à ce point, mais bon sang… Elle était irrésistible.

Josi s'humecta les lèvres.

— Mmm-hmm.

— Et sinon… tu es déjà sortie avec ce Brady ? s'enquit-il, incapable de contenir le sentiment de jalousie ridicule qui montait en lui.

— Jamais.

Il sourit.

— Tant mieux, parce qu'il nous regarde. Et tous les autres aussi.

— J'aime bien quand tu souris, murmura-t-elle en lui caressant la joue. Surtout quand c'est juste pour moi.

Si elle savait tout ce qu'il serait prêt à faire juste pour elle ! songea-t-il.

Elle s'éloigna d'un pas assuré, fière et satisfaite. Lincoln la suivit des yeux jusqu'à ce qu'elle s'arrête devant la jeep. Alors, le colosse en descendit, faisant paraître minuscules tous ceux qui se trouvaient à proximité.

Et Josi lui sauta au cou.

Le cœur de Josi battait fort dans sa poitrine tandis qu'elle embrassait celui qui avait été son frère adoptif, puis son ange gardien. Brady avait été l'un des enfants les plus âgés dans la première famille d'accueil où elle s'était retrouvée placée, et il l'avait protégée des mains baladeuses de leur assistant familial. Dès lors, il était devenu son meilleur ami, et il avait continué à veiller sur elle longtemps après être lui-même sorti du système. C'était à lui qu'elle devait de n'avoir presque pas eu de petits copains en grandissant. Soit les garçons intéressés ne correspondaient pas aux critères de Brady, soit ils avaient trop peur de lui pour tenter leur chance. Avec le recul, elle ne regrettait pas son ingérence. La plupart des candidats potentiels sur lesquels elle avait eu des vues n'en auraient pas valu le coup. Brady lui avait sans doute évité bien des peines de cœur.

— Je n'arrive pas à croire que tu sois là ! s'exclama-t-il en la soulevant dans ses bras.

— Je suis tellement contente de te revoir ! répliqua-t-elle.

Brady la reposa par terre, puis il encadra son visage de ses mains, comme il le faisait jadis quand elle était en proie à une attaque de panique.

— Tu es toujours aussi belle.

— Et toi, toujours aussi impressionnant !

Il lui prit la main et la fit tournoyer sur elle-même.

— Je retire ce que j'ai dit. Tu es encore plus belle qu'avant, se corrigea-t-il. Tu as l'air en pleine forme. Reposée. Heureuse. Tu es toujours au ranch des Beaumont ?

— Oui, monsieur.

Apparemment, il n'avait pas entendu l'annonce à la radio. Peut-être était-ce aussi le cas du tireur ?

— Ils m'ont nommée responsable des écuries, précisa-t-elle. Je m'occupe des chevaux et je planifie les leçons d'équitation.

Les bras croisés sur le torse, il la contemplait fièrement, comme le père ou le frère qu'elle n'avait jamais eus.

— J'ai toujours su que tu t'en sortirais.

— J'imagine qu'avec le temps, tout finit par changer.

Brady jeta un coup d'œil autour de lui.

— Pas tout, répliqua-t-il.

— En tout cas, tu règnes toujours en maître, ici, à ce que je vois, souligna-t-elle avec un enthousiasme forcé.

— Ça se pourrait.

L'attention de Brady se fixa sur un point en direction de la maison. Lorsqu'elle suivit son regard, Josi s'empressa de le retenir par le bras avant qu'il ne commette une imprudence.

— Du calme, c'est mon petit copain. Il est avec moi.

— J'ai vu ça. Il a l'air d'un flic.

Elle ne put s'empêcher de rire.

— Il n'est pas flic. Il est juste grognon de naissance.

— C'est quoi, son nom ?

— Lincoln Beaumont.

Ce fut au tour de Brady d'éclater de rire, et il sembla sensiblement se détendre.

— Tu sors avec le patron ?

— C'est moi qui suis sa patronne, rétorqua-t-elle. Il est ouvrier agricole.

Brady médita un moment l'information, avant d'opiner.

— OK. Est-ce qu'il te traite bien ?

— Oh oui, très.

Au souvenir de leur baiser inattendu, elle sentit une onde de chaleur l'envahir de l'intérieur. Lincoln avait toujours été gentil avec elle, et elle était convaincue qu'il le serait encore davantage s'ils sortaient vraiment ensemble.

En entendant des éclats de voix à proximité, elle se décida à poser la question qui l'avait amenée ici. Si une bagarre éclatait,

Brady serait obligé d'intervenir, et il n'aurait peut-être plus de temps à lui consacrer ensuite.

— Avant que je parte..., commença-t-elle. Est-ce que tu aurais vu Tara récemment ? Elle m'a appelée hier soir du Bayside Motel, mais je n'arrive plus à la joindre.

Brady fronça les sourcils, ignorant pour un temps le grabuge.

— Qu'est-ce qu'elle faisait là-bas ?

— Je n'en sais rien. Elle m'a demandé de venir la chercher, et quand je suis arrivée il y avait un homme avec elle. Elle s'est enfuie, il lui a tiré dessus. Tu sais qui pourrait lui vouloir du mal ?

Brady l'étudia pendant de longues secondes, avant de lancer un coup d'œil vers Lincoln.

— Je ne suis pas sûr, finit-il par répondre. J'ai entendu dire qu'elle avait mis le nez dans des affaires qui ne la regardent pas, mais personne ne veut me donner de détails. Tu sais ce que c'est.

— Ça pourrait être quoi, à ton avis ?

— S'il y a eu des coups de feu, ça doit être sérieux.

— On est d'accord.

— Dis-moi, Josi... Ton mec ne serait pas dans l'armée ? demanda-t-il soudain.

— Il l'a été.

— Chez les Rangers ? Les forces spéciales ?

— Les Rangers. Comment as-tu deviné ?

— Mon frère y est passé aussi. Je reconnaîtrais cette posture entre mille.

Il eut un petit rire.

— Regarde comme il te couve des yeux. Il est vraiment amoureux, ça se voit. Il a le tatouage ?

— Quel tatouage ?

Josi ne lui en connaissait pas, mais l'idée lui plaisait. Beaucoup.

— Ils en ont tous un, répondit Brady. On n'intègre pas une unité d'élite comme celle-ci sans se l'écrire sur la peau. Mais attends... Depuis combien de temps tu sors avec ce type ?

Elle se figea, comprenant son erreur. Si Lincoln avait vraiment été son petit copain, elle aurait su dire s'il était tatoué ou non.

— On a décidé de prendre notre temps, prétendit-elle.

Brady haussa les sourcils.

— Eh bien, j'espère qu'il a meilleur caractère que mon frère. Si jamais il touche à un seul de tes cheveux…

— Il ne me fera jamais de mal.

De nouveau, elle observa Lincoln, qui continuait de la fixer.

À cet instant, une femme se mit à crier. Les hommes qui se disputaient près du feu commençaient à en venir aux mains.

— Cette fois, je dois y aller, lâcha Brady. Dis à ton copain de te ramener à la maison. Ça m'a fait plaisir de te revoir, Josi, mais tu n'as plus rien à faire ici. Pour ton bien, il vaut mieux que tu ne reviennes pas.

7

Lincoln rejoignit Josi au pied du porche et passa un bras autour de ses épaules.

— Allons-nous-en.

La bagarre qui avait éclaté près du feu de joie faisait rage. Occupé à tenter de séparer les belligérants, Brady n'avait pas remarqué les quelques hommes qui s'étaient détachés du groupe pour suivre Josi. Lincoln, lui, les avait immédiatement repérés, et même s'ils restaient à distance, son instinct lui criait de partir au plus vite.

La jeune femme lança un coup d'œil derrière eux, avant de presser le pas. Ensemble, ils contournèrent la maison pour rejoindre le pick-up.

— Monte de mon côté, ordonna Lincoln en lui ouvrant la portière.

Josi grimpa dans la cabine et se glissa à sa place sans poser de questions. Elle aussi devait pressentir le danger.

Dès qu'il fut installé au volant, il actionna la fermeture centralisée puis mit le contact, tout en scrutant la cour plongée dans la pénombre. Les types n'étaient nulle part en vue.

— Ça va ? demanda-t-il à Josi tandis qu'il s'engageait sur la route.

— Oui. Et toi ?

Lincoln vérifia le rétroviseur intérieur. Peut-être son sixième sens lui jouait-il des tours après son attaque de panique de l'après-midi. Peut-être devenait-il parano. Il fit rouler ses épaules et étira ses doigts sur le volant.

— Ça va mieux, répondit-il. Tu as obtenu ce que tu étais venue chercher ?

Josi poussa un long soupir.

— En quelque sorte. On ne m'a presque rien dit, mais ce silence prouve justement qu'il y a un problème. Peut-être qu'ils ne me font plus confiance parce que je suis devenue une étrangère.

— Ou bien ?

— Ou bien il se passe quelque chose de grave, et ils ne veulent surtout pas s'en mêler ni être surpris en train d'en parler.

Une paire de phares apparut au loin. En le voyant jeter un coup d'œil dans le rétroviseur, Josi se retourna pour regarder par la lunette arrière.

— Dis-m'en plus sur ce Brady, lui demanda Lincoln, bien décidé à ne pas s'affoler sans raison.

— C'est un peu le caïd de la bande, expliqua-t-elle avec un petit sourire. Ou plutôt le grand frère. Tout le monde le respecte, et il fait ce qu'il peut pour aider les autres. Il a veillé sur moi toute ma vie, mais je ne l'ai même pas appelé depuis que je suis au ranch... Si j'ai bien compris, c'était la dernière fois qu'on se voyait.

— Comment ça ?

— Il m'a dit que je n'avais plus ma place là-bas, répondit-elle tristement.

Lincoln posa une main sur les siennes et les pressa gentiment. Alors qu'ils amorçaient une large courbe, il constata que deux autres véhicules avaient rejoint le premier derrière eux.

Plusieurs personnes pouvaient quitter une fête en même temps, se dit-il. Cela n'avait rien d'inhabituel. Il aurait pu s'en convaincre, si le trio n'avait pas été en train de le rattraper à grande vitesse.

— On a de la compagnie, on dirait, prévint-il en agrippant le volant à deux mains.

Josi resserra sa ceinture de sécurité, comme pour se préparer à un accident.

— Tu vas y arriver, lui dit-elle calmement. La dernière fois qu'on nous a pris en chasse, c'était en ville. Il fallait faire attention aux autres automobilistes, aux piétons, aux limitations de vitesse. Là, on est sur une route déserte, avec que des champs d'un côté et de l'autre. Et puis, je sais déjà de quoi vous êtes capables, ton camion et toi.

Lincoln ne demandait qu'à la croire.

En toute logique, il lui serait plus facile en effet de semer quelques voitures sur des routes de campagne qu'il connaissait par cœur que dans la circulation dense du centre-ville. De plus, son pick-up était un vrai monstre : leurs poursuivants ne pourraient pas leur faire grand mal. Sa seule préoccupation, c'était sa passagère. Il devait la protéger quoi qu'il arrive.

Alors que les trois véhicules se rapprochaient dangereusement, le vrombissement combiné de leurs moteurs fit vibrer l'air autour d'eux. Une petite berline jaune se détacha du lot, doubla le pick-up et se rabattit juste devant, forçant Lincoln à dévier de sa trajectoire. Le camion mordit sur le bas-côté et tangua quelques instants sur ses roues avant de revenir sur la chaussée. Entretemps, la deuxième voiture avait pris position sur leur gauche ; la troisième, un SUV, accéléra jusqu'à heurter leur pare-chocs arrière.

Les choses se corsaient. Lincoln appuya sur l'écran du tableau de bord.

— Appelle le 911, ordonna-t-il à la commande vocale.

— Appel en cours au 911, répéta le camion.

Josi tendit le cou pour regarder autour d'eux.

— Qu'est-ce qu'on fait ? s'enquit-elle.

— On reste calmes.

— Évidemment.

Elle observa la petite berline jaune devant eux, perplexe. Quel était l'objectif de ces gens ? Le pick-up de Lincoln faisait deux fois la taille de chacune des voitures, et il était assez puissant pour les écraser toutes. Josi espérait seulement que le tireur ne se trouvait pas dans l'une d'elles avec son arme...

Lincoln ajusta ses rétroviseurs, les mâchoires serrées.

— La manœuvre vise sûrement à nous intimider, expliqua-t-il.

— Eh bien, ça marche.

Le SUV qui les suivait se rapprocha encore, aveuglant Josi – et sans doute aussi Lincoln – avec ses feux de route. Impassible, ce dernier décrivait tranquillement leur situation au régulateur qui avait répondu à son appel, en lui précisant les marques et les modèles des véhicules.

— La voiture devant nous n'a pas de plaque d'immatriculation à l'arrière, indiqua-t-il. Les deux autres n'en ont pas à l'avant.

À l'approche d'un nouveau virage, les trois conducteurs semblèrent coordonner leur vitesse, tout en se resserrant autour du pick-up.

— Ils vont nous envoyer au fossé ! s'écria Josi, saisie d'angoisse.

S'ils parvenaient à faire sortir Lincoln, les choses dégénéreraient très vite. À trois contre un, l'ancien militaire n'aurait quasiment aucune chance. Et ses adversaires n'étaient pas du genre à se battre dans les règles.

— Ça va toujours ? s'enquit Lincoln.

Elle marmonna une vague réponse, consciente que ce n'était pas le moment de dire la vérité.

— Et toi ?

— Très bien, assura-t-il d'une voix posée.

Son expression était concentrée, son regard fixé devant lui.

— Accroche-toi, lui conseilla-t-il.

Avant qu'elle ait eu le temps de lui demander pourquoi, il donna un brusque coup de volant à gauche et percuta la voiture qui roulait à côté d'eux. Celle-ci partit en tête-à-queue, projetant de la terre et du gravier dans les airs avant de s'immobiliser brutalement contre un arbre. Josi eut l'impression d'être secouée comme un vulgaire sac à patates lorsque Lincoln recentra le pick-up sur la voie.

— Vous êtes toujours là ? demanda l'agent à l'autre bout du fil.

— On est là, répondit Josi.

— Qu'est-ce qui s'est passé ?

— Une des voitures a fait une sortie de route.

— Il y a des blessés ?

— Je ne sais pas. On a toujours quelqu'un derrière et...

Josi poussa un cri. Lincoln venait d'enfoncer la pédale d'accélérateur. Le pick-up bondit littéralement sur la petite voiture jaune, qui fit une violente embardée d'un côté, puis de l'autre tandis que le conducteur tentait de reprendre le contrôle. Lincoln l'attaqua une seconde fois. Les feux stop illuminèrent la nuit, juste avant que la voiture ne finisse dans le caniveau.

— Et de deux, déclara-t-il platement, tout en prenant de la vitesse sur la route à présent dégagée. Où sont ces flics que tu m'as promis ? dit-il en s'adressant au tableau de bord.

— Ils sont en route, répondit le régulateur. J'envoie aussi des ambulances, maintenant. Est-ce que tu peux te diriger vers le centre-ville ?

— Vous vous connaissez ? demanda Josi, stupéfaite.

— Tout le monde connaît Lincoln Beaumont. On pensait juste qu'il s'était assagi.

— Eh, c'est moi la victime ! protesta l'intéressé.

— J'ai déjà entendu ça... Ah oui, dans ta bouche.

Lincoln sourit de toutes ses dents.

— Tu crois que si je freine, il me dépassera ?

— Ne te la joue pas comme dans *Top Gun*, s'il te plaît. Il y a une patrouille à moins de deux minutes, et deux autres en chemin. Contente-toi de rouler. Les ambulances suivront.

Comme le SUV enclenchait ses pleins phares derrière eux, Lincoln bascula le rétroviseur pour lui renvoyer sa lumière. L'instant d'après, un coup de feu retentit...

— Ça tire ! annonça Lincoln en passant immédiatement sur la file d'à côté.

Au même moment, des gyrophares apparurent au loin.

— La police arrive, signala Josi au régulateur.

Elle fut soudain projetée en avant : Lincoln avait freiné pour se mettre à la hauteur du SUV. Comme avec la première voiture, il le poussa vers l'accotement. Si le type au volant ne s'arrêtait pas de lui-même, les arbres qui se dressaient un peu plus loin ne lui en laisseraient pas le choix.

Alors que le véhicule de patrouille approchait, toutes sirènes hurlantes, Lincoln s'écarta du SUV pour mieux le heurter à nouveau. Cette fois-ci, le conducteur ne put rien faire. Il bascula dans le fossé, effectua plusieurs tonneaux et termina sur le toit.

— Qu'est-ce qui se passe ? s'enquit leur interlocuteur au téléphone.

Josi, le souffle coupé, fut incapable de répondre. Avec un dernier coup de sirène, la voiture de police s'immobilisa en travers de la route, et Lincoln s'arrêta enfin.

— Ça va ? demanda-t-il à Josi.

— Non.

Son cœur battait de façon totalement erratique. Un SUV gisait sur le toit à côté d'eux, et une armada de véhicules de secours fonçait dans leur direction.

— Je n'aurais jamais fait ça s'il ne nous avait pas tiré dessus, lui assura Lincoln. À cette vitesse, s'il avait touché un de mes pneus, ou pire, l'un de nous...

Il secoua lentement la tête.

Josi réussit enfin à ouvrir la bouche, mais aucun mot n'en sortit.

— Respire calmement. Je reviens tout de suite.

Lincoln sauta du pick-up pour aller à la rencontre du policier qui était descendu du premier véhicule de patrouille. Josi le vit désigner la route derrière eux ; sans doute relayait-il des informations sur les autres voitures impliquées.

Comme promis, il la rejoignit sans tarder. Avant de monter,

il attrapa un sac de sport derrière son siège et en extirpa une bouteille d'eau, qu'il lui tendit.

— Tiens, bois.

Josi dut avaler plusieurs longues gorgées avant que ses pensées commencent enfin à s'éclaircir.

— Tu es sans doute un peu sous le choc, expliqua Lincoln, qui avait repris sa place au volant et refermé la portière derrière lui. Je n'avais pas l'intention de te faire peur.

Il se pencha vers elle, plongea son regard dans le sien. Quand il posa ses grandes mains chaudes de chaque côté de son visage, elle sentit son cœur s'emballer à nouveau, pour de tout autres raisons.

— Josi... Tout va bien, je suis là.

Elle tâtonna fébrilement pour détacher sa ceinture et, sans réfléchir, se jeta à son cou.

— Merci.

8

L'espace d'un instant, Lincoln se figea en sentant les bras de Josi se refermer autour de lui. Puis son instinct prit le dessus et il répondit à son étreinte.

— Chh…, murmura-t-il alors qu'elle frissonnait, la joue pressée contre son torse. Tout va bien, Josi. On est sains et saufs.

Il se savait en partie responsable de sa détresse, et il n'en était pas fier. Mais le fait qu'elle ait tout de même cherché du réconfort auprès de lui l'emplissait de gratitude.

Le bruit des sirènes et les voix masculines à l'extérieur du pick-up ne parvenaient pas à détourner son attention. Il serra Josi plus fort et lui caressa les cheveux, inspirant son parfum de vanille et de noix de coco.

— Excuse-moi de t'avoir fait peur, dit-il doucement.

Il avait seulement voulu la protéger. Jusqu'à ce que le dernier conducteur leur tire dessus, il s'était appliqué à ne pas employer plus de force que nécessaire pour neutraliser la menace. Mais avec un assaillant armé, on ne pouvait pas prendre de risques.

Quelqu'un frappa bruyamment à la vitre de Lincoln, faisant bondir Josi comme sous un choc électrique. Les yeux de la jeune femme s'agrandirent lorsqu'elle découvrit celui qui avait osé les déranger.

Réprimant un juron, Lincoln descendit sa fenêtre.

— Inspecteur, grommela-t-il.

— Alors, on s'amuse bien ? s'enquit Finn avec désinvolture.

Lincoln le rejoignit dehors.

— Vous avez identifié les conducteurs ?

— Non, mais ce SUV a été déclaré volé il y a deux jours. Son propriétaire va être content qu'on l'ait retrouvé. Par contre, ça risque de gâcher un peu sa joie d'apprendre qu'il a fini sur le toit... J'imagine que tu ne sais pas comment il s'est retrouvé dans cette fâcheuse posture ?

Lincoln lança un coup d'œil vers l'aile abîmée de son pick-up.

— Aucune idée. Il nous a tiré dessus, et quelques secondes plus tard il perdait le contrôle.

— Mmm-hmm. Ça ne répond pas vraiment à ma question, mais tant pis.

Finn se pencha pour regarder à travers la vitre ouverte.

— Ça va, Josi ? Tu n'es pas blessée ? Il y a une autre ambulance qui doit arriver, au cas où.

— Je vais bien, assura-t-elle, et elle rougit en regardant Lincoln.

Celui-ci sentit une onde de chaleur le traverser.

— Comment vont les autres conducteurs ? demanda-t-il en se balançant sur ses talons.

Dans le champ, à côté d'eux, les secouristes étaient en train d'examiner celui du SUV après l'avoir extrait de l'habitacle.

— On n'a retrouvé qu'un seul autre véhicule, expliqua Finn. Une petite berline jaune, qui était coincée dans le caniveau à huit cents mètres d'ici. Le conducteur n'est pas blessé, juste furax d'avoir bousillé sa voiture.

Josi descendit du SUV et en fit le tour pour rejoindre les deux hommes. Elle donna une brève accolade à Finn, avant de se rapprocher de Lincoln. Quand les manches de leurs manteaux se frôlèrent, il se mordit l'intérieur de la joue pour s'empêcher de sourire. Elle ne l'avait jamais traité comme un frère, mais elle commençait à se comporter avec lui comme s'il était un peu plus qu'un collègue ou un ami. Et même s'ils s'étaient mis d'accord pour faire semblant d'être en couple, le baiser qu'ils avaient échangé plus tôt dans la soirée lui avait paru très réel.

Il suivit du regard un véhicule de patrouille qui passait lentement devant eux. Sur la banquette arrière, un homme ruminait sa colère. Le propriétaire de la berline jaune, sans doute.

— Vous avez une idée de qui sont ces types ? s'enquit Finn.

Josi, qui avait elle aussi observé le prisonnier, porta son attention sur le conducteur du SUV, à présent menotté à un brancard. Les secouristes étaient en train de le pousser vers une ambulance.

— Je les connais, affirma-t-elle. Ils s'appellent Carson et Willy.

— Et leurs noms de famille ?

— Ça, je n'en sais rien. On n'a jamais été proches. Ils font partie d'une petite bande.

— Un gang ?

— Appelle ça comme tu veux.

— Ils font quoi de leurs journées ?

— Rien de bon.

Josi s'appuya contre Lincoln ; par réflexe, il passa un bras autour de sa taille pour la soutenir. Finn les regarda en plissant les yeux.

— Je crois savoir où tu pourras trouver le troisième larron qui s'est enfui, déclara Lincoln.

L'idée lui était venue en repartant de la soirée, mais la course-poursuite avait vite mobilisé toute sa concentration.

— À la ferme des Potter, j'ai vu des gars qui avaient les mêmes tatouages que ceux qui traînaient dans ce fight club illégal que tu as bouclé, précisa-t-il. Pour commencer, j'irais voir dans leur salle de sport, ou là où ils s'entraînent maintenant.

L'expression habituellement placide de Finn se durcit.

Le démantèlement de ce club de combat à mains nues, quelques années plus tôt, avait été l'une des plus grosses affaires que la ville ait connues. Lincoln se trouvait alors en opération extérieure, mais il en avait entendu parler par ses proches. Le réseau était tombé suite à la mort d'un jeune homme du coin, à peine plus âgé que Finn à l'époque – ce qui avait complètement chamboulé leur mère. Lincoln ne se souvenait pas du nom de la victime.

— Tara avait un lien direct avec ce club, souligna Finn d'une voix bizarrement tendue, le regard rivé sur Josi.

La jeune femme avait pâli, et ses yeux s'étaient emplis de larmes.

— Ça va ? lui demanda Lincoln, craignant qu'elle ne s'évanouisse. Allons voir les secouristes. Ils vont t'examiner.

— Non, c'est... Finn a raison, dit-elle en soupirant. Le frère de Tara, Marcus, gagnait un peu d'argent en se battant pour eux.

Lincoln regarda tour à tour Finn et Josi. Ils semblaient savoir quelque chose qu'il ignorait.

— Où est-il, maintenant ? s'enquit-il.

— Il est mort.

La voix de Josi se brisa, et Lincoln comprit : le frère de Tara était le jeune homme qui avait perdu la vie lors d'un combat, permettant ainsi à Finn de mettre fin une fois pour toutes aux activités du club.

— Est-ce que Tara faisait partie de cette bande ? demanda-t-il.

— Elle les connaissait, mais elle ne les fréquentait pas, répondit Josi. Ils étaient plus vieux que nous, et Marcus faisait ce qu'il pouvait pour la protéger.

— C'était un bon grand frère, murmura Finn.

— C'était le meilleur.

— Est-ce qu'elle pourrait leur avoir gardé rancune ? suggéra Lincoln. Avoir rassemblé d'autres preuves contre eux, ou trouvé d'autres personnes responsables de sa mort ?

— Tout ce que je sais, répondit Josi d'un air las, c'est que Tara ferait n'importe quoi pour Marcus.

Une heure plus tard, Josi se servait un verre d'eau glacée dans le coin cuisine du chalet de Lincoln. Le contraste entre leurs deux logements ne cessait de l'étonner. Bien qu'agencés de la même manière, ils étaient aux antipodes l'un de l'autre du point de vue de la décoration. Accessoires et fanfreluches à foison chez Josi ; austérité et minimalisme chez Lincoln.

Elle alla s'asseoir au bout du vieux canapé marron.

— J'espère vraiment qu'on se trompe à propos du fight club, dit-elle.

— Moi aussi, répondit Lincoln en s'installant à l'autre extrémité du sofa. C'est une intuition basée sur quelques tatouages, si ça se trouve elle ne mènera nulle part. Finn en saura plus bientôt.

Josi se mordit la lèvre pour réprimer un soupir. Bien qu'elle eût l'habitude d'être fatiguée à cette heure-ci, cela faisait longtemps qu'elle ne s'était pas sentie aussi vidée émotionnellement. Malgré tous ses efforts, Tara restait introuvable.

— Tu tiens le coup ? lui demanda Lincoln.

— J'essaie.

En tournant la tête vers lui, elle remarqua le coussin couleur crème posé entre eux sur le canapé et la couverture assortie jetée sur le dossier. Des cadeaux de sa mère, probablement. Tout comme le tapis duveteux sous la table basse.

— On va retrouver ton amie, lui promit-il.

— Je m'inquiète vraiment pour elle, murmura-t-elle, une boule dans la gorge.

— On s'inquiète tous.

Josi n'en doutait pas. Les Beaumont n'avaient pas besoin de connaître personnellement quelqu'un pour désirer son bonheur et sa sécurité.

— Et ton ami, Brady... Il ne savait rien ?

— Non. Ou en tout cas, il ne m'a rien dit.

Elle n'arrivait pas à croire qu'un cador comme Brady ne soit pas au courant de ce qui arrivait à Tara, quand bien même il n'avait jamais été proche d'elle. Les hommes qui avaient pris en chasse Lincoln et Josi avaient été présents à la soirée ; Brady les connaissait forcément, de près ou de loin.

— De quoi avez-vous parlé, alors ?

Josi posa son verre sur la table basse et attrapa le coussin pour le serrer contre son ventre.

— De toi, un peu.

Un muscle tressauta sur la mâchoire de Lincoln.

— Et alors, ça a donné quoi ?

— Il a tout de suite flairé que tu avais été soldat, et il a même deviné que tu avais fait partie des Rangers. Son frère l'a été lui aussi.

Lincoln se raidit, comme chaque fois qu'on évoquait son passé militaire.

— Il a vu que tu me surveillais et il en a conclu que tu étais amoureux de moi, ajouta-t-elle en souriant. Il m'a dit aussi qu'il espérait que tu avais meilleur caractère que son frère – pour ma sécurité, j'imagine.

— Je ne te ferais jamais de mal, lâcha Lincoln avant même qu'elle ait fini de parler.

— Je sais.

La tension augmenta subitement entre eux, et elle détourna les yeux.

— Tu es au courant que j'ai grandi dans des familles d'accueil, dit-elle pour changer de sujet.

Lincoln semblait toujours mal à l'aise lorsqu'il était au centre de la conversation. Puisqu'ils étaient obligés de passer du temps ensemble, peut-être avait-il envie d'en savoir plus sur elle… L'inverse était assurément vrai.

— Oui, je suis au courant, répondit-il d'une voix douce.

— Ma mère était toxico, et je ne sais rien de mon père. Quand je suis née, mes grands-parents étaient fauchés et en avaient marre des frasques de leur fille. Ils étaient trop vieux, trop pauvres et trop fatigués pour s'occuper de moi quand les services sociaux me retiraient de chez elle. Du coup, j'ai été baladée à droite et à gauche. Je n'ai pas eu droit à un placement permanent parce que ma mère était trop têtue pour renoncer à ses droits parentaux et qu'elle était quand même un peu attachée à moi.

Josi prit le temps de souffler. L'exercice avait beau être humiliant, Lincoln méritait de savoir quel genre de personne il protégeait.

— Au début, j'ai vécu dans des familles sympas, mais à partir du collège celles qui acceptaient les ados se sont faites rares – d'autant plus que je me suis mise à fuguer. Je savais que maman me reprendrait à la première occasion, et je ne voulais pas être là le jour où ça arriverait. Après, tout s'est enchaîné : l'absentéisme scolaire, les bagarres, les vols dans les supermarchés quand j'avais faim... J'ai passé quelque temps en centre éducatif fermé à cause de ça. Finalement, ma mère est morte d'une overdose. J'avais seize ans. Et personne n'a voulu d'une fille de mon âge avec un tel pedigree.

Lincoln se pencha en avant, les coudes sur les cuisses.

— Continue.

— Je suis retournée au lycée. J'ai suivi des cours pendant l'été pour me remettre à niveau, j'ai travaillé dur, et finalement j'ai eu mon diplôme à l'âge normal. Bien sûr, j'ai encore fait quelques bêtises, et j'ai dormi dans ma voiture plus souvent qu'à mon tour, mais j'ai survécu. Je m'étais bricolé une famille de fortune avec d'autres jeunes dans des situations similaires. On se soutenait les uns les autres.

Josi sourit malgré elle. Certes, elle n'avait pas eu la vie facile, mais elle avait tout de même été heureuse.

— Et puis une assistante sociale a pris de mes nouvelles juste avant mes dix-huit ans, et à sa demande tes parents m'ont accueillie au ranch. Ils m'ont dit que je pourrais rester aussi longtemps que j'en aurais besoin.

Un début de sourire étira les lèvres de Lincoln.

— Et tu n'as toujours pas envie de partir ?

— Eh bien...

Elle détacha son regard de sa bouche, pour être aussitôt happée par ses yeux d'un vert profond.

— Non, toujours pas, répondit-elle. Alors qu'ils m'ont obligée à travailler avec le plus revêche de leurs fils !

— Il y a un prix à tout, répliqua-t-il plaisamment.

— Maintenant, à moi de te poser une question.

— Je ne t'avais rien demandé.

— Mais tu en avais envie, rétorqua-t-elle, en espérant ne pas se tromper.

Elle s'humecta les lèvres et laissa errer son regard sur les bras de l'ancien soldat.

— Est-ce que tu as un tatouage de Ranger ?

Lincoln déglutit.

— Pourquoi ?

— Brady m'a expliqué que tu en avais forcément un, et j'ai failli griller notre couverture en lui disant que j'ignorais si c'était le cas.

— Et comment tu t'en es sortie ?

— J'ai prétendu qu'on prenait notre temps.

Elle se sentit rougir. Ne venait-elle pas de sous-entendre que le moment était venu de passer à l'étape suivante dans leur relation factice ?

À sa grande surprise, Lincoln attrapa son T-shirt par le col et le retira, révélant d'un geste souple son torse bronzé. Il garda le vêtement en boule dans une main et se tint assis devant elle, immobile, à moitié nu.

Josi aurait voulu lui dire que ce n'était pas nécessaire. Qu'il ne devrait pas commencer à se déshabiller, car comment savoir ce qui se passerait ensuite ? Mais elle resta muette, tout juste capable de respirer.

La poitrine musclée de Lincoln se soulevait et s'abaissait à un rythme lent et régulier. Ses abdominaux bien dessinés semblaient la supplier de les caresser. Elle sentait la chaleur qui émanait de son corps, imaginait déjà combien sa peau serait douce et tiède sous ses doigts...

Une cicatrice ronde au bas de ses côtes lui fit froncer les sourcils.

— Que s'est-il passé ? demanda-t-elle en se rapprochant de lui.

Elle commença à tendre la main mais la reposa sur ses genoux. L'espace d'un instant, elle avait failli le toucher, avant de se rappeler qu'elle n'en avait aucun droit.

— J'ai pris une balle, expliqua-t-il. Quand mon unité a été capturée. J'aimerais pouvoir dire que c'était le pire jour de ma vie.

— Je suis désolée.

— Si tu veux voir mon tatouage de Ranger, il est dans mon dos.

Il se tourna pour le lui montrer. Alors, elle découvrit les preuves de ce qu'elle avait seulement entendu chuchoter : Lincoln avait été torturé. Son dos était strié de longues balafres – des coupures, peut-être des coups de fouet – et parsemé de marques de brûlures.

Parmi toutes ces cicatrices, deux bandes noires ondulaient telles des bannières dans le vent. Sur chacune se découpait un mot : Airborne, et Ranger.

Simple et direct, songea-t-elle. Comme l'homme qui avait choisi le tatouage.

— Je ne savais pas que tu faisais partie d'une unité aéroportée. Je peux ?

Il haussa les épaules, comprenant sa demande sans qu'elle ait besoin de la préciser. Josi effleura le dessin et les lettres du bout des doigts.

— J'imagine que tu sais, au moins dans les grandes lignes, ce qui m'est arrivé, dit-il d'une voix posée. Mes parents et mes frères sont de grands bavards.

— Ils se soutiennent et se réconfortent les uns les autres, répliqua-t-elle. Ils ne font pas que parler.

— Donc, tu sais, insista-t-il.

Personne ne lui avait donné de détails, mais elle n'en avait pas eu besoin pour comprendre ce que voulait dire « opération de sauvetage ratée ». Elle se doutait que lorsqu'un commando disparaissait, la raison ne pouvait pas être bonne. Et elle avait deviné le reste quand Lincoln avait été le seul à être récupéré plusieurs mois plus tard par la seconde unité qui avait été déployée.

— J'en sais suffisamment, répondit-elle.

Lincoln resta silencieux un long moment tandis qu'elle continuait de lire en braille l'histoire de ses souffrances.

— On était censés rentrer tous ensemble, avec le soldat qu'on était venus sauver, confia-t-il.

Elle laissa glisser ses doigts le long de ses côtes, et il frissonna.

— Excuse-moi, murmura-t-elle en retirant sa main.

Il se tourna pour lui faire face. Jamais elle ne lui avait vu une expression aussi vulnérable.

— Je suis revenu brisé. J'étais inapte au combat, alors ils m'ont renvoyé chez moi. Et comme je suis trop abîmé pour mener une vie de civil normal, je reste au ranch et je travaille à l'écurie. Je ne suis pas sûr de savoir où est ma place. J'essaie juste de m'occuper et de me rendre utile autant que possible.

— Moi aussi je vis ici et je travaille à l'écurie, fit remarquer Josi.

Une fois encore, il lutta contre le sourire qui commençait à poindre sur ses lèvres, ce sourire qu'elle aimait tant.

— Pour ce que ça vaut, ajouta-t-elle en l'attirant dans ses bras, je pense que tu es exactement à ta place.

9

Lincoln se réveilla en sentant la chaleur d'un autre corps contre le sien et la caresse de cheveux au parfum de noix de coco sur sa joue. Il ouvrit brusquement les yeux. Josi dormait paisiblement dans ses bras. Ils s'étaient assoupis sur le canapé et avaient fini allongés l'un contre l'autre, tournés vers la fenêtre du salon. Lincoln avait glissé un bras autour d'elle, et elle s'y agrippait comme à une bouée de sauvetage.

Tandis que ses paupières se refermaient, il repensa à la soirée qu'ils avaient passée ensemble, épuisés mais incapables de prendre la décision d'aller se coucher. Ils avaient regardé des films jusqu'à 2 heures du matin en parlant de tout et de rien et en ratant une bonne partie de l'action qui se déroulait à l'écran. Lincoln en avait appris davantage sur le passé de la jeune femme. Il avait écouté avec avidité les histoires qu'elle avait bien voulu partager avec lui, et il lui avait fait à son tour des confidences qu'il ne faisait jamais à personne. Sur son enfance au ranch. Sur les bêtises qu'il avait commises. Sur son amour infini pour l'océan... Ils avaient même convenu d'aller se balader à cheval sur la plage dès que Tara aurait été retrouvée saine et sauve. Malgré l'inquiétude et le stress, ils avaient ri. Rarement Lincoln s'était senti aussi bien.

Josi était exactement celle qu'elle semblait être. Une personne authentique, sincère. Vulnérable mais résiliente. Foncièrement bienveillante. Elle était le genre de femme qu'il avait toujours rêvé de rencontrer. Une femme qui ne porterait pas de jugement sur ses blessures intérieures, et qui ne le quitterait pas à cause d'elles.

Il rouvrit les yeux.

Pour toutes ces raisons, justement, Josi n'avait rien à faire dans ses bras. Elle méritait tellement mieux que lui ! En outre, les parents et les frères de Lincoln le tueraient s'ils savaient à quoi il pensait quand il la voyait. Et aussi quand il ne la voyait pas, d'ailleurs...

Il se redressa sur un coude pour regarder par la fenêtre. Le soleil était déjà levé. S'ils ne se dépêchaient pas, ils allaient être en retard pour le petit déjeuner.

Sans doute perturbée par son mouvement, Josi laissa échapper un petit gémissement dans son sommeil. Aussitôt, l'esprit de Lincoln fut assailli d'images torrides dans lesquelles il lui arrachait les mêmes soupirs de toutes sortes de manières différentes.

Il fallait qu'il s'éloigne. Vite.

Retenant son souffle, il tenta de se détacher d'elle. Il n'aurait qu'à rejoindre la maison en courant : l'air frais du matin lui remettrait les idées en place. Josi ne risquerait rien entretemps, et il lui rapporterait de quoi manger. Chacun y trouverait son compte.

Alors qu'il commençait à s'écarter, la jeune femme bascula en arrière, l'emprisonnant entre ses fesses rondes et fermes et le dossier du canapé. Le corps de Lincoln réagit au quart de tour. Affreusement gêné, il grimaça lorsqu'elle se retourna sur la banquette étroite pour lui faire face.

— Bonjour, murmura-t-elle en levant vers lui son regard ensommeillé. Pourquoi tu fronces déjà les sourcils ? Tu n'as pas réussi à dormir ?

La question lui fit oublier sa panique.

— En l'occurrence, si, répondit-il, perplexe.

D'habitude, il ne sombrait jamais plus d'une ou deux heures

d'affilée. C'était comme ça depuis des années, et il avait cessé d'espérer que cela change un jour. Mais cette nuit, collé contre Josi, il avait dormi comme un bébé.

— Il y a autre chose qui te préoccupe ? insista-t-elle en posant une main sur son T-shirt, juste au-dessus de son cœur.

Sentait-elle à quel point il battait vite et fort ?

— J'ai faim, c'est tout, répondit-il. Pas toi ?

Il devait prendre le large de toute urgence. Comment pouvait-il garder l'esprit clair alors que leurs corps se touchaient des cuisses à la poitrine ?

À cette pensée, il ne put s'empêcher de baisser les yeux. Au cours de la soirée, Josi avait enfilé un bas de pyjama et un débardeur blanc, et Lincoln s'était évertué à ignorer la façon dont celui-ci épousait ses courbes féminines. Impossible de ne pas s'en rendre compte à cet instant.

Il croisa de nouveau son regard. S'il sentait ses formes pressées contre lui, elle sentait aussi forcément les siennes.

Un coup frappé à la porte le fit bondir sur ses pieds.

— Lincoln ! appela sa mère. Je vous ai apporté à manger. Tout le monde est réveillé ?

Il traversa la pièce à grands pas, soulagé d'avoir une excuse pour s'échapper, et pressé de prouver qu'il n'était pas en train de faire ce qu'il avait désespérément envie de faire.

Josi se redressa sur le canapé. La honte lui chauffait les joues tandis qu'elle passait les doigts dans ses cheveux emmêlés et rajustait son débardeur. Elle avait bêtement pensé qu'après leurs confidences de la nuit, Lincoln et elle seraient à l'aise l'un avec l'autre. Comme des amis, voire un peu plus... La façon qu'il avait eue de la serrer contre lui en dormant, de réagir physiquement à son contact quand elle s'était réveillée, l'avait poussée à croire que ce qu'elle éprouvait pour lui était peut-être réciproque.

Et puis sa mère était arrivée, et il s'était précipité à la porte comme s'il n'attendait que ça pour s'éloigner d'elle. De toute évidence, Josi avait mal interprété les signaux. Pas étonnant qu'il ait eu envie de fuir...

— Bonjour, Josi ! lança Mme Beaumont en se dirigeant vers la cuisine.

Elle avait attaché ses cheveux poivre et sel en queue-de-cheval et enfilé un manteau pour se protéger du froid.

— J'ai préparé des œufs brouillés au fromage et un gratin de légumes, et j'ai aussi apporté des biscuits, de la confiture et du miel. Il y a des fruits et du café à la maison, mais je ne savais pas si vous aviez prévu de venir.

Elle posa un gros sac isotherme sur le plan de travail et sortit les condiments d'une petite poche sur le côté.

— Merci, répondit Josi. Ça sent vraiment bon. Je pense qu'on passera quand même chez vous dans un moment. Vous savez comme je déteste rater les petits déjeuners au ranch.

Mme Beaumont sourit, flattée du compliment. Puis elle lança un regard sévère à Lincoln.

— Je vous le dis tout de suite, je suis au courant pour hier soir. Vous pouvez bien avoir l'air coupables, tous les deux !

Josi se figea. Que savait-elle, exactement ? Qu'ils s'étaient embrassés ? Qu'ils avaient dormi ensemble ?

— De quoi tu parles, maman ? demanda Lincoln d'un ton un peu brusque.

— Tu aurais dû te douter que je l'apprendrais. Vous avez été poursuivis par trois voitures, et tu ne me dis rien ?

Josi ravala un soupir de soulagement.

— Un des conducteurs nous a tiré dessus, lâcha-t-elle en ramenant ses genoux contre sa poitrine.

— Seigneur !

Mary Beaumont pressa une main sur son cœur, les yeux écarquillés.

— Ça, je l'ignorais. Tu ferais mieux de préparer le café, Lincoln.

Il obéit et se dirigea vers le coin cuisine, non sans jeter un coup d'œil à Josi au passage.

Regrettait-il de s'être ouvert à elle la veille ? Elle espérait que non, parce qu'elle n'avait pas envie que cela s'arrête. Même s'ils n'attendaient pas la même chose de leur relation, elle ne supporterait pas de perdre le lien qu'ils avaient tissé.

— Des nouvelles de ton amie ? s'enquit Mary.

Josi ferma brièvement les yeux, mortifiée. Elle n'avait pas pensé une seule fois à Tara depuis qu'elle s'était réveillée dans les bras de Lincoln. Quel genre de personne était-elle donc ? La disparition de son amie aurait dû occuper tout son esprit.

Comme elle peinait à trouver ses mots, Lincoln, adossé contre le plan de travail, répondit à sa place :

— Rien de nouveau. Mais il est encore tôt.

— Tu as raison, approuva sa mère. Bon, je ne peux pas rester, Finn doit arriver bientôt. Mangez, et venez quand vous voulez. J'espère que tout s'est bien passé, sinon.

Lincoln la regarda en plissant les yeux. Elle réprima un sourire.

— Allez, je me sauve. Bon appétit !

Lincoln referma la porte, l'air exaspéré. Malgré son embarras, Josi fut soudain prise d'une envie de rire.

— Quoi ? grommela-t-il.

— Ta mère est venue vérifier qu'on ne faisait pas de bêtises. Le petit déjeuner, c'était un prétexte.

Lincoln rougit, sans pour autant démentir.

— Elle pense qu'il y a quelque chose entre nous, ajouta-t-elle d'un ton plein de sous-entendus.

— C'est bien possible, répondit-il.

Et il lui tourna le dos pour servir le café.

10

Quand Lincoln ressortit de la salle de bains un peu plus tard, Josi avait disparu. En voyant sa tasse de café abandonnée sur le plan de travail, il sentit son estomac se serrer. La jeune femme lui avait semblé distante après le départ de sa mère. Persuadé que cette dernière était en cause, il s'était rapidement excusé pour aller se préparer, en espérant qu'ils passeraient à autre chose à son retour.

Il ne s'attendait pas à trouver la pièce vide.

Tandis qu'il enfilait ses chaussures, il se répéta que Josi ne pouvait pas avoir été kidnappée ici. Le ranch comptait parmi les lieux les plus sûrs de Marshal's Bluff. Elle avait sans doute décidé de rentrer se doucher et se changer... Pour en avoir le cœur net, il lui envoya un message ; un instant plus tard, elle lui confirmait qu'elle était bien chez elle.

Lincoln attrapa sa veste en jean doublée de laine et passa une main dans ses cheveux humides avant de sortir. Un grand soleil brillait dans le ciel, mais les nuages qui s'amassaient à l'horizon promettaient de nouvelles averses pour plus tard.

Partout autour, l'herbe verte s'étendait à perte de vue, parsemée ici et là de troupeaux et de bâtiments agricoles. Alors que Lincoln longeait l'écurie, des ouvriers le saluèrent de loin. Il leur répondit d'un geste de la main.

— On dirait que la pluie va attendre un peu, aujourd'hui ! cria l'un d'eux. Profitez bien de votre journée de repos !

Lincoln s'arrêta, interdit.

— Merci, lança-t-il.

Visiblement, sa mère les avait déjà remplacés, Josi et lui. Il avait bien remarqué son regard entendu, ce matin, lorsqu'elle était venue leur apporter le petit déjeuner. Rien ne lui échappait jamais. Et Josi n'avait pas été dupe non plus de ses intentions. Il comprenait que la jeune femme se soit enfuie à la première occasion.

Il grimpa les marches du chalet de Josi et s'assit sous le porche. Lorsqu'elle serait prête, ils pourraient se rendre ensemble au ranch pour voir si Finn avait avancé dans son enquête. En attendant, Lincoln réfléchit à ce qu'ils savaient déjà : Tara était introuvable, et quelqu'un ne voulait pas qu'on la cherche. Les types qui les avaient poursuivis étaient-ils directement impliqués dans la disparition de la sœur de Marcus, ou obéissaient-ils seulement aux ordres d'un commanditaire ? Et dans ce cas, qui était ce dernier ? Petey, le prêteur sur gages ? Quelqu'un à qui celui-ci avait rapporté la visite récente de Josi ? Les gens étaient de plus en plus nombreux à l'avoir vue poser des questions – les deux jeunes qui travaillaient pour Petey, les dizaines de personnes présentes au feu de joie... Dans les petites villes, les nouvelles se répandaient toujours comme une traînée de poudre, surtout quand elles étaient censées rester confidentielles.

Lincoln se leva en entendant la porte du chalet s'ouvrir derrière lui.

— Oh ! s'exclama Josi. Je pensais qu'on se retrouverait chez toi. Ou directement à la maison.

— J'ai préféré t'attendre. J'espère que ça ne te dérange pas.

— Non, non. Je voulais juste faire un brin de toilette. Me préparer pour cette nouvelle journée, quoi qu'elle nous réserve.

Elle s'était mis un peu de rose sur les joues et de gloss sur les lèvres, et avait enfilé un pantalon noir qui la moulait comme une seconde peau. Quand il vit que son sweat à capuche descendait à peine jusqu'à sa taille, Lincoln repensa subitement à la nuit qu'il avait passée avec ce corps parfait lové contre le sien.

— Tu as l'air en colère, nota-t-elle, légèrement sur la défensive. C'est parce que je suis partie sans te prévenir ? Je savais que je ne risquais rien. On habite à côté.

— Je ne suis pas en colère. Je me disais juste que tu étais jolie, comme ça.

Josi resta bouche bée.

Cela ne ressemblait pas à Lincoln de complimenter les femmes sur leur apparence, à moins qu'il ne s'adresse à sa petite amie. Or Josi n'était *pas* sa petite amie. Pire, elle était sa supérieure hiérarchique ! Elle avait toutes les raisons d'être choquée par son attitude.

Aussi, sa réponse le surprit :

— Merci, tu n'es pas mal non plus... J'ai hésité à mettre ce pantalon. J'ai plutôt l'habitude de porter des jeans, au ranch.

— Apparemment, on a été libérés pour la journée, dit-il en montrant les hommes qui conduisaient les chevaux au pré. Tu n'as aucun dress code à respecter.

— Cette tenue te plaît, alors ?

Elle fit un tour sur elle-même et son sweat se souleva, révélant quelques centimètres de son ventre plat et bronzé. Le pantalon soulignait les courbes harmonieuses de ses hanches et de ses jambes finement galbées.

— Oui, elle me plaît beaucoup, répondit-il.

Une lueur malicieuse éclaira le regard de Josi, comme chaque fois qu'elle plaisantait ou qu'elle le taquinait. C'était arrivé souvent la veille au soir, pour le plus grand plaisir de Lincoln. Il s'était même demandé si elle ne flirtait pas avec lui...

— Lincoln, dit-elle en s'approchant.

— Mmm ?

— On devrait parler de cette nuit.

— Quoi, cette nuit ?

— On a dormi ensemble, je te rappelle.

— Tu regrettes ?

Elle eut un petit rire.

— Je ne crois pas qu'il y ait grand-chose à regretter... Mais vu l'attitude de ta mère ce matin, et vu que Finn doit arriver bientôt, les spéculations vont aller bon train. On doit s'y préparer.

— Je suis d'accord. Qu'est-ce que tu proposes ?

Elle fit un pas de plus et se hissa sur la pointe des pieds.

— Et si on leur donnait du grain à moudre ? chuchota-t-elle.

Sans réfléchir, il l'attrapa par les hanches. Il sentit la peau de son ventre frissonner sous la caresse de ses pouces.

— Je ne sais pas si je me suis bien fait comprendre à propos de cette tenue, murmura-t-il. Ne l'enlève jamais.

— Jamais ? Tu es sûr ?

Quelqu'un s'éclaircit la gorge non loin d'eux. Lincoln laissa retomber ses bras et se tourna vers Finn en le fusillant du regard.

— Bonjour, bonjour ! chantonna ce dernier.

— Salut, Finn, dit Josi.

— Alors, qu'est-ce que vous faites de beau, tous les deux ?

— On s'apprêtait à aller à la maison, expliqua la jeune femme d'une voix étonnamment posée. On a appris que tu venais, et on espérait te croiser.

— C'est vraiment ce que vous vous apprêtiez à faire ?

Lincoln aurait voulu le frapper.

— Oui, affirma Josi. Mais comme tu es là, tu n'as qu'à tout nous raconter autour d'un café.

— Ça marche, dit Finn en lançant un clin d'œil à son frère.

Ils se dirigèrent tous les trois vers le chalet de Lincoln. Pendant que celui-ci mettait la cafetière en route, Finn et Josi s'installèrent autour de l'îlot central.

— Alors ? fit Lincoln, les mains sur les hanches. Qu'est-ce que tu as appris ?

— Pour commencer, tu avais raison à propos des types d'hier soir : ils s'entraînent toujours au Barbell Club. Là où ils s'entraînaient déjà à l'époque des combats clandestins.

En voyant Josi pâlir, Lincoln dut se retenir de la prendre dans ses bras pour la réconforter.

— Tu penses que le réseau s'est reformé ? demanda-t-il à Finn.

Tara avait perdu son frère à cause de ces criminels, et à présent c'était elle qui avait des ennuis. Cela ne pouvait pas être une coïncidence.

— Certaines personnes disent que oui, admit Finn, mais on n'a pas encore de preuves. J'y travaille.

Lincoln remplit trois tasses, tendit les deux premières à Josi et à son frère, puis porta la troisième à ses lèvres. Le silence s'étira pendant de longues secondes.

— Marcus détestait se battre, murmura finalement Josi. Au début, je me disais que la boxe lui faisait du bien, que ça lui permettait d'évacuer le stress. Et puis, il avait besoin de cet argent. Mais au bout d'un moment je me suis rendu compte qu'il me cachait des choses, et que les sommes qu'il gagnait ne pouvaient pas provenir de matchs autorisés. Un soir, il m'a annoncé qu'il allait arrêter parce qu'il faisait du mal aux gens. Je n'ai réellement compris ce qu'il voulait dire que lorsque les journalistes ont expliqué, après sa mort, en quoi consistaient exactement ces combats.

Ceux-ci, particulièrement brutaux, se terminaient quand l'un des deux adversaires n'était plus capable de quitter le ring par ses propres moyens. La plupart du temps, le perdant finissait inconscient.

— Il avait tellement de colère et de douleur en lui, reprit Josi en pressant son poing contre sa poitrine. Il aurait dû se faire aider pour apprendre à gérer ses émotions. Au lieu de ça, il a consacré toute son énergie à protéger Tara. Vu de l'extérieur, il avait l'air de s'en sortir, mais en réalité il souffrait.

— Comment Tara et lui se sont-ils retrouvés placés ? s'enquit Lincoln.

— Leurs parents ont fait une overdose ensemble. C'est

Marcus qui les a découverts, un matin d'école. Il avait huit ans, Tara quatre.

Lincoln reposa sa tasse, bouleversé.

— Ils ont été accueillis dans la même famille jusqu'à ce que Tara entre au lycée. Marcus avait dix-huit ans, il ne pouvait plus être pris en charge par les services sociaux. Tout de suite, il a demandé et obtenu la garde de sa sœur. C'est à partir de là que les choses se sont corsées. Il enchaînait les petits boulots depuis ses quinze ans, mais il ne gagnait pas assez pour deux, faute de diplôme ou de formation. Puis il a découvert l'existence du fight club... Tara avait de bonnes notes, il voulait lui offrir un meilleur avenir que le sien.

Les yeux de Josi s'emplirent de larmes.

— Dans un sens, il a réussi : elle lui a survécu.

Lincoln posa une main sur les siennes et les pressa doucement.

Marcus était mort sur le ring. Un coup à la tête l'avait mis K-O et il ne s'était jamais relevé. D'après le légiste, ce n'était pas son premier traumatisme crânien de la semaine. N'importe quel médecin lui aurait interdit de reprendre la boxe avant de s'être complètement rétabli, mais lorsqu'on dépendait des combats illégaux pour vivre, on n'allait pas chez le médecin.

Les médias avaient seulement parlé d'« affrontements à mains nues » ; d'après plusieurs témoins, cependant, tous les coups avaient été permis, et chaque fois le gagnant avait remporté toute la mise. Des sommes d'argent astronomiques avaient circulé à l'occasion de ces rencontres. Quant aux lieux de rendez-vous, ils avaient changé régulièrement pour échapper aux autorités locales, jusqu'à ce que celles-ci bénéficient d'un tuyau.

— Je suis désolé que personne n'ait pu aider Marcus et Tara, dit Finn. Et que la police n'ait pas réussi à boucler ce club plus vite.

Josi acquiesça en essuyant ses larmes.

— J'aimerais juste qu'on évite un autre drame, murmura-t-elle.

— J'ai prévu d'aller parler aux voisins de Tara aujourd'hui. Ils ont peut-être une idée de l'endroit où elle est.

— On y était hier, et les gamins qu'on a croisés ne l'avaient pas vue depuis plusieurs jours, indiqua Josi.

— Vous avez pu entrer chez elle ?

— Non, puisqu'il n'y avait personne.

Lincoln croisa le regard de son frère. Contrairement à Josi, il avait parfaitement compris ce que Finn sous-entendait.

— On n'avait pas de raisons de s'introduire chez elle, expliqua-t-il, donc on est allés directement chez son employeur, puis à la soirée de Brady.

Finn pianota sur le plan de travail.

— J'ai discuté avec le prêteur sur gages. On ne peut pas dire qu'il ait été très causant.

Josi plissa les yeux.

— Tu pensais que je me serais permis d'entrer chez Tara sans y avoir été invitée ?

— Bien sûr que non. Je te fais confiance. C'est de mon frère que je me méfie.

— Parce que tu forces les portes des gens, toi ? demanda-t-elle à Lincoln.

— Disons que je sais comment faire.

— Et tu le fais, lui rappela Finn.

— Seulement si je pense que quelqu'un est en danger. Ou si Dean et Austin ne sont pas disponibles.

Ses frères tenaient une agence de détectives privés. Bien qu'experts dans l'art du crochetage, ils étaient souvent occupés – et Lincoln était encore meilleur qu'eux.

— Finn, bouche-toi les oreilles, dit soudain Josi, ses grands yeux bleus fixés sur Lincoln. Je crois que j'ai la clé de chez Tara. J'avais oublié que Marcus m'en avait donné une à l'époque où on était ensemble. Quand on s'est séparés, j'ai tout rangé dans une boîte... Il faut juste espérer que Tara n'ait pas changé les serrures. Si elle est chez elle, je suis sûre qu'elle comprendra, et si elle n'y est pas, elle sera contente qu'on ait tout fait pour la retrouver.

— Ça reste illégal, fit remarquer Finn. Vous avez besoin de sa permission pour utiliser cette clé.

— Tu n'étais pas censé te boucher les oreilles, toi ? répliqua Josi, tout en se laissant glisser de son tabouret. Je file chez moi récupérer...

Elle lança un coup d'œil vers Finn, avant de reporter son attention sur Lincoln.

— ... les livres que j'ai empruntés à la bibliothèque. Ils sont tous en retard. Tu veux bien m'accompagner en ville pour que je puisse les rendre ?

— Pas de problème.

— Je reviens tout de suite.

— Ce que tu prévois de faire, ça s'appelle une effraction ! lui lança Finn alors qu'elle se dirigeait vers la porte.

— Et toi, tu écoutes encore !

Lincoln se mit à rire. Finn se retourna brusquement vers lui.

— Je rêve ou tu viens de rire ?

— Moi ? Non.

— Bon, je me réjouis que tu aies enfin compris comment on fait, mais ce qui me préoccupe, tout de suite, c'est que tu t'apprêtes à commettre un crime passible de plusieurs années de prison. Vous vous prenez pour Bonnie et Clyde, ou quoi ? Je ne peux pas vous laisser faire.

— Tu n'as qu'à venir avec nous.

Finn sauta de son siège, comme s'il n'attendait que cette proposition.

— On y va avant ou après la bibliothèque ?

11

Tandis qu'elle montait les marches de la maison de Tara, Josi pria pour que sa clé fonctionne encore, et pour que son amie soit simplement en train de se cacher chez elle. Après tout, on avait le droit de rêver…

Derrière elle, Finn et Lincoln se disputaient à voix basse sur la pertinence de leur entreprise. Finn désapprouvait l'idée, mais il en percevait sans doute aussi l'intérêt, sans quoi il ne serait pas venu.

Un silence presque inquiétant régnait dans la rue. Tous les enfants étaient à l'école, et leurs parents au travail pour la majorité d'entre eux. Ce calme contrastait vivement avec l'animation de la veille.

Soudain, Josi se figea en découvrant la porte d'entrée entrebâillée.

— Les gars…

Les deux frères cessèrent aussitôt leurs chamailleries. En une seconde, ils la rejoignirent sur le seuil.

— Restez ici, ordonna Finn.

Il poussa la porte du pied, une main posée sur son arme.

— Police de Marshal's Bluff ! Il y a quelqu'un ?

Comme personne ne répondait, il s'avança dans le salon. Josi voulut le suivre mais Lincoln l'en empêcha.

— Attends.

Pourquoi aurait-elle dû attendre ? songea-t-elle avec impatience.

Tara s'était fait tirer dessus sous ses yeux et elle n'avait même pas tenté de lui porter secours. Cette culpabilité lui pesait.

— Et si elle était là, mais trop terrifiée pour répondre ? dit-elle à Lincoln. Ou physiquement incapable de venir nous ouvrir ?

Le tireur l'avait peut-être atteinte, l'autre soir. Josi était hantée par l'image de Tara rentrant chez elle pour se soigner et succombant à ses blessures.

Lincoln vint se placer devant elle. Son visage dégageait une douceur inhabituelle.

— D'après ce que tu m'as dit hier soir, Tara est une jeune femme pleine de ressources. Son frère lui a appris à se débrouiller. Tant qu'on n'en sait pas plus, il faut partir du principe qu'elle va bien.

— Tu as raison.

Alors que Finn montait à l'étage, Josi observa depuis le perron la scène de chaos qui régnait au rez-de-chaussée. Tout avait été retourné. Le vieux canapé, la table basse, les photos encadrées...

Cela faisait plusieurs années qu'elle n'était pas revenue ici, mais elle y avait passé jadis presque toutes ses nuits avec Marcus. Jusqu'à ce qu'il commence à la repousser... Déjà à l'époque, elle avait accusé la boxe, avant même de découvrir l'horrible vérité sur les combats et les paris illégaux. Pendant le déclin de leur relation, elle s'était rapprochée de Tara, partageant avec elle son inquiétude pour le jeune homme qui leur échappait de jour en jour. Finalement, elle l'avait laissé partir, puis elle avait aussi cessé de voir Tara pour se concentrer sur sa petite personne. Quelques semaines plus tard, Tara l'avait appelée pour lui annoncer que Marcus était mort.

Où était-elle à présent ? Qui avait saccagé leur maison, et pourquoi ?

Finn reparut en glissant son téléphone dans sa poche.

— Vous pouvez entrer. Fermez bien la porte derrière vous.

Lincoln jeta un coup d'œil dans la rue avant de suivre les instructions de son frère.

— On dirait que personne ne nous a suivis, cette fois, commenta-t-il.

— Sans doute parce que les types sont arrivés avant nous et qu'ils ont pris ce qu'ils voulaient prendre, répondit Finn. À moins qu'il ne s'agisse encore d'un message... De toute façon, les techniciens de la scientifique sont en route. Ils feront les photos et les prélèvements nécessaires.

— Aucune trace de Tara ? demanda Josi, même si elle connaissait déjà la réponse.

Finn secoua la tête.

Elle jeta un regard circulaire sur la pièce dévastée.

— Tu penses qu'ils ont trouvé ce qu'ils cherchaient ?

— Espérons que non.

Finn leur tendit à chacun une paire de gants en latex.

— Enfilez ça et ne touchez à rien.

— Pourquoi mettre des gants si on ne doit rien toucher ? protesta Lincoln.

Josi les laissa se quereller et se dirigea vers la cuisine. Une photo d'elle et de Marcus était aimantée au réfrigérateur. Tara l'avait prise devant le Barbell Club, où s'entraînait son frère. N'était-ce pas étrange qu'elle l'ait gardée là, depuis le temps ?

Après l'enterrement de Marcus, elle avait confié à Josi que quelque chose s'était brisé en lui. Qu'il était devenu distant, comme détaché émotionnellement. Et qu'elle ne supportait pas de ne pas savoir ce qui lui était arrivé.

Peut-être avait-elle enfin trouvé des réponses. Peut-être en avait-elle payé le prix.

— Les gens qui sont venus ici ne cherchaient pas forcément Tara, affirma Finn. Imaginons qu'elle ait découvert que les combats clandestins ont repris, et qu'elle ait décidé de faire tomber le réseau : certains auraient beaucoup à y perdre.

— Et s'ils n'ont pas réussi à attraper Tara, ils sont peut-être venus chercher les preuves qu'elle a réunies contre eux, renchérit Lincoln.

Josi tenta de contenir ses larmes tandis qu'elle contemplait les visages souriants de Marcus et de la jeune fille qu'elle était alors. Ils auraient pu être heureux ensemble, s'il s'était ouvert à elle. Ils se seraient soutenus l'un l'autre. Mais il avait préféré s'éloigner, convaincu qu'il devait régler ses problèmes tout seul. Josi avait eu beau l'aimer, elle méritait un vrai partenaire, quelqu'un qui soit capable de partager ses joies comme ses peines avec elle. Aussi avait-elle pris la décision déchirante de le quitter.

— Qu'est-ce que je peux faire pour aider ? s'enquit-elle en se détournant de la photo.

— Dis-moi si tu vois un téléphone ou un ordinateur portable, répondit Finn. On y trouvera sûrement des indices sur les endroits où Tara est allée et les personnes avec qui elle a été en contact récemment.

Peu probable, pensa Josi. Si Tara avait un secret, elle ne l'avait certainement pas caché dans son téléphone ou son ordinateur, là où n'importe qui irait fouiller... Josi monta sur une chaise et souleva les panneaux du faux plafond près de la porte donnant sur le jardin. Elle regarda ensuite derrière les tableaux, avant de décrocher les grilles d'aération. Puis elle vérifia l'intérieur des boîtes de céréales entamées.

Lincoln et Finn l'observaient, les sourcils froncés.

— Qu'est-ce que tu fais ? lui demanda ce dernier tandis qu'elle ouvrait le placard sous l'évier et s'agenouillait pour passer la main derrière les tuyaux.

— Quand on grandit en famille d'accueil et qu'on fréquente un peu trop les refuges, on apprend à cacher les affaires auxquelles on tient. Sinon, elles disparaissent.

Finn acquiesça.

— OK. On va regarder un peu mieux.

Lincoln le suivit dans la pièce voisine.

À l'arrivée de l'équipe de techniciens, Josi avait déniché 400 dollars en liquide, un vieux sachet de marijuana, des photos de Tara et de Marcus petits et un journal intime que la jeune femme avait écrit après la mort de son frère. Josi sentit sa gorge se nouer en voyant les pages tachées de larmes. Elle reposa le carnet là où elle l'avait trouvé.

Alors qu'elle retournait dans la cuisine, son regard tomba sur une petite théière rouge qui trônait sur la gazinière. Elle l'ouvrit pour jeter un coup d'œil à l'intérieur : rien. Puis elle remarqua la clé scotchée sous le couvercle.

12

Installée sur le canapé de Lincoln, Josi regardait fixement le bloc-notes sur lequel elle avait gribouillé quelques mots. Finn était reparti avec la clé qu'elle avait trouvée dans la théière de Tara. Il ne leur restait plus qu'à déterminer ce qu'elle ouvrait.

— Pour l'instant, on a : un coffre-fort, une boîte postale, un coffre à la banque, et un repaire secret.

Elle reposa le carnet sur la table basse en poussant un grognement de frustration.

— Ça fait près d'une heure qu'on s'arrache les cheveux là-dessus, et tout ce qu'on a trouvé c'est trois idées évidentes auxquelles ton frère a sûrement déjà pensé, et une idée farfelue qui n'est là que pour allonger la liste. Tu parles d'un brainstorming !

— Attends qu'on trouve le repaire secret de Tara, et l'idée te paraîtra moins farfelue, répliqua Lincoln.

Elle lui lança un coussin.

— Arrête de me faire rire. À chaque fois, je me sens coupable. Tant qu'on n'est pas certains que Tara va bien, je ne devrais pas avoir le droit de m'amuser.

Comme pour illustrer son propos, une masse de nuages noirs passa devant le soleil, plongeant la pièce dans l'obscurité. Un grondement de tonnerre résonna au loin.

— Tu as faim ? s'enquit Lincoln en se levant.

— Pas vraiment.

Josi avait été trop préoccupée par cette histoire de clé pour se poser la question.

Derrière elle, Lincoln commença à s'affairer dans la cuisine. Il était à peine l'heure du déjeuner, et elle se sentait déjà épuisée. Dehors, le ciel semblait bien trop sombre pour la mi-journée – à l'image de son humeur.

— Ça n'a pas dû être facile de retourner chez Tara, aujourd'hui, avança Lincoln. Et ça doit l'être encore moins de te dire que sa disparition pourrait être liée à la reprise des combats clandestins.

Josi poussa un long soupir. Il n'avait pas tort.

— Comment te sens-tu ? lui demanda-t-il.

— Je ne sais pas. Pas trop mal. Mieux que Tara, j'imagine.

Elle pivota sur le canapé pour le regarder. Lincoln lui tournait le dos, occupé à remuer quelque chose dans une tasse. Tandis qu'un parfum de chocolat chaud flottait jusqu'à elle, elle le vit secouer une bombe de crème Chantilly et en verser une généreuse portion sur la boisson.

Il porta précautionneusement le mug jusqu'à elle.

— C'est pour moi ? dit-elle en se redressant.

— Oui. Ça fait du bien au corps et à l'âme. Comme la nourriture.

Réprimant un sourire, elle but une gorgée de la délicieuse préparation, en trempant son nez dans la chantilly.

— Je n'aurais jamais cru dire ça, mais tu deviens comme ta mère, plaisanta-t-elle.

— C'est un sacré compliment.

Il lui essuya le bout du nez avec le pouce, avant de retourner en cuisine. Un moment plus tard, il revint avec un plateau sur lequel il avait disposé deux bols remplis de fruits en morceaux, deux fourchettes et deux serviettes en papier, ainsi qu'une assiette de sandwichs coupés en triangles.

— Je n'avais que du jambon et du fromage, s'excusa-t-il. J'ai un gratin au congélateur, mais la cuisson aurait demandé trop de temps.

Josi sentit son estomac gargouiller.

— Seigneur... Apparemment, je meurs de faim.

— On n'a pas pris de petit déjeuner, lui rappela-t-il en s'asseyant à côté d'elle.

Josi fronça les sourcils. C'était vrai ! Ils n'étaient jamais allés jusqu'à la maison, finalement, et elle n'avait rien mangé chez lui avant de s'éclipser pour prendre une douche et se changer.

Elle délaissa sa boisson chaude au profit d'une moitié de sandwich. Puis elle dévora les fruits.

— Merci, soupira-t-elle.

— De rien. Ce n'est vraiment pas grand-chose.

— Dans ce cas, merci au moins d'avoir été attentif. D'avoir su qu'il fallait que je mange alors que je ne m'en rendais même pas compte.

— Tu es inquiète, c'est normal.

— N'empêche, j'apprécie ce que tu fais. Je ne te le dis pas assez. Tu veilles toujours sur tout – les animaux, le ranch, ta famille. Moi.

Lincoln reposa sa fourchette et son bol vide sans rien dire.

— J'aime bien comme on travaille ensemble, reprit-elle. Les habitudes qu'on a mises en place, l'ambiance qui règne entre nous. Et ça m'a vraiment plu de parler avec toi hier soir. D'en apprendre plus sur toi.

Les traits de Lincoln se crispèrent.

Josi faillit changer de sujet, craignant qu'il ne l'éconduise. Mais elle en avait marre des secrets, des vérités que l'on tait. Pourquoi les gens gardaient-ils tant de choses pour eux ? Pourquoi faudrait-il qu'elle fasse pareil ? Elle prit son courage à deux mains et poursuivit :

— Je me souviens de la première fois que je t'ai vu. Je t'ai trouvé tellement beau ! Tu étais passé à l'occasion d'une permission. Je savais qu'il fallait que je calme mes ardeurs avant que tu reviennes, surtout si tu décidais de rester à Marshal's Bluff comme Finn, Dean et Austin.

— Ça a dû être la douche froide, quand je suis rentré, observa-t-il avec ironie. J'étais encore plus silencieux qu'avant. Toujours de mauvais poil, et sans doute un peu rustre sur les bords.

Elle haussa les épaules.

— J'ai juste vu un homme qui essayait de surmonter un traumatisme impossible. Quand tu as commencé à travailler, j'ai découvert l'étendue de ton dévouement et de ta compassion. J'ai été définitivement conquise.

Les lèvres de Lincoln s'entrouvrirent, mais aucun son n'en sortit. Alors elle continua :

— J'imagine que tu me vois encore comme l'ado à problèmes que j'étais en arrivant ici, ou même comme une sœur d'adoption. Mais moi, je ne t'ai jamais considéré comme un frère. Je voulais que tu le saches.

Lincoln la dévisagea un moment, avant de se pencher en avant, les bras sur les cuisses.

— Mes parents et mes frères m'ont parlé de toi quand tu es arrivée au ranch. Maman était ravie d'avoir une fille à la maison. Je voyais bien qu'elle avait envie que tu restes. Moi, j'ai surtout fait ta connaissance quand j'ai pris mon poste à l'écurie. Tu n'avais rien à voir avec l'adolescente qu'ils m'avaient décrite.

Josi sourit.

— J'avais vingt et un ans, à l'époque.

— Tu n'étais plus une gamine, mais déjà une jeune femme sûre d'elle, intelligente et forte. Tu dis toujours ce que tu as envie de dire. Je t'admire pour ça.

Ses beaux yeux verts se tournèrent vers elle par-dessous ses épais cils noirs.

— Qu'est-ce que tu as envie de dire, tout de suite ? l'encouragea-t-elle, le cœur battant.

— Je suis désolé pour tout ce que tu as enduré. Et pour la mort de Marcus. Tu l'aimais.

Josi sentit ses yeux s'embuer.

— Oui, je l'aimais, murmura-t-elle. Autant que je le pouvais. J'étais encore très jeune et je ne crois pas que, l'un comme l'autre, on comprenait bien ce qu'était l'amour. On n'avait pas eu de vrais modèles, en fait. Au-delà de l'amitié et de l'attirance qu'on ressentait l'un pour l'autre, on vivait nos vies séparément. On passait nos nuits ensemble pour recharger les batteries et échapper à la réalité, puis une nouvelle journée commençait et on repartait chacun de son côté. À l'époque, je n'avais aucune idée de ce que c'était de construire une vie à deux.

— Apparemment, votre amitié était très forte, remarqua Lincoln. Cette forme d'amour est aussi profonde et puissante que les autres.

— C'est vrai. Je m'en rends compte, maintenant. On partageait quelque chose de beau, et c'était ce dont on avait besoin à l'époque. Mais ça ne m'aurait pas suffi sur le long terme. Je veux un partenaire, un égal. Pas un sauveur ni un grand frère.

Lincoln recula légèrement, comme si ses paroles l'avaient heurté.

— Tu mérites d'avoir tout ce que tu désires, Josi.

— Et toi, qu'est-ce que tu désires ? lui demanda-t-elle de but en blanc. Une famille ? Des enfants ?

Elle l'avait vu avec ses neveux. Les petits l'adoraient, et même s'il faisait semblant de les trouver agaçants, il cédait à tous leurs caprices. Parce que derrière ses silences et ses airs revêches, Lincoln était un vrai marshmallow. Doux et tendre avec les gens qu'il aimait.

Si seulement elle pouvait compter parmi ces chanceux...

— Et toi ? lui retourna-t-il sans répondre à sa question.

— Moi, oui, je veux une famille et des enfants. Plus que tout au monde. Et je veux les voir grandir. Assister aux remises de diplômes et aux mariages. Rencontrer mes petits-enfants et peut-être même les marier eux aussi. Je veux une maison pleine de rires et d'amour.

Elle lui lança un regard en coin.

— Tu crois que j'en demande trop ?

— Pas du tout.

— À ton tour, dit-elle en le poussant gentiment.

— Moi… je veux une vie simple et honnête. Je veux être utile aux gens qui m'entourent, et aux autres aussi. Je voudrais une famille aussi unie que la mienne. Je veux honorer l'héritage que mes parents m'ont laissé, peu importe la forme que cela prendra.

Josi acquiesça. C'était une belle réponse.

Parler de famille et de relations lui fit repenser à la photo sur le réfrigérateur de Tara. Elle ne comprenait pas pourquoi son amie l'avait mise là, bien en vue, après tout ce temps. Josi et Marcus devant le Barbell Club…

Soudain, elle eut un déclic, et l'adrénaline lui fit tendre la main vers Lincoln.

— Je crois que je sais d'où vient cette clé.

13

Josi frissonna lorsqu'ils se garèrent devant le Barbell Club, où Marcus s'était entraîné par le passé. Elle ne s'y était rendue qu'une poignée de fois et n'en gardait que de mauvais souvenirs. À sa première visite, des hommes l'avaient reluquée et sifflée sans vergogne ; Marcus avait failli en venir aux mains avec eux. À la seconde, on lui avait fait des propositions malhonnêtes alors qu'elle l'attendait dans sa voiture. La dernière fois, elle y avait accompagné Tara qui souhaitait récupérer les affaires de son frère décédé.

Le parking était quasiment désert à cette heure-ci. L'affluence augmenterait sans doute dans l'après-midi, à mesure que les membres du club passeraient se défouler après leur journée de travail. En attendant, c'était le moment idéal pour discuter avec un responsable ou des employés. Peu de femmes devaient pousser les portes de cet établissement : si Tara était venue s'entraîner, ils s'en souviendraient.

Quand Lincoln ouvrit la porte vitrée, un carillon tinta au-dessus d'eux. Des odeurs de sueur et de nourriture imprégnaient l'espace confiné et mal éclairé. Josi n'avait jamais compris comment des gens pouvaient apprécier de faire du sport ici. À peine entrée, elle avait déjà envie de repartir.

Un homme massif en short et débardeur déchiré soulevait des poids devant un grand miroir mural. Il ne leur accorda qu'un bref regard. Au fond du bâtiment, deux individus équipés de gants et de casques s'entraînaient sur un ring.

— Finn arrive dans quelques minutes, dit Lincoln à voix basse en rangeant son portable dans sa poche. Il était en réunion.

— Tant mieux, murmura-t-elle, rassurée à l'idée qu'un policier les rejoigne bientôt.

Alors qu'ils s'avançaient dans la salle, l'homme aux haltères les suivit des yeux dans la glace, tandis que les deux boxeurs s'arrêtaient pour les regarder. Josi afficha sur son téléphone une photo récente de Tara qu'elle avait trouvée sur les réseaux sociaux, puis elle s'approcha du ring.

— Bonjour, dit-elle d'une petite voix, en espérant avoir l'air aussi idiote et fragile que possible.

L'expérience lui avait appris qu'il valait mieux ne pas dévoiler ses cartes trop vite. Souvent, les hommes faibles se sentaient menacés en présence de femmes fortes, et ils réagissaient en conséquence. Elle ne voulait pas d'ennuis.

— Je cherche une amie, expliqua-t-elle en leur montrant la photo. Est-ce que vous l'auriez vue récemment ?

— Non, répondit le plus grand des deux boxeurs.

Son partenaire secoua la tête.

Josi se tourna vers le troisième homme, qui la fixa d'un air méchant. Elle en conclut que cela voulait dire « non ».

— Allons voir si le gérant est là, suggéra Lincoln.

Il posa une main au bas de son dos et l'entraîna vers une porte grande ouverte marquée « Bureau ». Un homme chauve au torse puissant mais au ventre rebondi était assis derrière une table de travail encombrée de papiers. Les restes d'un sandwich reposaient près d'un gobelet de café et d'un paquet de chips.

— Bon sang, grommela-t-il en faisant bouger sa souris, les yeux fixés sur son écran d'ordinateur.

Quand Lincoln toqua discrètement à la porte, il se tourna vers eux d'un air irrité. Puis il se força à sourire en découvrant la jeune femme et l'homme baraqué à côté d'elle.

— Je peux vous aider ?

— Bonjour, dit Josi.

Ce type lui était vaguement familier, mais elle n'arrivait pas à le remettre.

— Je cherche une amie qui s'entraîne peut-être ici. Est-ce que vous la connaissez ?

Elle lui présenta la photo de Tara sur son téléphone.

— Sa tête ne me dit rien, répondit-il. On n'a pas beaucoup de femmes, ici. Si elle était venue, je m'en souviendrais.

— Vous êtes le directeur du club ?

— Dennis Cane, dit-il en se levant.

Il s'essuya la main sur son pantalon, avant de la tendre à Josi. Réprimant une grimace de dégoût, elle la lui serra, puis Lincoln fit de même.

— Vous boxez ? demanda Dennis Cane à ce dernier, en retenant sa main un peu plus longtemps que nécessaire.

— Je me débrouille, répondit Lincoln.

— C'est ce que j'aime entendre ! Vous faites quoi, soixante-quinze kilos ? Quatre-vingts ? J'aurais bien besoin d'un poids moyen...

— Merci, mais je ne cherche pas à m'inscrire dans un club.

Le gérant contourna rapidement son bureau.

— Vous ne voulez pas me montrer ce que vous savez faire ? Je vous offre l'adhésion.

— Pourquoi ? demanda Josi, incrédule.

Essayait-il de recruter Lincoln pour les combats clandestins ?

— J'adore la boxe, expliqua Cane en les invitant d'un geste à le suivre dans la salle. Je ne suis pas un trop mauvais entraîneur. Et puis, c'est un super sport pour rester en forme. Les femmes adorent ça.

— Ça ne m'intéresse pas, insista Lincoln alors qu'ils marchaient vers le ring. Cette salle n'est-elle pas associée au fight club qui a été démantelé il y a quelques années ?

Le gérant s'arrêta net.

— Seulement parce que le type qui est mort s'entraînait ici, répondit-il. Depuis, on fait tout pour se débarrasser de cette mauvaise réputation.

— Vous n'approuviez pas ces combats, alors, dit Josi. Étiez-vous déjà là quand le réseau est tombé ?

Il la dévisagea longuement, et elle se demanda s'il commençait à se souvenir de l'autre Josi – celle qui se maquillait et qui portait du cuir, celle qui était amoureuse de l'homme dont il venait d'évoquer la mort avec tant de légèreté. L'avait-elle croisé à l'époque ? Était-ce pour cela qu'elle avait l'impression de le connaître ?

— Il s'est embarqué tout seul dans ces histoires, souligna-t-il. Mon club n'avait rien à voir avec tout ça.

— À votre avis, pourquoi les gens ont-ils accepté de participer à ces combats illégaux ? s'enquit Lincoln. Pourquoi ne pas se contenter de boxer ici, comme eux ?

Il montrait les deux hommes sur le ring, qui avaient interrompu leur entraînement pour écouter la conversation.

Dennis Cane croisa les bras sur son torse.

— J'imagine que certaines personnes ont une souffrance en elles qu'elles n'arrivent pas à gérer. Elles ressentent sans doute le besoin de se battre pour se débarrasser de leurs démons intérieurs.

Lincoln se frotta pensivement la mâchoire.

— Ça se défend. Les démons intérieurs, je connais ça.

— Venez les exorciser sur le ring !

— Je ne veux faire de mal à personne.

À cet instant, la porte d'entrée s'ouvrit, et le carillon sonna en même temps qu'un groupe d'hommes pénétraient dans la salle avec leurs sacs de sport sur l'épaule. Josi reconnut immédiatement le brun qui marchait devant. À l'époque où elle sortait avec Marcus, il traînait avec la même bande que l'un des conducteurs de la veille, celui qu'elle avait vu à l'arrière de la voiture de police.

La panique l'étreignit. Rien de bon ne lui était jamais arrivé dans ce lieu, et son instinct lui soufflait qu'il n'en serait pas autrement aujourd'hui.

— Il faut qu'on parte, murmura-t-elle à Lincoln en glissant sa main dans la sienne.

Sans discuter, il salua le directeur du club.

— Je réfléchirai à votre proposition, lui dit-il poliment.

Le cœur de Josi battait violemment dans sa poitrine tandis qu'ils se dirigeaient vers la sortie. Dès qu'ils furent dehors, Lincoln la tourna face à lui.

— Que se passe-t-il ?

— J'ai reconnu un des types qui viennent d'arriver. C'est un ami du conducteur de la voiture jaune qui nous a poursuivis hier soir. Marcus me l'a présenté il y a quelques années, en me conseillant de le fuir comme la peste. Après ça, je l'ai aperçu plusieurs fois à des soirées : il était toujours en train de chercher la bagarre, toujours avec un œil au beurre noir ou une lèvre fendue. Je ne sais pas s'il a quelque chose à voir avec la disparition de Tara, mais ce qui est sûr, c'est qu'il vaut mieux éviter une confrontation avec lui.

Lincoln s'apprêtait à répondre quand son regard se fixa sur un point derrière elle. Et soudain, son visage se tordit de colère.

En se retournant, Josi comprit tout de suite le problème : son pick-up penchait bizarrement d'un côté. Il avait les deux pneus droits crevés, et un couteau dépassait encore d'une des roues.

Lincoln serra les poings. Il bouillonnait.

— N'y pense même pas, lui dit-elle calmement en devinant son dilemme. Casser la figure à ces gars ne nous mènerait à rien. Reste avec moi et rappelle ton frère.

Il posa brièvement les yeux sur elle, avant de porter son attention sur l'entrée du parking, où la voiture de patrouille de Finn venait d'apparaître.

Josi poussa un soupir de soulagement.

— On peut dire qu'il a le sens du timing !

Lorsque Finn les rejoignit, il avait l'air épuisé.

— Désolé pour le retard.

— Tu arrives juste à temps, lui dit Josi en montrant le pick-up. On venait de sortir quand on a découvert ça.

— Oups...

Finn se passa une main dans les cheveux, avant d'enfoncer sa casquette sur sa tête.

— Je vais mettre ce couteau sous scellés et appeler une dépanneuse. Autre chose que je devrais savoir ?

— Trois hommes sont arrivés quelques instants avant qu'on parte.

— OK. Je reviens tout de suite, lâcha Finn en se dirigeant vers le bâtiment.

Josi se demandait qui elle avait réellement sauvé en empêchant Lincoln de retourner à l'intérieur... À voir son expression, ce n'était peut-être pas lui qui aurait été le plus en danger. Il continuait de serrer et de desserrer les poings, la mâchoire contractée.

— Lincoln, murmura-t-elle. Regarde-moi. Tu sens que tu vas faire une crise de panique, ou bien tu es juste très en colère ?

Il n'eut pas besoin de répondre. Sa respiration saccadée parlait pour lui.

— Hé, tout va bien, lui dit-elle aussitôt. On est sains et saufs. Les pneus, ça se remplace facilement, et Finn s'occupe du reste.

Prudemment, elle posa les mains sur ses joues mal rasées et attira son visage plus près du sien.

— Respire.

Lincoln se laissa faire. Son regard était concentré, expressif. Il n'avait pas encore complètement perdu le contrôle. Elle déposa un léger baiser sur sa pommette, en espérant que cette distraction détournerait son esprit du dangereux chemin qu'il avait commencé à prendre.

Il réagit en expirant longuement. Lorsqu'elle pressa ses lèvres sur les siennes, il retint son souffle.

— Josi…, lâcha-t-il d'une voix rauque.

Ses poings se détendirent, et il la saisit spontanément par les hanches.

— Voilà, c'est bien, chuchota-t-elle.

Elle lui embrassa le bout du nez, puis le front, jusqu'à ce qu'elle le sente fondre entre ses mains. Alors, il enroula ses bras autour d'elle et moula son corps au sien. La joue pressée contre son torse, Josi écouta les battements de son cœur s'apaiser peu à peu.

— Heureuse de te retrouver, murmura-t-elle.

— Merci.

— Je t'en prie. N'hésite pas à me rendre la pareille un jour.

Elle entendit son rire résonner doucement contre son oreille.

À contrecœur, elle s'écarta de lui. Si elle restait une minute de plus dans ses bras, elle ne répondrait plus de ses actes, or elle ne voulait pas profiter de sa faiblesse.

— Josi…, protesta-t-il.

Il fut interrompu par son frère, qui ressortait du club.

— Bien ! La dépanneuse est en route.

— Et les gars qui ont lacéré mes pneus ? s'enquit Lincoln en se tournant vers lui.

— Les caméras de sécurité ne fonctionnent plus, et personne n'a vu ce qui s'est passé.

— Trois mecs venaient d'entrer, insista Lincoln. Ils ont forcément vu quelque chose, ou alors ils l'ont fait eux-mêmes. On n'est pas restés plus d'un quart d'heure à l'intérieur.

— Il peut se passer beaucoup de choses en un quart d'heure, répliqua Finn. Ce n'est pas parce qu'ils sont arrivés au moment où vous partiez que ces types sont coupables.

Josi glissa un bras autour de la taille de Lincoln pour lui communiquer un peu de son calme. Évidemment, le geste n'échappa pas à Finn, qui haussa un sourcil interrogateur. D'un regard assassin, elle le dissuada de faire le moindre commentaire. Il lui répondit par un grand sourire.

— Et la clé ? demanda-t-elle pour changer de sujet.

— J'ai vérifié les vestiaires d'ici. Tous les casiers ont des cadenas à combinaison. La bonne nouvelle, c'est que cette clé appartient bien à un cadenas classique, ce qui exclut les boîtes postales et les coffres de banque. On est sur la bonne piste.

— Ça ne nous avance pas beaucoup, marmonna Lincoln.

— Si la disparition de Tara est vraiment liée aux combats clandestins, intervint Josi, on s'est peut-être juste trompés de club.

— Pourquoi cacher la clé d'un casier, si l'établissement dans lequel il se trouve n'est pas impliqué dans les matchs illégaux ?

— Ce casier est peut-être celui de Tara, suggéra Lincoln. Dennis Cane recherche des boxeurs. Et s'il recrutait aussi des femmes, maintenant ?

14

Une heure plus tard, le pick-up de Lincoln avait été remorqué et Josi et lui étaient de retour au ranch. Plutôt que d'attendre sans rien faire que l'enquête avance, ils décidèrent de repartir vers la ville pour continuer leurs recherches, même s'ils n'avaient pas de plan précis. Dean et Austin avaient proposé de leur prêter un véhicule de l'agence Beaumont Investigations, mais Lincoln préféra emprunter un des vieux camions de la ferme. Celui-ci serait plus facile à remplacer si Josi et lui se faisaient encore attaquer.

— Je suis désolée pour ton pick-up, dit la jeune femme en grimpant dans la cabine qui sentait vaguement le fumier.

— Tu n'y es pour rien.

Lincoln poussa le levier de vitesse fatigué et s'engagea cahin-caha dans l'allée.

— C'est quand même un peu de ma faute, insista-t-elle. C'est parce que tu as accepté de me protéger que tu te retrouves mêlé à cette histoire.

— La question d'accepter ou pas ne se posait pas, répliqua-t-il tandis qu'ils débouchaient sur la petite route de campagne. N'importe quel homme digne de ce nom aurait fait la même chose.

Elle détourna les yeux en rougissant, et Lincoln se concentra de nouveau sur sa conduite. Le vieux tacot bringuebalait aux moindres creux et bosses.

— Est-ce que tu te sens mieux ? lui demanda Josi en continuant de regarder par la fenêtre.

— Beaucoup mieux. Merci.

Lincoln n'en revenait pas qu'elle ait reconnu les signes avant-coureurs d'une crise de panique, alors qu'il ne s'était même pas rendu compte que sa colère l'entraînait dans cette direction. Et surtout, il ne cessait de repenser à la méthode qu'elle avait choisie pour le ramener à la réalité, en parsemant son visage de baisers stratégiques… Elle lui avait dit de ne pas hésiter à lui rendre la pareille. Était-ce une invitation, ou le taquinait-elle ? Il avait bien l'impression qu'elle flirtait avec lui. D'ailleurs, lorsqu'ils s'étaient embrassés la veille, elle n'avait pas franchement eu l'air de jouer la comédie.

Il lui coula un regard. Ne lui avait-elle pas confié, le matin même, qu'elle l'avait trouvé beau la première fois qu'elle l'avait rencontré ? Et qu'elle avait été « définitivement conquise » à son retour de l'armée, alors qu'il broyait du noir dans son coin sans parler à personne ? Restait à savoir si cette attirance était toujours d'actualité… C'est ce qu'il lui avait semblé ces derniers jours, mais les circonstances étaient particulières. Ils avaient vécu des émotions fortes et se retrouvaient malgré eux à passer tout leur temps ensemble. Lincoln prenait sans doute ses désirs pour des réalités.

Quoi qu'il en soit, ils avaient d'autres priorités pour l'instant. Ses désirs pouvaient attendre.

Alors qu'ils approchaient d'une laiterie d'où s'élevait un panache de fumée blanche, Lincoln ralentit.

— Tu as déjà mangé à la ferme des Davey ? demanda-t-il à Josi.

— Non, mais chaque été je vois les saisonniers siroter des milk-shakes qu'ils ont achetés là-bas.

— Ils ont une baraque au bord de la route avec un énorme barbecue, expliqua Lincoln en tournant à l'intersection suivante. Ils font le meilleur poulet grillé et le meilleur porc braisé du comté, peut-être même de l'État. Ça fait des années que je n'y suis pas allé, mais j'ai encore le goût de leur pain de maïs dans la bouche... Il est meilleur que celui de ma mère.

Il lui lança un regard appuyé.

— Ne lui répète pas ce que je viens de dire. Je le nierai jusqu'à ma mort.

Josi se mit à rire.

— J'aime bien le pain de maïs. Et je suis une inconditionnelle des milk-shakes, même quand il fait à peine 15 degrés dehors.

— Dans ce cas, tu ne vas pas être déçue.

Vingt minutes plus tard, ils étaient installés sur une vieille couverture à l'arrière du camion, dont ils avaient baissé le hayon. Josi trempait ses frites dans son milk-shake et frissonnait à chaque gorgée, tandis que Lincoln terminait un généreux burger au porc effiloché.

— C'était délicieux, dit-elle en secouant son gobelet vide.

— Meilleur que mes sandwichs jambon-fromage ?

Elle hésita un instant.

— À peine meilleur.

Lincoln détourna les yeux en réprimant un sourire. L'après-midi touchait à sa fin et le soleil allait bientôt se coucher. Les champs moissonnés s'étiraient aussi loin que portait le regard, ponctués de fermes et de bâtiments agricoles. L'herbe verte, les granges rouges, les minuscules volutes de fumée qui s'échappaient des cheminées au loin... Lincoln ne se lasserait jamais de ce paysage.

— Quand j'étais gamin, mes copains n'avaient qu'une seule envie : quitter Marshal's Bluff au plus vite. Je n'ai jamais compris pourquoi.

— Même pas un peu ?

— Non. Pourtant, j'ai vu du pays, après le lycée. Je reconnais que certains endroits sont magnifiques, presque irréels. Mais je ne suis jamais aussi heureux que quand je suis ici. Pour moi, il n'y a rien de plus beau qu'un coucher de soleil au ranch, à part peut-être un lever de soleil sur l'océan. À Marshal's Bluff, j'ai les deux.

— On pourrait aller voir un lever de soleil sur la plage, un jour, proposa Josi en laissant pendre ses jambes de la benne.

Lincoln soutint son regard.

— Ça me plairait beaucoup.

Comme elle se mordait la lèvre pour ne pas sourire, il repensa aux baisers qu'elle lui avait prodigués. Il chassa bien vite ces images de sa tête.

— J'ai réfléchi à nos recherches, dit-il, pressé de revenir à un sujet plus terre à terre.

Josi se rembrunit.

— Je t'écoute.

— Il ne doit pas y avoir beaucoup de salles de boxe à Marshal's Bluff. On pourrait faire le tour des établissements et montrer la photo de Tara. Finn y a sans doute déjà pensé, on n'a qu'à se partager la tâche.

— Tara passait beaucoup de temps au centre social quand elle était plus jeune. On peut commencer par là.

Lincoln rassembla leurs déchets et sauta du camion.

— Je vais appeler Finn.

Il tendit la main à Josi, mais elle préféra se débrouiller seule pour descendre.

— On se retrouve à l'intérieur, dit-elle en refermant le hayon.

Il la regarda se diriger vers la portière du côté passager, en se demandant comment il avait pu gâcher un si beau moment aussi vite.

Josi boucla sa ceinture avant de se connecter au site Internet du centre social sur son téléphone. Comme une idiote, elle avait rêvé d'embrasser Lincoln, alors qu'au même moment il s'interrogeait sur le nombre de clubs de boxe que comptait Marshal's Bluff...

Il fallait vraiment qu'elle se ressaisisse.

Un instant plus tard, Lincoln s'installa derrière le volant et fit démarrer le vieux moteur.

— J'ai envoyé un message à Finn. Il m'a donné son feu vert, en me demandant de le tenir au courant. Il est encore en train d'interroger les voisins du Barbell Club pour essayer de récupérer des images vidéo du type qui m'a crevé les pneus.

Josi poussa un soupir, les yeux rivés sur son écran.

— Le centre social ne propose pas de cours de boxe, annonça-t-elle. Même pas de kickboxing. Et seulement un cours d'autodéfense par trimestre. Tu crois qu'on y va quand même ?

— Pas sûr... On devrait plutôt repérer tous les lieux où l'on peut pratiquer la boxe, et voir dans quel ordre on y passe pour éviter les allers et retours à travers la ville. Certains établissements ferment peut-être plus tôt, auquel cas il faudra en tenir compte aussi.

Josi fit une rapide recherche.

— Il y a quatre clubs en plus du Barbell. Un tout près du prêteur sur gages, deux à chaque extrémité de la plage, et un autre assez excentré mais encore à Marshal's Bluff : le Body by Bella.

— Excentré à quel point ? voulut savoir Lincoln.

Josi zooma sur la carte.

— C'est à une demi-heure d'ici, assez loin du domicile et du lieu de travail de Tara.

— Commençons par là. Si elle s'est mis en tête d'infiltrer le fight club, elle a sans doute cherché à s'entraîner à l'écart des regards, par sécurité.

— Je ne veux pas croire qu'elle se soit lancée dans une entreprise pareille, murmura Josi en frissonnant. À quoi pensait-elle ?

Elle regarda un moment par la fenêtre.

— Question stupide, marmonna-t-elle. Si on ne se trompe pas sur ses intentions, on sait très bien à quoi elle pensait.

Tara avait voulu empêcher que d'autres boxeurs perdent la vie dans des combats illégaux. Peut-être même avait-elle décidé de venger Marcus. Et de le rendre fier, même si elle n'avait jamais eu besoin de lui prouver quoi que ce soit pour qu'il l'aime.

Pris dans les embouteillages de fin de journée, ils mirent près de trois quarts d'heure à atteindre le Body by Bella. Josi fut soulagée de voir apparaître l'enseigne rose vif de l'établissement. Celui-ci n'avait rien de commun avec le Barbell Club : le parking était plein, et le bâtiment de deux étages paraissait autrement plus accueillant avec ses murs blancs recouverts de fresques où s'entrelaçaient feuillages grimpants et lianes fleuries.

Des femmes entraient et sortaient par petits groupes, munies de tapis de yoga et de gourdes en métal. Une blonde tint la porte à Lincoln en lui lançant un clin d'œil. Pour la plus grande satisfaction de Josi, il lui jeta un regard noir.

L'intérieur du club, spacieux et lumineux, était décoré de plantes vertes ; une musique relaxante s'échappait de haut-parleurs.

— Je peux vous aider ?

Une femme brune d'une trentaine d'années leur souriait depuis le comptoir d'accueil. Josi s'avança vers elle, le téléphone à la main.

— Bonjour, je suis Josi Roberts. Je cherche mon amie. Vous l'avez peut-être déjà vue ici ?

— Bonjour, moi c'est Bella. Faites voir…

Elle regarda la photo de plus près.

— Oui, je la connais ! C'est Tara.

Josi sentit son cœur bondir dans sa poitrine.

— Elle est inscrite ici ?

— Elle n'est pas venue à ses cours cette semaine, mais d'habitude elle n'en rate pas un seul.

Bella fronça les sourcils.

— Vous dites que vous la cherchez… J'espère qu'elle n'a pas d'ennuis ?

— Quand l'avez-vous vue pour la dernière fois ? lui demanda Josi, les larmes aux yeux.

— Il y a quatre jours, je crois. Pourquoi ? Que se passe-t-il ?

Un peu en retrait, Lincoln écrivait sur son téléphone, sans doute pour relayer l'information à Finn : ils avaient trouvé le club où s'entraînait Tara et où celle-ci possédait très certainement un casier.

— Que se passe-t-il ? répéta Bella, de plus en plus inquiète, en regardant tour à tour Josi et Lincoln.

— Je vous présente mon ami, Lincoln Beaumont. Tara a disparu et il m'aide à la chercher.

— Disparu ?

La responsable du club jeta un coup d'œil sur le hall bondé.

— Venez, on va discuter au calme.

Elle les entraîna à l'écart de la foule, et Josi lui raconta ce qui était arrivé au motel.

— Je savais bien que votre visage me disait quelque chose, murmura Bella en portant une main à sa bouche.

— Comment ça ?

Josi espérait que sa photo n'avait pas été diffusée sur le site de la radio locale...

Comme Bella tardait à s'expliquer, Lincoln se racla la gorge.

— Écoutez, nous aimerions retrouver Tara avant l'homme qui lui a tiré dessus, alors si vous avez des informations susceptibles de nous être utiles, donnez-les-nous. Mon frère est inspecteur de police, c'est lui qui est chargé de l'enquête. Il va nous rejoindre bientôt.

Bella cligna des yeux, frappée de mutisme. Elle n'avait toujours pas répondu à la question de Josi. Comment l'avait-elle reconnue ? De son côté, Josi était certaine de ne l'avoir jamais vue.

— Nous avons trouvé une clé, lui expliqua-t-elle. L'inspecteur Beaumont va nous l'apporter. Nous pensons que c'est celle du casier de Tara, et nous espérons que le contenu de ce casier nous aidera à comprendre dans quoi elle s'était embarquée avant de disparaître.

Sans rien dire, Bella ouvrit un placard derrière elle et en sortit une grosse pince coupante.

— Pas besoin d'attendre la clé, lâcha-t-elle.

Ils la suivirent jusqu'au vestiaire, où elle demanda aux femmes présentes de bien vouloir attendre dehors quelques minutes – ce qu'elles firent sans protester. Puis elle longea une des rangées de casiers et s'arrêta tout au bout, près des douches.

— Ça faisait un moment que je sentais que quelque chose ne tournait pas rond, mais chaque fois que j'ai essayé de lui en parler, Tara a balayé mes inquiétudes en m'assurant que tout allait bien.

D'un coup de pince, Bella sectionna le cadenas, qui tomba par terre. Elle le ramassa avant d'ouvrir la porte du casier. À l'intérieur, fixée par un aimant, figurait la même photo de Josi et de Marcus que Tara avait affichée sur son réfrigérateur.

— Elle l'a mise là le jour où elle s'est inscrite au club, précisa Bella.

Voilà donc comment cette dernière avait reconnu Josi...

— C'était quand ? s'enquit Lincoln.

— Il y a un an, à peu près.

Bella confia le cadenas à Josi, qui l'observa rapidement avant de le montrer à Lincoln.

— Il s'ouvre bien avec une clé, commenta-t-elle.

Visiblement ébranlée par la nouvelle de la disparition de Tara, Bella se laissa tomber sur le banc des vestiaires.

— Pourquoi dites-vous que vous avez senti que quelque chose ne tournait pas rond ? lui demanda Josi.

— Au début, Tara était à fond. Hyper-motivée, hyper-concentrée. J'ai pensé qu'elle avait besoin d'évacuer sa colère, ou qu'elle avait quelque chose à prouver. Elle est tout de suite venue très régulièrement. Elle utilisait les haltères, fréquentait la salle de yoga. Elle ne ratait jamais un cours de boxe ou d'autodéfense. J'ai fini par me dire qu'elle allait bien, qu'elle prenait juste plaisir à se défouler. Moi-même j'adore faire du sport, alors c'est quelque chose que je peux comprendre.

— Mais ?

Bella s'humecta les lèvres en regardant ses pieds.

— Elle a commencé à arriver avec des bleus. Elle avait toujours de bonnes excuses, mais je sais reconnaître une femme battue. Dans son cas, c'était flagrant. Et c'était évident aussi qu'elle n'avait pas envie d'en parler. Je n'ai pas insisté : je voulais qu'elle se sente en sécurité ici, et j'avais peur qu'elle ne vienne plus si je me montrais trop intrusive.

Josi échangea un regard avec Lincoln.

— Tara ne se faisait sans doute pas frapper par un petit ami, dit-il.

— Par qui, alors ?

— Pour l'instant, nous ne savons pas précisément, éluda Josi. Pouvez-vous nous en dire plus sur les activités auxquelles elle s'était inscrite ?

— Elle suivait les cours d'autodéfense et de kickboxing à un niveau confirmé, et elle s'entraînait aussi régulièrement sur le ring. Elle commençait à bien se débrouiller avant que les bleus apparaissent...

— Justement, quand sont-ils apparus ? s'enquit Lincoln.

— Il y a quelques semaines, peut-être. Excusez-moi, mais je ne vois pas qui pourrait l'avoir battue régulièrement à part un partenaire violent.

À cet instant, la porte du vestiaire s'ouvrit en grand, interrompant Josi dans sa réponse. Finn entra dans la pièce, vêtu d'un sweat à capuche noir et d'une casquette assortie.

Bella resta bouche bée.

— Inspecteur Beaumont, police de Marshal's Bluff, annonça-t-il en lui montrant sa plaque.

Il adressa un petit signe de tête à son frère, puis son regard se posa sur le cadenas que Josi tenait toujours dans sa main.

— Je peux ?

Elle lui remit l'objet, et il y inséra la clé de Tara sans la moindre difficulté. Il n'eut qu'à la tourner légèrement pour que le cadenas s'ouvre.

15

Josi fit de rapides présentations entre Finn et Bella, avant de laisser l'inspecteur poser les questions qu'il jugeait nécessaires. La responsable du club semblait totalement sous le charme du beau policier ; malheureusement pour elle – et pour toutes les célibataires de la ville –, Finn était pris. Plus que cela, il était fou amoureux. Les trois frères de Lincoln qui vivaient à Marshal's Bluff avaient trouvé l'âme sœur durant l'année écoulée, et leurs couples étaient aussi solides que le roc.

Josi les enviait, bien sûr, mais cela ne l'empêchait pas d'être contente pour eux. Tout le monde méritait d'être heureux. Même le plus grincheux des hommes.

Surtout lui, songea-t-elle.

Lincoln la surprit en train de le regarder fixement, et elle détourna les yeux en rougissant.

— Tenez.

Bella avait sorti des cartes de visite de la poche de son pantalon de yoga. Elle en tendit une à Josi et une autre à Finn.

— Si vous pensez que nous pouvons vous être utiles, moi ou n'importe qui d'autre au club, n'hésitez pas à appeler. Tara est très appréciée, ici. Tout le monde sera content d'aider, que ce soient les entraîneurs ou les adhérents.

Émue, Josi acquiesça, avant de se tourner vers le casier de Tara. À l'intérieur, un sweat de Marcus était pendu à un cintre. Une trousse de toilette et une paire de gants de boxe roses reposaient sur une étagère. Les initiales de Marcus avaient été inscrites au marqueur le long des lacets.

— Tu permets ? murmura Finn en rejoignant Josi.

Elle s'écarta pour le laisser accéder au casier. Après avoir enfilé des gants en latex, il entreprit de le fouiller.

En passant la main sur l'étagère, il trouva une enveloppe glissée sous les gants de boxe. Délicatement, il en vida le contenu dans sa paume.

— Des coupures de presse ? s'enquit Lincoln.

Josi sentit son cœur se briser. Les articles concernaient tous la mort de Marcus et les combats clandestins qui lui avaient été fatals. Elle n'avait pas compris à quel point Tara avait souffert, à quel point elle souffrait encore… Et dire qu'elle ne lui avait même pas rendu visite après l'enterrement, alors qu'elles avaient été comme des sœurs à peine quelques mois plus tôt !

Josi s'était dit qu'il fallait laisser Tara prendre l'initiative, et qu'elle irait la voir si son amie lui en faisait la demande. Dans les faits néanmoins, elle avait coupé les ponts pour soigner ses propres blessures, pendant que Tara était restée seule avec son chagrin.

Derrière elle, Lincoln posa une main sur son épaule et l'attira contre lui. Ce geste de réconfort était exactement ce dont elle avait besoin. Emplie de gratitude, elle se retourna pour le serrer dans ses bras, mais au même instant la porte du vestiaire s'ouvrit sur un groupe de femmes qui bavardaient gaiement.

— Je m'en occupe, dit Bella en se levant. Un cours vient de se terminer et un autre va bientôt commencer. Je peux fermer le vestiaire pendant un moment, mais les filles auront quand même besoin de récupérer leurs affaires.

— J'en ai pour une minute, lui assura Finn.

Tandis qu'il se remettait au travail, Bella s'empressa d'aller repousser les nouvelles venues.

— Bingo ! s'exclama Finn en sortant un téléphone du casier.

Je le porterai au labo pour voir ce que les techniciens peuvent en tirer.

Il glissa l'appareil dans un sac en plastique, photographia l'intérieur du casier puis emballa le reste des affaires de Tara.

— Tu crois qu'on a raison au sujet du fight club ? lui demanda Josi, les bras serrés autour d'elle. Tu crois qu'il a vraiment repris du service ?

L'idée que Tara se soit placée volontairement dans la situation qui avait causé la mort de son frère l'horrifiait, mais elle avait besoin de savoir. Finn était policier, c'était quelqu'un de logique et d'objectif. Josi, elle, imaginait tout de suite les pires scénarios.

— On considère chaque piste et chaque hypothèse comme valable jusqu'à preuve du contraire, répondit-il, éludant la question à la manière typique des frères Beaumont.

Josi s'assit sur le banc, abattue. S'il pouvait voir ce qui se passait, Marcus serait bouleversé. Il avait consacré sa vie à protéger Tara et à s'assurer de son bonheur. Cela l'anéantirait de constater que sa sœur ne s'était pas remise de sa mort et, pire, qu'elle s'était exposée au danger à cause de lui.

— Quel gâchis..., murmura-t-elle en se penchant en avant, la tête dans les mains. Pourquoi a-t-elle fait ça ?

— Sans doute par désir de justice, répondit Finn. Les justiciers anonymes sont plus nombreux qu'on ne le pense, et ils n'ont pas toujours l'allure de super-héros. La plupart du temps, au contraire, ce sont des gens ordinaires. Des gens qui souffrent et qui ont envie de faire quelque chose pour apaiser leur douleur, ou pour trouver un sens à la mort d'un être cher. D'ailleurs, ils se sentent rarement mieux après coup, et ils finissent souvent en prison ou à l'hôpital. Ou pire.

Lincoln lui donna une claque derrière le crâne.

— Hé ! protesta Finn en se frottant la tête. Pourquoi tu me tapes ?

— Comme discours d'encouragement, on fait mieux, observa Josi.

Bella réapparut, les mains jointes devant elle.

— C'est tout bon ? s'enquit-elle en haussant ses sourcils impeccablement dessinés.

Finn referma le casier et rassembla les sacs à scellés.

— C'est tout bon, répondit-il. Merci.

Ils quittèrent le vestiaire sous les regards curieux des sportives qui attendaient de prendre une douche ou de se changer. Tandis que Finn suivait Bella jusqu'au bureau d'accueil, Josi et Lincoln ressortirent sur le parking bondé.

Le soleil s'était couché, laissant une lueur bleu-gris à l'orée du ciel et étirant les ombres des bâtiments alentour. Comme un véhicule arrivait en face d'eux, Josi se serra sur le côté en plissant les yeux, éblouie par les phares. Le conducteur s'arrêta à quelques mètres.

Qu'est-ce qu'il veut ? se demanda-t-elle. Sans qu'elle sache pourquoi, la voiture de sport surbaissée lui donnait la chair de poule. Dans le crépuscule, et avec les lumières du parking qui se reflétaient sur le pare-brise, elle ne distinguait pas l'individu au volant.

Du calme, se dit-elle. Il attendait peut-être simplement qu'ils libèrent la place. Elle se dépêcha de contourner le camion alors que Lincoln prenait son temps, le regard rivé sur le véhicule à l'arrêt.

Soudain, un passager en descendit. Grand et mince, vêtu d'un blouson en cuir noir et le visage masqué d'une cagoule, il marcha tout droit vers Josi.

— Hé ! s'exclama Lincoln en revenant sur ses pas.

Mais l'homme fut plus rapide. Il attrapa Josi par-derrière et l'obligea à reculer.

— Reste où tu es, ordonna-t-il à Lincoln.

Josi ravala un cri. Elle sentait le contact froid de la veste en cuir sur sa nuque, et le bras de son agresseur lui enserrait les côtes comme dans un étau. Un gémissement s'échappa de ses lèvres tandis que les deux hommes se jaugeaient du regard.

L'assaillant était peut-être armé. Et si c'était le tireur du motel ? Lincoln risquait d'être blessé.

— Relâche-la, gronda ce dernier.

Il s'avançait lentement, tel un prédateur s'apprêtant à bondir sur sa proie. Josi jeta un coup d'œil vers le club. Finn se trouvait toujours à l'intérieur. Lui était armé et entraîné pour ce genre de situation, et il avait le pouvoir d'arrêter ces malfaiteurs. Il fallait juste qu'elle attire son attention...

Elle inspira profondément et cria.

Aussitôt, une main gantée de cuir s'abattit sur sa bouche, et des doigts puissants s'enfoncèrent rageusement dans sa joue.

— La ferme, siffla son agresseur. Tu n'aurais pas dû te mêler de cette histoire. C'est de ta faute, tu piges ?

Les yeux de Josi s'emplirent de larmes.

— Dernier avertissement, prévint Lincoln, qui s'était encore rapproché.

Derrière lui, le moteur de la voiture de sport ronfla bruyamment, comme pour le menacer de lui foncer dessus s'il s'avançait davantage.

Alors que le type commençait à l'entraîner vers la portière passager restée ouverte, Josi sentit une décharge d'adrénaline la traverser, et ses cours d'autodéfense lui revinrent brusquement en mémoire. Elle leva les deux mains pour lui claquer les oreilles de toutes ses forces, avant de tirer dessus à travers la cagoule. L'homme poussa un cri de douleur, desserrant un instant son étreinte.

Un instant : c'était tout ce dont elle avait besoin. Elle pencha la tête en avant pour mieux la projeter en arrière dans le visage de son agresseur. Le craquement résonna jusque dans ses propres os. Comme il portait les mains à son nez, Josi, enfin libérée, s'enfuit vers le club.

— Finn ! hurla-t-elle tandis que, derrière elle, les bruits de coups et les grognements gutturaux se faisaient déjà entendre.

Finn surgit du bâtiment en courant.

— Police de Marshal's Bluff !

Bella tira Josi à l'intérieur. Abritées derrière la porte vitrée, elles regardèrent Lincoln et l'agresseur se battre sans pitié. Hypnotisée par ce terrifiant spectacle, Josi entendit sans la voir la responsable du club appeler la police et décrire la voiture de sport et ses deux occupants.

Le conducteur venait justement d'en sortir. Lorsqu'il cria le nom de son comparse, détournant brièvement son attention, Lincoln en profita pour asséner à ce dernier une succession de gauches-droites qui l'envoyèrent au sol.

Finn trottina jusqu'à l'homme étendu par terre pendant que Lincoln se tournait vers le conducteur. Celui-ci, plus costaud, regarda son ami inconscient qui se faisait menotter, avant de jeter un coup d'œil vers sa voiture comme s'il espérait s'enfuir. Lincoln ne lui en laissa pas le temps. Il fonça sur lui et le frappa plusieurs fois avant qu'il ait pu répliquer.

Le combat se poursuivit durant de longues secondes. Josi avait l'impression de ressentir dans sa chair chaque coup que Lincoln recevait dans les côtes et dans le ventre. Enfin, il décocha un redoutable crochet au menton de son adversaire, lequel s'écroula comme un sac de patates.

Alors que Finn s'approchait avec une autre paire de menottes, Josi ressortit du bâtiment et se précipita vers Lincoln, qui se frottait les poings en grimaçant.

— Je vais bien, lui assura-t-il, essoufflé, en la réceptionnant dans ses bras.

— On ne peut pas en dire autant de ces deux-là, fit remarquer Finn. Je vais être obligé d'appeler des ambulances, maintenant. Je ne peux pas leur réciter leurs droits tant qu'ils sont dans les pommes.

Il sortit son téléphone, contrarié.

— À croire qu'ils ne savent pas reconnaître un Beaumont, ajouta-t-il en lançant un sourire en coin à son frère.

Josi resta agrippée à Lincoln tandis qu'il tapait dans la main que Finn lui tendait. Le voir se battre l'avait traumatisée. C'était comme ça qu'elle avait perdu son premier amour… Elle ne voulait pas perdre aussi le second.

Elle leva les yeux vers lui, sous le choc de cette révélation. Elle n'avait pas seulement le béguin pour Lincoln : elle l'aimait, purement et simplement.

16

La journée suivante s'écoula lentement au ranch. Lincoln avait mal partout et se sentait de très mauvaise humeur. Certes, il avait gagné les deux combats, mais cela n'avait pas été facile. Ses adversaires s'étaient révélés bien entraînés et peu habitués à perdre. Il avait vu la confusion dans leurs regards quand il s'était défendu. Mais Josi avait été en danger, et cette seule pensée lui aurait donné la force de se battre jusqu'au bout.

Personne ne ferait de mal à la jeune femme tant qu'il serait là pour la protéger, peu importe si les sentiments qu'il éprouvait pour elle étaient réciproques ou non.

Josi avait dormi dans son lit – il avait insisté pour prendre le canapé. Contrairement à la nuit précédente qu'il avait passée avec elle dans ses bras, il n'avait pas fermé l'œil. Chaque mouvement, chaque inspiration lui avait douloureusement rappelé les bagarres du parking.

Après avoir pris le petit déjeuner chez ses parents, ils revenaient à présent les bras chargés de plats. Comme s'ils pouvaient sérieusement avoir encore faim... Josi le surveillait d'un air inquiet.

— Tu es sûr que tu ne veux pas que je les porte ? lui demanda-t-elle.

— C'est bon, merci.

Il avait atrocement mal aux mains. Cela faisait longtemps

qu'il ne s'était pas battu sans gants, et il avait oublié combien l'impact des coups pouvait persister dans les os et les poignets.

— J'aimerais que ta mère nous donne moins de restes, confia Josi. Je me sens coupable chaque fois que je suis obligée d'en jeter.

Lincoln partageait ce sentiment. Mary Beaumont nourrissait tout le monde avec détermination : c'était l'une de ses nombreuses façons d'exprimer son amour. Elle avait préparé tous leurs plats préférés pour le petit déjeuner. Les frères de Lincoln étaient venus aussi, sachant pertinemment ce qu'il y aurait à manger. Quand quelqu'un était blessé, physiquement ou psychologiquement, leur mère souffrait aussi, et elle faisait tout ce qu'elle pouvait pour soulager la douleur de la personne en question.

Josi s'arrêta entre leurs deux chalets.

— Chez toi ou chez moi ? demanda-t-elle.

— Chez moi, répondit-il en continuant de marcher jusqu'à sa porte.

Autant qu'il pouvait en juger, elle invitait rarement des gens chez elle. Il ne voulait pas s'imposer.

Après s'être débarrassés de leurs manteaux et de leurs chaussures dans la petite entrée, ils s'installèrent sur le canapé et allumèrent la télévision pour regarder les informations locales.

— Je pensais que Finn aurait plus de choses à nous apprendre, ce matin, dit Josi en posant la télécommande sur la table basse. J'espère qu'il aura du nouveau bientôt.

— Il a quatre types en prison, maintenant, souligna Lincoln. Les deux de la course-poursuite, et les deux d'hier soir. Ce n'est pas rien. Je suis sûr que les policiers leur mettent la pression pendant les interrogatoires et qu'ils les montent les uns contre les autres pour leur soutirer des infos. Ils finiront bien par les faire parler.

— J'aimerais être aussi optimiste. En tout cas, si ces gars continuent de te sous-estimer, Finn aura bientôt toute la bande derrière les barreaux. Après tout, ce serait une manière d'éliminer le problème...

Elle tourna la tête vers lui.

— Comment te sens-tu ?

Lincoln se raidit. Quand allait-elle cesser de le prendre pour une fleur délicate ?

— Ça va, lui assura-t-il.

— Tu aurais dû laisser les ambulanciers t'examiner, hier soir. Ou aller voir ton médecin ce matin.

— Ça va, répéta-t-il un peu brusquement.

Il avait grandi avec quatre frères et passé plusieurs années dans l'armée : il savait comment soigner les petites blessures. Aucun de ses deux adversaires n'avait réussi à le frapper au visage, et son torse était solide. S'il suspectait une ou deux côtes fêlées, il ne pouvait rien y faire de toute façon. Quant à ses mains, elles n'étaient pas cassées ; les œdèmes et les égratignures finiraient par guérir.

— Arrête de dire ça, protesta Josi. Regarde-toi.

Elle lui prit les mains et les tourna délicatement dans un sens et dans l'autre pour les inspecter. Lincoln eut un sursaut en voyant ses paumes larges et calleuses contre celles, petites et douces, de Josi. Il aurait aisément pu faire le tour de ses deux poignets avec son pouce et son index.

— Je t'ai fait mal ? s'enquit-elle.

— Non.

Sa voix rauque le trahit, et elle leva les yeux vers lui.

Il n'aimait pas cette danse à laquelle ils se livraient, mais ce n'était pas le moment de se préoccuper de leur relation. Tara avait disparu. Sa vie était en danger. Le reste pouvait – devait – attendre.

Josi reprit l'inspection minutieuse de ses phalanges abîmées, les effleurant du bout des doigts. Lincoln suivit des yeux le tracé de ses caresses, fasciné par l'effet que celles-ci avaient sur les battements de son cœur.

— Tu sais, je me fais un sang d'encre pour Tara, dit-elle d'une petite voix, mais en même temps je suis heureuse qu'on ait eu l'occasion de mieux se connaître. Est-ce que ça fait de moi une mauvaise personne ?

— Non.

— Tant mieux, parce que travailler avec toi ne m'avait pas révélé grand-chose sur l'homme que tu es. Ces derniers jours ont été bien plus instructifs, et je m'en réjouis.

Elle croisa brièvement son regard, avant de baisser de nouveau les yeux.

— Et qu'est-ce que tu as appris ?

— Oh ! des choses importantes sur toi, sur ton tempérament. Comme ta compassion, ta prévenance... Tout ce que j'ai découvert me plaît. C'est pour ça que j'ai du mal à regretter ce qui se passe en ce moment, parce que sans ça on serait peut-être restés de simples collègues l'un pour l'autre.

Embarrassé, Lincoln retira ses mains des siennes et les frotta sur ses cuisses.

— Et voilà, je t'ai encore mis mal à l'aise..., soupira-t-elle.

Il secoua la tête en souriant.

— J'espère juste que tu n'as pas l'intention d'ébruiter mes secrets. Tu m'as beaucoup fait parler l'autre soir, et je t'ai dit des choses que je n'avais confiées qu'à mes frères.

Josi écarquilla les yeux.

— Quoi ? fit Lincoln.

— Quand on était chez Tara avec Finn, j'ai trouvé un journal intime, expliqua-t-elle. Tara a commencé à l'écrire après la mort de Marcus. J'ai survolé les premières pages, et en voyant qu'elle s'adressait à lui, j'ai remis le carnet à sa place. J'aurais peut-être dû vous en parler.

Lincoln fronça les sourcils, tentant de comprendre où elle voulait en venir.

— Tu penses que Tara disait tout à son frère, comme je dis tout aux miens ?

— Pas quand il était encore en vie, mais ça a peut-être changé. Et si dans ce journal elle parlait du fight club ? De ce qu'elle avait décidé de faire avant de disparaître ? Cela pourrait nous aider à la retrouver et à localiser les lieux où les combats sont organisés.

Lincoln attrapa son téléphone sur la table basse, puis se leva.

— Je vais appeler Finn, mais je pense qu'on devrait l'attendre avant de retourner chez Tara.

— Je le pense aussi.

La maison était une scène de crime, à présent, et des individus dangereux ne cessaient de surgir de nulle part pour tenter de les empêcher d'enquêter.

Lincoln exposa l'idée de Josi à son frère, qui accepta de les rejoindre sur place dans deux heures.

— Deux heures ? s'exclama la jeune femme lorsqu'il eut raccroché. Qu'est-ce qu'on est censés faire en attendant ?

Elle se laissa tomber sur le côté, la tête appuyée sur l'accoudoir du canapé.

— On va voir les chevaux ? proposa Lincoln.

Elle acquiesça avec enthousiasme, et il l'aida à se relever.

À peine entrée dans l'écurie, Josi marcha tout droit vers Lancelot. Elle n'avait pas passé beaucoup de temps avec l'étalon ces derniers jours, et leurs moments de complicité lui manquaient. De son côté, Lincoln vérifia l'état des autres chevaux tout en remettant de l'ordre dans l'écurie. C'était une chance que le ranch emploie suffisamment d'ouvriers pour les remplacer le temps qu'ils retrouvent Tara, mais tous n'étaient pas au fait de leurs petites habitudes…

Une fois leur tour terminé, ils se dirigèrent vers les bottes de foin empilées dehors à l'arrière de la grange. Le ciel était d'un bleu pur. Peut-être auraient-ils droit à une journée sans pluie, cette fois-ci… Josi grimpa tout en haut de la pile et s'assit contre le mur. Lincoln la rejoignit en souriant. Ils entendaient glousser les poules dans la cour et tinter les carillons suspendus au porche de la ferme.

— À quoi tu penses ? s'enquit-il en s'asseyant à côté d'elle, si près que leurs épaules se touchaient.

— Je me disais que j'ai vraiment eu de la chance que tes parents aient cru en moi. Et qu'ils m'aient accueillie à un moment où j'étais prête à être aidée.

À une époque, en effet, elle n'aurait pas accepté leur main tendue, persuadée que son avenir ne pouvait rien lui réserver de bon. Lorsqu'elle avait fait la connaissance des Beaumont, elle commençait déjà à remonter la pente et à espérer plus de la vie.

— Parfois, je me sens coupable quand je vois d'autres gens qui galèrent, ajouta-t-elle. Je me demande pourquoi j'ai eu autant de chance.

— Je me le suis souvent demandé, moi aussi, répondit Lincoln.

Josi fut surprise qu'il lui fasse cette confidence sans qu'elle ait eu besoin de la lui soutirer. Était-ce parce qu'elle lui avait avoué à quel point elle appréciait d'en apprendre plus sur lui ? Jusqu'à il y a quelques jours, elle ne lui posait presque jamais de questions. Il était tellement réservé, tellement silencieux, qu'elle n'osait pas le déranger.

— C'est vrai ? dit-elle pour l'encourager à développer.

— Oui. Je crois que tout le monde se pose cette question à un moment ou à un autre. Pourquoi la vie sourit à certains alors que d'autres en bavent quotidiennement ? Pourquoi des enfants ont les pires parents du monde, quand d'autres se voient offrir tout ce dont ils ont besoin pour réussir ? Il n'y a aucune logique là-dedans.

— Je suis bien d'accord.

Elle s'appuya contre lui, heureuse de découvrir un point commun de plus entre eux.

— Et à ton avis, quelle est la réponse ?

— J'ai passé des semaines à y réfléchir quand j'étais retenu prisonnier. La meilleure explication que j'ai trouvée, c'est qu'il nous arrive des choses tout le temps, bonnes ou mauvaises, et qu'on doit faire des choix. Chaque jour, on en fait des centaines. Qu'est-ce qu'on mange, comment on s'habille. Quelle route on prend. À qui on parle. Est-ce qu'on accepte ou non ce qui se présente à nous. Est-ce qu'on va se résigner ou se battre.

— J'aime bien cette façon de voir les choses.

— Moi aussi. Sans doute parce qu'elle place le pouvoir entre mes mains et me rend responsable de mes réussites et de mes échecs. Je n'accepte pas de me sentir impuissant. Mais ça marche également pour les gens qui ont peur de prendre des décisions. L'inaction aussi mène à des résultats. L'inaction est un choix comme un autre.

Tandis qu'il prononçait cette phrase, quelque chose changea dans son expression. Josi sentit un frisson la parcourir.

— À quoi tu penses ? chuchota-t-elle à son tour.

Lincoln plongea son regard dans le sien, et elle lut dans ses prunelles vertes une détermination nouvelle. Lentement, il porta la main à sa joue.

— L'autre soir, quand je t'ai embrassée, ce n'était pas seulement pour le spectacle. Ça faisait longtemps que j'en avais envie.

Le cœur battant à tout rompre, Josi se mordit la lèvre pour ne pas sourire.

— Ah oui ? murmura-t-elle.

— J'aimerais beaucoup recommencer, dit-il en baissant les yeux sur sa bouche.

Elle pencha la tête vers lui ; la pression de ses lèvres sur les siennes fut encore plus délicieuse que dans son souvenir. Car cette fois-ci, elle était sûre qu'il la désirait lui aussi.

Lincoln s'écarta beaucoup trop tôt. Glissant la main dans ses cheveux, il scruta son visage, comme pour mesurer sa réaction. Josi se laissa aller contre sa paume.

— Si tu savais depuis combien de temps j'attends que tu m'embrasses comme ça..., dit-elle dans un souffle.

L'éclair de plaisir qui traversa le regard de Lincoln suffit à la faire fondre. Et le baiser qui s'ensuivit fut assez brûlant pour l'enflammer tout entière.

Lincoln l'attira contre lui tandis qu'il explorait sa bouche, caressant sa langue de la sienne en mouvements lents et sensuels. Il l'embrassait et la touchait avec une douceur infinie, comme on révère un trésor. Lorsqu'il posa son front contre le sien un moment plus tard, Josi eut l'impression qu'au plus profond d'elle-même les morceaux de son cœur se ressoudaient.

— C'était...

Les mots lui manquèrent. Elle se sentait flotter comme dans un rêve.

— Parfait, termina-t-il à sa place. C'était absolument parfait.

17

Le téléphone de Lincoln sonna alors qu'il s'apprêtait à embrasser de nouveau Josi. Avant qu'il puisse maudire son frère de si mal choisir ses moments, un trio d'ouvriers se matérialisa dans l'allée qui longeait l'écurie.

Josi se recoiffa avec un petit rire gêné.

— Oui, Finn ? dit Lincoln en décrochant.

— Changement de plan. Je suis en route pour le ranch. Est-ce que Josi et toi serez là ?

Lincoln activa le mode haut-parleur.

— Josi est avec moi. Je croyais qu'on devait se retrouver chez Tara.

— Qu'est-ce qui se passe ? s'enquit la jeune femme.

— Je préfère vous en parler en personne. J'arrive dans moins d'une heure.

Finn raccrocha.

— Je déteste quand vous faites ça, grommela Josi. Vous ne savez vraiment pas répondre aux questions.

Les trois employés avaient rejoint l'entrée de l'écurie. En voyant qu'ils portaient les banderoles des journées portes ouvertes, Lincoln se rappela qu'un nouvel événement de ce genre devait avoir lieu bientôt et que le ranch serait envahi de visiteurs... Il décida de s'en inquiéter plus tard.

Les hommes le saluèrent de loin, puis disparurent à l'intérieur du bâtiment. Lincoln s'éclaircit la gorge, soudain mal à l'aise. L'avaient-ils vu embrasser Josi ? L'information allait-elle revenir aux oreilles de ses proches avant qu'il ait eu le temps de leur parler ? Et qu'était-il censé leur dire, au juste ?

— On ferait mieux d'aller attendre Finn chez toi, déclara Josi en se levant et en époussetant son pantalon.

Lincoln la suivit à distance respectable, les mains enfoncées dans les poches de son jean pour s'empêcher de la toucher.

Une fois chez lui, il se servit une tasse de café et s'adossa à l'évier, incapable de penser à autre chose qu'aux baisers qu'ils avaient échangés. Le moment avait été tendre, mais non moins intense, et il n'en était pas ressorti indemne. Pourtant, il aurait donné n'importe quoi pour recommencer.

— Pourquoi tu te renfermes encore dans ta coquille ? s'enquit Josi.

Il grimaça intérieurement en se rappelant les raisons pour lesquelles il s'était interdit de passer à l'acte avec elle. Josi avait cinq ans de moins que lui. Elle était bouleversée par la disparition de son amie. Et les frères et les parents de Lincoln la considéraient comme un membre de la famille à part entière.

— Tu veux du café ? lui proposa-t-il, éludant sa question.

Elle leva les yeux au ciel et se rapprocha de lui pour lui prendre sa tasse. Ses longs cheveux blonds retombaient librement sur ses épaules.

— Tu te défiles, une fois de plus, observa-t-elle.

Lincoln ne put s'empêcher de sourire en la voyant avaler une gorgée de café. Une barrière invisible semblait s'être brisée entre eux. Jamais elle n'aurait bu dans sa tasse avant cela, jamais elle ne se serait tenue aussi près de lui. Cette familiarité nouvelle lui plaisait, l'enivrait. Partager son espace, son café et ses secrets avec Josi, tout en affrontant les épreuves qui se dressaient sur leur chemin, voilà tout ce dont il avait besoin pour vivre heureux.

Elle reposa la tasse et le dévisagea un long moment.

— Tu regrettes de m'avoir embrassée ?

— Pas du tout ! s'offusqua-t-il. Pourquoi cette question ?

— Tu es sûr ? Je suis beaucoup plus jeune que toi, tu sais.

Lincoln se détendit en percevant la lueur malicieuse dans son regard.

— J'en ai bien conscience, répondit-il.

— Je suis aussi ta cheffe, ce qui est très gênant, ajouta-t-elle en posant une main sur son torse.

— On devrait peut-être en parler aux ressources humaines.

Elle enroula les bras autour de son cou et se pressa amoureusement contre lui.

— J'espère qu'ils trouveront une solution, parce que j'ai vraiment adoré t'embrasser.

Lincoln se surprit à rire. Il se sentait jeune et bête, ce qui ne lui était pas arrivé depuis fort longtemps.

— Je sais que Finn est en route, murmura-t-elle, mais je me demandais si on avait le temps pour…

Elle déposa une série de baisers le long de sa mâchoire, avant de saisir le lobe de son oreille entre ses dents.

Sans lui laisser le loisir de finir sa phrase, Lincoln la souleva pour l'asseoir sur le plan de travail, lui arrachant un petit cri de surprise mêlée de ravissement.

— Tu ne vas pas m'obliger à te supplier, alors ? demanda-t-elle, taquine.

Il se cala entre ses cuisses.

— Tu n'auras jamais à me supplier pour ça, chérie.

Tandis qu'il s'emparait de sa bouche avec passion, elle glissa les doigts dans ses cheveux et referma les jambes autour de lui. Comme animées d'une volonté propre, les mains de Lincoln se faufilèrent sous le T-shirt de Josi, effleurant sa peau incroyablement douce et chaude. Quand ses pouces trouvèrent les pointes érigées de ses seins à travers la fine barrière de son soutien-gorge, il ne put retenir un grognement sourd.

Josi répondait avec la même ardeur aux assauts de sa langue, tout en explorant elle aussi son torse et ses abdominaux. La température grimpa entre eux tandis qu'ils se frottaient l'un à l'autre, assoiffés de désir. Lorsqu'elle posa les mains sur le bouton de son jean, Lincoln recula d'un pas.

— On n'est pas pressés, murmura-t-il. On a tout notre temps.

En guise de réponse, elle retira son T-shirt.

Lincoln resta muet devant la perfection qui s'offrait à sa vue. Délicatement, il écarta le tissu d'un des bonnets du soutien-gorge, libérant le sein rond et ferme qu'il retenait. Josi se cambra vers lui.

— Tu es tellement belle...

De nouveau, il captura ses lèvres, tout en caressant du pouce son mamelon durci. Quand Josi commença à gémir, il baissa la tête pour refermer sa bouche sur la petite pointe rose, qu'il lécha et suça sans répit. Josi poussa un cri, les mains agrippées au plan de travail.

— Viens, le supplia-t-elle en le serrant entre ses jambes.

Lincoln la souleva dans ses bras. Il était certain de pouvoir la porter jusqu'à son lit, la déshabiller et la satisfaire en quelques minutes, sans avoir besoin de retirer un seul de ses propres vêtements. Et il était plus que prêt à relever le défi.

— Fais-moi l'amour, lui chuchota-t-elle à l'oreille alors qu'ils arrivaient dans le couloir plongé dans la pénombre.

À cet instant précis, la sonnette retentit.

Étouffant un juron, Lincoln commença à relâcher Josi, mais elle s'accrocha à lui. Sa bouche trouva la sienne et elle l'embrassa langoureusement. Alors qu'il la plaquait contre le mur en adjurant intérieurement l'importun de faire demi-tour, celui-ci sonna à nouveau.

Cette fois-ci, Josi accepta qu'il la repose. Les cheveux emmêlés, les lèvres gonflées par leurs baisers, elle remonta une des bretelles de son soutien-gorge qui avait glissé sur son épaule.

— Mon T-shirt est resté dans la cuisine, dit-elle à voix basse. Je peux t'en emprunter un ?

Lincoln se pinça l'arête du nez, ordonnant à son corps de se calmer. Imaginer Josi dans un de ses vêtements ne l'aidait pas.

— Prends ce que tu veux, lui dit-il.

— OK.

Pendant qu'elle filait dans la chambre, il rajusta son jean en s'interdisant de la suivre. Au lieu de cela, il revint sur ses pas, ramassa le T-shirt de la jeune femme qui traînait par terre et le fourra dans un placard, avant d'aller ouvrir la porte.

Dès qu'il le vit, Finn fronça les sourcils.

— Qu'est-ce qui est arrivé à ton visage ?

Sans répondre, Lincoln retourna dans la cuisine. Il avait besoin d'un verre d'eau glacée, à défaut de pouvoir prendre une douche froide.

— Je rêve ou tu souris ? insista Finn en se laissant tomber sur le canapé.

— Pas du tout.

Son frère croisa les jambes et posa le menton dans sa main, exactement comme leur mère quand elle se préparait à écouter les derniers ragots.

— Raconte-moi tout.

— Tais-toi, répliqua Lincoln, sans réussir à se débarrasser de son sourire.

— Est-ce que ça concerne…

Finn montra le couloir en articulant le prénom *Josi*.

— C'est toi, Finn ? appela cette dernière.

Ils se retournèrent tous les deux d'un air coupable. La jeune femme venait d'apparaître dans le salon, vêtue d'une chemise de Lincoln par-dessus son legging. Elle avait roulé les manches sur ses bras comme pour donner l'impression qu'elle portait cette tenue depuis le matin, et non depuis seulement trois minutes.

— Je le savais, chuchota Finn.

Lincoln lui lança un regard d'avertissement. Imperturbable, son frère tapota l'insigne d'inspecteur clipsé à sa ceinture.

— Alors ? demanda Josi en les rejoignant. Tu as du nouveau ?

Lincoln fut impressionné par son aplomb. Lui-même n'arrivait pas à oublier la sensation de son corps pressé contre le sien et le goût de sa peau sous ses lèvres.

— Rien pour l'instant, répondit Finn. Je devais venir au ranch pour une autre enquête qui concerne un des jeunes hébergés ici, et j'en ai profité pour passer vous voir.

— Lincoln a fait du café. Je t'en sers une tasse ?

— Volontiers.

Finn se leva du canapé pour aller s'installer autour de l'îlot central. Quand Josi posa le mug devant lui, il la remercia d'un hochement de tête.

— J'ai décidé de relâcher les quatre types qui étaient en garde à vue, annonça-t-il.

Josi blêmit.

— Pardon ?

— Ils ne veulent pas parler, se défendit Finn. Et le temps passe. Tara n'a toujours pas refait surface. Si quelqu'un la retient prisonnière, il faut faire vite. J'aurais pu exploiter à fond les soixante-douze heures de garde à vue ou jeter ces gars en prison en attendant leur comparution au tribunal si un crime avait déjà été commis, mais là, je n'ai pas ce luxe.

— Et du coup, tu les as laissés partir, dit-elle, les larmes aux yeux.

— Je me doutais que ça ne te ferait pas plaisir. C'est pour ça que je préférais venir t'en parler en personne. Je sais qu'ils s'en sont pris à toi et que tu as peur qu'ils recommencent, mais je voulais essayer une autre méthode, qui nous permettrait à la fois d'assurer ta sécurité et d'obtenir les infos dont on a besoin.

— Tu les as fait suivre dès leur sortie du poste, devina Lincoln.

— Exactement. S'ils tentent quoi que ce soit contre Josi, mes hommes interviendront immédiatement. Mais je pense qu'ils iront d'abord voir leur chef. Ils nous mèneront jusqu'à lui.

Josi serra ses bras autour d'elle.

— Je comprends mieux. Tu as sans doute bien fait... Je n'arrête pas d'imaginer Tara enfermée quelque part, seule et terrorisée. Peut-être même blessée. Est-ce qu'on lui donne à boire et à manger ? On ne peut pas survivre longtemps sans eau.

Percevant sa détresse, Lincoln s'approcha d'elle, et elle se blottit contre lui.

— On va la retrouver, lui promit-il.

Il se retint à grand-peine de lui embrasser la tête ou de lui caresser les cheveux, de lui montrer d'une manière ou d'une autre qu'il était là pour elle et que tout finirait par s'arranger.

— Qu'est-ce qu'on fait, en attendant ? demanda-t-elle.

Finn resta muet durant de longues secondes, comme fasciné par leur attitude. Son regard survola les points de contact entre eux, passa sur le visage de Josi, puis sur celui de Lincoln, avant qu'il retrouve enfin l'usage de la parole :

— Je me disais qu'on pourrait aller chercher ce fameux journal intime.

18

Le trajet jusqu'à la maison de Tara parut interminable à Josi. Il lui tardait que l'enquête aboutisse et que son amie soit sauvée. Les événements de ces derniers jours s'étaient succédé trop vite, et elle peinait à tous les digérer. Elle dormait mal, se sentait à fleur de peau, en proie à un tourbillon d'émotions contradictoires. Malgré la joie que lui procurait sa relation naissante avec Lincoln, elle tremblait encore d'avoir failli être enlevée sur le parking de Body by Bella. Il lui faudrait sans doute des années de thérapie pour se remettre de l'agression. Mais surtout, elle s'inquiétait pour Tara, et l'idée que celle-ci puisse connaître exactement la même fin que son frère la révoltait.

Finn était affecté, lui aussi. Josi percevait la frustration dans sa voix et l'inquiétude dans son regard troublé. Voir l'histoire se répéter pesait sur le jeune inspecteur. Comme elle le comprenait ! D'être passée chez le prêteur sur gages et à la soirée de Brady l'avait elle-même replongée dans une période difficile de son existence. Si l'on ajoutait à cela les courses-poursuites en voiture, les fusillades et la tentative de kidnapping, il n'était guère étonnant qu'elle se sente mal… Pour l'heure, néanmoins, elle devait tenir le coup et s'accrocher à l'espoir que la situation s'arrangerait bientôt.

Lorsqu'ils arrivèrent chez Tara, Lincoln gara le camion du ranch derrière le pick-up de Finn, et ils se retrouvèrent tous les trois devant l'entrée.

— J'ai fait un peu de rangement après le départ des techniciens de la police scientifique, annonça Finn en ouvrant la porte. Tout avait été retourné, mais rien ne semblait avoir été volé. La télévision, les jeux vidéo et les autres objets qui auraient pu être vendus facilement étaient encore là. Je pense que les personnes qui sont venues cherchaient quelque chose en particulier.

— Et tu as pris le temps de repasser ici pour faire le ménage ? demanda Josi, impressionnée sans être vraiment surprise.

La maison était en bien meilleur état que lorsqu'ils y étaient arrivés après le cambriolage. Finn avait remis de l'ordre dans le salon, balayé les débris et empilé les livres dans un coin de la pièce, ne sachant pas où et comment Tara avait l'habitude de les ranger.

— Je ne voulais pas qu'elle retrouve son logement sens dessus dessous, expliqua-t-il. Qu'elle soit en cavale ou détenue contre son gré quelque part, ça ne doit déjà pas être facile pour elle.

— Ta mère t'a bien élevé, observa Josi, émue.

— C'est vrai. À ce propos, elle s'inquiète un peu pour demain. Elle aurait besoin de votre aide pour la journée portes ouvertes, mais elle n'ose pas vous solliciter. Elle sait bien que vous avez d'autres priorités en ce moment. Je lui ai dit qu'on ferait le maximum aujourd'hui pour que vous soyez disponibles. Moi-même, j'essaierai d'être présent, mais je vais être bien occupé aussi.

Lincoln se frotta la nuque, l'air embarrassé.

— J'ai vu des ouvriers avec des banderoles, tout à l'heure. J'avais complètement oublié.

Josi se mordit la lèvre. L'événement lui était sorti de la tête, à elle aussi. Or, elle ne se voyait pas coiffer sa casquette de responsable des écuries et sourire à des dizaines de petits visiteurs curieux et d'adultes nostalgiques alors qu'elle savait Tara en danger. Pour autant, elle ne s'imaginait pas non plus faire faux bond à Mme Beaumont, après tout ce que la famille avait fait pour elle.

— Mettons-nous vite au travail, dans ce cas, dit-elle.

— Où as-tu vu ce journal ? s'enquit Finn.

— Je vais le chercher.

Josi prit une grande inspiration pour se donner du courage, puis elle se dirigea vers le cagibi, derrière la cuisine.

Lincoln la regarda s'éloigner sans la suivre. Il lui semblait tendu depuis l'arrivée de Finn – et il avait de quoi. Ses proches allaient immanquablement lui réclamer des explications. Josi priait pour qu'ils ne soient pas fâchés... Elle avait besoin de l'approbation des Beaumont : hors de question de semer le trouble dans une famille qu'elle aimait tant, même si elle devait renoncer à son propre bonheur pour leur complaire.

En récupérant le carnet, elle adressa en pensée des excuses à Tara. Ces derniers jours, elle avait l'impression de multiplier les ingérences dans la vie privée de son amie. Certes, Tara avait des ennuis, certes, elle avait besoin d'aide, mais Josi était gênée d'interroger les personnes qu'elle fréquentait, d'entrer chez elle sans qu'elle l'y ait invitée et de fouiller ainsi dans ses affaires. Lire son journal intime lui apparaissait comme la pire des intrusions.

Elle espérait au moins que ces pages les aideraient à la retrouver.

— C'est bon ? lui demanda Lincoln.

Josi acquiesça, avant de commencer à feuilleter le carnet. Dans la première entrée, Tara expliquait qu'elle avait décidé d'écrire pour mettre des mots sur son chagrin et garder un lien avec son frère en lui parlant tous les jours. Et c'est ce qu'elle avait fait, pendant des mois, avec une parfaite régularité. À la moitié du journal, cependant, les messages s'espaçaient, devenaient plus sporadiques : parfois, il y en avait deux le même jour. Parfois un seul dans la semaine.

Les dernières entrées avaient été griffonnées dans une écriture si nerveuse qu'elles en étaient presque illisibles. Quelques mots avaient été barrés et réécrits. D'autres étaient entourés rageusement. Les nombreux points d'exclamation soulignaient la colère que Tara ressentait encore face à la perte de son frère.

— Elle était agitée quand elle a rédigé ces pages, fit remarquer Josi en montrant le journal à Lincoln. Au début, l'écriture est posée, appliquée. Là… ce ne sont plus que des mots et des bouts de phrases jetés à la hâte sur le papier.

— Je peux ?

Avant qu'elle ait pu répondre, le rugissement d'un moteur la fit sursauter.

— Reste ici, ordonna Lincoln en se précipitant dans la pièce principale.

Ignorant son injonction, Josi le suivit, le carnet serré contre son cœur. Ce bruit n'augurait rien de bon. Après ses récentes expériences, elle préférait avoir les deux frères Beaumont auprès d'elle plutôt que de rester seule dans un cagibi.

Côte à côte devant la fenêtre du salon, Finn et Lincoln surveillaient la rue. Un SUV noir passa en trombe, puis freina brusquement pour faire demi-tour là où Josi et Lincoln avaient parlé aux deux enfants quelques jours plus tôt. Revenu devant la maison de Tara, il ralentit.

Alors que le conducteur descendait sa vitre, Finn lâcha un juron. Lincoln se tourna vers Josi.

— Baisse-toi !

Une rafale de tirs déchira l'air en même temps que les fenêtres explosaient. Poussant un cri, Josi se jeta au sol derrière le canapé. L'instant d'après, Lincoln la recouvrait entièrement de son corps.

— Finn ?

— Je vais bien, répondit son frère. Et vous ?

— On n'a rien.

Lorsque Lincoln l'aida à se relever, Josi tremblait des pieds à la tête. Seules leurs respirations saccadées troublaient le silence qui régnait à présent dans la pièce. Un cambriolage, et maintenant, une fusillade… Elle n'osait pas imaginer ce qui viendrait ensuite.

— Tu as réussi à voir sa plaque ? s'enquit Lincoln.

Un fracas de verre brisé arracha un nouveau cri à Josi. Son regard affolé se posa sur le cocktail Molotov qui venait d'atterrir sur la table basse, puis sur les flammes qui se propageaient rapidement au tapis et au canapé.

Dehors, le véhicule repartit dans un crissement de pneus. Finn se rua vers la porte en dégainant son arme.

— Non ! cria Josi. N'y va pas !

Lincoln la saisit par la taille pour l'entraîner vers la cuisine. Le feu commençait déjà à lécher le mur du salon, et la fumée envahissait presque toute la pièce.

— Il faut qu'on sorte ! la pressa Lincoln. Finn ne risque rien, nous si.

Josi se mit justement à tousser. Ses yeux la piquaient. Elle regarda autour d'elle, le cœur cognant follement dans sa poitrine. Bientôt, les affaires de Tara allaient être réduites en cendres. Si son amie survivait à l'épreuve qu'elle était en train de vivre, elle n'aurait nulle part où revenir et tous ses souvenirs seraient perdus.

— Attends !

Josi se dégagea de l'étreinte de Lincoln.

— Aide-moi, lui demanda-t-elle en lui fourrant le journal intime dans les mains. On ne peut pas tout laisser brûler. S'il te plaît ! Il faut qu'on sauve un maximum de choses.

Lincoln hésita. Son regard tomba sur la photo aimantée au réfrigérateur. Il la décrocha et la glissa dans sa poche.

— On doit prendre aussi celles qui sont encadrées, indiqua Josi. Et la boîte sur l'étagère !

Ils s'élancèrent ensemble en direction des flammes.

La chaleur était devenue insupportable dans le salon. L'air qui s'engouffrait par la porte ouverte et par les vitres brisées nourrissait le feu. Une épaisse fumée tourbillonnait autour d'eux.

— Lincoln ! fit la voix de Finn par-dessus les craquements et les sifflements de l'incendie. Qu'est-ce que vous foutez, bon sang ?

En ouvrant la bouche pour répondre, Josi aspira une grande bouffée de fumée. Sa gorge et ses yeux la brûlaient. Elle ne voyait plus rien et peinait à respirer.

— Josi ! cria Finn. Lincoln !

Une fois de plus, elle tenta de parler, mais l'oxygène lui manquait.

— Josi ! hurla Lincoln, faisant écho à son frère.

Elle se tourna vers lui. À peine quelques secondes plus tôt, il se tenait à moins d'un mètre d'elle. Où était-il passé ? Un sentiment de panique l'étreignit. De quel côté se trouvait la porte ? Comment avait-elle pu perdre tous ses repères aussi vite ?

Une petite voix lui souffla de s'allonger à plat ventre par terre. L'air était plus respirable près du sol. Elle se mit à ramper, chaque inspiration devenant plus douloureuse que la précédente. Ses membres lui semblaient tellement faibles, et tellement lourds en même temps...

Alors, elle sentit qu'elle s'envolait.

Lincoln souleva le corps inerte de Josi et le balança sur son épaule. Pour se protéger de la fumée et des produits chimiques contenus dans le cocktail Molotov, il avait remonté sur son nez le col du T-shirt qu'il portait sous sa chemise. Les flammes avaient consumé tout l'oxygène dans l'air, et la visibilité était quasi nulle.

L'espace d'un instant, Josi avait disparu, déclenchant en lui une brusque montée d'angoisse. Heureusement, il n'avait pas mis longtemps à la retrouver, et bientôt ils seraient en sécurité... à condition qu'il ne perde pas connaissance à son tour. Il avait de plus en plus de mal à respirer.

De précieuses secondes s'écoulèrent tandis qu'il tâtonnait pour ouvrir le verrou de la porte de derrière. La fumée les avait suivis, dense et étouffante. L'esprit de Lincoln commençait à s'embrouiller, des taches noires dansaient devant ses yeux. Et soudain, enfin ! Ils furent libres.

Il dévala les marches en trébuchant et déposa Josi sur la pelouse, loin de la maison. Puis il s'écroula à côté d'elle le temps de reprendre son souffle. Dès qu'il en eut la force, il roula sur le côté pour vérifier qu'elle respirait, et lorsqu'il constata que sa poitrine se soulevait et s'abaissait régulièrement, il retomba sur le dos en soupirant de soulagement. L'air vif chargé d'humidité lui faisait l'effet d'un baume rafraîchissant sur le visage et le cou.

— Lincoln ! Josi !

Finn accourut vers eux. Des sirènes hurlaient au loin.

— Qu'est-ce qui s'est passé ? Pourquoi vous n'êtes pas sortis en même temps que moi ? Vous m'avez fichu une de ces trouilles !

Josi se mit à tousser. Incapable de parler, elle souleva son T-shirt, révélant des dizaines de photos et autres souvenirs coincés dans la ceinture de son pantalon.

— La boîte ne tenait pas, alors j'ai pris tout ce que je pouvais, murmura-t-elle.

Difficilement, elle ouvrit les paupières et se redressa sur les coudes. À cet instant, deux ambulanciers surgirent au coin de la maison.

— Par ici ! leur cria Finn.

— Des brûlures ? s'enquit le premier en s'agenouillant près de Josi.

— Non, croassa-t-elle, avant d'être prise d'une nouvelle quinte de toux.

Le rugissement d'un camion de pompiers leur parvint depuis la rue ; ses gyrophares se reflétaient sur les flancs des maisons voisines. Pendant que le secouriste plaçait un masque à oxygène sur le visage de Josi, Finn s'accroupit à côté de Lincoln.

— Comment tu te sens ?

— Mieux qu'il y a cinq minutes.

Le deuxième ambulancier s'arrêta devant les deux frères et les interrogea du regard.

— Tout va bien, affirma Lincoln.

Sa voix rauque disait plutôt le contraire.

— Je peux regarder ? demanda l'homme en montrant son bras gauche.

Lincoln fut surpris de découvrir une marque de brûlure sur la manche de sa chemise. Alors seulement il ressentit la douleur.

— Allez-y, répondit-il.

— C'est pire dans ton dos, fit remarquer Finn.

Le secouriste passa derrière Lincoln pour évaluer l'étendue des dégâts. Immédiatement, il ouvrit son sac et se mit au travail.

— Tu es blessé ? s'enquit Josi en écartant son masque.

— Je vais bien.

À peine avait-il prononcé ces mots qu'un sifflement crispé lui échappa. L'ambulancier venait de verser sur son dos un liquide qui brûlait comme de l'acide.

— Lincoln…, murmura Josi, les larmes aux yeux.

— Remets ton masque.

Elle le défia du regard. Sans hésiter, il s'écarta de son tortionnaire.

— Tu as besoin d'oxygène pour nettoyer tes poumons, dit-il calmement. Remets ton masque, et je me laisserai soigner.

Finn lâcha un petit rire quand elle obéit enfin en bougonnant. Le secouriste reprit ses soins.

— Tu as pu noter le numéro de la plaque ? demanda Lincoln à son frère pour tenter d'oublier la douleur.

— Malheureusement, non. J'ai repéré la marque et le modèle du SUV, mais je suis arrivé trop tard pour voir quoi que ce soit d'autre. En plus, il avait des vitres teintées.

Il sortit un petit calepin de la poche arrière de son jean.

— Par contre, avant qu'on se fasse canarder, j'ai trouvé ça dans l'horloge posée sur la cheminée.

— Qu'est-ce que c'est ?

Finn tourna les premières pages.

— Un calendrier. Tara y a noté ses horaires de travail chez

le prêteur sur gages, les cours qu'elle suivait au club de gym, et une troisième série de dates et d'heures marquées en rouge.

— À quoi elles correspondent, à ton avis ? demanda Josi. Aux jours où se tiennent les combats clandestins ?

— Ça ne m'étonnerait pas. Sinon, pourquoi cacher ce calendrier ?

Lincoln croisa les bras sur son torse et fixa Josi jusqu'à ce qu'elle remette en place son masque à oxygène. Puis il se tourna vers son frère.

— Quelle est la prochaine date notée en rouge ? s'enquit-il.

— Demain soir, répondit Finn avec un sourire satisfait. On n'a plus qu'à découvrir le lieu.

19

Trente minutes plus tard, Lincoln, Josi et Finn contournaient la maison de Tara pour rejoindre leurs véhicules. Après avoir reçu de l'oxygène et une perfusion de réhydratation, la jeune femme était hors de danger. Lincoln n'en était pas moins furieux qu'elle ait été la cible d'une nouvelle attaque. Accessoirement, il en voulait aussi à l'ambulancier qui lui en avait fait voir de toutes les couleurs en traitant ses brûlures.

Comme si elle percevait sa mauvaise humeur, Josi glissa une main dans la sienne alors qu'ils marchaient côte à côte. Les secouristes leur avaient conseillé de rentrer se reposer et de boire beaucoup d'eau. *Bonne idée*, songea Lincoln. Le ranch des Beaumont semblait être le seul endroit où Josi était encore en sécurité.

Finn s'arrêta pour discuter avec un groupe de pompiers qui observaient la maison depuis la rue. Il avait placé les photos et les souvenirs de Tara dans des sacs en plastique qu'il avait remis à un de ses collègues. Josi ne s'en était pas séparée facilement, mais il lui avait promis de tout rendre à Tara le plus vite possible, et elle avait décidé de lui faire confiance.

Bientôt, la façade noircie se dévoila devant eux. Le feu avait été éteint ; la porte d'entrée était grande ouverte, la fenêtre n'existait plus. Des morceaux de rideaux brûlés flottaient doucement dans le vent.

Josi s'arrêta brusquement.

— J'avais oublié que tu t'étais garé dans l'allée, murmura-t-elle.

Le camion du ranch était criblé de balles.

— Au moins, ce n'est pas le tien, cette fois-ci, commenta Finn à quelques mètres de là.

Josi s'appuya contre Lincoln, une main sur son torse.

— L'essentiel, c'est qu'on soit tous sains et saufs, lui rappela-t-elle.

Il tenta de se concentrer sur ses paroles tandis que son pouls commençait à s'accélérer. Il avait sauvé Josi d'une maison en flammes, et il était resté parfaitement calme. Il l'avait vue inconsciente, avait eu peur qu'elle ne respire plus, et là encore il avait gardé la tête froide. Et maintenant, à cause de quelques balles dans une carrosserie, il se mettait à paniquer ?

— Hé… Regarde-moi, lui dit-elle en attirant son visage vers le sien. Tu te souviens quand j'étais sur le plan de travail, tout à l'heure ?

Une lueur taquine brillait dans ses grands yeux bleus. L'image qu'elle venait de rappeler à sa mémoire redirigeait subitement ses pensées vers un sujet nettement plus agréable…

— Lincoln. Tu te souviens ? insista-t-elle.

Il acquiesça, et ses mains se posèrent d'elles-mêmes sur les hanches de la jeune femme.

— Et si on rentrait à la maison pour reprendre là où on s'est arrêtés ? chuchota-t-elle.

— Vous voulez que je vous ramène ? lança Finn en s'avançant vers son pick-up, sans se douter de la proposition que Josi venait de faire à son frère.

Cela la fit rire.

— Finn peut nous déposer et s'occuper du camion. Pendant ce temps-là, on s'occupera l'un de l'autre.

Lincoln sentit un sourire se former sur ses lèvres.

Une fois encore, Josi l'avait aidé à désamorcer une crise de panique en canalisant son attention de la plus douce des manières. À présent, il la revoyait dans sa cuisine dès qu'il fermait les yeux – et même quand il ne les fermait pas. Sauf qu'au lieu de l'embrasser passionnément, la version fantasmée de lui-même posait un genou à terre…

N'importe quoi ! s'admonesta-t-il. Ils ne sortaient même pas encore officiellement ensemble, comment pouvait-il déjà envisager de lui demander sa main ? À croire qu'il souffrait d'un traumatisme crânien en plus de ses brûlures.

Quand la dépanneuse repartit avec le véhicule du ranch, ils montèrent tous les trois dans le pick-up de Finn.

— Les pompiers m'ont dit qu'ils étaient arrivés à temps pour sauver la structure de la maison. L'assurance du propriétaire prendra en charge les réparations, et celle de Tara devrait l'indemniser pour les biens qui ont été détruits. Tu as été sympa de sauver ses souvenirs, Josi. J'aurais juste aimé que tu ne prennes pas autant de risques.

Alors qu'ils s'éloignaient, Lincoln observa les badauds attroupés dans la rue. L'un d'eux était-il impliqué dans la fusillade ou dans l'incendie qui avait suivi ? Les policiers avaient déjà commencé à rechercher d'éventuels témoins ou suspects.

— Bon, dit Finn en ralentissant à l'intersection suivante. C'est totalement hors sujet, et je sais que ça ne me regarde pas, mais il faut que je vous pose la question : qu'est-ce que vous fabriquez, tous les deux ?

Il jeta un coup d'œil sur leurs mains entrelacées.

— Ça date de quand ? Est-ce que maman est au courant ? Est-ce que je peux lui en parler ? Je garde toujours les secrets de tout le monde, dans cette famille, et quand ils finissent par éclater au grand jour – ce qui arrive à chaque fois –, on me reproche d'avoir fait des cachotteries.

Josi et Lincoln se contentèrent de sourire.

— Alors ? insista Finn. Je commence à douter de mes talents d'enquêteur, sur ce coup-là. Donnez-moi au moins quelque chose à me mettre sous la dent.

Son téléphone se mit à sonner, dispensant Lincoln de l'envoyer balader. Josi et lui n'avaient même pas encore parlé de ce qui se passait entre eux ; il n'allait certainement pas avoir cette conversation avec son frère.

Finn accepta l'appel.

— Allô ? fit-il, clairement contrarié. Quand ça ? J'arrive.

Il raccrocha, avant d'enclencher sa sirène et ses gyrophares.

— Que se passe-t-il ? demanda Josi avec un mélange d'espoir et de terreur dans la voix. Ils ont retrouvé Tara ?

— Non, il y a eu une agression au Body by Bella. La responsable était seule quand deux hommes cagoulés sont entrés en force.

Finn parvint à traverser la ville en vingt minutes. À leur arrivée au club, deux véhicules de police étaient garés sur le parking.

Assise derrière le bureau d'accueil, Bella se balançait doucement d'avant en arrière, recroquevillée sur elle-même. Son maquillage avait coulé sur ses joues. Quand Finn, Josi et Lincoln entrèrent, elle se redressa un instant, puis s'affaissa à nouveau sur son siège. Josi se hâta d'aller la serrer dans ses bras pendant que Finn s'arrêtait pour saluer ses collègues.

— Alors, qu'est-ce qui s'est passé ? leur demanda-t-il.

Le plus grand des deux consulta son calepin.

— Deux individus sont entrés au moment où la propriétaire était en train de fermer le club. Ils l'ont poussée à l'intérieur, puis l'ont interrogée pendant plusieurs minutes en la menaçant avec un couteau.

Bella émit un sanglot étranglé.

— Ils n'arrêtaient pas de me poser des questions sur Tara. Ils voulaient savoir si j'étais proche d'elle, ce qu'elle m'avait dit sur le fight club, à qui d'autre elle en avait parlé, à qui j'en avais parlé moi… J'ai eu beau leur répéter qu'elle ne m'avait jamais rien confié à ce sujet, ils ne m'ont pas crue. Si une de mes adhérentes n'avait pas oublié que c'est le jour de la semaine où je ferme plus tôt, je ne sais pas comment ça se serait fini.

Les larmes ruisselaient sur ses joues. Josi lui tendit une boîte de mouchoirs qui était posée sur le bureau.

— Quand la cliente est entrée, ils se sont enfuis, et j'ai appelé la police, conclut Bella en se tamponnant les yeux.

Les agresseurs avaient évoqué le fight club, songea Lincoln. Leur théorie se confirmait.

Derrière lui, la porte s'ouvrit sur deux femmes dont l'une arborait une chevelure flamboyante.

— Excusez-moi, mais le club est fermé, leur dit Finn.

La rousse l'ignora superbement et marcha tout droit vers Bella.

— Seigneur ! Qui t'a fait ça ?

— On sortait du café quand on a vu les voitures de police, expliqua l'autre femme. On voulait vérifier que tout allait bien.

— La situation est sous contrôle, leur assura Finn. Bella va bien.

Elles se tournèrent vers lui d'un même mouvement, un sourcil levé.

— On aimerait l'entendre de sa bouche, si ça ne vous dérange pas, lâcha la rousse.

— Et on se fera notre propre jugement, ajouta l'autre.

Finn coula un regard vers Lincoln, qui se retenait de rire. Sans protester, il alla repousser la porte, et donna l'ordre aux agents de la fermer à clé lorsque les deux femmes seraient reparties.

— C'est horrible, confia Bella à ses amies. Je ne comprends pas ce qu'ils veulent à Tara, ni pourquoi ils m'ont harcelée comme ça alors qu'ils la retiennent sûrement prisonnière quelque part. Et c'est quoi, cette histoire de fight club ?

— Tara... Tara Stone ? s'enquit la rousse.

— Vous la connaissez ? demanda Finn.

— Oui. Je prends des cours d'autodéfense avec elle.

— Comment vous appelez-vous ?

— Eileen.

Elle fronça les sourcils.

— Un soir, après la séance, elle est venue manger une pizza chez moi, et elle m'a demandé si elle pouvait dormir sur le canapé. Elle a prétendu qu'elle avait trop bu et qu'elle ne voulait pas reprendre le volant, mais honnêtement, elle avait à peine touché au vin… et aussi à la pizza, d'ailleurs. J'ai bien senti qu'elle avait des soucis, alors j'ai accepté. Elle ne m'a pas dit un mot sur ce qui la tracassait. Le lendemain, elle a engouffré un énorme petit déjeuner, elle a pris une douche et m'a emprunté des vêtements. Quand j'ai vu les bleus qu'elle avait sur les côtes, j'ai pensé que son petit copain la battait. Ces mecs-là évitent de laisser des traces là où ça se voit le plus, et quand ça arrive, leurs copines les couvrent.

Elle secoua la tête, affligée.

— Vous pensez qu'elle participait à des combats illégaux ?

— C'est ce qu'on essaie de vérifier, répondit Finn. Y a-t-il autre chose que vous pouvez nous dire sur cette soirée-là, ou sur le lendemain matin ?

— Elle a passé un coup de fil depuis mon téléphone fixe. Je l'ai entendue dire à un certain Petey qu'elle était désolée. Au début, j'ai cru que c'était son mec, mais elle m'a dit que c'était son patron et qu'elle devait le prévenir qu'elle arriverait en retard. Ça m'a paru crédible.

— Petey, murmura Josi en croisant le regard de Lincoln. Le prêteur sur gages.

— Attendez, intervint la deuxième femme. Tara avait un copain, alors, ou pas ?

— On ne pense pas, répondit Josi. Pourquoi ? Elle vous a dit qu'elle en avait un ?

— Non, mais c'est curieux, c'est tout.

— Qu'est-ce qui est curieux ? demanda Lincoln avec impatience.

Il voyait bien que Josi tombait de fatigue. Mener l'enquête sur une nouvelle scène de crime n'était pas la meilleure façon de se reposer... Il avait hâte de boucler cet interrogatoire pour que Finn puisse les ramener à la maison.

— La semaine dernière, je longeais le front de mer en voiture quand j'ai vu Tara marcher au bord de la route, expliqua l'amie d'Eileen. Je lui ai proposé de la raccompagner chez elle, elle a accepté. Elle se tenait le bras et cachait son visage derrière ses cheveux. Je lui ai dit que si elle avait des problèmes, je pouvais l'aider, mais elle n'a pas voulu. Le lendemain soir, elle n'est pas venue au club. J'étais folle d'inquiétude... Mais elle était de nouveau là quelques jours plus tard. On n'en a pas reparlé.

— Que faisait-elle à pied sur le front de mer ? demanda Lincoln.

Il se tourna vers son frère.

— Elle a bien une voiture, non ?

— Le pick-up enregistré à son nom a été retrouvé près du Bayside Motel, répondit Finn.

Josi acquiesça.

— Elle m'a appelée pour que je vienne la chercher parce qu'il ne démarrait pas.

— Ça sent le sabotage, marmonna Lincoln.

Finn reporta son attention sur l'amie d'Eileen.

— Où était-elle exactement quand vous l'avez prise en voiture ?

— Je ne sais pas, il faisait nuit... Je revenais de chez ma copine. Elle habite près du phare.

— D'accord. Dans quelle direction allait-elle ?

— Vers l'est, je crois. Mais ça n'a aucun sens. Il n'y a rien, dans le coin.

— Justement, répliqua Lincoln. C'est l'endroit idéal pour organiser des combats clandestins.

En entrant dans la boutique du prêteur sur gages, Josi se prépara mentalement à la confrontation qui allait suivre. Petey l'avait toujours intimidée. Dieu merci, personne n'impressionnait les Beaumont, et les deux frères qui l'accompagnaient n'étaient pas d'humeur à se laisser marcher sur les pieds.

— Petey ! appela-t-elle en s'approchant du comptoir.

L'employeur de Tara passa la tête par la porte de l'arrière-boutique.

— Josi... Je ne m'attendais pas à te revoir si vite.

Il la regardait avec un petit air narquois, qui disparut sitôt qu'il aperçut Lincoln et Finn.

— Il y a un problème, monsieur l'agent ? demanda-t-il à ce dernier.

— Inspecteur, le corrigea Finn. La dernière fois qu'on s'est parlé, vous n'aviez aucune idée de l'endroit où se trouvait Tara Stone et de ce qu'elle avait pu faire dans les jours précédant sa disparition. J'ai des raisons de croire que vous m'avez menti. La question, c'est : pourquoi ? Vous devez savoir qu'entraver une enquête de police est passible de poursuites.

— Hé, du calme, répondit Petey en s'approchant du comptoir. J'essayais juste de respecter la vie privée de Tara. Que je sache, ce n'est pas interdit de disparaître pendant un jour ou deux. On a tous besoin de se déconnecter de temps en temps.

— Se déconnecter de quoi ? s'enquit Josi.

Petey lança un coup d'œil vers les deux jeunes hommes qui remontaient l'allée centrale de son magasin pour le rejoindre. Josi reconnut le duo de la dernière fois. Finn les observa attentivement, avant de reprendre :

— Nous pensons que le fight club illégal à l'origine de la mort de Marcus Stone a repris du service. Nous pensons également que Tara était au courant et qu'elle y a participé d'une manière ou d'une autre. Un homme a tenté de la tuer il y a quelques jours sur le parking du motel ; sa vie est clairement en danger. Alors si vous avez la moindre information qui pourrait nous aider à la localiser, vous serez bien gentil de nous la communiquer.

Josi retint son souffle devant le ton d'autorité qu'avait pris Finn et qu'elle ne lui avait jamais entendu. À côté d'elle, Lincoln redressa les épaules, et elle ne put s'empêcher de sourire. Petey et ses amis ne faisaient vraiment pas le poids.

Le prêteur sur gages échangea un regard avec ses acolytes, avant de grogner :

— Tout ce que je sais, c'est qu'elle s'est mise à faire de la boxe et à prendre des cours d'autodéfense. Elle m'a dit qu'elle voulait rendre hommage à Marcus. Ça lui est arrivé quelques fois de ne pas venir travailler, mais ce n'était jamais plus d'une journée ou deux, et elle mettait les bouchées doubles à son retour.

Il fit craquer ses doigts en se tournant vers ses employés.

— Si vous savez quelque chose, vous feriez mieux de cracher le morceau, leur dit-il. Tara est comme une fille pour moi.

Ils gardèrent le silence.

— Nous avons recueilli le témoignage d'une personne qui l'a ramassée en voiture quelques jours avant sa disparition, précisa Finn. Tara marchait toute seule près du port. Cela vous parle ?

Le plus petit des deux hommes – Dustin, si Josi avait bonne mémoire – donna un coup de coude à son ami.

— Allez. Elle a l'air d'être dans le pétrin.

— OK, capitula l'autre en se passant une main dans les cheveux. Tara se fait du fric en participant à des combats de femmes. C'est tout ce que je sais. Parfois, Dustin l'accompagne en voiture.

— Où ? s'enquit Finn.

— Pourquoi ? demanda Petey en même temps.

Dustin haussa les épaules, l'air contrit.

— Le lieu change d'une fois sur l'autre. Ça arrive qu'elle soit trop mal en point pour rentrer toute seule, c'est pour ça que je l'accompagne. En échange, elle me donne la moitié de ce qu'elle gagne.

— Pourquoi elle fait ça, si c'est elle qui se prend les coups ? voulut savoir Petey.

— Je ne sais pas, je ne lui ai pas posé la question. C'est de l'argent facile. J'en ai besoin et elle a l'air de s'en foutre. Le reste, ça ne me regarde pas.

— Dans ce genre de matchs, l'arbitre ne déclare pas de vainqueur tant que l'un des deux adversaires n'est pas physiquement incapable de quitter le ring, expliqua Josi.

Ce détail sordide venait de resurgir dans sa mémoire. C'était la seule règle : les boxeurs devaient se battre jusqu'au bout. Parfois jusqu'à la mort, comme dans le cas de Marcus.

Imaginer que Tara ait pu monter volontairement sur le ring en sachant ce qui était arrivé à son frère la bouleversait. Pourquoi avait-elle pris une telle décision ? Pourquoi y était-elle retournée, encore et encore ?

— Elle s'en fiche de l'argent, murmura Josi. Elle y va pour faire tomber le fight club.

Lincoln passa un bras autour de sa taille, et elle se blottit contre lui. Finn se plaça devant eux comme pour les protéger.

— Est-ce que vous assistez aux combats ? demanda-t-il à Dustin.

— Non, j'évite. C'est trop violent pour moi. Il y a des médecins sur place, mais ils n'interviennent pas beaucoup. Chaque fois que j'ai accompagné Tara, elle voulait savoir qui récupérait l'argent, qui était aux manettes... Je n'en ai pas la moindre idée. Tous ces abrutis ont la même tête pour moi.

— Où l'avez-vous conduite ? Vous dites que les lieux changent, mais il y a peut-être une logique derrière.

Dustin montra à Finn sur son téléphone les différents endroits où les combats s'étaient tenus. Le choix semblait complètement aléatoire.

— Quand étiez-vous censé l'accompagner la prochaine fois ?

— Demain soir.

Finn vérifia dans l'agenda qu'il avait trouvé chez Tara.

— Ça colle.

Enfin une lueur d'espoir, songea Josi. Bientôt, ce cauchemar prendrait fin.

20

Le lendemain, Josi endossa tant bien que mal son rôle de responsable des écuries pendant que Lincoln gérait les promenades à cheval avec ses collègues. Les Beaumont misaient beaucoup sur ces journées portes ouvertes ; Josi ne voulait pas les décevoir.

Finn et son équipe avaient décidé d'un plan pour le soir. Des policiers de Marshal's Bluff menaient déjà des recherches dans les environs de la ville pour tenter de retrouver la trace de Tara. Dans quelques heures, celle-ci serait sauvée. Le fight club serait démantelé, et les coupables jetés en prison. En attendant, Josi devait juste faire l'effort de sourire et de répondre aux questions des visiteurs encore un peu plus longtemps.

Derrière la fenêtre de son bureau, le soleil brillait presque assez fort pour chasser l'angoisse et la morosité qui pesaient sur son cœur. Les rires des enfants dansaient dans le vent. Des voix joyeuses lui parvenaient de l'extérieur. D'habitude, Josi adorait ces événements, mais aujourd'hui elle avait du mal à partager le bonheur ambiant. Pour cela, il aurait fallu qu'elle soit sûre que Tara allait bien.

Les pas réguliers de Lincoln résonnèrent dans l'écurie. Josi se tourna vers sa porte ouverte et attendit qu'il apparaisse dans l'encadrement. Elle vit un sourire se dessiner sur ses lèvres lorsqu'il croisa son regard.

— Salut.

— Salut, murmura-t-elle.

La lumière qui filtrait à travers les stores éclairait par bandes sa peau bronzée, laissant ses yeux verts dans l'ombre. Son jean et ses chaussures étaient couverts de boue à force de promener les enfants à dos de poney dans les champs du ranch. Le parfum de son eau de Cologne se mêlait délicieusement à celui de l'air frais et du foin.

— Tu tiens le coup ? lui demanda-t-il.

— Ça va. J'essaie de m'occuper pour penser à autre chose. Et toi ?

— Finn a appelé. Ses hommes surveillent le port. Pour l'instant, tout est calme, mais s'il doit y avoir un combat ce soir, ce sera le dernier.

Josi poussa un long soupir. Pourvu qu'il dise vrai ! Finn était doué dans son travail. Tara serait entre de bonnes mains avec lui.

— Les gars sont en train de conduire les chevaux dans le grand champ pour une démonstration, ajouta-t-il. Les tables sont déjà en place pour le déjeuner. Tu devrais venir manger un peu.

— Je ne sais pas si j'ai envie de voir du monde. Ta famille va lire en moi comme dans un livre ouvert, et la foule me rend nerveuse.

Sans rien dire, Lincoln tendit les bras, et Josi s'y réfugia. Alors qu'il la serrait tendrement contre lui, elle inspira à pleins poumons son odeur si masculine.

— J'avais terriblement besoin de ça, murmura-t-elle.

— Est-ce que tu as aussi besoin de manger ? Je peux nous préparer deux assiettes et les apporter discrètement ici, si tu veux.

Josi faillit grogner de plaisir tant l'idée lui paraissait séduisante.

— Oh oui, ce serait parfait… Mais tu es sûr que tu peux t'échapper le temps du repas ?

— Tu te poses vraiment la question ? répliqua-t-il en riant.

— J'avais oublié : tu fais ce que tu veux.

— Et toi aussi. Alors, qu'est-ce que tu commandes ?

Dehors, les haut-parleurs se mirent à diffuser une chanson

de country, signe qu'une nouvelle animation allait commencer. Josi s'écarta de Lincoln. Elle se sentait bien mieux – quoiqu'un peu coupable de l'accaparer pour le déjeuner.

— Je rêve d'un burger et d'une part de gratin de macaronis au fromage, s'il y en a, dit-elle. Tu peux peut-être me prendre quelque chose de sucré, aussi ? J'ai des bouteilles d'eau dans mon mini-frigo.

L'air amusé, Lincoln lui planta un baiser sur la bouche.

— Je reviens tout de suite.

Au même instant, deux coups de feu éclatèrent à l'extérieur, glaçant Josi d'effroi. Les gens se mirent à crier.

— Reste ici, lui ordonna Lincoln. Appelle d'abord la police, et préviens Finn ensuite.

Il fila au pas de course. Les mains tremblantes, Josi attrapa son téléphone et composa le 911, tout en cherchant Lincoln du regard dans le chaos que les tirs avaient provoqué.

Les chevaux effrayés se cabraient, envoyant leurs jeunes cavaliers par terre, et fonçaient à travers la foule paniquée. Quelques personnes rampaient pour porter secours à ceux qui étaient tombés, d'autres s'enfuyaient à toutes jambes en renversant au passage les tables du buffet. Des alarmes de véhicules se déclenchaient en cascade.

— Allez..., murmura Josi, qui attendait que quelqu'un décroche.

— Alors, on s'impatiente ? fit une voix sardonique derrière elle.

Comme elle se retournait d'un bloc, les pointes d'un Taser l'atteignirent en pleine poitrine. Une violente décharge lui traversa le corps juste avant qu'une main gantée s'abatte sur sa bouche et l'entraîne dehors.

Lincoln se précipita dans la cour, tous les sens en alerte.

— Papa ! cria-t-il en voyant son père accroupi près d'une femme et d'un petit enfant.

— Va calmer les chevaux, et mets les gens à l'abri !

Lincoln changea de direction, ramassant sur son chemin une fillette qui pleurait. Il la confia à un adolescent visiblement désorienté.

— Amène-la sous le porche, et restez-y, lui dit-il. Embarque tous les gamins que tu croises avec toi !

Le jeune garçon cligna des yeux, puis se mit en mouvement. Lincoln le vit prendre un autre enfant par la main pendant qu'il courait vers la maison.

Des sirènes hurlaient au loin. Il remercia intérieurement Josi d'avoir prévenu les secours. En temps normal, les chevaux étaient de gentils géants, mais quand ils avaient peur ils devenaient incontrôlables. Trop grands pour leur propre bien, et trop dangereux pour qui n'avait pas l'habitude.

Les ouvriers du ranch parvinrent à en rattraper quelques-uns et se hissèrent d'un bond sur les selles pour aller chercher les autres bêtes qui s'étaient échappées. Un cri désespéré attira l'attention de Lincoln : un homme était assis par terre et tenait la tête d'une jeune femme sur ses genoux. Elle avait les yeux fermés, et du sang coulait dans ses cheveux blonds. Il tentait de stopper l'hémorragie avec ses mains. Non loin d'eux, une tache sombre sur un rocher laissait deviner qu'elle s'était cogné la tête en tombant de cheval.

— Aidez-moi ! On a besoin d'un médecin !

— Les ambulances arrivent, promit Lincoln en s'arrêtant à leur niveau. Comment vous appelez-vous ?

— Frank.

— Et cette jeune femme ?

— Emma. C'est ma fille.

Sa voix s'étrangla.

— On l'a obligée à venir… Ce n'est pas facile à la maison, on pensait que ça lui ferait du bien de visiter le ranch.

Frank ferma les yeux, et une larme coula sur sa joue.

À une centaine de mètres de là, les hommes finissaient de rassembler les chevaux dans un enclos. Plusieurs ambulances avançaient péniblement dans l'allée de gravier en slalomant entre les piétons et les véhicules. Subitement, Lincoln sentit sa poitrine se serrer. Des images de soldats mutilés lui revinrent par flashs. La terreur qu'il aurait dû laisser à l'autre bout du monde submergea son esprit, lui coupant le souffle et paralysant ses membres.

Au prix d'un violent effort, il invoqua des souvenirs plus récents. Les mains de Josi sur son torse, sur ses joues. Sa voix douce et posée lui assurant que tout allait bien.

— Ça va aller, Frank, dit-il au père de la fille blessée, tout en faisant signe à un ambulancier de venir. Parlez à Emma, dites-lui que vous êtes là et qu'elle va être prise en charge.

Il donna une tape dans le dos du secouriste qui avait accouru vers eux.

— Trauma crânien, lui glissa-t-il.

Puis il trottina vers un groupe de garçons recroquevillés dans l'herbe, les mains sur la tête.

— Les gars, allez attendre vos parents sous le porche.

— Il y a eu des coups de feu ! sanglota l'un d'eux. J'ai peur que ça recommence !

Lincoln promena son regard autour de lui. Des gens hébétés erraient çà et là en criant les noms de leurs proches. Un des garçons bondit sur ses pieds.

— C'est ma mère ! s'exclama-t-il.

— Allez-y, tous ! les encouragea Lincoln.

Les enfants se levèrent et décampèrent.

Le tireur, lui, n'était nulle part en vue. Et personne ne semblait avoir été touché.

Lincoln porta son attention sur l'écurie, puis sur la fenêtre du bureau de Josi. La jeune femme n'y était pas. Il se serait pourtant attendu à la voir là, en train d'observer ce qui se passait pendant qu'elle relayait les informations à Finn ou au régulateur des secours. Peut-être même en train de le chercher, lui.

Il fit un tour sur lui-même en priant pour qu'elle n'ait pas décidé de sortir, de se mêler à cette pagaille au risque de s'exposer aux attaques de toutes sortes...

Alors, il comprit.

Le but des coups de feu n'avait pas été de blesser qui que ce soit, mais de faire diversion. Et Lincoln avait foncé dans le piège tête baissée.

Il avait laissé Josi seule.

— Poussez-vous ! hurla-t-il en se ruant vers l'écurie, sautant par-dessus les sacs et les poussettes abandonnés. Dégagez !

Il ralentit en apercevant une silhouette familière devant le bureau de Josi.

— Maman ! Ça va ?

— Oui, oui. Je t'ai vu dehors, et j'ai voulu vérifier que Josi allait bien.

— Et alors ?

— Je ne sais pas, je ne l'ai pas vue.

Lincoln se précipita dans la pièce.

Josi avait disparu.

21

Quand Josi reprit conscience, une douleur lancinante lui vrillait le crâne. Elle ouvrit les yeux et les referma aussitôt, aveuglée par la lumière du soleil. Elle n'avait aucune idée de l'endroit où elle se trouvait. Dans une voiture, sans doute, à en juger par les secousses et le bruit.

— Ne bouge pas, gronda une voix à côté d'elle.

— Où est-ce qu'on est ? marmonna-t-elle.

— La ferme. Garde la tête baissée.

Josi obéit. Pourquoi son esprit était-il aussi embrouillé ? Elle se souvenait d'avoir vu par la fenêtre de son bureau les hommes calmer les chevaux et mettre à l'abri des visiteurs affolés. Elle avait aperçu Lincoln en train de parler à un monsieur qui tenait une jeune fille blessée dans ses bras.

Ensuite...

Un gémissement s'échappa de ses lèvres, et elle se força à rouvrir les paupières. Devant elle, un tableau de bord inconnu. Partout autour, une odeur de cuir mélangée à celle d'un parfum trop fort.

Sa bouche était sèche, sa tête lourde et douloureuse tandis qu'elle essayait de l'écarter de la vitre. Un objet dur se pressa contre sa cuisse.

— Je t'ai demandé de ne pas bouger.

Alors que des sirènes se rapprochaient, Josi éprouva un vague sentiment de soulagement. Les secours arrivaient au ranch. Mais pourquoi avaient-ils été prévenus ?

Parce qu'il y avait eu un mouvement de panique, se rappela-t-elle, le cœur battant. À cause de coups de feu.

Brusquement, elle comprit ce que l'homme tenait pointé sur sa jambe : le canon d'un pistolet.

Un défilé d'ambulances et de voitures de police passa en sens inverse, puis le conducteur accéléra en poussant un long soupir.

— J'ai bien cru qu'on ne se sortirait jamais de ce bourbier.

Josi força ses muscles à coopérer pour se redresser. Le ranch des Beaumont s'éloignait rapidement dans le rétroviseur extérieur. Elle se trouvait à l'avant d'un SUV noir piloté par Dennis Cane, le gérant du Barbell Club.

Il lui coula un regard mauvais.

— Combien d'avertissements il te faut ? Tu ne lâches jamais l'affaire, toi. Tu aimes bien compliquer les choses, hein ?

Josi grimaça tandis qu'il enfonçait le pistolet dans sa hanche. Elle avait l'impression que son corps pesait une tonne, et la voix de son ravisseur lui parvenait comme à travers un mur de coton.

— Où m'emmenez-vous ? réussit-elle à articuler.

— Là où tu ne pourras plus m'emmerder. J'ai un business à gérer, moi, et les gens comptent sur ces combats. Ta petite bouille va me rapporter gros. Je connais un paquet de types qui seraient prêts à payer cher pour te voir bouffer la poussière. Et j'en connais quelques-uns qui adoreraient te la faire bouffer eux-mêmes.

— Pourquoi ?

— Parce que tu es tout ce qu'ils détestent chez une femme ! Et, entre nous, je ne suis pas loin de penser comme eux. On a été obligés de mettre les affaires en pause la dernière fois que ça a dérapé. Hors de question de recommencer. En t'éliminant de l'équation, ça devrait régler le problème.

— Comment ça, mettre les affaires en pause ?

Le fight club n'avait-il pas été entièrement démantelé après la mort de Marcus ?

— Beaucoup de mecs bien sont partis en taule. Tu n'imagines pas le fric que j'ai perdu pendant qu'on attendait que la tempête passe. Laisse-moi te dire que ça n'arrivera plus.

Dennis Cane avait donc été aux commandes de l'opération depuis le début, et il avait réussi à échapper à la prison...

— Et Tara, c'est vous qui la retenez ? s'enquit-elle, une boule dans la gorge. Est-ce que je peux la voir ?

— Bien sûr. Vous allez pouvoir papoter et vous faire des petites nattes avant le spectacle. Après, je t'aurai pour moi tout seul.

Un violent frisson secoua Josi. Elle ne voulait pas savoir ce qu'il entendait par là : toutes les possibilités lui donnaient la nausée. Si elle comptait s'enfuir avec Tara, il fallait qu'elle se concentre et qu'elle reprenne des forces. En espérant que Finn et ses hommes allaient vite trouver le lieu du combat de ce soir...

Alors qu'elle remarquait la présence d'un chiffon à ses pieds, les souvenirs lui revinrent en rafales. Dennis Cane avait surgi dans son bureau et l'avait neutralisée d'une décharge de Taser. Il l'avait ensuite entraînée dehors jusqu'à son véhicule, où il lui avait plaqué ce bout de tissu sur la bouche et le nez. Josi avait senti une odeur doucereuse avant que tout devienne noir.

— Vous m'avez droguée, murmura-t-elle.

Cela expliquait la perte de mémoire, la lourdeur des membres, l'affreux mal de tête...

— C'est vous qui avez semé la panique au ranch. Qui avez tiré sur Tara devant le motel. Qui avez envoyé ces hommes nous poursuivre en voiture, interroger Bella et tenter de me kidnapper.

— Tu sais ce qu'on dit : on n'est jamais mieux servi que par soi-même.

Elle leva les yeux au ciel et le regretta aussitôt – un éclair de douleur lui traversa le crâne. Ses mains mal coordonnées tâtonnèrent autour de ses poches.

— Si tu cherches ton téléphone, je l'ai jeté avant qu'on monte dans le SUV, l'informa Cane. Personne ne viendra te sauver dans ton donjon, princesse. Ou plutôt, dans ton cachot. Ha, ha !

Josi se laissa retomber contre le dossier de son siège et regarda le paysage défiler derrière la vitre. Les boutiques, les arbres, les piétons qui vaquaient tranquillement à leurs occupations pendant qu'un sadique l'emmenait Dieu sait où... Même si elle trouvait la force de crier, elle savait qu'elle serait physiquement incapable de s'enfuir. Et en imaginant qu'elle y parvienne, que deviendrait Tara ?

Quand le véhicule s'arrêta, Josi s'aperçut qu'elle s'était assoupie. Dennis Cane descendit, claqua brutalement sa portière, puis vint ouvrir la sienne. Un souffle d'air iodé souleva ses cheveux.

Avant qu'elle ait pu réagir, Cane plaqua un chiffon sur son visage, et elle sombra de nouveau dans l'inconscience.

— Josi, fit une voix tout près d'elle. Réveille-toi.

Elle ouvrit les paupières. Aussitôt, son estomac se souleva douloureusement. L'air autour d'elle sentait le métal et la terre.

— Allez, il faut que tu bouges, reprit la voix familière. Ils vont bientôt revenir.

Une onde de panique l'envahit.

— Lincoln, chuchota-t-elle.

Où était-il ? Allait-il bien ?

Un bras l'attrapa sous l'aisselle et la redressa jusqu'à ce que son dos et sa tête soient appuyés contre un mur de pierre. Sous ses fesses, le sol était dur et froid. Une silhouette apparut devant elle, de plus en plus nette.

Des larmes roulaient sur les joues tuméfiées et les lèvres craquelées de la jeune femme. Ses beaux yeux bleus étaient injectés de sang, son corps couvert d'ecchymoses.

— Tara...

Josi l'attira dans ses bras et se mit à pleurer. Tara s'accrochait à elle, secouée de sanglots.

— Je te cherche depuis le soir où tu m'as demandé de venir te récupérer sur le parking du motel. La police est sur le coup. Qu'est-ce qui t'est arrivé ?

— Dennis Cane.

Tara se laissa tomber à côté d'elle avec un gémissement de douleur. Elle déglutit péniblement, avant d'expliquer :

— J'étais à une soirée quand j'ai entendu des gars parler de jeux d'argent. J'ai compris qu'ils pariaient sur des combats de boxe, et ça m'a fait penser à mon frère. Évidemment, ils n'ont pas voulu répondre à mes questions, alors j'ai commencé à mener ma petite enquête. J'avais peur que le fight club soit de nouveau actif. Mais personne n'était au courant de rien, bien sûr. Et puis, un jour où j'attendais ces types devant le Barbell Club dans l'intention de les suivre, j'ai vu une femme en sortir avec deux yeux au beurre noir, et je l'ai suivie, elle. Quand elle s'est arrêtée pour prendre de l'essence, je l'ai approchée. Le peu de choses qu'elle a bien voulu me dire a confirmé mes craintes.

— Les combats clandestins ont repris, murmura Josi.

— Hélas, oui. Cette femme était mère célibataire, elle participait aux combats pour gagner un peu d'argent. Ça m'a donné une idée.

Les larmes ruisselaient sur son visage, et lorsqu'elle voulut les essuyer, elle lâcha un sifflement de douleur. Sa main, entourée de bande adhésive, était toute gonflée. Probablement cassée.

— Je me suis dit que je pourrais infiltrer le club et le faire tomber une fois pour toutes, poursuivit-elle. Je voulais récupérer des noms et des preuves à livrer à la police. Je voulais surtout démasquer le responsable pour le mettre hors d'état de nuire.

— C'est pour ça que tu as commencé à t'entraîner au club de Bella, devina Josi.

Tara parut surprise.

— Comment tu le sais ?

— On l'a rencontrée. Elle nous a aidés.

Josi appuya sa tête contre l'épaule de son amie en fermant les yeux. Quand son esprit allait-il enfin émerger du brouillard ?

— Qui ça, « on » ? s'enquit Tara.

— Les Beaumont. Lincoln et Finn, surtout. Finn est inspecteur de police. Toute la famille fait ce qu'elle peut pour te retrouver. Et ils ont bien l'intention de démanteler le club. Il faut juste qu'on les aide à nous localiser quand ils arriveront ici.

Josi regarda plus attentivement autour d'elle. La pluie tambourinait sur le toit métallique. Combien de temps était-elle restée inconsciente ?

— Où est-ce qu'on est ? demanda-t-elle.

— Dans l'ancienne minoterie, sur le port, répondit Tara. Tout l'argent transite par ici, et c'est là aussi qu'ils gardent les boxeurs qui ne sont pas en état de rentrer chez eux tout seuls.

— Comme toi, souligna Josi, le cœur lourd.

— Moi, je ne rentrerai pas. Ils m'ont grillée. Je ne repartirai pas d'ici vivante.

— Ne dis pas ça ! protesta Josi avec colère. Tu vas t'en sortir. On repartira d'ici toutes les deux, dès que je pourrai tenir debout toute seule.

— Je n'en serai pas capable. Ils m'obligent à me battre tous les soirs jusqu'à ce que je ne puisse plus me relever, comme ils l'ont fait avec Marcus. Ma tête n'a jamais le temps de récupérer. Mon corps est en miettes.

Alors que Tara pressait ses poings abîmés contre son visage pour contenir ses sanglots, Josi passa un bras autour de ses épaules et l'attira doucement contre elle.

— Je te demande de te battre une dernière fois, d'accord ? Bats-toi avec moi pour sortir d'ici.

Assis autour de la table de la cuisine, Lincoln, ses parents et ses frères – Dean et Austin étaient venus leur prêter main-forte – passaient en revue les images des nombreuses caméras de surveillance installées autour du ranch. Comme ils accueillaient régulièrement des jeunes en difficulté, les Beaumont avaient besoin de garder un œil partout pour pouvoir retrouver rapidement les apprentis fugueurs. Cet équipement s'avérait bien utile à présent : chacun visionnait sur un ordinateur portable les enregistrements d'une caméra, dans l'espoir de repérer Josi et de découvrir dans quelle direction elle avait été emmenée.

La mère de Lincoln resservit tout le monde en café, avant de se rasseoir à côté de son mari. Lorsqu'elle glissa son bras sous le sien, il lui embrassa la tempe sans quitter l'écran des yeux. Ces marques de tendresse frappèrent Lincoln en plein cœur.

Pendant des années, il n'avait plus osé aspirer à l'amour que ses parents partageaient, mais de s'être rapproché de Josi avait ravivé ce vieux rêve. Il savait désormais avec certitude qu'il voulait construire son avenir auprès d'elle.

— On va la retrouver, chuchota sa mère en lui tapotant la main.

Une goutte tiède glissa le long de sa joue, et il l'essuya bien vite. Il mit un moment à comprendre qu'il pleurait.

Lorsqu'il inspira profondément, tous les regards se fixèrent sur lui.

— Je l'aime, avoua-t-il.

Pourquoi avait-il fallu qu'il tombe amoureux de la seule femme que ses parents ne voudraient pas le voir épouser ? Une femme qu'ils considéraient comme leur fille et qu'ils estimaient sans doute trop jeune pour lui...

Au lieu du choc et de l'horreur qu'il s'attendait à lire sur le visage de ses proches, il fut surpris de n'y voir que de la compassion et une pointe d'amusement.

— Il était temps que tu t'en rendes compte, dit platement Austin. Vous nous avez rendus chèvres, à vous tourner autour pendant un an.

— Et même plus ! souligna Dean.

Lincoln cligna des yeux, abasourdi.

— Qu... quoi ?

— On sait que tu l'aimes, expliqua Finn. On en parle tout le temps entre nous.

— Comment vous pouvez le savoir ?

Sa mère le regarda avec un mélange d'affection et de pitié.

— On n'est pas aveugles, mon chéri.

— Et vous n'êtes pas fâchés ?

— Pourquoi voudrais-tu qu'on le soit ? répondit son père.

— Au contraire, on est ravis ! s'exclama sa mère. Josi est une jeune femme formidable. Et elle semble t'aimer, elle aussi.

— Vous ne la voyez pas comme votre fille ? Ou comme votre sœur ? ajouta-t-il en se tournant vers ses frères.

— Nicole, Hayley et Scarlet font partie de la famille, elles aussi, fit remarquer Dean.

— L'important, intervint Austin, c'est que toi, tu ne la voies pas comme une sœur.

Lincoln se frotta le visage, partagé entre la joie et l'angoisse.

— Je n'arrive pas à croire que je l'ai laissée seule. Maintenant, elle a disparu, et on n'a pas la moindre idée de ce qui a pu lui arriver.

— J'en ai peut-être une, répliqua son père, les yeux rivés sur son ordinateur.

Les chaises grincèrent sur le parquet tandis que Lincoln et ses frères se levaient d'un seul mouvement. Ils se rassemblèrent derrière leurs parents pour regarder les images qui défilaient à l'écran. On y voyait Dennis Cane, du Barbell Club, sortir de l'écurie et entraîner vers un SUV une jeune femme qui tenait à peine debout. Après l'avoir installée sur le siège passager, il grimpa derrière le volant et repartit à contresens des ambulances et des voitures de police qui affluaient au ranch.

22

La lumière déclinante filtrait à travers les fissures des vieux murs, passant lentement du doré automnal au bleu pervenche du crépuscule. Le vent sifflait entre les briques et soulevait la poussière sur le sol de béton craquelé. Un coup de tonnerre gronda au loin.

Josi faisait le tour de la pièce pour tester la solidité de la porte et des différentes cloisons. À chaque minute qui passait, elle se sentait plus forte et plus stable sur ses jambes – et c'était tant mieux, car d'après Tara elles n'avaient plus beaucoup de temps devant elles.

— Quand la nuit sera tombée, ils annonceront le programme des combats et commenceront à prendre les paris, précisa cette dernière. Ensuite, ils viendront nous chercher.

Josi se figea. Elle se souvenait vaguement d'avoir entendu Dennis Cane dire qu'il voulait la faire monter sur le ring, mais Tara pouvait à peine marcher...

— Ils ne s'attendent quand même pas à ce que tu te battes ce soir ?

— Bien sûr que si, répondit son amie en souriant tristement. Et je le ferai, jusqu'à ce que je perde connaissance une fois de plus. J'espère juste qu'ils ne nous opposeront pas l'une à l'autre.

— Jamais de la vie ! s'exclama Josi, horrifiée.

Tara détourna les yeux, soudain très pâle.

— Tu n'imagines pas ce qu'ils peuvent nous obliger à faire.

Josi s'attela à sa tâche avec une énergie redoublée. À l'aide d'un long morceau de métal qu'elle avait trouvé dans un coin de la pièce, elle tenta de décrocher la grille d'aération fixée au plafond. Des couinements affolés résonnèrent au-dessus d'elle.

— Il y a des souris dans les conduits, expliqua Tara. Il en tombe toutes les nuits.

Josi s'approcha du mur en tendant l'oreille pour écouter les petits cris qui s'éloignaient.

— Comment elles arrivent là ? demanda-t-elle.

— Aucune idée. J'imagine que ces gaines mènent à l'extérieur, ou au moins dans une autre partie du bâtiment.

— Lève-toi.

Si elles n'étaient ni l'une ni l'autre en état de se battre ce soir, elles auraient peut-être assez de force en revanche pour suivre les souris...

— Qu'est-ce que tu as en tête ? s'enquit Tara, qui avait du mal à articuler.

— Fais-moi la courte échelle, lui demanda Josi en se plaçant sous la grille, les bras tendus. Il ne me manque pas grand-chose.

Tara se mit à quatre pattes.

— Je n'ai pas assez d'équilibre pour m'accroupir, mais tu peux monter sur mon dos.

— Parfait.

Avec précaution, Josi grimpa sur les reins de son amie en s'obligeant à ignorer son gémissement de douleur. Glissant les doigts dans les fentes de la grille, elle tira de toutes ses forces : deux vis dégringolèrent par terre. Elle ôta les deux autres en les faisant tourner entre son pouce et son index, puis redescendit pour poser la grille contre le mur.

— OK. Maintenant, il faudrait que tu me portes sur tes épaules, dit-elle en tendant la main à Tara pour l'aider à se relever. Je vais monter dans le conduit et te tirer de là-haut.

Une éternité plus tard, la nuit avait fini de tomber et les deux femmes n'en pouvaient plus, mais elles avaient réussi à se glisser dans le système d'aération. Elles n'avaient plus qu'à se laisser guider par les souris.

Courageusement, elles se mirent à ramper dans la gaine étroite où régnait un courant d'air froid et humide. Les rongeurs filaient sous le nez de Josi.

— Excuse-moi, murmura Tara lorsqu'elle lui toucha le pied pour la dixième fois. Je n'y vois rien.

— Moi non plus, mais on avance. Surtout, ne t'arrête pas. On va bientôt y arriver.

— Où ça ?

— Je ne sais pas, reconnut Josi. Dans tous les cas, ce sera mieux que là où on était.

Le conduit était envahi de toiles d'araignée qui se collaient à son visage et à ses cheveux. Plusieurs fois, elle faillit hurler, mais elle se retint. Ce n'était pas le moment d'attirer l'attention de leurs geôliers. Quand elle posa la main dans une substance chaude et poisseuse, elle s'interdit d'imaginer ce que cela pouvait être. Tout ce qui comptait, c'était de sauver Tara.

— Je vois de la lumière, chuchota-t-elle en avançant plus vite dans le goulot de métal.

Celui-ci tournait vers la gauche à angle droit, mais juste au coin se trouvait une grille. Arrivée au-dessus, Josi jeta un coup d'œil entre les fentes. Une lampe posée sur un bureau illuminait la pièce déserte. Elle attrapa la grille et tenta de la déloger, en vain. Ajustant sa position, elle força encore, jusqu'à ce que l'un des coins cède. La vis tomba et roula longuement sur le sol.

Soudain, des voix masculines retentirent dans le couloir.

— C'est eux, chuchota Tara en la tirant frénétiquement par la cheville.

Josi recula. Quelques secondes plus tard, trois ombres apparurent dans la petite pièce et grossirent comme des monstres sur les murs.

Dennis Cane s'écroula dans le fauteuil.

— Allez chercher les filles, ordonna-t-il tranquillement.

Emmenez-les toutes les deux au ring. La nouvelle regardera l'autre se faire casser les dents. Je vous le dis, elles vont regretter de m'avoir provoqué... Quand on fera monter la blonde après ça, elle sera paralysée de trouille. Si elle pleure et qu'elle supplie qu'on la laisse partir, ce sera encore mieux.

— De la chair fraîche, rigola l'un de ses acolytes. Les gens vont sortir les billets pour voir ça !

— Mouais, répondit l'autre, dubitatif. Jusqu'à ce qu'elles claquent. Et là, on se retrouvera avec deux cadavres sur les bras.

— Le port est juste à côté, rappela Dennis Cane. Et cette ville a bien besoin d'un avertissement. Si on continue à me mettre des bâtons dans les roues, il y aura d'autres morts.

Josi serra les dents pour contenir sa nausée.

— Allons-y, conclut Cane. J'ai hâte que le spectacle commence.

Ils sortirent tous les trois du bureau. Bientôt, ils se rendraient compte que Josi et Tara avaient disparu. Et il ne leur faudrait que quelques secondes pour comprendre où elles se cachaient en voyant la grille d'aération par terre.

Josi se faufila dans le conduit qui partait sur sa gauche, en s'assurant que Tara la suivait toujours. Leurs mouvements, pourtant discrets, résonnaient bruyamment dans le conduit métallique. Parvenue à la source de lumière suivante, elle testa la grille : celle-ci ne bougea pas d'un millimètre. Sans perdre de temps, elle se remit en route.

Un instant plus tard, des éclats de voix et des bruits de pas précipités leur parvinrent depuis l'autre bout de l'ancienne minoterie.

— Je crois qu'ils ont découvert qu'on n'était plus là, dit Tara d'un ton étrangement détaché.

Josi sentit son pouls s'accélérer. Son amie était à bout de forces.

— Il faut qu'on continue, chuchota-t-elle.

Les hommes n'hésiteraient pas à monter dans les conduits, s'ils tenaient à l'intérieur. Ou bien ils se répartiraient dans le bâtiment et attendraient simplement que les deux jeunes femmes ressortent. Dans un cas comme dans l'autre, cela finirait mal pour elles.

— Ça va toujours, derrière ? s'enquit Josi.

— Mmm.

— On arrive au-dessus d'une autre pièce.

Cette fois-ci, la grille commença à se décrocher à la première tentative. Un deuxième coup finit de la faire sauter, et Josi la rattrapa in extremis en se jetant à travers l'ouverture. Heureusement, Tara eut le réflexe de s'allonger sur ses jambes et d'enrouler les bras autour de son bassin pour l'empêcher de tomber la tête la première.

— Merci, murmura Josi.

Doucement, elle s'étira vers le sol. Tara continuait de la retenir en tremblant sous l'effort. Josi déposa la grille sans faire de bruit, puis elle planta ses deux mains par terre et finit de se laisser tomber. Elle se releva immédiatement pour aider Tara.

Autour d'elles, les hommes criaient et juraient. Leurs baskets crissaient sur le béton tandis qu'ils fouillaient les pièces les unes après les autres.

— Vite, ordonna Josi en attrapant son amie, qui avait passé le haut de son corps dans l'ouverture.

Elles basculèrent en arrière et roulèrent sur le sol avec des grognements étouffés. Josi se remit debout tant bien que mal.

— Ça va ? demanda-t-elle.

Le visage de Tara se tordait de douleur.

— Non, ça ne va pas... J'ai des fractures aux mains, aux doigts et aux poignets, et au moins plusieurs côtes fêlées.

Josi l'aida à se lever. Elle s'en voulait de ne pas l'avoir questionnée plus tôt sur la gravité de ses blessures, mais l'urgence avait été – et restait plus que jamais – de s'enfuir d'ici.

Avant qu'elles aient atteint la porte, des coups de feu retentirent. Le bruit de métal déchiré ne laissait aucun doute : les hommes tiraient dans les conduits d'aération.

Lincoln sauta du pick-up de Finn avant même qu'il se soit complètement arrêté, et il était déjà devant la porte du Barbell Club quand Dean et Austin se garèrent derrière eux. Le parking était désert, à l'exception d'une petite voiture blanche et d'un vieux camion noir qui semblait n'avoir pas bougé depuis plusieurs décennies.

— Lincoln ! cria Finn en claquant sa portière. Attends-moi.

Les lumières étaient éteintes dans le bâtiment. À en croire les horaires affichés sur la vitre, le club était fermé. Lincoln tenta tout de même d'ouvrir la porte – sans succès. Il tambourina du poing, puis plaça ses mains en visière sur son front pour regarder à l'intérieur.

— Cette salle est ouverte jusqu'à tard le soir six jours par semaine, sauf aujourd'hui, grommela-t-il à ses frères qui l'avaient rejoint. On se demande bien pourquoi...

— Y a-t-il un autre endroit où on pourrait trouver Dennis Cane ? s'enquit Dean. A-t-il des collègues qu'on pourrait interroger ?

— Je n'en sais rien, répondit Finn en relevant la tête de son téléphone. J'ai envoyé une patrouille chez lui, les gars m'ont dit qu'il n'y était pas et qu'ils n'avaient pas vu le SUV qui a servi à enlever Josi.

Lincoln se mordit les joues pour s'empêcher de hurler. Casser toutes les fenêtres du club à coups de poing ne ferait pas avancer l'enquête, quand bien même cela le soulagerait.

— Qu'est-ce qu'on fait, alors ? demanda-t-il.

Dennis Cane avait pris un risque énorme en venant kidnapper Josi sous leur nez au ranch familial. Cela n'augurait rien de bon pour la sécurité de la jeune femme.

Le temps était compté.

À cet instant, le téléphone de Finn vibra dans sa main. Il répondit aussitôt.

— Oui ? OK, c'est tout ce qu'il nous fallait. Tu peux demander le mandat.

Il raccrocha, un sourire aux lèvres.

— On avait prélevé des douilles dans un tronc d'arbre dont Cane se sert pour s'entraîner au tir sur sa propriété. Les analyses balistiques montrent que ce sont les mêmes que celles retrouvées au ranch. Avec ça et les images de la vidéosurveillance, on ne devrait pas avoir de mal à obtenir un mandat de perquisition pour fouiller le club et sa maison. Peu importe où il retient Tara et Josi, on va les retrouver.

— Et les hommes que tu as fait suivre après les avoir relâchés ? s'enquit Lincoln. Tu as du nouveau sur eux ?

— On va vérifier ça tout de suite.

Finn tapota l'écran de son portable et activa le haut-parleur.

— Allô, fit une voix grave à l'autre bout du fil.

— Salut, Ramos. Où en est ta cible ?

— Le type longe le front de mer. Je suis à quelques voitures derrière lui, mais il ne regarde même pas s'il est suivi. Il n'arrête pas de bouger depuis ce midi, je crève de faim.

Austin ricana.

— Des nouvelles des collègues qui surveillent les autres ? s'enquit Finn.

— Oui ! On dirait qu'on va bientôt se retrouver, leurs cibles vont dans la même direction que la mienne.

Lincoln se redressa, sentant son pouls s'accélérer.

— Ce soir, il y a combat, rappela-t-il. Ils vont tous au même endroit.

— Où es-tu exactement, tout de suite ? demanda Finn à Ramos.

— Je viens de passer la borne kilométrique 11, près de l'ancienne minoterie.

— C'est à un kilomètre à peine de l'endroit où l'amie d'Eileen a croisé Tara à pied, souligna Lincoln.

Les quatre frères se ruèrent vers leurs véhicules. Quelques secondes plus tard, ils filaient sur la route. Le terrain de l'ancienne minoterie était le lieu idéal où réunir du public, et le bâtiment en lui-même constituait une planque de choix pour séquestrer deux otages. Dans cette zone abandonnée, à l'écart de la ville, personne ne les entendrait crier.

Finn ralentit pour emprunter le chemin étroit et envahi de mauvaises herbes qui menait à l'usine désaffectée. Des véhicules avaient commencé à se regrouper dans un champ. Il appela le poste pour demander des renforts, qu'on lui promit d'envoyer rapidement. Ramos et ses collègues avaient pris position à des points stratégiques et attendaient les consignes de l'inspecteur.

Alors que Lincoln s'apprêtait à ouvrir sa portière, son frère leva une main pour lui ordonner d'attendre. Derrière eux, Dean et Austin s'arrêtèrent à leur tour.

Finn contacta Ramos.

— Qu'est-ce que tu vois ?

— Je suis dans le champ. Je viens de payer pour aller me garer, mais le gars qui prenait les sous n'a pas voulu me dire à quel genre de spectacle j'allais assister.

— OK. Reste en place et tiens-moi informé. Les renforts arrivent dans quelques minutes. On va tenter une approche à pied.

Lincoln et ses frères descendirent de leurs pick-up. Alors qu'ils se mettaient en marche vers leur objectif, des tirs éclatèrent. Ils se jetèrent au sol comme un seul homme, avant de comprendre que les coups de feu ne leur étaient pas destinés : ils avaient retenti à l'intérieur du bâtiment.

Ils s'élancèrent en courant, Lincoln en tête.

23

Josi saisit Tara par la main. Elles devaient vite sortir d'ici avant que le tireur se rende compte qu'elles s'étaient échappées des conduits. Mais Tara avait du mal à tenir sur ses jambes : elle trébucha et renversa une petite poubelle en métal.

— Laisse-la, chuchota Josi alors qu'elle s'arrêtait pour la redresser. On n'a pas le temps.

Elles se faufilèrent dans le couloir. Tous les sons semblaient amplifiés dans l'immense usine désaffectée. Heureusement, les coups de feu avaient cessé. Josi avait beau tirer Tara derrière elle, son amie ralentissait à chaque pas. Le bras enroulé autour des côtes, elle boitait de plus en plus en gémissant de douleur.

Tara était couverte de bleus et de sang des pieds à la tête. Ses cheveux habituellement doux et brillants n'avaient pas été lavés depuis plusieurs jours. Une coupure s'était rouverte sur sa lèvre inférieure. Combien de fois avait-elle été sortie du ring inconsciente, et jetée dans sa cellule en attendant le match suivant ? Dans son état, elle ne pouvait plus se battre ni même tenir sur ses jambes plus de quelques minutes, et pourtant ces hommes revenaient encore la chercher.

Un bruit dans le système d'aération rappela Josi à l'instant présent. Certes, Tara ne survivrait pas à un autre combat, mais elle aurait encore moins de chances de s'en sortir si elle se faisait tirer dessus.

— Je vois du sang ! cria une voix masculine qui semblait provenir du plafond.

La blessure de Tara avait dû se remettre à saigner pendant qu'elles rampaient dans les gaines...

Soudain, une porte s'ouvrit non loin d'elles. Comme Josi accélérait le pas, Tara étouffa un cri, puis se mit à sautiller sur un pied. Une bouffée de panique submergea Josi. Son amie souffrait trop, mieux valait se cacher quelque part en attendant les secours.

Elle l'entraîna vers un passage ouvert sur leur droite, en priant pour trouver des meubles ou des cartons derrière lesquels se glisser. Mais elles débouchèrent sur un palier métallique qui surplombait l'immense salle des machines... Une dizaine de marches à découvert les séparaient de ces dernières. Parviendraient-elles à les descendre sans se faire repérer ?

Josi n'eut pas le temps de se poser la question. Tara venait de s'effondrer à côté d'elle.

Lincoln aurait voulu défoncer la porte de l'ancienne minoterie et se ruer à l'intérieur pour chercher les deux jeunes femmes, mais il connaissait la procédure. Il devait suivre les instructions de Finn, qui était seul habilité à mener l'opération. Il calma donc ses ardeurs et se faufila discrètement derrière son frère dans le bâtiment.

L'air était humide et sentait l'huile mécanique et la terre. D'énormes machines reposaient devant eux sur le sol en béton. La salle s'élevait sur deux niveaux, avec un bureau vitré sur la gauche et, sur la droite, un escalier métallique menant à un palier qui dominait l'ensemble.

Dennis Cane se tenait devant le bureau, le regard rivé sur la plate-forme où deux frêles silhouettes étaient recroquevillées l'une contre l'autre. Au moment où Lincoln et ses frères entraient, il leva le bras pour pointer un pistolet sur elles.

— Non ! hurla Lincoln.

Cane se retourna brusquement ; le coup partit. Tandis que les Beaumont se baissaient, le patron du Barbell Club s'enfuit dans les entrailles de l'usine.

— Police de Marshal's Bluff ! cria Finn en s'élançant derrière lui.

— Josi est sur le palier, indiqua Lincoln à ses deux autres frères. Je crois que Tara est avec elle.

— Va couvrir Finn, demanda Austin à Dean. On s'occupe des otages.

Lincoln partit devant, courbé en deux, et se fraya un chemin entre les broyeurs, les tamis et les élévateurs. Un deuxième coup de feu l'obligea à s'accroupir. La balle percuta une surface métallique à proximité.

— Je te couvre ! lança Austin.

Lincoln se remit prudemment en marche vers l'escalier, avant d'être stoppé net par une nouvelle salve.

— Vas-y ! cria son frère en surgissant de derrière une machine, l'arme au poing.

Une trace de sang sur le sol attira l'attention de Lincoln. Elle menait à un mur de vieilles caisses en bois empilées sur près de deux mètres de hauteur. Ne voyant plus personne sur la plate-forme, il courut dans cette direction, tête baissée, tandis que les balles fusaient autour de lui.

Le déclic d'un revolver le figea sur place. Son propriétaire sortit de l'ombre, le visage tordu par un rictus mauvais. Lincoln le reconnut tout de suite : c'était un des boxeurs qu'il avait vus s'entraîner sur le ring du Barbell Club, et qui avaient prétendu ne rien savoir sur Tara...

— Ça doit être mon jour de chance, lâcha le malfrat. On n'attendait que toi pour faire sortir ces greluches de leur cachette. Après ça, on pourra enfin vérifier si tu sais te battre.

Lincoln évalua la force physique du type et la distance qui le séparait de lui. En faisant diversion, il pourrait facilement le désarmer.

— Vous avez réussi à perdre vos otages ? dit-il, feignant la surprise.

Comme il était fier de Josi ! Même terrifiée, elle refusait d'être une victime.

Il se mit à rire.

— Elles ont été plus malignes que vous, c'est ça ? En même temps, ce n'est pas dur...

L'expression du complice de Dennis Cane passa de la confusion à la rage, mais avant qu'il ait pu faire usage de son arme, la pile de caisses s'effondra à côté d'eux. Profitant du nuage de poussière et de grains qui s'élevait dans les airs, Lincoln se jeta sur lui. Sous la violence de l'attaque, l'homme lâcha son revolver et recula de quelques pas. Il recouvra toutefois rapidement l'équilibre et fonça à son tour sur Lincoln, qu'il plaqua au sol.

Derrière eux, les coups de feu continuaient de retentir : Austin tenait le premier tireur à distance. Lincoln n'avait plus qu'à se débarrasser de son adversaire pour aller sauver Josi.

Il lui asséna un coup de poing à la mâchoire, reçut un direct dans les côtes en retour. Alors qu'ils roulaient tous les deux par terre en luttant pour prendre le dessus, Lincoln crut voir passer un éclair blond. Un instant plus tard, une détonation assourdissante les pétrifiait sur place.

— Arrêtez ! ordonna Josi, qui s'était plantée à un mètre d'eux, le revolver au-dessus de la tête.

L'homme leva les mains en l'air. Son nez saignait abondamment, et un côté de son visage avait commencé à gonfler.

Lincoln adressa un grand sourire à Josi.

— Bien joué.

— Aide-moi à la sortir de là, demanda-t-elle en montrant les caisses éparpillées par terre.

Alors, Tara Stone se leva en titubant, un bras replié contre son ventre. Lincoln eut du mal à croire qu'il s'agissait de la même femme qu'il avait vue sur les photos encadrées chez elle. Elle avait les lèvres et les mains en sang, ses deux poignets étaient bandés et ses doigts cassés ressemblaient à des serres.

— Salut, Tara, dit-il d'une voix douce, alors qu'il bouillonnait de colère devant le traitement qu'elle avait subi. Je suis Lincoln, et ton calvaire est terminé.

Finn apparut en haut des marches, poussant devant lui un Dennis Cane menotté. À l'autre bout de la salle, Austin leva le bras.

— Troisième suspect maîtrisé !

Josi s'approcha de son amie, les larmes aux yeux.

— Les ambulances arrivent, lui promit-elle. C'est fini.

Et en effet, le bruit des sirènes se rapprochait.

Alors qu'elle remettait le revolver à Lincoln, un coup de feu résonna dans l'immense hangar. Lincoln ressentit une vive douleur au flanc tandis qu'une tache rouge s'épanouissait sur son T-shirt. L'homme avec qui il s'était battu avait profité de cet instant de flottement pour dégainer un autre pistolet.

— Police de Marshal's Bluff ! tonna Finn en dévalant les marches. Vous êtes en état d'arrestation !

Le tireur posa son arme par terre et leva les mains en signe de reddition, non sans décocher un sourire narquois à Lincoln. En deux pas, celui-ci réduisit la distance qui les séparait et l'assomma d'un coup de poing.

Finn poussa son frère pour passer les menottes au voyou.

— Tu sais que tu es blessé, n'est-ce pas ?

— C'est superficiel, grogna Lincoln en comprimant la plaie avec sa main. J'ai connu pire.

— Je n'en doute pas. C'est pour moi que je m'inquiète : tu étais sous ma responsabilité. Qui va me protéger de maman ?

Lincoln commença à rire, avant de jurer sous l'effet de la douleur.

À cet instant, la grande porte métallique s'ouvrit, laissant entrer une file d'hommes et de femmes en uniforme. Exclamations, bruits de pas précipités… Lincoln sentit les battements de son cœur s'accélérer. Lorsqu'il jeta un coup d'œil sur sa blessure, la vue du sang lui donna subitement le vertige.

— Lincoln, fit la voix de Josi, étrangement distante.

Il se trouva incapable de répondre. Sa bouche était sèche, sa langue épaisse comme un morceau de bois. Autour de lui, il ne voyait plus les machines de l'usine mais les soldats blessés, le sang et le chaos, le danger...

— Lincoln !

Les contours flous du visage de Josi apparurent dans son champ de vision. Ses mains fraîches se posèrent sur ses joues brûlantes.

— Je suis là, lui dit-elle d'une voix tremblante d'émotion. On est ensemble, et on est vivants. Les secours arrivent. Tu vas être pris en charge, mais il faut que tu respires.

Il acquiesça.

— Je suis tellement désolé, réussit-il à articuler. Je n'ai pas su te protéger.

— Ne dis pas ça !

Alors qu'il commençait à trembler, elle pressa ses lèvres sur les siennes.

— Tout s'est bien terminé, lui assura-t-elle. Tout le monde a été sauvé.

Quand elle retira les mains de son visage pour les appuyer sur sa blessure, Lincoln rugit de douleur.

— Par ici ! cria-t-elle. Venez vite !

Les secouristes accoururent et installèrent Lincoln et Tara sur des brancards pendant que Finn récitait leurs droits aux suspects. Lincoln s'était mis à claquer des dents.

— Josi...

— Je suis là.

Elle garda sa main serrée dans la sienne tandis qu'on le poussait rapidement vers la porte. Dehors, le clair de lune illuminait le terrain envahi de véhicules d'urgence.

Finn fit monter Dennis Cane à l'arrière d'une voiture de police.

— Je vous rejoins à l'hôpital, dit-il. Josi peut accompagner Lincoln dans l'ambulance. Elle fait partie de la famille.

Le secouriste acquiesça.

Elle fait partie de la famille. La phrase tournait en boucle dans l'esprit embrumé de Lincoln. Oui, il voulait qu'elle devienne une Beaumont. Il voulait qu'elle devienne sa femme.

Une fois dans l'ambulance, on lui posa une perfusion et un masque à oxygène.

— Je vais vous passer un médicament contre la douleur, prévint l'infirmier. Respirez profondément.

— Comment tu te sens ? lui demanda Josi, qui s'était assise près de sa tête.

Lincoln souleva le masque.

— Je t'aime, murmura-t-il alors que ses paupières se fermaient.

— Je t'aime aussi. Maintenant, remets ton masque.

Épilogue

Six mois plus tard

Le printemps était la saison préférée de Lincoln. L'arrivée des veaux et des poulains, des canetons et de tous les autres bébés animaux l'emplissait de joie – chose qu'il n'aurait jamais confiée à personne.

Sauf à Josi. Avec elle, il voulait tout partager.

Il inspira à pleins poumons l'air tiède du soir et réprima la bouffée d'espoir et d'excitation qu'il sentait monter en lui.

— Qu'est-ce que tu fais là tout seul ? lança gaiement Josi en le rejoignant à l'entrée du pré.

Lincoln et elle s'étaient complètement remis de leurs mésaventures de l'automne précédent. Ils s'étaient soutenus l'un l'autre pendant leur guérison, et avaient chacun entrepris une thérapie pour faire la paix avec les blessures du passé qui risquaient de compromettre leur bonheur à venir.

Même Tara s'était rétablie. Les médecins parlaient de miracle, mais Lincoln, qui la connaissait mieux à présent, savait que la jeune femme était une battante. Rien ou presque ne pouvait la mettre à terre. Elle avait quitté son job chez le prêteur sur gages pour aller donner des cours au Body by Bella, et le changement semblait lui réussir.

Mieux encore, son témoignage avait permis d'envoyer Dennis

Cane en prison pour de longues années. Le patron du Barbell Club avait été jugé coupable, entre autres crimes, d'enlèvement et de tentative de meurtre, et sa responsabilité avait également été reconnue dans la mort de Marcus Stone. Plusieurs de ses acolytes resteraient derrière les barreaux presque aussi longtemps que lui pour les mêmes raisons. Quant au fight club illégal de Marshal's Bluff, il avait enfin été démantelé pour de bon.

Josi s'arrêta devant Lincoln, un sourire radieux aux lèvres. Ses cheveux blonds ondulaient sur ses épaules, et la petite robe d'été qu'elle avait enfilée pour la soirée lui allait à merveille. La lumière du soleil couchant mettait si joliment en valeur sa silhouette sexy que Lincoln dut se retenir de la jeter par-dessus son épaule pour la ramener illico chez lui.

— À quoi tu penses ? lui demanda-t-elle.

Il lui prit la main et planta un baiser sur son front, inhalant au passage son doux parfum de vanille et de noix de coco.

— Tu es très belle.

Comme chaque fois qu'elle se trouvait près de lui et qu'il voyait ses yeux bleus pétiller de malice, Lincoln sentit une vague d'amour et de bien-être l'envahir. Il l'attrapa par les hanches et la plaqua contre lui, tout en déposant une série de baisers sur sa joue, son menton, le bout de son nez. Quand cela ne lui suffit plus, il l'embrassa longuement sur la bouche, en savourant cet instant volé.

— Toujours à éviter mes questions, murmura-t-elle d'un air taquin. Mais je ne me plaindrai pas des méthodes que tu emploies pour détourner mon attention.

Lincoln sourit. Josi le rendait plus heureux qu'il n'avait jamais rêvé de l'être, et chaque jour passé en sa compagnie se révélait meilleur que le précédent. Il était convaincu que toute une vie avec elle ne suffirait pas à le rassasier.

— Qu'est-ce que tu penses de cette robe ? s'enquit-elle en reculant d'un pas pour tourner sur elle-même.

Le tissu léger virevolta autour de ses cuisses. Une veste en jean et des bottes de cow-boy complétaient sa tenue.

— Elle est superbe, comme la fille qui la porte, lui assura-t-il.

Josi eut un petit rire.

— Je crois que je vais la mettre plus souvent !

Le crissement de pneus dans l'allée de gravier la fit se retourner.

— C'est Finn ! On devrait lui dire bonjour avant de partir.

— Pourquoi pas, répondit Lincoln en se mordant la joue pour ne pas sourire. Mais je dois d'abord passer à l'écurie. On parlera à Finn et à mes parents plus tard.

Josi se dirigea d'un pas allègre vers les larges portes en bois.

— Tiens, quelqu'un a oublié d'éteindre ? fit-elle remarquer en voyant le rai de lumière qui filtrait près du sol.

— Oui, ce doit être moi.

Et il ouvrit les portes en grand.

Josi secoua la tête tandis que Lincoln tirait sur les poignées de métal. Cela ne lui ressemblait pas de laisser les lumières allumées et d'oublier de fermer à clé. Mais alors qu'elle s'apprêtait à se moquer gentiment de lui, elle resta bouche bée en découvrant l'intérieur de l'écurie. Des guirlandes de guinguette avaient été suspendues aux poutres, et le sol était recouvert de pétales de roses. Lorsqu'elle entra, Lancelot gratta la paille de son box en soufflant doucement, comme pour la saluer.

— C'est quoi, tout ça ? s'enquit-elle, les yeux écarquillés.

Lincoln tapota l'écran de son téléphone ; un instant plus tard, une musique s'échappa d'une enceinte Bluetooth.

— C'est magnifique ! s'exclama-t-elle. J'adore… Et c'est ma chanson préférée !

Il l'attira contre lui, l'enveloppant du parfum musqué de son eau de Cologne qui se mariait si bien avec les odeurs familières du bois et du foin. Lentement, ils se mirent à se balancer d'un pied sur l'autre.

— J'ai toujours rêvé de danser un slow dans l'écurie, murmura-t-elle, submergée par un sentiment de paix et de joie indescriptible. Je suis touchée que tu te souviennes des confidences que je te fais. J'aimerais bien un jour te rendre aussi heureux que tu me rends heureuse.

En entendant des coups légers frappés à la porte, elle se retourna et vit M. et Mme Beaumont entrer dans l'écurie.

— On arrive trop tard ? demanda cette dernière.

— Pas du tout, répondit Lincoln sans cesser de danser. Venez.

Sa mère porta une main à sa bouche, les yeux brillants d'émotion, tandis que le père de Lincoln la conduisait vers un coin prévu juste pour eux parmi les pétales de rose. Puis ses frères arrivèrent à leur tour, qui accompagné de sa femme, qui de sa fiancée : Finn et Hayley, Dean et Nicole, Austin et Scarlet.

Josi n'en croyait pas ses yeux. Ce moment était tellement parfait qu'il en devenait presque insoutenable. Quelle chance elle avait de faire partie de cette grande famille, un peu folle mais si loyale, si affectueuse, si aimante !

À la fin du morceau, les couples se séparèrent, et ils bavardèrent quelques instants en admirant le décor romantique.

— Tara arrive bientôt, signala Finn. Elle a fini le travail un peu plus tard que prévu, mais elle est en route.

— Elle vient ce soir ?

Josi était surprise. Lincoln et elle n'étaient-ils pas censés aller au restaurant ensemble ?

Soudain, tout le monde se tut. Les femmes affichaient de grands sourires. Josi suivit leurs regards : derrière elle, Lincoln avait posé un genou à terre, et un petit écrin en velours noir reposait dans sa paume.

— Josi, dit-il d'une voix calme et assurée, je t'aime. Je veux passer ma vie à tes côtés, prendre soin avec toi des animaux, des gens et de nous deux. Je me demandais si tu en avais envie aussi.

Josi sentit ses yeux s'embuer. Elle n'avait pas cru possible que

Lincoln ressente la même chose qu'elle, parce qu'elle n'avait jamais rien éprouvé de tel auparavant.

— Oui, répondit-elle sans hésiter.

Il ouvrit la boîte et en sortit une bague en diamant, avant de lui prendre la main.

— Dans ce cas, me feras-tu l'honneur de m'épouser ?

— Oui, répéta-t-elle, les joues baignées de larmes.

Alors, il lui glissa la bague au doigt, puis il la souleva de terre pour la faire tournoyer dans ses bras, sous les vivats de la petite assemblée.

Quelqu'un remit la musique, et c'est ainsi qu'ils célébrèrent le début d'une longue et belle vie ensemble.

Vous avez aimé ce roman ?
Retrouvez en numérique les frères Beaumont :

1. Enquête sous tension
2. Traquée
3. L'innocence en danger
4. Les coups du destin